紅樓夢

原著 曹雪芹

高鶚

編撰 侯桂新

圖說 Classic 經典

04

A Dream of Red Mansions 好讀出

四 悲情尤物

千古文章紅樓夢

主編 侯桂新

《紅樓夢》一書，膾炙人口的章節甚多，著名的第二十三回「西廂記妙詞通戲語，牡丹亭艷曲警芳心」裏，有一段對於賈寶玉和林黛玉在陽春三月於桃花叢中共讀《西廂記》的細膩描寫，即是全書最經典的場景之一。書中寫道：

寶玉道：「好妹妹，若論你，我是不怕的。你看了，好歹別告訴人去。真真這是好文章！你看了，連飯也不想吃呢。」一面說，一面遞了過去。黛玉把花具且都放下，接書來瞧，從頭看去，越看越愛看，不過一頓飯工夫，將十六齣劇已看完。自覺詞藻警人，餘香滿口。雖看完了書，卻只管出神，心內還默默的記誦。

這種盡情陶醉渾然忘我的閱讀體驗，相信很多人在讀《紅樓夢》本身時已經享受過。說《紅樓夢》對千萬讀者具有令人無從抗拒的魅力乃至魔力，一點都不誇張。早在此書問世不久，「開談不說《紅樓夢》，讀盡詩書也枉然」

的美譽即在民間廣爲流傳，直至今日，兩百五十年來，閱讀《紅樓夢》的熱潮從未消退。可以說，一個沒有讀過《紅樓夢》，沒有曾經在某一個時期和賈寶玉、林黛玉、薛寶釵、史湘雲、晴雯、香菱……心心相印、同甘共苦過的現代中國人，不能算是接受過中國古典文學的啓蒙。

在家喻戶曉的中國四大古典小說名著裏，《水滸傳》、《三國演義》、《西遊記》都各有各的精彩，並因此在讀者群中擄獲著各自的擁躉；但毋庸置疑，無論就藝術性、思想性，還是作品在社會上產生的廣泛影響來看，《紅樓夢》都首屈一指。它常被譽爲中國古典小說的高峰，和莎士比亞《哈姆雷特》、但丁《神曲》、歌德《浮士德》、雨果《悲慘世界》等並立於世界文學之林。在全球範圍內，如果非要找出一部中文作品去競逐世界文學經典名著，這個名額非《紅樓夢》莫屬。

魯迅嘗言：「偉大也要有人懂。」儘管《紅樓夢》的超凡出眾早經公認，但要說出它到底好在哪裏，在哪些方面卓爾不群、獨一無二，卻是見仁見智，人言人殊。僅以其主題而言，被學者總結出來的據說就有三十多個。主題的豐富多義性常常是偉大作品的共性，因爲它決定了作品是永遠「說不完」的。不同的讀者可以讀出不同的《紅樓夢》，正如「有一千個讀者就有一千個哈姆雷特」，這話改用來形容《紅樓夢》或賈寶玉也不爲過。

在我看來，這部巨著最震撼人心之處，莫過於淋漓盡致地抒寫了青春的飛揚以及它的毀滅或喪失。這是一部不折不扣的「青春之歌」，字裏行間蕩漾著濃郁的詩情畫意和熱烈的少年情懷，然而書的結局卻是悲劇性的。而且，寶、黛、釵的愛情和人生悲劇與其說是肇因於封建禮教或經濟決定論的壓抑，不如說具有一種超越時代、地域和階級的必然性和永恆性。作爲全書的第一主人公，被賈府上下視若珍寶的賈寶玉尚且無法就人生道路和婚姻實現自由選擇，這凸顯出個人和社會規範之間永遠無法擺脫的衝突。對此，賈寶玉宣稱「女兒是水作的骨肉，男人是泥作的骨肉。我見了女兒，我便清爽；見了男子，便覺濁臭逼人」（第二回），從根本上否定在社會上占統治地位的男權文化，而把希望寄託於女性、確切地說是「正在混沌世界、天眞爛熳之時」的「女孩兒」即少女的身上。然而他悲哀地發現——

> 女孩兒未出嫁，是顆無價之寶珠；出了嫁，不知怎麼就變出許多的不好的毛病來，雖是顆珠子，卻沒有光彩寶色，是顆死珠了；再老了，更變得不是珠子，竟是魚眼睛了！分明一個人，怎麼變出三樣來？（第五十九回）

隨著人的成長以及社會化程度不斷加深，賈寶玉理想中的女性形象變得

越來越不純潔、不可愛。人不能不長大，不能不社會化，也就不能不滑入這種「一生三變」的悲劇性存在境況——這才是永恆的悲劇。對此，我們無能爲力。試看看我們身邊，曾經令《紅樓夢》作者痛心疾首、惆悵萬分的「成長變異」，難道不是每天都在上演、活生生的現實？因此，《紅樓夢》千年萬年之後，仍永遠不會過時。

然而，曹雪芹畢竟爲我們留下了一部《紅樓夢》，儘管殘缺，仍無與倫比，因爲我們借此得知，曾經有過一個大觀園，一個少男少女的理想家園，一個能夠安放青春夢幻的世外桃源。在洞悉了無比高潔純眞的少男少女情懷必將「無可奈何花落去」的殘酷現實後，曹雪芹以其卓越的想像力和生花妙筆，將青春的激情和美好凝固成永恆。

作爲一部長篇白話小說，《紅樓夢》的語言異常生動，尤其是人物對話，千載之下，如見其人，如聞其聲。由於《紅樓夢》涉及的中國傳統文化包羅萬象，加之時代的演變，今天的讀者要完全把它讀通，也並非易事。有鑑於此，爲了讓這部經典作品變得「好讀」，我們爲原文配上注釋、評點和插圖。注釋用於疏通文義，排除字面理解障礙；評點主要用來引導讀者從文學性的角度更好地欣賞作品；插圖則使閱讀形象化，可以拓展想像空間。本書注釋和評點吸收了眾多前輩學者的研究成果，插圖方面，更得到眾多優秀畫家慷慨授權，大力襄助，在此深表感謝！

最近幾十年來，單是《紅樓夢》原文各地就出版了上百個版本，然而像我們這樣融原典、注釋、評論、相關照片和名家繪圖於一爐的，似乎尚無先例。我們期待此典藏本能夠眞正成爲值得讀者珍藏的版本，讓他們一卷在手，盡覽《紅樓》精華！

本書對原典的選擇，前八十回以完整性最佳、較接近曹雪芹原著的抄本庚辰本《脂硯齋重評石頭記》爲底本，其中所缺第六十四回、第六十七回，以及後四十回，則以程偉元、高鶚所刻程甲本爲底本；以其他抄本和刻本爲參校本。底本不通處，酌情採用校本文字。關於前八十回與後四十回的兩分問題，個人以爲，只要一個人有著正常的文學鑑賞力並且忠實於自己的閱讀感受，不難發現其中確實存在著兩個作者、兩副筆墨，高鶚續寫的後四十回，與曹雪芹留下的前八十回，總體看來，是形似而神不似，相去甚遠。點出這一分別，留待讀者進入文本時細細體味。

最後，本書在編輯過程中得到王暢女士的幫助，她並撰寫了部分圖片說明，謹表謝意。

如何閱讀本書

列出各回回目便於索引翻閱

精緻彩圖：

名家繪圖、相關照片等精緻彩圖，使讀者融入小說情境

詳細注釋：

解釋艱難字詞，隨文直書於奇數頁最左側，並於文中以※記號標號，以供對照

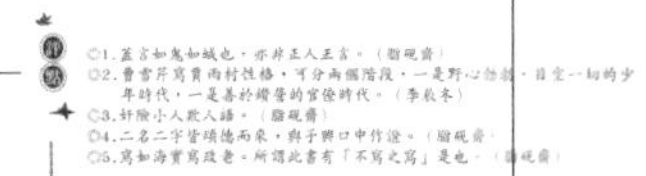

名家評點：

選收不同名家之評點，隨文橫書於頁面的下方欄位，並於文中以◎記號標號，以供對照

詳細圖說：

說明性和評點性的圖說，提供讓讀者理解

閱讀性高的原典：

將一百二十回原典分爲六大分冊，版面美觀流暢、閱讀性強

目錄

第六十一回

投鼠忌器[※1]寶玉瞞贓　判冤決獄平兒行權

那柳家的笑道：「好猴兒崽子！你親嬸子找野老兒去了，你豈不多得一個叔叔，有什麼疑的！別討我把你頭上的榪子蓋[※2]似的幾根屄毛撏下來！還不開門讓我進去呢！」這小廝且不開門，且拉著笑說：「好嬸子，你這一進去，好歹偷些杏子出來賞我吃。我這裏老等。你若忘了時，日後半夜三更打酒買油的，我不給你老人家開門，也不答應你，隨你乾叫去。」柳氏啐道：「發了昏的！今年不比往年？把這些東西都分給了眾奶奶了。一個個的不像抓破了臉的，人打樹底下一過，兩眼就像那黧雞[※3]似的，還動他的果子！昨兒我從李子樹下一走，偏有一個蜜蜂兒往臉上一過，我一招手兒，偏你那好舅母就看見了。他離的遠看不眞，只當我摘李子呢，就屄聲浪嗓喊起來，說又是『還沒供佛呢』，又是

✣《增評補圖石頭記》第六十一回繪畫。（fotoe提供）

『老太太、太太不在家還沒進鮮呢，等進了上頭，嫂子們都有分的』，倒像誰害了饞癆等李子出汗呢。叫我也沒好話說，搶白了他一頓。可是你舅母姨娘兩三個親戚都管著，怎不和他們要的，倒和我來要？這可是『倉老鼠和老鴰去借糧——守著的沒有，飛著的有』。」小廝笑道：「哎喲喲，沒有罷了，說上這些閑話！我看你老以後就用不著我了？就便是姐姐有了好地方，將來更呼喚著的日子多，只要我們多答應他些就有了。」柳氏聽了，笑道：「你這個小猴精，又搗鬼吊白的！你姐姐有什麼好地方了？」那小廝笑道：「別哄我了，早已知道了。單是你們有內牽，難道我們就沒有內牽不成？我雖在這裏聽哈，裏頭卻也有兩個姐妹成個體統的，什麼事瞞了我們！」

正說著，只聽門內又有老婆子向外叫：「小猴兒們，快傳你柳嬸子去罷，再不來可就誤了！」柳家的聽了，不顧和小廝說話，忙推門進去，笑說：「不必忙，我來了。」一面來至廚房，——雖有幾個同伴的人，他們都不敢自專，單等他來調停分派——一面問衆人：「五丫頭那去了？」衆人都說：「才往茶房裏找他們姐妹去了。」

柳家聽了，便將茯苓霜擱起，且按著房頭分派菜饌。忽見迎春房裏小丫頭蓮花兒走來◎1說：「司棋姐姐說了，要碗雞蛋，燉的嫩嫩的。」柳家的道：「就是這樣

註

※1：想打老鼠，又怕打壞了老鼠旁邊的東西。比喻作事有所顧忌。

※2：兒童、男子留頭髮的樣式，四圍剃圓，半長，垂於腦後，亦稱馬桶蓋。

※3：一種兇猛善鬥的雞。

評點

◎1.總是寫春景將殘。（脂硯齋）

尊貴。不知怎的，今年這雞蛋短的很，十個錢一個還找不出來。昨兒上頭給親戚家送粥米去，四五個買辦出去，好容易才湊了二十個來。我那裏找去？你說給他，改日吃罷。」蓮花兒道：「前兒要吃豆腐，你弄了些餿的，叫他說了我一頓。今兒要雞蛋又沒有了。什麼好東西！我就不信連雞蛋都沒有了，別叫我翻出來！」一面說，一面眞個走來，揭起菜箱一看，只見裏面果有十來個雞蛋，說道：「這不是？你就這麼利害！吃的是主子的，我們的分例，你爲什麼心疼？又不是你下的蛋，怕人吃了。」柳家的忙丟了手裏的活計，便上來說道：「你少滿嘴裏混唚！你娘才下蛋呢！通共留下這幾個，預備菜上的澆頭。姑娘們不要，還不肯作上去呢，預備接急的。你們吃了，倘或一聲要起來，沒有好的，連雞蛋都沒了！你們深宅大院，水來伸手，飯來張口，只知雞蛋是平常物件，那裏知道外頭買賣的行市呢。別說這個，有一年連草根子還沒了的日子還有呢。我勸他們，細米白飯，每日肥雞大鴨子，將就些兒也罷了。吃膩了膈，天天又鬧起故事來了。雞蛋、豆腐，又是什麼麵筋、醬蘿蔔炸兒，敢自倒換口味。只是我又不是答應你們的，一處要一樣，就是十來樣。我倒別伺候頭層主子，只預備你們二層主子了。」蓮花聽了，便紅了臉，喊道：「誰天天要你什麼來？你說上這兩車子話！叫你來，不是爲便宜卻爲什麼？前兒小燕來，說『晴雯姐姐要吃蘆蒿』，你怎麼忙的還問肉炒雞炒？小燕說：『葷的因不好才另叫你炒個麵筋的，少擱油才好。』你忙的倒說『自己發昏』，趕著洗手炒了，狗顛兒似的親捧了去。今兒反倒拿我作筏子，說我給衆人聽。」柳家的忙道：「阿彌陀佛！這些人眼見的。別說前兒一次，就從舊年一立廚房以來，凡各房裏偶然間不論姑娘姐兒們要添一樣半樣，誰不是先拿了錢來，另買另添？有的沒的，名聲好聽，說我單管姑娘廚房省事，又有剩頭兒，算起賬來，惹人惡心：連姑娘帶姐兒們四五十人，一日也只管要兩隻雞，兩隻鴨子，十來斤肉，一吊錢的菜蔬。你們算算，夠作什麼的？連本項兩頓飯還撐持不住，還擱的住這個點這樣，那個點那樣，買來的又不吃，又買別的去。既這樣，不如回了太太，多添些分例，也像大廚房裏預備老太太的飯，把天下所有的菜蔬用水牌※4寫了，天天轉著吃，吃到一個月現算倒好。連前兒三姑娘和寶姑娘偶然商議了要吃個油鹽炒枸杞芽兒來，現打發個姐兒拿著五百錢來給我，我倒笑起來了，說：『二位姑娘就是大肚子彌勒佛，也吃不了五百錢的去。這三二十個錢的事，還預備的起。』趕著我送回錢去，到底不收，◎2說賞我打酒吃，又說：『如今廚房在裏頭，保不住屋裏的人不去叨登，一鹽一醬，那不是錢買的。你不給又不好，給了你又沒的賠。你拿著這個錢，全當還了他們素日叨登的東西窩兒。』這就是明白體下的姑娘，我們心裏只替他念佛。沒的趙姨奶奶聽了又氣不忿，又說太便宜了我，隔不了十天，也打發個小丫頭子來尋這樣尋那樣，我倒好笑起來。你們竟成了例，不是這個，就是那個，我那裏有這些賠的？」

註

※4：暫時記寫、寫畢可拭去的白漆木或黑漆木牌。

評點

◎2. 庶出使探春對人對事特別謹慎，恐怕有錯給別人談。因此，她沉默，作事有尺度，對人有斤兩，就是到廚房裏去弄點油鹽炒菜芽兒，也要送去一些銀兩。（胡成仁）

正亂時，只見司棋又打發人來催蓮花兒，說他：「死在這裏了，怎麼就不回去？」蓮花兒賭氣回來，便添了一篇話，告訴了司棋。司棋聽了，不免心頭起火。此刻伺候迎春飯罷，帶了小丫頭們走來，見了許多人正吃飯，見他來的勢頭不好，都忙起身陪笑讓坐。司棋便喝命小丫頭子動手，「凡箱櫃所有的菜蔬，只管丟出去餵狗，大家賺不成！」小丫頭子們巴不得一聲，七手八腳搶上去，一頓亂翻亂擲的。慌得衆人一面拉勸，一面央告司棋說：「姑娘別誤聽了小孩子的話。柳嫂子有八個頭，也不敢得罪姑娘。說雞蛋難買是眞。我們才也說他不知好歹，憑是什麼東西，也少不得變法兒去。他已經悟過來了，連忙蒸上了。姑娘不信瞧那火上。」

司棋被衆人一頓好言，方將氣勸的漸平。小丫頭們也沒得摔完東西，便拉開了。司棋連說帶罵，鬧了一回，方被衆人勸去。◎3柳家的只好摔碗丟盤，自己咕嘟了一會，蒸了一碗蛋令人送去。司棋全潑在地下了。那人回來也不敢說，恐又生事。

✣ 司棋因柳家的不作燉雞蛋，一氣之下，帶領小丫頭們大鬧廚房。（朱寶榮繪）

柳家的打發他女兒喝了一回湯，吃了半碗粥，又將茯苓霜一節說了。五兒聽罷，便心下要分些贈芳官，遂用紙另包了一半，趁黃昏人稀之時，自己花遮柳隱的來找芳官。且喜無人盤問。一逕到了怡紅院門前，不好進去，只在一簇玫瑰花前站立，遠遠的望著。有一盞茶時，可巧小燕出來，忙上前叫住。小燕不知是那一個，至跟前方看真切，因問作什麼。五兒笑道：「你叫出芳官來，我和他說話。」小燕悄笑道：「姐姐太性急了，橫豎等十來日就來了，只管找他作什麼。方才使了他往前頭去了，你且等他一等。不然，有什麼話告訴我，等我告訴他。恐怕你等不得，只怕關園門了。」五兒便將茯苓霜遞與了小燕，又說這是茯苓霜，如何吃，如何補益，「我得了些送他的，轉煩你遞與他就是了。」說畢，作辭回來。

✣ 柳五兒，和芳官要好，急等著候補為怡紅院裏的丫頭。（《紅樓夢煙標精華》杜春耕編著，北京圖書館出版社提供）

正走蓼漵一帶，忽見迎頭林之孝家的帶著幾個婆子走來，五兒藏躲不及，只得上來問好。林之孝家的問道：「我聽見你病了，怎麼跑到這裏來？」五兒陪笑道：「因這兩日好些，跟我

◎3.司棋逞性不但伏後文敗事之根，且見迎春平日不能約束下人。（王希廉）

媽進來散散悶。才因我媽使我到怡紅院送傢伙去。」林之孝家的說道：「這話岔了。方才我見你媽出來我才關門。既是你媽使了你去，他如何不告訴我說你在這裏呢，竟出去讓我關門，是何主意？可知是你扯謊。」五兒聽了，沒話回答，只說：「原是我媽一早教我取去的，我忘了，挨到這時我才想起來了。只怕我媽錯當我先出去了，所以沒和大娘說的。」

林之孝家的聽他辭鈍色虛，又因近日玉釧兒說那邊正房內失落了東西，幾個丫頭對賴，沒主兒，心下便起了疑。可巧小蟬、蓮花兒並幾個媳婦子走來，見了這事，便說道：「林奶奶倒要審審他。這兩日他往這裏頭跑的不像，鬼鬼啷啷的，不知幹些什麼事。」小蟬又道：「正是。昨兒玉釧姐姐說，太太耳房裏的櫃子開了，少了好些零碎東西。璉二奶奶打發平姑娘和玉釧姐姐要些玫瑰露，誰知也少了一罐子。若不是尋露，還不知道呢！」蓮花兒笑道：「這話我沒聽見，今兒我倒看見一個露瓶子。」林之孝家的正因這些事沒主兒，每日鳳姐兒使平兒催逼他，一聽此言，忙問在那裏。蓮花兒便說：「在他們廚房裏呢。」林之孝家的聽了，忙命打了燈籠，帶著衆人來尋。五兒急的便說：「那原是寶二爺屋裏的芳官

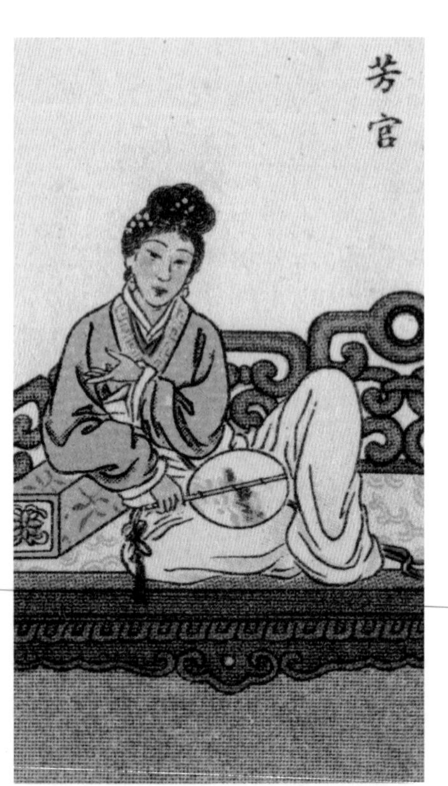

✣ 芳官，喜歡堅持己見，我行我素。（《紅樓夢煙標精華》杜春耕編著，北京圖書館出版社提供）

給我的。」林之孝家的便說：「不管你方官圓官，現有了贓證，我只呈報了，憑你主子前辯去。」一面說，一面進入廚房，蓮花兒帶著，取出露瓶。恐還有偷的別物，又細細搜了一遍，又得了一包茯苓霜，一併拿了，帶了五兒，來回李紈與探春。

那時李紈正因蘭哥兒病了，不理事務，只命去見探春。探春已歸房。人回進去，丫鬟們都在院內納涼，探春在內盥沐，只有待書回進去。半日，出來說：「姑娘知道了，叫你們找平兒回二奶奶去。」林之孝家的只得領出來。到鳳姐兒那邊，先找著了平兒，平兒進去回了鳳姐。鳳姐方才歇下，聽見此事，便吩咐：「將他娘打四十板子，攆出去，永不許進二門；把五兒打四十板子，立刻交給莊子上，或賣或配人。」平兒聽了，出來依言吩咐了林之孝家的。五兒唬的哭哭啼啼，給平兒跪著，細訴芳官之事。平兒道：「這也不難，等明日問了芳官便知眞假。但這茯苓霜前日人送了來，還等老太太、太太回來看了才敢打動，這不該偷了去。」五兒見問，忙又將他舅舅送的一節說了出來。平兒聽了，笑道：「這樣說，你竟是個平白無辜之人，拿你來頂缸※5。此時天晚，奶奶才進了藥歇下，不便爲這點子小事去絮叨。如今且將他交給上夜的人看守一夜，等明兒我回了奶奶，再作道理。」林之孝家的不敢違拗，只得帶了出來交與上夜的媳婦們看守，自己便去了。

這裏五兒被人軟禁起來，一步不敢多走。又兼眾媳婦也有勸他說，不該作這沒

註

※5：代人受過。

行止之事。也有報怨說，正經更還坐不上來，又弄個賊來給我們看，倘或眼不見尋了死，逃走了，都是我們不是。於是又有素日一干與柳家不睦的人，見了這般，十分趁願，都來奚落嘲戲他。這五兒心內又氣又委曲，竟無處可訴，且本來怯弱有病，這一夜思茶無茶，思水無水，思睡無衾枕，嗚嗚咽咽直哭了一夜。

誰知和他母女不和的那些人，巴不得一時攆出他們去，惟恐次日有變，大家先起了個清早，都悄悄的來買轉平兒，一面送些東西，一面又奉承他辦事簡斷，一面又講述他母親素日許多不好。平兒一一的都應著，打發他們去了，卻悄悄的來訪襲人，問他可果真芳官給他露了。◎[4]襲人便說：「露卻是給芳官，芳官轉給何人，我卻不知。」襲人於是又問芳官，芳官聽了，唬天跳地，忙應是自己送他的。芳官便又告訴了寶玉，寶玉也慌了，說：「露雖有了，若勾起茯苓霜來，他自然也實供。若聽見了是他舅舅門上得的，他舅舅又有了不是，豈不是人家的好意，反被咱們陷害了？」因忙和平兒計議：「露的事雖完，然這霜也是有不是的。好姐姐，你叫他說也是芳官給他的就完了。」平兒笑道：「雖如此，只是他昨晚已經同人說是他舅舅給的了，如何又說你給的？況且那邊所丢的露也是無主兒，如今有贓證的白放了，又去找誰？誰還肯認？眾人也未必心服。」晴雯走來笑道：「太太那邊的露再無別人，分明是彩雲偷了給環哥兒去了。你們可瞎亂說。」平兒笑道：「誰不知是這個原故！但今玉釧兒急的哭，悄悄問著他，他若應了，玉釧也罷了，大家也就混著不問了。難道我們好意兜攬這事不成？可恨彩雲不但不應，他還擠玉釧兒，說他偷了去了。兩個人窩裏發炮，先吵的合府皆知，我們如何裝沒事人。少不得要查的。殊不知告失盜的就是賊，又沒贓證，怎麼說他。」寶玉道：「也罷！這件事我也應起來，就說是我唬他們頑的，悄悄的偷了太太的來了。兩件事都完了。」襲人道：「也倒是件陰騭事，保全人的賊名兒。只是太太聽見又說你小孩子氣，不知好歹了。」平兒笑道：「這也倒是小事。如今便從趙姨娘屋裏起了贓來也容易，我只怕又傷著一個好人的體面。別人都別管，這一個人豈不又生氣？我可憐的是他，不肯為打老鼠傷了玉瓶。」說著，把三個指頭一伸。◎5襲人等聽說，便知他說的是探春。大家都忙說：「可是這話，竟是我們這裏應了起來的為是。」平兒又笑道：「也須得把彩雲和玉釧兒兩個業障叫了來，問准了他方好。不然他們得了益，不說為這個，倒像我沒了本事問不出來，煩出這裏來完事，他們以後越發偷的偷，不管的不管了。」襲人等笑道：「正是，也要你留個地步。」

✣ 後文提到晴雯病中被攆出大觀園。（崔君沛繪）

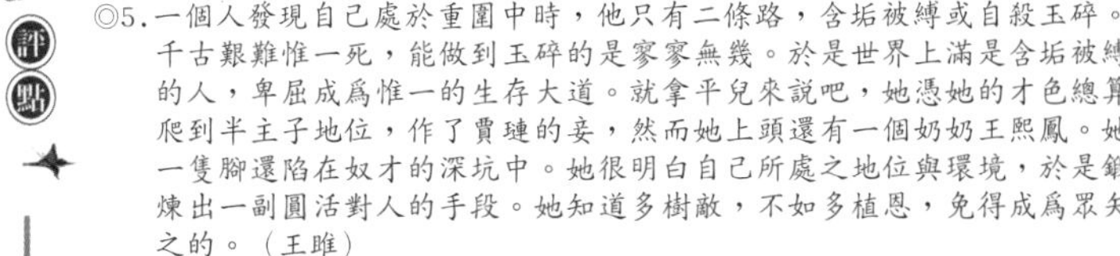

評點

◎4.柳五兒若李紈辦理，必不能明白；若探春究問，又多有干礙。非平兒不可，但平兒何能作主，故借鳳姐已睡，吩咐發落。五兒才得跪訴冤枉，平兒始訪問襲人，寶玉方肯代認。層層卸落，不露痕跡。（王希廉）

◎5.一個人發現自己處於重圍中時，他只有二條路，含垢被縛或自殺玉碎。千古艱難惟一死，能做到玉碎的是寥寥無幾。於是世界上滿是含垢被縛的人，卑屈成爲惟一的生存大道。就拿平兒來說吧，她憑她的才色總算爬到半主子地位，作了賈璉的妾，然而她上頭還有一個奶奶王熙鳳。她一隻腳還陷在奴才的深坑中。她很明白自己所處之地位與環境，於是鍛煉出一副圓活對人的手段。她知道多樹敵，不如多植恩，免得成爲眾矢之的。（王昆侖）

平兒便命人叫了他兩個來，說道：「不用慌，賊已有了。」玉釧兒先問賊在那裏，平兒道：「現在二奶奶屋裏呢，你問他什麼應什麼。我心裏明知不是他偷的，可憐他害怕都承認了。這裏寶二爺不過意，要替他認一半。我待要說出來，但只是這作賊的素日又是和我好的一個姐妹，窩主卻是平常，裏面又傷著一個好人的體面，因此爲難，少不得央求寶二爺應了，大家無事。如今反要問你們兩個，還是怎樣？若從此以後大家小心存體面，◎6這便求寶二爺應了；若不然，我就回了二奶奶，別冤屈了好人。」彩雲聽了，不覺紅了臉，一時羞惡之心感發，便說道：「姐姐放心，也別冤了好人，也別帶累了無辜之人傷體面。偷東西原是趙姨奶奶央告我再三，我拿了些與環哥是情真。連太太在家我們還拿過，各人去送人，也是常事。我原說嚷過兩天就罷了。如今既冤屈了好人，我心也不忍。姐姐竟帶了我回奶奶去，我一概應了完事。」衆人聽了這話，一個個都詫異，他竟這樣有肝膽。寶玉忙笑道：「彩雲姐姐果然是個正經人。如今也不用你應，我只說是我悄悄的偷的唬你們頑，如今鬧出事來，我原該承認。只求姐姐們以後省些事，大家就好了。」彩雲道：「我幹的事爲什麼叫你應？死活我該去受。」平兒襲人忙道：「不是這樣說，你一應了，未免又叨登出趙姨奶奶來，那時三姑娘聽了豈不生氣。竟不如寶二爺應了，大家無事，且除這幾個人皆不得知道這事，何等的乾淨。但只以後千萬大家小心些就是了。要拿什麼，好歹耐到太太到家，那怕連這房子給了人，我們就沒干係了。」彩雲聽了低頭想了一想，方依允。

於是大家商議妥貼，平兒帶了他兩個並芳官往前邊來，至上夜房中叫了五兒，將茯苓霜一節也悄悄的教他說係芳官所贈，五兒感謝不盡。平兒帶他們來至自己這邊，已見林之孝家的帶領了幾個媳婦，押解著柳家的等夠多時。林之孝家的又向平兒說：「今兒一早押了他來，恐園裏沒人伺候姑娘們的飯，我暫且將秦顯的女人派了去伺候。姑娘一並回明奶奶，他倒乾淨謹慎，以後就派他常伺候罷。」平兒道：「秦顯的女人是誰？我不大相熟。」林之孝家的道：「他是園裏南角子上夜的，白日裏沒什麼事，所以姑娘不大相識。高高孤拐※6，大大的眼睛，最乾淨爽利的。」玉釧兒道：「是了。姐姐，你怎麼忘了？他是跟二姑娘的司棋的嬸娘。司棋的父母雖是大老爺那邊的人，他這叔叔卻是咱們這邊的。」平兒聽了，方想起來，笑道：「哦！你早說是他，我就明白了。」又笑道：「也太派急了些。如今這事八下裏水落石出了，連前兒太太屋裏丟的，也有了主兒。是寶玉那日過來和這兩個業障要什麼的，偏這兩個業障慪他頑，說太太不在家不敢拿。寶玉便瞅他兩個不隄防的時節，自己進去拿了些什麼出來。這兩個業障不知道，就唬慌了。如今寶玉聽見帶累了別人，方細細的告訴了我，拿出東西來我瞧，一件不差。那茯苓霜也是寶玉外頭得了的，也曾賞過許多人，不獨園內人有，連媽媽子們討了出去給親戚們吃，又轉送人，襲人也曾給過芳官之流的人。他們私情各相來往，也是常事。前兒那兩簍還擺在議事廳上，好好的原封沒

◎6.一正一陪，下文「存體面」明指彩雲，「小心」則指玉釧，無一字苟下。（王伯沆）

註

※6：孤拐：顴骨。

✣ 平兒查明真相，放過柳家母女，
令其照舊當差。（朱寶榮繪）

動，什麼就混賴起人來。等我回了奶奶再說。」說畢，抽身進了臥房，將此事照前言回了鳳姐兒一遍。

鳳姐兒道：「雖如此說，但寶玉爲人不管青紅皂白愛兜攬事情。別人再求求他去，他又擱不住人兩句好話，給他個炭簍子戴上，什麼事他不應承。咱們若信了，將來若大事也如此，如何治人。還要細細的追求才是。依我的主意，把太太屋裏的丫頭都拿來，雖不便擅加拷打，只叫他們墊著磁瓦子跪在太陽地下，茶飯也別給吃。一日不說跪一日，便是鐵打的，一日也管招了。又道是『蒼蠅不抱無縫的蛋』。雖然這柳家的沒偷，到底有些影兒。人才說他。雖不加賊刑，也革出不用。朝廷家原有掛誤※7的，倒也不算委曲了他。」平兒道：「何苦來操這心！『得放手時須放手』，什麼大不了的事，樂得不施恩呢！依我說，縱在這屋裏操上一百分的心，終久咱們是那邊屋裏去的。沒的結些小人仇恨，使人含怨。況且自己又三災八難的，好容易懷了一個哥兒，到了六七個月還掉了，焉知不是素日操勞太過，氣惱傷著的！如今乘早兒見一半不見一半的，也倒罷了。」◎7一席話，說的鳳姐兒倒笑了，說道：「憑你這小蹄子發放去罷。我才精爽些了，沒的淘氣。」平兒笑道：「這不是正經話？」說畢，轉身出來，一一發放。要知端的，且聽下回分解。

註

※7：封建社會官吏因受牽連而被處分撤職。

◎7.平兒受了鳳姐的薰陶，也是個很有心計，很想攬權的人。但是心地明白一些，溫和一些，不是一味暗弄人。（佩之）

第六十二回　憨湘雲醉眠芍藥裀　呆香菱情解石榴裙

話說平兒出來吩咐林之孝家的道：「大事化爲小事，小事化爲沒事，方是興旺之家。若得不了一點子小事，便揚鈴打鼓的亂折騰起來，不成道理。如今將他母女帶回，照舊去當差。將秦顯家的仍舊退回。再不必提此事。只是每日小心巡察要緊。」說畢，起身走了。柳家的母女忙向上磕頭，林家的帶回園中，回了李紈探春，二人皆說：「知道了，能可無事，很好。」

司棋等人空興頭了一陣。那秦顯家的好容易等了這個空子鑽了來，只興頭上半天。在廚房內正亂著接收傢伙米糧煤炭等物，又查出許多虧空來，說：「粳米短了兩石，常用米又多支了一個月的，炭也欠著額數。」一面又打點送林之孝家的禮，悄悄的備了一簍炭，五百斤木柴，一擔粳米，在外邊就遣了子侄送入林家去了，又打點送賬房的禮，又預備幾樣菜蔬請幾

✣《增評補圖石頭記》第六十二回繪畫。（fotoe提供）

位同事的人，說：「我來了，全仗列位扶持。自今以後都是一家人了。我有照顧不到的，好歹大家照顧些。」正亂著，忽有人來說與他：「看過這早飯就出去罷。柳嫂兒原無事，如今還交與他管了。」秦顯家的聽了，轟去魂魄，垂頭喪氣，登時掩旗息鼓，捲包而出。送人之物白丟了許多，自己倒要折變了賠補虧空。連司棋都氣了個倒仰，無計挽回，只得罷了。

趙姨娘正因彩雲私贈了許多東西，被玉釧兒吵出，生恐查詰出來，每日捏一把汗打聽信兒。忽見彩雲來告訴說：「都是寶玉應了，從此無事。」趙姨娘方把心放下來。誰知賈環聽如此說，便起了疑心，將彩雲凡私贈之物都拿了出來，照著彩雲的臉摔了去，說：「這兩面三刀的東西！我不稀罕。你不和寶玉好，他如何肯替你應。你既有擔當給了我，原該不與一個人知道。如今你既然告訴他，如今我再要這個，也沒趣兒。」彩雲見如此，急的賭身發誓，至於哭了。百般解說，賈環執意不信，說：「不看你素日之情，去告訴二嫂子，就說你偷來給我，我不敢要。你細想去。」說畢，摔手出去了。急的趙姨娘罵：「沒造化的種子，蛆心孽障。」氣的彩雲哭個淚乾腸斷。趙姨娘百般的安慰他：「好孩子，他辜負了你的心，我看的真。讓我收起來，過兩日他自然回轉過來了。」◎1說著，便要收東西。彩雲賭氣一頓包起來，乘人不見時，來至園中，都撇在河內，順水沉的沉漂的漂了。自己氣的夜間在被內暗哭。◎2

評點

◎1. 趙姨娘本性也不是黑一色的，她也有好的一面，如賈環傷了彩雲的心，她能夠安慰彩雲；彩雲被放出後，她援物搭救過彩雲；鳳姐的女兒病了，她打發小丫頭去瞧等等。（金亭玉、鄭祥）

◎2. 賈環爲人人所不齒。他和丫頭們玩，輸了錢就耍賴。他很「陰」，用油燈燙寶玉的臉。他向賈政打寶玉的「小報告」。他不懂得珍惜感情。寶玉爲彩雲瞞贓，他就對彩雲橫生疑忌。總之，他活得陰暗，活得猥瑣，活得不光明正大。所以賈環成了「壞人」。但彩雲愛賈環。壞人也有人愛。而且不一定是壞人愛壞人，而是好人愛壞人。賈環是壞人，但他沒有趕上革命年代，如果趕上了，他倒有可能參加革命，因爲他在家庭中受到排擠和壓迫。不過無論他革命還是反革命，他大概仍然是個壞人。但彩雲永遠都不會朝他開槍。（梁歸智）

當下又值寶玉生日已到，原來寶琴也是這日，二人相同。因王夫人不在家，也不曾像往年鬧熱。只有張道士送了四樣禮，換的寄名符兒；還有幾處僧尼廟的和尚姑子送了供尖兒※1，並壽星紙馬疏頭，並本命星官值年太歲周年換的鎖兒。家中常走的女先兒來上壽。王子騰那邊，仍是一套衣服，一雙鞋襪，一百壽桃，一百束上用銀絲掛麵。薛姨娘處減一等。其餘家中人，尤氏仍是一雙鞋襪；鳳姐兒是一個宮製四面和合荷包，裏面裝一個金壽星，一件波斯國※2所製玩器。各廟中遣人去放堂※3捨錢。又另有寶琴之禮，不能備述。姐妹中皆隨便，或有一扇的，或有一字的，或有一畫的，或有一詩的，聊復應景而已。

這日寶玉清晨起來，梳洗已畢，冠帶出來。至前廳院中，已有李貴等四五個人在那裏設下天地香燭，寶玉炷了香。行畢禮，奠茶焚紙後，便至寧府中宗祠祖先堂兩處行畢禮，出至月臺上，又朝上遙拜賈母、賈政、王夫人等。一順到尤氏上房，行過禮，坐了一回，方回榮府。先至薛姨媽處，薛姨媽再三拉著，然後又遇見薛蝌，讓一回，方進園來。晴雯麝月二人跟隨，小丫頭夾著毡子，從李氏起，一一挨著，長的房中到過。復出二門，至李、趙、張、王四個奶媽家讓了一回，方進來。雖衆人要行禮，也不曾受。回至房中，襲人等只都來說一聲就是了。王夫人有言，不令年輕人受禮，恐折了福壽，故皆不磕頭。

歇一時，賈環賈蘭等來了，襲人連忙拉住，坐了一坐，便去了。寶玉笑說走乏了，便歪在床上。方吃了半盞茶，只聽外面咭咭呱呱，一群丫頭笑進來，原來是翠墨、小螺、翠縷、入畫，邢岫煙的丫頭篆兒，並奶子抱巧姐兒、彩鸞、繡鸞八九個人，都抱著紅毡笑著走來，說：「拜壽的擠破了門了，快拿麵來我們吃。」剛進來時，探春、湘雲、寶琴、岫煙、惜春也都來了。寶玉忙迎出來，笑說：「不敢起動，快預備好茶！」進入房中，不免推讓一回，大家歸座。襲人等捧過茶來，才吃了一口，平兒也打扮的花枝招展的來了。寶玉忙迎出來，笑說：「我方才到鳳姐姐門上，回了進去，不能見，我又打發人進去讓姐姐的。」平兒笑道：「我正打發你姐姐梳頭，不得出來回你。後來聽見又說讓我，我那裏禁當的起，所以特趕來磕頭。」寶玉笑道：「我也禁當不起。」襲人早在外間安了座，讓他坐。平兒便福下去，寶玉作揖不迭。平兒便跪下去，寶玉也忙還跪下，襲人連忙攙起來。又下了一福，寶玉又還了一揖。襲人笑推寶玉：「你再作揖。」寶玉道：「已經完了，怎麼又作揖？」襲人笑道：「這是他來給你拜壽。今兒也是他的生日，你也該給他拜壽。」寶玉聽了，喜的忙作下揖去，說：「原來今兒也是姐姐的芳誕。」平兒還萬福不迭。湘雲拉寶琴岫煙說：「你們四個人對拜壽，直拜一天才是。」探春忙問：「原來邢妹妹也是今兒？我怎麼就忘了。」忙命丫頭：「去告訴二奶奶，趕著補了一分禮，與琴姑娘的一樣，送

註

※1：即蜜供。油炸的麵食，呈小條狀，拌上蜜，用以供神。
※2：古國名，即今伊朗。
※3：在佛寺中布施僧眾以消災。

到二姑娘屋裏去。」丫頭答應著去了。岫煙見湘雲直口說出來，少不得要到各房去讓讓。◎3

探春笑道：「倒有些意思，一年十二個月，月月有幾個生日。人多了，便這等巧，也有三個一日，兩個一日的。大年初一日也不白過，大姐姐占了去。怨不得他福大，生日比別人就占先。又是太祖太爺的生日。過了燈節，就是老太太和寶姐姐，他們娘兒兩個遇的巧。三月初一日是太太，初九日是璉二哥哥。二月沒人。」襲人道：「二月十二是林姑娘，怎麼沒人？就只不是咱家的人。」探春笑道：「我這個記性是怎麼了！」寶玉笑指襲人道：「他和林妹妹是一日，所以他記得。」探春笑道：「原來你兩個倒是一日。◎4每年連頭也不給我們磕一個。平兒的生日我們也不知道，這也是才知道。」平兒笑道：「我們是那牌兒名上的人，生日也沒拜壽的福，又沒受禮職分，可吵鬧什麼，可不悄悄的過去？今兒他又偏吵出來了，等姑娘們回房，我再行禮去罷。」探春笑道：「也不敢驚動。只是今兒倒要替你過個生日，我心才過得去。」寶玉湘雲等一齊都說：「很是。」探春便吩咐了丫頭：「去告訴他奶奶，就說我們大家說了，今兒一日不放平兒出去，我們也大家湊了分子過生日呢。」丫頭笑著去了，半日，回來說：「二奶奶說了，多謝姑娘們給他臉。不知過生日給他些什麼吃，只別忘了二奶奶，就不來絮聒他了。」衆人都笑了。◎5

探春因說道：「可巧今兒裏頭廚房不預備飯，一應下面弄菜都是外頭收拾。咱們就湊了錢叫柳家的來攬了去，只在咱們裏頭收拾倒好。」衆人都說是極。探春一面遣人去問李紈、寶釵、黛玉，一面遣人去傳柳家的進來，吩咐他內廚房中快收拾兩桌酒席。柳家的不知何意，因說外廚房都預備了。探春笑道：「你原來不知道，今兒是平姑娘的華誕。外頭預備的是上頭的，這如今我們私下又湊了分子，單爲平姑娘預備兩桌請他。你只管揀新巧的菜蔬預備了來，開了賬和我那裏領錢。」柳家的笑道：「原來今日也是平姑娘的千秋，我竟不知道。」說著，便向平兒磕下頭去，慌的平兒拉起他來。柳家的忙去預備酒席。

這裏探春又邀了寶玉，同到廳上去吃麵，等到李紈寶釵一齊來全，又遣人去請薛姨媽與黛玉。因天氣和暖，黛玉之疾漸愈，故也來了。花團錦簇，擠了一廳的人。

誰知薛蝌又送了巾扇香帛四色壽禮與寶玉，寶玉於是過去陪他吃麵。兩家皆治了壽酒，互相酬送，彼此同領。至午間，寶玉又陪薛蝌吃了兩杯酒。寶釵帶了寶琴過來與薛蝌行禮，把盞畢，寶釵因囑薛蝌：「家裏的酒也不用送過那邊去，這虛套竟可收了。你只請伙計們吃罷。我們和寶兄弟進去還要待人去呢，也不能陪你了。」薛蝌忙說：「姐姐兄弟只管請，只怕伙計們也就好來了。」寶玉忙又告過罪，方同他姐妹回來。

評點

◎3.寶玉、寶琴同生日，壽筵、壽禮悉有舊規，而岫煙未得與焉。夫就賈府而論，岫煙與寶琴皆親戚也；而就薛家而論，寶琴與岫煙又姑嫂也。奈何得賈母歡心者有慶，而失邢夫人照應者竟不禮耶？雖有協理府事之敏探春而難辭疏忽，此固寶釵之所不能言而湘雲之所不能忍也。……乃妙玉有十年師友之誼，而亦若罔聞，知且戀戀於公子之芳辰而飛帖遙叩，檻外之人，世情亦復如是。……作者於極熱鬧場中而寓冷熱之情，如此情文相生，於世道人心極有體驗，其壽世也宜矣。（晶三蘆月草舍居士）

◎4.黛玉爲群卉之冠，襲人姓花，皆應生於二月十二日。其云「不是咱們家人」，句中有眼。探春謂倒是你兩個同日，用「倒」字，疑爲兩家人，卻同爲「不是咱家人」。（劉履芬）

◎5.求全人於《紅樓夢》，其維平兒乎！平兒者，有色有才，而又有德者也。然以色與才德，而處於鳳姐下，豈不危哉？乃人見其美，鳳姐忘其美；人見其能，鳳姐忘其能；人見其恩且惠，鳳姐忘其恩且惠。夫鳳姐固以色市、以才市而不欲人以德市者也，而相忘若是。鳳姐之忘平兒歟？抑平兒之能使鳳姐忘也？嗚呼！可以處忌主矣。（涂瀛）

一進角門，寶釵便命婆子將門鎖上，把鑰匙要了自己拿著。寶玉忙說：「這一道門何必關，又沒多的人走。況且姨娘、姐姐、妹妹都在裏頭，倘或家去取什麼，豈不費事。」寶釵笑道：「小心沒過逾的。你瞧你們那邊，這幾日七事八事，竟沒有我們這邊的人，可知是這門關的有功效了。若是開著，保不住那起人圖順腳，抄近路從這裏走，攔誰的是？不如鎖了，連媽和我也禁著些，大家別走。縱有了事，就賴不著這邊的人了。」寶玉笑道：「原來姐姐也知道我們那邊近日丟了東西。」寶釵笑道：「你只知道玫瑰露和茯苓霜兩件，乃因人而及物；若非因人，你連這兩件還不知道呢。殊不知還有幾件比這兩件大的呢。若以後叨登不出來，是大家的造化；若叨登出來，不知裏頭連累多少人呢！你也是不管事的人，我才告訴你。平兒是個明白人，我前兒也告訴了他，皆因他奶奶不在外頭，所以使他明白了。若不出來，大家樂得丟開手；若犯出來，他心裏已有了稿子，自有頭緒，就冤屈不著平人了。你只聽我說，以後留神小心就是了，這話也不可對第二個人講。」

說著，來到沁芳亭邊，只見襲人、香菱、待書、素雲、晴雯、麝月、芳官、蕊官、藕官等十來個人都在那裏看魚作耍。見他們來了，都說：「芍藥欄裏預備下了，快去上席罷。」寶釵等遂攜了他們同到了芍藥欄中紅香圃三間小敞廳內。連尤氏已請過來了，諸人都在那裏，只沒平兒。

原來平兒出去，有賴林諸家送了禮來，連三接四，上中下三等家人來拜壽送禮的不少，平兒忙著打發賞錢道謝，一面又色色的回明鳳姐兒，不過留下幾樣，也有不收的，也有收下即刻賞與人的。忙了一回，又直待鳳姐兒吃過麵，方換了衣裳往園裏來。◎6

剛進了園，就有幾個丫鬟來找他，一同到了紅香圃中。只見筵開玳瑁，褥設芙蓉。衆人都笑：「壽星全了。」上面四座定要讓他四個人坐，四人皆不肯。薛姨媽說：「我老天撥地，又不合你們的群兒，我倒覺拘的慌，不如我到廳上隨便躺躺去倒好。我又吃不下什麼去，又不大吃酒，這裏讓他們倒便宜。」尤氏等執意不從。寶釵道：「這也罷了，倒是讓媽在廳上歪著自如些，有愛吃的送些過去，倒自在了。且前頭沒人在那裏，又可照看了。」探春等笑道：「既這樣，恭敬不如從命。」因大家送了他到議事廳上，眼看著命丫頭們鋪了一個錦褥並靠背引枕之類，又囑咐：「好生給姨媽捶腿，要茶要水別推三扯四的。回來送了東西來，姨太太吃了就賞你們吃。只別離了這裏出去。」小丫頭們都答應了。

探春等方回來。終究讓寶琴岫煙二人在上，平兒面西坐，寶玉面東坐。探春又接了鴛鴦來，二人並肩對面相陪。西邊一桌，寶釵、黛玉、湘雲、迎春、惜春，一面又拉了香菱玉釧兒二人打橫。三桌上，尤氏李紈又拉了襲人、彩雲陪坐。四桌上便是紫鵑、鶯兒、晴雯、小螺、司棋等人圍坐。當下探春等還要把盞，寶琴等四人都說：「這一鬧，一日都坐不成了。」方才罷了。兩個女先兒要彈詞上壽，衆人都說：「我

評點

◎6.此回寫得花明柳暗，粉白脂紅。談笑生風雲，咳吐成珠玉。鋪陳綺麗，李太白之宮詞；興會淋漓，仇十洲之春畫。此種極樂世界，人生何能多得，不問而知大觀園將有風波起矣。（陳其泰）

們沒人要聽那些野話，你聽上去說給姨太太解悶兒去罷。」一面又將各色吃食揀了，命人送與薛姨媽去。

寶玉便說：「雅坐無趣，須要行令才好。」眾人有的說行這個令好，那個又說行那個令好。黛玉道：「依我說，拿了筆硯將各色全都寫了，拈成鬮兒，咱們抓出那個來就是那個。」眾人都道妙。即命拿了一副筆硯花箋。香菱近日學了詩，又天天學寫字，見了筆硯便圖不得，連忙起座說：「我寫。」大家想了一會，共得了十來個，念著，香菱一一的寫了，搓成鬮兒，擲在一個瓶中間。探春便命平兒揀，平兒向內攪了一攪，用箸拈了一個出來，打開看，上寫著「射覆※4」二字。寶釵笑道：「把個酒令的祖宗拈出來了。『射覆』從古有的，如今失了傳，這是後人纂的，比一切的令都難。這裏頭倒有一半是不會的，不如毀了，另拈一個雅俗共賞的。」探春笑道：「既拈了出來，如何又毀。如今再拈一個，若是雅俗共賞的，便叫他們行去。咱們行這個。」說著又叫襲人拈了一個，卻是「拇戰」。史湘雲笑著說：「這個簡斷爽利，合了我的脾氣。我不行這個『射覆』，沒的垂頭喪氣悶人，我只划拳去了。」探春道：「惟有他亂令，寶姐姐快罰他一鍾。」寶釵不容分說，便灌湘雲一杯。

探春道：「我吃一杯，我是令官，也不用宣，只聽我分派。」命取了令骰令盆來，「從琴妹擲起，挨下擲去，對了點的二人射覆。」寶琴一擲，是個「三」，岫煙

✣ 醉眠芍藥花叢中，也只有頗具豪俠風範又天真爛熳的湘雲才作得到。（張羽琳繪）

寶玉等皆擲的不對，直到香菱方擲了一個「三」。寶琴笑道：「只好室內生春※5，若說到外頭去，可太沒頭緒了。」探春道：「自然。三次不中者罰一杯。你覆，他射。」寶琴想了一想，說了個「老」字。香菱原生於這令，一時想不到，滿室滿席都不見有與「老」字相連的成語。湘雲先聽了，便也亂看，忽見門斗上貼著「紅香圃」三個字，便知寶琴覆的是「吾不如老圃」的「圃」字。見香菱射不著，眾人擊鼓又催，便悄悄的拉香菱，教他說「藥」字。黛玉偏看見了，說「快罰他，又在那裏私相傳遞呢。」哄的眾人都知道了，忙又罰了一杯，恨的湘雲拿筷子敲黛玉的手。於是罰了香菱一杯。下則寶釵和探春對了點子。探春便覆了一個「人」字。寶釵笑道：「這個『人』字泛的很。」探春笑道：「添一字，兩覆一射也不泛了。」說著，便又說了一個「窗」字。寶釵一想，因見席上有雞，便射著他是用「雞窗※6」「雞人」二典了，因射了一個「塒」字。探春知他射著，用了「雞棲於塒」的典，二人一笑，各飲一口門杯。

湘雲等不得，早和寶玉「三」「五」亂叫，划起拳來。那邊尤氏和鴛鴦隔著席也「七」「八」亂叫划起來。平兒襲人也作了一對划拳，叮叮噹噹只聽得腕上的鐲子

註

※4：射：猜。覆：隱藏。射覆原爲猜物遊戲，把某物用碗盆遮蓋起來，猜中者勝。後世也作爲一種酒令，出題者用詩文、成語、典故隱喻某事物，讓猜謎者用另一種詩文、成語、典故來揭開謎底。

※5：指「射覆」的謎底只限於本室之內的事物。

※6：指書室。南朝宋劉義慶《幽明錄》載，晉代宋處宗有一長鳴雞，經常放在窗邊，後來雞忽然會說人話，與處宗交談，使處宗言談技巧進步，後便用以代稱書室。

響。一時湘雲贏了寶玉，襲人贏了平兒，尤氏贏了鴛鴦，三個人限酒底酒面，湘雲便說：「酒面要一句古文，一句舊詩，一句骨牌名，一句曲牌名，還要一句時憲書※7上的話，共總湊成一句話。酒底要關人事的果菜名。」眾人聽了，都笑說：「惟有他的令也比人嘮叨，倒也有意思。」便催寶玉快說。寶玉笑道：「誰說過這個，也等想一想兒。」黛玉便道：「你多喝一鍾，我替你說。」寶玉眞個喝了酒，聽黛玉說道：

落霞與孤鶩齊飛，風急江天過雁哀，卻是一隻折足雁，叫的人九迴腸，這是鴻雁來賓。◎7

說的大家笑了，說：「這一串子倒有些意思。」黛玉又拈了一個榛穰，說酒底道：

榛子非關隔院砧，何來萬户搗衣聲？

令完，鴛鴦、襲人等皆說的是一句俗話，都帶一個「壽」字的，不能多贅。

大家輪流亂划了一陣，這上面湘雲又和寶琴對了手，李紈和岫煙對了點子。李紈便覆了一個「瓢」字，岫煙便射了一個「綠」字※8，二人會意，各飲一口。湘雲的拳卻輸了，請酒面酒底。寶琴笑道：「請君入甕※9。」大家笑起來，說：「這個典用的當。」湘雲便說道：

奔騰而砰湃，江間波浪兼天湧，須要鐵鎖纜孤舟，既遇著一江風，不宜出行。

說的眾人都笑了，說：「好個謅斷了腸子的！怪道他出這個令，故意惹人笑。」又聽他說酒底。湘雲吃了酒，揀了一塊鴨肉呷口，忽見碗內有半個鴨頭，遂揀了出來吃腦子。眾人催他：「別只顧吃，到底快說了。」湘雲便用箸子舉著說道：

這鴨頭不是那丫頭，頭上那討桂花油？◎8

眾人越發笑起來，引的晴雯、小螺、鶯兒等一干人都走過來說：「雲姑娘會開心兒，拿著我們取笑兒，快罰一杯才罷！怎見得我們就該擦桂花油的？倒得每人給一瓶子桂花油擦擦。」黛玉笑道：「他倒有心給你們一瓶子油，又怕掛誤著打盜竊的官司。」眾人不理論，寶玉卻明白，忙低了頭。彩雲有心病，不覺的紅了臉。寶釵忙暗暗的瞅了黛玉一眼。黛玉自悔失言，原是趣寶玉的，就忘了趣著彩雲，自悔不及，忙一頓行令划拳岔開了。

底下寶玉可巧和寶釵對了點子。寶釵覆了一個「寶」字，寶玉想了一想，便知是寶釵作戲指自己所佩通靈玉而言，便笑道：「姐姐拿我作雅謔，我卻射著了。說出來姐姐別惱，就是姐姐的諱『釵』字就是了。」眾人道：「怎麼解？」寶玉道：「他說『寶』，底下自然是『玉』了。我射『釵』字，舊詩曾有『敲斷玉釵紅燭冷』，豈不射著了。」湘雲說道：「這用時事卻使不得，兩個人都該罰。」香菱忙道：「不止時

註

※7：曆書。

※8：李紈覆「瓢」字，是看到席上有樽，想到詩句「瓢樽空掛壁」來隱寓「樽」字。岫煙射「綠」字，是用詩句「愁向綠樽生」，來猜李紈所覆的「樽」字。

※9：比喻以其人之法還治其人之身。唐代武則天命酷吏來俊臣審周興。來假意先問周刑求之道：怎樣才能使犯人招供？慣用酷刑的周答：把犯人放進大甕中以炭火烤之。來即如法置甕欲以此法審問周興。

評點

◎7.顰顰所言酒令「落霞與孤鶩齊飛」云云，直是自己寫照。（解庵居士）

◎8.湘雲在諸人中，最豪爽，最活潑，最有才思，最能耐苦，容貌美麗，更不必說了。她在這書裏，實是個理想的美人。這一種人，在社會上，家庭中，所不易得的。（佩之）

事，這也有出處。」湘雲道：「『寶玉』二字並無出處，不過是春聯上或有之，詩書記載並無，算不得。」香菱道：「前日我讀岑嘉州※10五言律，現有一句說『此鄉多寶玉』，怎麼你倒忘了？後來又讀李義山※11七言絕句，又有一句『寶釵無日不生塵』，我還笑說他兩個名字都原來在唐詩上呢。」衆人笑說：「這可問住了，快罰一杯。」湘雲無話，只得飲了。大家又該對點的對點，划拳的划拳。這些人因賈母王夫人不在家，沒了管束，便任意取樂，呼三喝四，喊七叫八。滿廳中紅飛翠舞，玉動珠搖，眞是十分熱鬧。頑了一回，大家方起席散了一散，倏然不見了湘雲，只當他外頭自便就來，誰知越等越沒了影響，使人各處去找，那裏找得著。

接著林之孝家的同著幾個老婆子來，生恐有正事呼喚，二者恐丫鬟們年青，乘王夫人不在家不服探春等約束，恣意痛飲，失了體統，故來請

✣ 金陵十二釵——湘雲眠芍，清代費丹旭《紅樓夢十二釵冊》。（fotoe提供）

✣ 芍藥，毛茛科植物。別名：沒骨花、將離。多年生宿根草本，花色有白、黃紫、粉、紅等色。（黃瓊提供）

問有事無事。探春見他們來了，便知其意，忙笑道：「你們又不放心，來查我們來了。我們沒有多吃酒，不過是大家頑笑，將酒作個引子，媽媽們別耽心。」李紈尤氏都也笑說：「你們歇著去罷，我們也不敢叫他們多吃了。」林之孝家的等人笑說：「我們知道，連老太太叫姑娘們吃酒，姑娘們還不肯吃，何況太太們不在家，自然頑罷了。我們怕有事，來打聽打聽。二則天長了，姑娘們頑一回子還該點補些小食兒。素日又不大吃雜東西，如今吃一兩杯酒，若不多吃些東西，怕受傷。」探春笑道：「媽媽們說的是，我們也正要吃呢。」因回頭命取點心來。兩旁丫鬟們答應了，忙去傳點心。探春又笑讓：「你們歇著去罷，或是姨媽那裏說話兒去。我們即刻打發人送酒你們吃去。」林之孝家的等人笑回：「不敢領了。」又站了一回，方退了出來。平兒摸著臉笑道：「我的臉都熱了，也不好意思見他們。依我說竟收了罷，別惹他們再來，倒沒意思了。」探春笑道：「不相干，橫豎咱們不認眞喝酒就罷了。」

正說著，只見一個小丫頭笑嘻嘻的走來：「姑娘們快瞧雲姑娘去，吃醉了圖涼快，在山子後頭一塊青板石凳上睡著了。」衆人聽說，都笑道：「快別吵嚷。」說著，都走來看時，果見湘雲臥於山石僻處一個凳子上，

註

※10：即唐代岑參，曾任嘉州刺史。

※11：即唐代李商隱。

業經香夢沉酣，◎9四面芍藥花飛了一身，滿頭臉衣襟上皆是紅香散亂，手中的扇子在地下，也半被落花埋了，一群蜂蝶鬧穰穰的圍著他，又用鮫帕包了一包芍藥花瓣枕著。◎10眾人看了，又是愛，又是笑，忙上來推喚挽扶。湘雲口內猶作睡語說酒令，唧唧嘟嘟說：

> 泉香而酒冽，玉盌盛來琥珀光，直飲到梅梢月上，醉扶歸，卻為宜會親友。

眾人笑推他說道：「快醒醒兒吃飯去，這潮凳上還睡出病來呢。」湘雲慢啓秋波，見了眾人，低頭看了一看自己，方知是醉了。◎11原是來納涼避靜的，不覺的因多罰了兩杯酒，嬌嬝不勝，便睡著了，心中反覺自愧。連忙起身扎掙著同人來至紅香圃中，用過水，又吃了兩盞釅茶。探春忙命將醒酒石※12拿來給他銜在口內，◎12一時又命他喝了一些酸湯，方才覺得好了些。

當下又選了幾樣果菜與鳳姐送去，鳳姐兒也送了幾樣來。寶釵等吃過點心，大家也有坐的，也有立的，也有在外觀花

✣ 湘雲在石凳上睡著，口中猶說酒令。（朱寶榮繪）

的，也有扶欄觀魚的，各自取便說笑不一。探春便和寶琴下棋，寶釵岫煙觀局。黛玉和寶玉在一簇花下唧唧噥噥不知說些什麼。只見林之孝家的和一群女人帶了一個媳婦進來。那媳婦愁眉苦臉，也不敢進廳，只到了階下，便朝上跪下了，碰頭有聲。探春因一塊棋受了敵，算來算去總得了兩個眼，便折了官著※13，兩眼只瞅著棋枰，一隻手卻伸在盒內，只管抓弄棋子作想，林之孝家的站了半天，因回頭要茶時才看見，問：「什麼事？」林之孝家的便指那媳婦說：「這是四姑娘屋裏的小丫頭彩兒的娘，現是園內伺候的人。嘴很不好，才是我聽見了問著他，他說的話也不敢回姑娘，竟要攆出去才是。」探春道：「怎麼不回大奶奶？」林之孝家的道：「方才大奶奶都往廳上姨太太處去了，頂頭看見，我已回明白了，叫回姑娘來。」探春道：「怎麼不回二奶奶？」平兒道：「不回去也罷，我回去說一聲就是了。」探春點點頭道：「既這麼著，就攆出他去，等太太來了，再回定奪。」說畢仍又下棋。這林之孝家的帶了那人去不提。

黛玉和寶玉二人站在花下，遙遙知意。黛玉便說道：「你家三丫頭倒是個乖人。雖然叫他管些事，倒也一步兒不肯多走。差不多的人就早作起威福來了。」寶玉道：「你不知道呢。你病著時，他幹了好幾件事。這園子也分了人管，如今

註

※12：據說是能夠解酒的石頭。

※13：圍棋術語。眼：無棋子的空處稱「眼」。官著：圍棋下到最後階段，尚餘周圍及邊角空白，可以輪次填子，填滿爲止，叫收官著。

評點

◎9.在中國的封建文化裏，對女子的要求特別嚴，規範也特別多。在這種文化氛圍裏，湘雲能夠活得這樣自由，這樣灑脫，本身就是一種反抗，一種審美式反抗。（趙國棟）

◎10.花開至芍藥，花事盡矣。故芍藥欄會宴，極一時之盛，亦如花開到十分盛時也。自此以後，風波漸作，花事闌珊矣。（陳其泰）

◎11.湘雲說話作事不靠心計而純憑直覺，是孩子式的的直覺。對於複雜的人際關係黛玉是心知肚明而冷冷旁觀，湘雲則是根本就混沌，全然不知，她是一個睡者的形象化身。（布萊克曼．珍妮）

◎12.此石在全書中僅見，乃亦銜在口內，與寶公生時之玉相似，殊不可解。曾聞一老輩言，寶公實娶湘雲，晚年貧極，夫婦在都中拾煤球爲活，云云。今三十一回目有「因麒麟伏白首雙星」語，此說不爲無因。再拈此義，似亦一證據也。（王伯沆）

多掐一草也不能了。又蠲了幾件事，單拿我和鳳姐姐作筏子禁別人。最是心裏有算計的人，豈只乖而已！」◎[13]黛玉道：「要這樣才好，咱們家裏也太花費了。我雖不管事，心裏每常閑了，替你們一算計，出的多進的少，如今若不省儉，必致後手不接。」寶玉笑道：「憑他怎麼後手不接，也短不了咱們兩個人的。」黛玉聽了轉身就往廳上尋寶釵說笑去了。

寶玉正欲走時，只見襲人走來，手內捧著一個小連環洋漆茶盤，裏面可式放著兩鍾新茶，因問：「他往那去了？我見你兩個半日沒吃茶，巴巴的倒了兩鍾來，他又走了。」寶玉道：「那不是他，你給他送去。」說著自拿了一鍾。襲人便送了那鍾去，偏和寶釵在一處，只得一鍾茶，便說：「那位渴了那位先接了，我再倒去。」寶釵笑道：「我倒不渴，只要一口漱一漱就夠了。」說著先拿起來喝了一口，剩下半杯遞在黛玉手內。◎[14]襲人笑說：「我再倒去。」黛玉笑道：「你知道我這病，大夫不許我多吃茶，這半鍾盡夠了，難為你想的到。」說畢飲乾，將杯放下。襲人又來接寶玉的。寶玉因問：「這半日沒見芳官，他在那裏呢？」襲人四顧一瞧說：「才在這裏幾個人鬥草的，這會子不見了。」

寶玉聽說，便忙回至房中，果見芳官面向裏睡在床上。寶玉推他說道：「快別睡覺，咱們外頭頑去，一會兒好吃飯。」芳官道：「你們吃酒不理我，教我悶了半日，可不來睡覺罷了。」寶玉拉了他起來，笑道：「咱們晚上家裏再吃，回來我叫襲人姐姐帶了你桌上吃飯，何如？」芳官道：「藕官蕊官都不上去，單我在那裏也不好。我也不慣吃那個麵條子，早起也沒好生吃。才剛餓了，我已告訴了柳嫂子，先給我作一碗湯盛半碗粳米飯送來，我這裏吃了就完事。若是晚上吃酒，不許教人管著我，我要盡力吃夠了才罷。我先在家裏，吃二三斤好惠泉酒呢。如今學了這勞什子，他們說怕壞嗓子，這幾年也沒聞見。趁今日我可是要開齋了。」寶玉道：「這個容易。」

說著，只見柳家的果遣了人送了一個盒子來。小燕接著揭開，裏面是一碗蝦丸雞皮湯，又是一碗酒釀清蒸鴨子，一碟腌的胭脂鵝脯，還有一碟四個奶油松瓤捲酥，並一大碗熱騰騰碧熒熒蒸的綠畦香稻粳米飯。小燕放在案上，走去拿了小菜並碗箸過來，撥了一碗飯。芳官便說：「油膩膩的，誰吃這些東西。」只將湯泡飯吃了一碗，揀了兩塊腌鵝就不吃了。寶玉聞著，倒覺比往常之味有勝些似的，遂吃了一個捲酥，又命小燕也撥了半碗飯，泡湯一吃，十分香甜可口。小燕和芳官都笑了。吃畢，小燕便將剩的要交回。寶玉道：「你吃了罷，若不夠再要些來。」小燕道：「不用要，這就夠了。方才麝月姐姐拿了兩盤子點心給我們吃了，我再吃了這個，盡不用再吃了。」說著，便站在桌旁一頓吃了，又留下兩個捲酥，說：「這個留著給我媽吃。晚上要吃酒，給我兩碗酒吃就是了。」寶玉笑道：「你也愛吃酒？等著咱們晚上痛喝一陣。你襲人姐姐和晴雯姐姐量也好，也要喝，只是每日不好意思。趁今兒大家開齋。還有一件事，想著囑咐你，我竟忘了，此刻才想起來。以後芳官全要你照看他，

評點

◎13.探春沒有迎春的懦弱，也沒有惜春的孤僻。她舉止大方，胸襟闊朗，但並不浪漫，她是一個具備男子性格的女性，但又不如湘雲那麼露骨。（胡成仁）

◎14.竟是釵先接，明是不肯讓人。從前合歡花酒與黛爭一口，此次新茶也要分半口，釵之心真可謂狹窄矣！（王伯沆）

他或有不到的去處你提他，襲人照顧不過這些人來。」小燕道：「我都知道，都不用操心。但只這五兒怎麼樣？」寶玉道：「你和柳家的說去，明兒直叫他進來罷，等我告訴他們一聲就完了。」芳官聽了，笑道：「這倒是正經。」小燕又叫兩個小丫頭進來，伏侍洗手倒茶，自己收了家伙，交與婆子，也洗了手，便去找柳家的，不在話下。

寶玉便出來，仍往紅香圃尋衆姐妹，芳官在後拿著巾扇。剛出了院門，只見襲人晴雯二人攜手回來。寶玉問：「你們作什麼？」襲人道：「擺下飯了，等你吃飯呢。」寶玉便笑著將方才吃的飯一節告訴了他兩個。襲人笑道：「我說你是貓兒食，聞見了香就好。隔鍋飯兒香。雖然如此，也該上去陪他們多少應個景兒。」晴雯用手指戳在芳官額上，說道：「你就是個狐媚子，什麼空兒跑了去吃飯，兩個人怎麼就約下了？也不告訴我們一聲兒。」襲人笑道：「不過是誤打誤撞的遇見了，說約下了可是沒有的事。」晴雯道：「既這麼著，要我們無用。明兒我們都走了，讓芳官一個人，就夠使了。」襲人笑道：「我們都去了使得，你卻去不得。」晴雯道：「惟有我是第一個要去的，◎15又懶又笨，性子又不好，又沒用。」襲人笑道：「倘或那孔雀褂子再燒個窟窿，你去了誰

✣ 崑曲《紅樓夢．晴雯補裘》，魏春榮飾晴雯。晴雯曾病中補寶玉的孔雀裘。（北方崑曲劇院提供）

可會補呢？你倒別和我拿三撇四的，我煩你作個什麼，把你懶的橫針不拈，豎線不動。一般也不是我的私活煩你，橫豎都是他的，你就都不肯作。怎麼我去了幾天，你病的七死八活，一夜連命也不顧給他作了出來，這又是什麼原故？你到底說話，別只佯憨，和我笑，也當不了什麼。」大家說著，來至廳上。薛姨媽也來了。大家依序坐下吃飯。寶玉只用茶泡了半碗飯，應景而已。一時吃畢，大家吃茶閑話，又隨便頑笑。

外面小螺和香菱、芳官、蕊官、藕官，荳官等四五個人，都滿園中頑了一回，大家採了些花草來兜著，坐在花草堆中鬥草。

✣ 檉柳，檉柳科檉柳屬植物，別名：紅柳、觀音柳、三春柳。植物形態為落葉灌木或小喬木。（宋士敬提供）

這一個說：「我有觀音柳。」那一個說：「我有羅漢松。」那一個又說：「我有君子竹。」這一個又說：「我有美人蕉。」這個又說：「我有星星翠。」那個又說：「我有月月紅。」這個又說：「我有《牡丹亭》上的牡丹花。」那個又說：「我有《琵琶記》裏的枇杷果。」荳官便說：「我有姐妹花。」眾人沒了，香菱便說：「我有夫妻

評點

◎15.晴雯所言，竟是七十七回讖語。（王伯沆）

蕙。」荳官說：「從沒聽見有個夫妻蕙。」香菱道：「一箭一花爲蘭，一箭數花爲蕙。凡蕙有兩枝，上下結花者爲兄弟蕙，有並頭結花者爲夫妻蕙。我這枝並頭的，怎麼不是？」荳官沒的說了，便起身笑道：「依你說，若是這兩枝一大一小，就是老子兒子蕙了。若兩枝背面開的，就是仇人蕙了。你漢子去了大半年，你想夫妻了？便扯上蕙也有夫妻，好不害羞！」香菱聽了，紅了臉，忙要起身擰他，笑罵道：「我把你這個爛了嘴的小蹄子！滿嘴裏汗爛的胡說。等我起來打不死你這小蹄子！」荳官見他要勾來，怎容他起來，便忙連身將他壓倒。回頭笑著央告蕊官等：「你們來！幫著我擰他這謅嘴。」兩個人滾在草地下。衆人拍手笑說：「了不得了！那是一窪子水，可惜污了他的新裙子了。」荳官回頭看了一看，果見旁邊有一汪積雨，香菱的半扇裙子都污濕了，自己不好意思，忙奪了手跑了。衆人笑個不住，怕香菱拿他們出氣，也都哄笑一散。

香菱起身低頭一瞧，那裙上猶滴滴點點流下綠水來。正恨罵不絕，

崑曲《琵琶記》，董萍飾趙五娘。本回大家在園中採了花草。坐在其中鬥草。其中有個丫頭說著：「我有《琵琶記》裏的枇杷果。」（北方崑曲劇院提供）

大花美人蕉，美人蕉科美人蕉屬植物。別名：鳳尾花、小芭蕉、破血紅。（徐曄春提供）

可巧寶玉見他們鬥草，也尋了些花草來湊戲，忽見衆人跑了，只剩了香菱一個低頭弄裙，因問：「怎麼散了？」香菱便說：「我有一枝夫妻蕙，他們不知道，反說我謅，因此鬧起來，把我的新裙子也髒了。」寶玉笑道：「你有夫妻蕙，我這裏倒有一枝並蒂菱。」口內說，手內卻眞個拈著一枝並蒂菱花，又拈了那枝夫妻蕙在手內。香菱道：「什麼夫妻不夫妻，並蒂不並蒂，你瞧瞧這裙子！」◎16寶玉方低頭一瞧，便「噯呀」了一聲，說：「怎麼就拖在泥裏了？可惜！這石榴紅綾最不經染。」香菱道：「這是前兒琴姑娘帶了來的。姑娘作了一條，我作了一條，今兒才上身。」寶玉跌腳嘆道：「若你們家，一日糟蹋這一百件也不値什麼。只是頭一件既係琴姑娘帶來的，你和寶姐姐每人才一件，他的尙好，你的先髒了，豈不辜負他的心！二則姨媽老人家嘴碎，饒這麼樣，我還聽見常說你們不知過日子，只會糟蹋東西，不知惜福呢。這叫姨媽看見了，又說一個不清。」香菱聽了這話，卻碰在心坎兒上，反倒喜歡起來了，因笑道：「就是這話了。我雖有幾條新裙子，都不和這一樣的，若有一樣的，趕著換了也就好了。過後再說。」寶玉道：「你快休動，只站著方好，不然連小衣兒膝褲鞋面都要拖髒。我有個主意：襲人上月作了一條和這個一模一樣的，他因有孝，如今也不穿。竟送了你換下這個來，如何？」香菱笑著搖頭說：「不好，他們倘或聽見了倒不好。」寶玉道：「這怕什麼。等他孝滿了，他愛什麼難道不許你送他別的不成？你若這樣，還是你素日爲人了！況且不是瞞人的事，只管告訴寶姐姐也可，只不過怕姨

◎16. 悲慘的生活既不能使她失去她的溫柔、純眞和愛心，便更無法使她失去對美好的追求，她既非任情任性，又非人情練達，她既沒有一丁點兒清高孤傲，又沒有半絲禮教氣息，她不抱怨，不自憐，不自持，不自傲，待人處世全憑一副眞心眼兒，她的性格是一種沒有被社會異化的、純粹的「女兒」原來的特質。（吳曉南）

你的心。我等著你，千萬叫他親自送來才好。」

媽老人家生氣罷了。」香菱想了一想有理，便點頭笑道：「就是這樣罷了，別辜負了

寶玉聽了，喜歡非常，答應了忙忙的回來。一壁裏低頭心下暗算：「可惜這麼一個人，沒父母，連自己本姓都忘了，被人拐出來，偏又賣與了這個霸王。」因又想起上日平兒也是意外想不到的，今日更是意外之意外的事了。◎17一壁胡思亂想，來至房中，拉了襲人，細細告訴了他原故。香菱之為人，無人不憐愛的。襲人又本是個手中撒漫※14的，況與香菱素相交好，一聞此信，忙就開箱取了出來折好，隨了寶玉來尋著香菱，見他還站

✣ 寶玉背過身去，香菱換下弄髒的石榴裙。（朱寶榮繪）

在那裏等呢。襲人笑道：「我說你太淘氣了，足的淘出個故事來才罷。」香菱紅了臉，笑道：「多謝姐姐了，誰知那起促狹鬼使黑心！」說著，接了裙子，展開一看，果然同自己的一樣。又命寶玉背過臉去，自己叉手向內解下來，將這條繫上。◎18襲人道：「把這髒了的交與我拿回去，收拾了再給你送來。你若拿回去，看見了也是要問的。」香菱道：「好姐姐，你拿去不拘給那個妹妹罷。我有了這個，不要他了。」襲人道：「你倒大方的好。」香菱忙又萬福道謝，襲人拿了髒裙便走。

香菱見寶玉蹲在地下，將方才的夫妻蕙與並蒂菱用樹枝兒摳了一個坑，先抓些落花來鋪墊了，將這菱蕙安放好，又將些落花來掩了，方撮土掩埋平服。香菱拉他的手，笑道：「這又叫作什麼？怪道人人說你慣會鬼鬼祟祟使人肉麻的事。你瞧瞧，你這手弄的泥烏苔滑的，還不快洗去。」寶玉笑著，方起身走了去洗手，香菱也自走開。二人已走遠了數步，香菱復轉身回來叫住寶玉。寶玉不知有何話，扎著兩隻泥手，笑嘻嘻的轉來問：「什麼？」香菱只顧笑。因那邊他的小丫頭臻兒走來說：「二姑娘等你說話呢。」香菱方向寶玉道：「裙子的事可別向你哥哥說才好。」◎19說畢，即轉身走了。寶玉笑道：「可不我瘋了，往虎口裏探頭兒去呢。」說著，也回去洗手去了。要知端詳，且聽下回分解。

註

※14：不吝惜財物、花錢慷慨。

評點

◎17.賈寶玉是天生的哲學家，生下來就有他自己的人生觀，一般不瞭解他的人，以爲他是糊塗沒目的，無事忙。其實他的人生觀就是「愛」。得到了愛，就是幸福，得不到愛，就是痛苦，基於這種人生觀，寶玉因此對於人生的富貴貧賤，尊卑際遇，毫不在意；而於心所愛的，即爲之犧牲一切，亦所情願。然而寶玉的愛，是純潔的，不是污濁的；是天眞的，不是矯揉的；是精神的，不是肉體的；是怡情的，不是泄欲的。他象徵著人類中「情種」的典型。（雅興）

◎18.香菱解裙，較之平兒理妝，稍著色相，然寶玉只以得心爲樂。（陳其泰）

◎19.香菱拿到裙子後竟毫不避諱，僅讓寶玉背過去換下濕裙子。還對寶玉說「可別對你哥哥說才好」。這足以表現香菱的純情和天眞的性情，心地之中沒有一絲的邪念。她的臨別囑咐，可見她並不傻氣，知道利害關鍵處呢。（胡文彬）

第六十三回 壽怡紅群芳開夜宴 死金丹獨艷理親喪

話說寶玉回至房中洗手，因與襲人商議：「晚間吃酒，大家取樂，不可拘泥。如今吃什麼，好早說給他們備辦去。」襲人笑道：「你放心，我和晴雯、麝月、秋紋四個人，每人五錢銀子，共是二兩；芳官、碧痕、小燕，四兒四個人，每人三錢銀子，他們有假的不算，共是三兩二錢銀子，早已交給了柳嫂子，預備四十碟果子。我和平兒說了，已經抬了一罈好紹興酒藏在那邊了。我們八個人單替你過生日。」寶玉聽了，喜的忙說：「他們是那裏的錢，不該叫他們出才是。」晴雯道：「他們沒錢，難道我們是有錢的？這原是各人的心。那怕他偷的呢，只管領他們的情就是。」寶玉聽了，笑說：「你說的是。」襲人笑道：「你一天不挨他兩句硬話村你，你再過不去。」晴雯笑道：「你如今也學壞了，專會架橋撥火兒※1。」

✣《增評補圖石頭記》第六十三回繪畫。（fotoe提供）

說著，大家都笑了。寶玉說：「關院門罷。」襲人笑道：「怪不得人說你是『無事忙』，這會子關了門，人倒疑惑，索性再等一等。」寶玉點頭，因說：「我出去走走，四兒舀水去，小燕一個跟我來罷。」說著，走至外邊，因見無人，便問五兒之事。小燕道：「我才告訴了柳嫂子，他倒喜歡的很。只是五兒那夜受了委曲煩惱，回家去又氣病了，那裏來的！只等好了罷。」寶玉聽了，不免後悔長嘆，因又問：「這事襲人知道不知道？」小燕道：「我沒告訴，不知芳官可說了不曾。」寶玉道：「我卻沒告訴過他，也罷，等我告訴他就是了。」說畢，復走進來，故意洗手。

已是掌燈時分，聽得院門前有一群人進來。大家隔窗悄視，果見林之孝家的和幾個管事的女人走來，前頭一人提著大燈籠。晴雯悄笑道：「他們查上夜的人來了。這一出去，咱們好關門了。」只見怡紅院凡上夜的人都迎了出去，林之孝家的看了不少。林之孝家的吩咐：「別耍錢吃酒，放倒頭睡到大天亮。我聽見是不依的。」衆人都笑說：「那裏有那樣大膽子的人。」林之孝家的又問：「寶二爺睡下了沒有？」衆人都回不知道。襲人忙推寶玉。寶玉靸了鞋，便迎出來，笑道：「我還沒睡呢。媽媽進來歇歇。」又叫：「襲人倒茶來。」林之孝家的忙進來，笑說：「還沒睡？如今天長夜短了，該早些睡，明兒起的方早。不然，到了明日起遲了，人笑話說不是個讀書上學的公子了，倒像那起挑腳漢了。」說畢，又笑。寶玉忙笑道：「媽媽說的是。我

註

※1：從旁慫恿挑撥，加油添醋，使事情擴大。

每日都睡的早，媽媽每日進來可都是我不知道的，已經睡了。今兒因吃了麵怕停住食，所以多頑一會。」林之孝家的又向襲人等笑說：「該沏些個普洱茶※2吃。」襲人晴雯二人忙笑說：「沏了一盄子女兒茶※3，已經吃過兩碗了。大娘也嘗一碗，都是現成的。」說著，晴雯便倒了一碗來。林之孝家的又笑道：「這些時我聽見二爺嘴裏都換了字眼，趕著這幾位大姑娘們竟叫起名字來。雖然在這屋裏，到底是老太太、太太的人，還該嘴裏尊重些才是。若一時半刻偶然叫一聲使得，若只管叫起來，怕以後兄弟侄兒照樣，便惹人笑話，說這家子的人眼裏沒有長輩。」寶玉笑道：「媽媽說的是。我原不過是一時半刻的。」襲人晴雯都笑說：「這可別委曲了他。直到如今，他可姐姐沒離了口，不過頑的時候叫一聲半聲名字，若當著人卻是和先一樣。」林之孝家的笑道：「這才好呢，這才是讀書知禮的。越自己謙越尊重，別說是三五代的陳人，現從老太太、太太屋裏撥過來的，便是老太太、太太屋裏的貓兒狗兒，輕易也傷他不的。這才是受過調教的公子行事。」說畢，吃了茶，便說：「請安歇罷，我們走了。」寶玉還說：「再歇歇。」那林之孝家的已帶了衆人，又查別處去了。

這裏晴雯等忙命關了門，進來笑說：「這位奶奶那裏吃了一杯來了？嘮三叨四的，又排場了我們一頓去了。」麝月笑道：「他也不是好意的？少不得也要常提著些兒。也隄防著怕走了大褶兒的意思。」說著，一面擺上酒果。襲人道：「不用圍桌，咱們把那張花梨圓炕桌子放在炕上坐，又寬綽，又便宜。」說著，大家果然抬來。麝

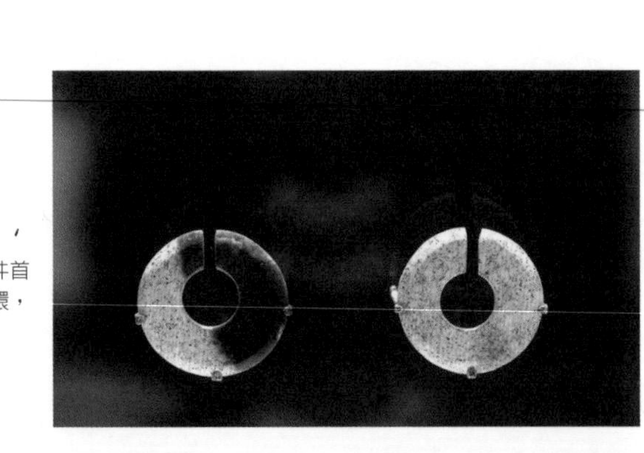

✣ 富貴人家妝飾的貴重，常常體現在每一件首飾都由珍貴材質製成，圖中為秦代玉耳環，收藏於北京大學博物館。（矗鳴提供）

月和四兒那邊去搬果子，用兩個大茶盤作四五次方搬運了來。兩個老婆子蹲在外面火盆上篩酒。寶玉說：「天熱，咱們都脫了大衣裳才好。」衆人笑道：「你要脫你脫，我們還要輪流安席※4呢。」寶玉笑道：「這一安就安到五更天了。知道我最怕這些俗套子，在外人跟前不得已的，這會子還慪我就不好了。」衆人聽了，都說：「依你。」於是先不上坐，且忙著卸妝寬衣。◎1

一時將正妝卸去，頭上只隨便挽著鬢兒，身上皆是長裙短襖。寶玉只穿著大紅棉紗小襖子，下面綠綾彈墨袷褲，散著褲腳，倚著一個各色玫瑰芍藥花瓣裝的玉色夾紗新枕頭，和芳官兩個先划拳。當時芳官滿口嚷熱，只穿著一件玉色紅青酡絨三色緞子斗的水田小夾襖，束著一條柳綠汗巾，底下是水紅撒花夾褲，也散著褲腿。頭上眉額編著一圈小辮，總歸至頂心，結一根鵝卵粗細的總辮，拖在腦後。右耳眼內只塞著米粒大小的一個小玉塞子，左耳上單帶著一個白果大小的硬紅鑲金大墜子，越顯的面如滿月猶白，眼如秋水還清。引的衆人笑說：「他兩個倒像是雙生的弟兄兩個。」襲人等一一的斟了酒來說：「且等等再划拳，雖不安席，每人在手裏吃我們一口罷了。」於是襲人爲先，端在唇上吃了一口，餘依次下去，一一吃過，大家方團圓坐定。小燕四兒因炕沿坐不下，便端了兩張椅子近炕放下。那四十個碟子，皆是一色白粉定窯

註

※2：雲南普洱一帶的名茶，多壓成團狀。性溫味厚，可幫助消化。

※3：泰山無佳茗，採青桐芽等嫩葉製成飲料，稱女兒茶。

※4：宴席入座時主人請客人入座的禮節。

評點

◎1.凡吃酒從未先如此者，此獨怡紅風俗。故王夫人云他行事總是與世人兩樣的，知子莫過母也。（脂硯齋）

的，不過只有小茶碟大，裏面不過是山南海北，中原外國，或乾或鮮，或水或陸，天下所有的酒饌果菜。寶玉因說：「咱們也該行個令才好。」襲人道：「斯文些的才好，別大呼小叫，惹人聽見。二則我們不識字，可不要那些文的。」麝月笑道：「拿骰子咱們搶紅※5罷。」寶玉道：「沒趣，不好。咱們占花名兒好。」晴雯笑道：「正是早已想弄這個頑意兒。」襲人道：「這個頑意雖好，人少了沒趣。」小燕笑道：「依我說，咱們竟悄悄的把寶姑娘、林姑娘請了來頑一回子，到二更天再睡不遲。」襲人道：「又開門喝戶的鬧，倘或遇見巡夜的問呢？」寶玉道：「怕什麼！咱們三姑娘也吃酒，再請他一聲才好。還有琴姑娘。」衆人都道：「琴姑娘罷了，他在大奶奶屋裏，叨登的大發了。」寶玉道：「怕什麼，你們就快請去。」小燕四兒都得不了一聲，二人忙命開了門，分頭去請。

晴雯、麝月、襲人三人又說：「他兩個去請，只怕寶林兩個不肯來，須得我們請去，死活拉他來。」於是襲人晴雯忙又命老婆子打個燈籠，二人又去。果然寶釵說夜深了，黛玉說身上不好，他二人再三央求說：「好歹給我們一點體面，略坐坐再

✣ 圖片中的陶瓷亦為定窯一類。金代定窯白釉刻花小碟和黑釉雙繫葫蘆瓶，首都博物館藏。（聶鳴提供）

來。」探春聽了卻也歡喜。因想：「不請李紈，倘或被他知道了倒不好。」便命翠墨同了小燕也再三的請了李紈和寶琴二人，會齊，先後都到了怡紅院中。襲人又死活拉了香菱來。炕上又併了一張桌子，方坐開了。

寶玉忙說：「林妹妹怕冷，過這邊靠板壁坐。」又拿個靠背墊著些。襲人等都端了椅子在炕沿下一陪。黛玉卻離桌遠遠的靠著靠背，因笑向寶釵、李紈探春等道：「你們日日說人夜聚飲博，今兒我們自己也如此，以後怎麼說人？」李紈笑道：「這有何妨。一年之中不過生日節間如此，並無夜夜如此，這倒也不怕。」說著，晴雯拿了一個竹雕的籤筒來，裏面裝著象牙花名籤子，搖了一搖，放在當中。又取過骰子來，盛在盒內，搖了一搖，揭開一看，裏面是五點，數至寶釵。寶釵便笑道：「我先抓，不知抓出個什麼來。」說著，將筒搖了一搖，伸手掣出一根，大家一看，

✣ 寶玉生日，夜間在怡紅院內大肆慶祝，衆人喝得東倒西歪。（朱寶榮繪）

註

※5：一種擲骰的遊戲，以得紅點多少定輸贏。

只見籤上畫著一枝牡丹，題著「艷冠群芳」四字，下面又有鐫的小字一句唐詩，道是：

任是無情也動人※6。◎2

又注著：「在席共賀一杯，此爲群芳之冠，隨意命人，不拘詩詞雅謔，道一則以侑酒※7。」衆人看了，都笑說：「巧的很，你也原配牡丹花。」說著，大家共賀了一杯。寶釵吃過，便笑說：「芳官唱一支我們聽罷。」芳官道：「既這樣，大家吃門杯好聽。」於是大家吃酒。芳官便唱：「壽筵開處風光好。」衆人都道：「快打回去。這會子很不用你來上壽，揀你極好的唱來。」芳官只得細細的唱了一支《賞花時》：

翠鳳毛翎紮帚叉，閑踏天門掃落花。您看那風起玉塵沙。猛可的那一層雲下，抵多少門外即天涯！您再休要劍斬黃龍一線兒差※8，再休向東老貧窮賣酒家。您與俺眼向雲霞。洞賓呵，您得了人可便早些兒回話；若遲呵，錯教人留恨碧桃花※9。

才罷。寶玉卻只管拿著那籤，口內顛來倒去念「任是無情也動人」，聽了這曲子，眼看著芳官不語。湘雲忙一手奪了，擲與寶釵。寶釵又擲了一個十六點，數到探春，探春笑道：「我還不知得個什麼呢。」伸手掣了一根出來，自己一瞧，便擲在地下，紅了臉，笑道：「這東西不好，不該行這令。這原是外頭男人們行的令，許多混話在上

✣ 牡丹是花王，當然更易於招蜂引蝶。本圖為日本浮世繪《蝶戲牡丹》，橫大判錦，葛飾北齋（1760年～1849年）繪。大判錦，即大規格紙張。（葛飾北齋繪）

✣ 牡丹，毛茛科芍藥屬植物。別名：丹皮、木芍藥、洛陽花、富貴花。牡丹，常被視為花王。（邵風雷提供）

頭。」衆人不解，襲人等忙拾了起來，衆人看上面是一枝杏花，那紅字寫著「瑤池仙品」四字，詩云：

日邊紅杏倚雲栽。

注云：「得此籤者，必得貴婿，大家恭賀一杯，共同飲一杯。」衆人笑道：「我說是什麼呢！這籤原是閨閣中取戲的，除了這兩三根有這話的，並無雜話，這有何妨！我們家已有了個王妃，難道你也是王妃不成？大喜，大喜！」說著大家來敬。探春那裏肯飲，卻被史湘雲、香菱、李紈等三四個人強死強活灌了下去。探春只命蠲了這個，再行別的，衆人斷不肯依。湘雲拿著他的手強擲了個十九點出來，便該李氏掣。李氏搖了一搖，掣出一根來一看，笑道：「好極。你們瞧瞧，這勞什子竟有些意思。」衆人瞧那籤上，畫著一枝老梅，是寫著「霜曉寒姿」四字，那一面舊詩是：

竹籬茅舍自甘心。◎3

註

※6：語出唐代羅隱《牡丹花》詩。

※7：勸酒。

※8：再也不要像斬黃龍那樣冒失地差一點丟了性命。明代馮夢龍《醒世恆言・呂洞賓飛劍斬黃龍》寫道，呂洞賓跟黃龍禪師頂撞，被禪師打了一戒尺，以「降魔太阿神光寶劍」去斬黃龍，結果劍被收去，他也被押入魔岩，幸得他師父鍾離權說情才得救。

※9：因何仙姑已入仙班，呂洞賓入塵世度人來代她掃花。這句的意思是若代替掃花的人遲了，耽誤參加蟠桃宴的話，那只好怨恨桃花了。

評點

◎2.此回酒令籤上詩句，皆確切其人。謂寶玉爲無情於寶釵，作者固已明明揭破矣。（陳其泰）

◎3.李紈青年守寡，心中未必沒有痛苦，但她不願讓內心的痛苦，輕易地流露出來，這正像她所抽到的花名籤中所形容的，她有似一株「竹籬茅舍自甘心」的老梅，常以其獨具的「霜曉寒姿」出現在人們面前。（張慶善、劉永良）

注云：「自飲一杯，下家擲骰。」李紈笑道：「眞有趣，你們擲去罷。我只自吃一杯，不問你們的廢與興。」說著，便吃酒，將骰過與黛玉。黛玉一擲，是個十八點，便該湘雲掣。湘雲笑著，揎拳擄袖的伸手掣了一根出來。大家看時，一面畫著一枝海棠，題著「香夢沉酣」四字，那面詩道是：

只恐夜深花睡去。

黛玉笑道：「『夜深』兩個字，改『石涼』兩個字。」衆人便知他趣白日間湘雲醉臥的事，都笑了。湘雲笑指那自行船與黛玉看，又說「快坐上那船家去罷，別多話了。」衆人都笑了。因看注云：「既云『香夢沉酣』，掣此籤者不便飲酒，只令上下二家各飲一杯。」湘雲拍手笑道：「阿彌陀佛，眞眞好籤！」恰好黛玉是上家，寶玉是下家。二人斟了兩杯只得要飲。寶玉先飲了半杯，瞅人不見，遞與芳官，端起來便一揚脖。黛玉只管和人說話，將酒全折在漱盂內了。湘雲便綽起骰子來一擲個九點，數去該麝月。麝月便掣了一根出來。大家看時，這面上一枝荼蘼花，題著「韶華勝極」四字，那邊寫著一句舊詩，道是：

開到荼蘼花事了。

注云：「在席各飲三杯送春。」麝月問怎麼講？寶玉愁眉忙將籤藏了說：「咱們且喝酒。」說著，大家吃了三口，以充三杯之數。麝月一擲個十九

✣ 稻香村一角，稻香村為李紈住處，如籤中形容「竹籬茅舍」一般。（攝於北京大觀園）

點，該香菱。香菱便掣了一根並蒂花，題著「聯春繞瑞」，那面寫著一句詩，道是：

連理枝頭花正開。

注云：「共賀掣者三杯，大家陪飲一杯。」香菱便又擲了個六點，該黛玉掣。黛玉默默的想道：「不知還有什麼好的被我掣著方好。」一面伸手取了一根，只見上面畫著一枝芙蓉，題著「風露清愁」四字，那面一句舊詩，道是：

莫怨東風當自嗟。

注云：「自飲一杯，牡丹陪飲一杯。」衆人笑說：「這個好極。除了他，別人不配作芙蓉。」黛玉也自笑了。於是飲了酒，便擲了個二十點，該著襲人。襲人便伸手取了一支出來，卻是一枝桃花，題著「武陵別景」四字，那一面舊詩寫著道是：

桃紅又是一年春。

注云：「杏花陪一盞，坐中同庚者陪一盞，同辰者陪一盞，同姓者陪一盞。」衆人笑道：「這一回熱鬧有趣。」大家算來，香菱、晴雯、寶釵三人皆與他同庚，黛玉與他同辰，只無同姓者。芳官忙道：「我也姓花，我也陪他一鍾。」於是大家斟了酒，黛玉因向探春笑道：「命中該著招貴婿的，你是杏花，快喝了，我們好喝。」探春笑道：「這是個什麼，大嫂子順手給他一下子。」李紈笑道：「人家不得貴婿反挨打，我也不忍的。」說的衆人都笑了。

襲人才要擲，只聽有人叫門。老婆子忙出去問時，原來是薛姨媽打發人來了接黛玉的。眾人因問：「幾更了？」人回：「二更以後了，鐘打過十一下了。」寶玉猶不信，要過表來瞧了一瞧，已是子初初刻十分了。黛玉便起身說：「我可撐不住了，回去還要吃藥呢。」眾人說：「也都該散了。」襲人寶玉等還要留著眾人。李紈寶釵等都說：「夜太深了不像，這已是破格了。」襲人道：「既如此，每位再吃一杯再走。」說著，晴雯等已都斟滿了酒，每人吃了，都命點燈。襲人等直送過沁芳亭河那邊方回來。

關了門，大家復又行起令來。襲人等又用大鍾斟了幾鍾，用盤攢了各樣果菜與地下的老嬤嬤們吃。彼此有了三分酒，便猜拳贏唱小曲兒。那天已四更時分，老嬤嬤們一面明吃，一面暗偷，酒罈已罄，眾人聽了納罕，方收拾盥漱睡覺。芳官吃的兩腮胭脂一般，眉梢眼角越添了許多丰韻，身子圖不得，便睡在襲人身上，說：「好姐姐，心跳的很。」襲人笑道：「誰許你盡力灌起來！」小燕四兒也圖不得，早睡了。晴雯還只管叫。寶玉道：「不用叫了，咱們且胡亂歇一歇罷。」自己便枕了那紅香枕，身子一歪，便也睡著了。襲人見芳官醉的很，恐鬧他唾酒，只得輕輕起來，就將芳官扶在寶玉之側，由他睡了。自己卻在對面榻上倒下。

大家黑甜一覺，不知所之。及至天明，襲人睜眼一看，只見天色晶明，忙說：「可遲了！」向對面床上瞧了一瞧，只見芳官頭枕著炕沿上，睡猶未醒，連忙起來

叫他。寶玉已翻身醒了，笑道：「可遲了！」因又推芳官起身。那芳官坐起來，猶發怔揉眼睛。襲人笑道：「不害羞！你吃醉了，怎麼也不揀地方兒亂挺下了。」芳官聽了，瞧了一瞧，方知道和寶玉同榻，忙笑的下地來說：「我怎麼吃的不知道了？」寶玉笑道：「我竟也不知道了。若知道，給你臉上抹些黑墨。」說著，丫頭進來伺候梳洗。寶玉笑道：「昨兒有擾，今兒晚上我還席。」襲人笑道：「罷罷罷，今兒可別鬧了，再鬧就有人說話了。」寶玉道：「怕什麼！不過才兩次罷了。咱們也算是會吃酒了，那一罈子酒怎麼就吃光了？正是有趣，偏又沒了。」襲人笑道：「原要這樣才有趣。必至興盡了，反無後味了，昨兒都好上來了，晴雯連臊也忘了，我記得他還唱了一個。」四兒笑道：「姐姐忘了？連姐姐還唱了一個呢。在席的誰沒唱過？」眾人聽了，俱紅了臉，用兩手握著笑個不住。

忽見平兒笑嘻嘻的走來，說親自來請昨日在席的人：「今兒我還東，短一個也使不得。」眾人忙讓坐吃茶。晴雯笑道：「可惜昨夜沒他。」平兒忙問：「你們夜裏作什麼來？」襲人便說：「告訴不得你。昨兒夜裏熱鬧非常，連往日老太太、太太帶著眾人頑也不及昨兒這一頑。一罈酒我們都鼓搗光了，一個個吃的把臊都丟了，三不知的又都唱起來。四更多天才橫三豎四的打了一個盹兒。」平兒笑道：「好！白和我要了酒來，也不請我，還說著給我聽，氣我。」晴雯道：「今兒他還席，必來請你的，等著罷。」平兒笑問道：「他是誰，誰是他？」晴雯聽了，趕著笑打，說著：「偏你

發人來請，一個不到，我是打上門來的。」寶玉等忙留，他已經去了。

這裏寶玉梳洗了正吃茶，忽然一眼看見硯臺底下壓著一張紙，因說道：「你們這隨便混壓東西也不好。」襲人晴雯等忙問：「又怎麼了，誰又有了不是了？」寶玉指道：「硯臺下是什麼？一定又是那位的樣子忘記了收的。」晴雯忙啓硯拿了出來，卻是一張字帖兒，遞與寶玉看時，原來是一張粉箋子，上面寫著「檻外人妙玉恭肅遙叩芳辰。」◎4寶玉看畢，直跳了起來，忙問：「這是誰接了來的？也不告訴。」襲人晴雯等見了這般，不知當是那個要緊的人來的帖子，忙一齊問：「昨兒誰接下了一個帖子？」四兒忙飛跑進來，笑說：「昨兒妙玉並沒親來，只打發個媽媽送來。我就擱在那裏，誰知一頓酒就忘了。」衆人聽了，道：「我當誰的，這樣大驚小怪！這也不值的。」寶玉忙命：「快拿紙來。」當時拿了紙，研了墨，看他下著「檻外人」三字，自己竟不知回帖上回個什麼字樣才相敵。◎5只管提筆出神，半天仍沒主意。因又想：「若問寶釵去，他必又批評怪誕，不如問黛玉去。」

想罷，袖了帖兒，逕來尋黛玉。剛過了沁芳亭，忽見岫煙顫顫巍巍的迎面走來。寶玉忙問：「姐姐那裏去？」岫煙笑道：「我找妙玉說話。」寶玉聽了詫異，說道：「他爲人孤癖，不合時宜，萬人不入他目。原來他推重姐姐，竟知姐姐不是我們一流的俗人。」岫煙笑道：「他也未必眞心重我，但我和他作過十年的鄰居，只一牆之隔。他在蟠香寺修煉，我家原寒素，賃的是他廟裏的房子，住了十年，無事到他廟裏去作伴。我所認的字都是承他所授。我和他又是貧賤之交，又有半師之分。因我們投親去了，聞得他因不合時宜，權勢不容，竟投到這裏來。如今又天緣湊合，我們得遇，舊情竟未易。承他青目，更勝當日。」寶玉聽了，恍如聽了焦雷一般，喜的笑道：「怪道姐姐舉止言談，超然如野鶴閑雲，原來有本而來。正因他的一件事我為難，要請教別人去。如今遇見姐姐，眞是天緣巧合，求姐姐指教。」說著，便將拜帖取與岫煙看。岫煙笑道：「他這脾氣竟不能改，竟是生成這等放誕詭僻了。從來沒見拜帖上下別號的，這可是俗語說的『僧不僧，俗不俗，女不女，男不男』，成個什麼道理！」寶玉聽說，忙笑道：「姐姐不知道，他原不在這些人中算，他原是世人意外之人。因取我是個些微有知識※10的，方給我這帖子。我因不知回什麼字樣才好，竟沒了主意，正要去問林妹妹，可巧遇見了姐姐。」岫煙聽了寶玉這話，且只顧用眼上下細細打量了半日，方笑道：「怪道俗語說的『聞名不如見面』，又怪不得妙玉竟下這帖子給你，又怪不得上年竟給你那些梅花。既連他這樣，少不得我告訴你原故。他常說：『古人中自漢晉五代唐宋以來，皆無好詩，只有兩句好，說道：「縱有千年鐵門檻，終須一個土饅頭。」』所以他自稱『檻外之人』。又常贊文是莊子的好，故又或稱為『畸人※11』。他若帖子上自稱『畸人』的，你就還他個『世人』。畸人者，他自稱

註

※10：不同流俗的見識。
※11：行事乖僻，不合時俗的人。

評點

◎4.帖文亦蹈俗套之外。（脂硯齋）
◎5.別人生日妙玉不賀，獨賀寶玉芳辰，其意何居，其情可知。是文章暗描法。（王希廉）

是畸零之人；你謙自己乃世中擾擾之人，他便喜了。如今他自稱『檻外之人』，是自謂蹈於鐵檻之外了；故你如今只下『檻內人』，便合了他的心了。」寶玉聽了，如醍醐灌頂[※12]，「噯喲」了一聲，方笑道：「怪道我們家廟說是『鐵檻寺』呢！原來有這一說。姐姐就請，讓我去寫回帖。」岫煙聽了，便自往櫳翠庵來。寶玉回房寫了帖子，上面只寫「檻內人寶玉熏沐謹拜」幾字，親自拿了到櫳翠庵，只隔門縫兒投進去便回來了。

因又見芳官梳了頭，挽起髻來，帶了些花翠，忙命他改妝，又命將周圍的短髮剃了去，露出碧青頭皮來，當中分大頂，又說：「冬天作大貂鼠臥兔兒帶，腳上穿虎頭盤雲五彩小戰靴，或散著褲腿，只用淨襪厚底鑲鞋。」又說：「芳官之名不好，竟改了男名才別致。」因又改作「雄奴」。芳官十分稱心，又說：「既如此，你出門也帶我出去。有人問，只說我和茗煙一樣的小廝就是了。」寶玉笑道：「到底人看的出來。」芳官笑道：「我說你是無才的。[◎6]咱家現有幾家土番[※13]，你就說我是個小土番兒。況且人人說我打聯垂好看，你想這話可妙？」寶玉聽了，喜出意外，忙笑道：「這卻很好。我亦常見官員人等多有跟從外國獻俘之種，圖其不畏風霜，鞍馬便捷。既這等，再起個番名叫作『耶律雄奴』。『雄奴』二音。又與『匈奴』相通，都是犬戎[※14]名姓。況且這兩種人自堯舜時便爲中華之患，晉唐諸朝，深受其害。幸得咱們有福，生在當今之世，大舜之正裔，聖虞之功德仁孝，赫赫格天，同天地日月億兆不朽，所以凡歷朝中跳梁猖獗之小醜，到了如今竟不用一干一戈，皆天使其拱手俛頭緣遠來降。我們正該作踐他們，爲君父生色。」芳官笑道：「既這樣著，你該去操習弓馬，學些武藝，挺身出去拿幾個反叛來，豈不進忠效力了。何必借我們，你鼓唇搖舌的自己開心作戲，卻說是稱功頌德呢！」寶玉笑道：「所以你不明白。如今四海賓服，八方寧靜，千載百載不用武備。咱們雖一戲一笑，也該稱頌，方不負坐享昇平了。」芳官聽了有理，二人自爲妥貼甚宜。寶玉便叫他「耶律雄奴」。

究竟賈府二宅，皆有先人當年所獲之囚，賜爲奴隸，只不過令其飼養馬匹，皆不堪大用。湘雲素習憨戲異常，也最喜武扮的，每每自己束鑾帶，穿折袖※15。近見寶玉將芳官扮成男子，他便將葵官也扮了個小子。那葵官本是常刮剔短髮，好便於面上粉墨油彩，手腳又伶便，打扮了又省一層手。李紈探春見了也愛，便將寶琴的荳官也就命他打扮了一個小童，頭上兩個丫髻，短襖紅鞋，只差了塗臉，便儼是戲上的一個琴童。湘雲將葵官改了，換作「大英」。因他姓韋，便叫他韋大英，方合自己的意思，暗有「惟大英雄能本色」之語，何必塗朱抹粉，才是男子。荳官身量年紀皆極小，又極鬼靈，故曰荳官。園中人也喚他作「阿荳」的，也有喚他作「炒豆子」的。寶琴反說琴童書童等名太熟了，竟是荳字別致，便換作「荳童」。

註

※12：佛家用語。比喻向人灌輸智慧佛性，並得到啓發省悟。

※13：用以稱呼邊境少數民族。

※14：中國古代西戎種族的一支，多分布於今涇渭流域一帶遊牧，亦稱「混夷」。

※15：袖口挽上捲起的服式。

評點

◎6.用芳官一罵，有趣。（脂硯齋）

因飯後平兒還席，說紅香圃太熱，便在榆蔭堂中擺了幾席新酒佳肴。可喜尤氏又帶了佩鳳偕鴛二妾過來遊頑。這二妾亦是青年姣憨女子，不常過來的，今既入了這園，再遇見湘雲、香菱、芳蕊一干女子，所謂『方以類聚，物以群分』二語不錯，只見他們說笑不了，也不管尤氏在那裏，只憑丫鬟們去伏侍，且同衆人一一的遊頑。一時到了怡紅院，忽聽寶玉叫「耶律雄奴」，把佩鳳、偕鴛、香菱三個人笑在一處，問是什麼話，大家也學著叫這名字，又叫錯了音韻，或忘了字眼，甚至於叫出「野驢子」來，引的合園中人凡聽見無不笑倒。寶玉又見人人取笑，恐作賤了他，忙又說：「海西福朗思牙[※16]，聞有金星玻璃寶石，他本國番語以金星玻璃名爲『溫都里納[※17]』。如今將你比作他，就改名喚叫『溫都里納』可好？」芳官聽了更喜，說：「就是這樣罷。」因此又喚了這名。衆人嫌拗口，仍翻漢名，就喚「玻璃」。

閑言少述，且說當下衆人都在榆蔭堂中以酒爲名，大家頑笑，命女先兒擊鼓。平兒採了一枝芍藥，大家約二十來人傳花爲令，熱鬧了一回。因人回說：「甄家有兩個女人送東西來

✣紅香圃。（攝於北京大觀園）

了。」探春和李紈尤氏三人出去議事廳相見，這裏衆人且出來散一散。佩鳳偕鴛兩個去打秋千頑耍，◎7寶玉便說：「你兩個上去，讓我送。」慌的佩鳳說：「罷了！別替我們鬧亂子，倒是叫『野驢子』來送送使得。」寶玉忙笑說：「好姐姐們別頑了，沒的叫人跟著你們學著罵他。」偕鴛又說：「笑軟了，怎麼打呢？掉下來栽出你的黃子來。」佩鳳便趕著他打。

＊　＊　＊

正頑笑不絕，忽見東府中幾個人慌慌張張跑來說：「老爺賓天※18了。」◎8衆人聽了，唬了一大跳，忙都說：「好好的並無疾病，怎麼就沒了？」家下人說：「老爺天天修煉，定是功行圓滿，升仙去了。」尤氏一聞此言，又見賈珍父子並賈璉等皆不在家，一時竟沒個著己的男子來，未免慌了。只得忙卸了妝飾，命人先到玄眞觀將所有的道士都鎖了起來，等大爺來家審問。一面忙忙坐車帶了賴升一干家人媳婦出城。又請太醫看視到底係何病。大夫們見人已死，何處診脈來，素知賈敬導氣之術※19總屬虛誕，更至參星禮斗，守庚申※20，服靈砂，妄作虛爲，過於勞神費力，反因此傷了性命的。如今雖死，肚中堅硬似鐵，面皮嘴唇燒的紫絳皺裂。◎9便向媳婦回說：「係玄教

註

※16：即「法蘭西」。
※17：法文音譯，內含金星的棕黃色寶石或仿照的玻璃或陶瓷。
※18：泛稱尊者去世。
※19：原爲我國古代鍛煉身體和醫療疾病的一種方法，導引氣息，以求長生。
※20：道教迷信，稱人身有「三尸神」，每到庚申日到天帝面前陳說告發人的罪狀。因此人在庚申日這一天整夜不眠，「三尸」便不能上天告狀。

評點

◎7.大家千金不合作此戲，故寫不及探春等人也。（脂硯齋）
◎8.前段是前回之事，後段開後回之事。慶壽，吉也。群芳爭艷，恐盛極而將衰。持喪，凶也。二美方來，宜有憂而反喜。搜園之事，敗亡之兆，於此見矣。（陳其泰）
◎9.賈敬是個烏煙瘴氣的人，活得烏煙瘴氣，死得也烏煙瘴氣……十分醜惡可怕。（舒蕪）

中吞金服砂，燒脹而歿。」眾道士慌的回說：「原是老爺祕法新製的丹砂吃壞事，小道們也曾勸說『功行未到且服不得』，不承望老爺於今夜守庚申時悄悄的服了下去，便升仙了。這恐是虔心得道，已出苦海，脫去皮囊，自了去也。」尤氏也不聽，只命鎖著，等賈珍來發放，且命人去飛馬報信。一面看視這裏窄狹，不能停放，橫豎也不能進城的，忙裝裹好了，用軟轎抬至鐵檻寺來停放，掐指算來，至早也得半月的工夫，賈珍方能來到。目今天氣炎熱，實不得相待，遂自行主持，命天文生※21擇了日期入殮。壽木已係早年備下，寄在此廟的，甚是便宜。三日後便開喪破孝。一面且作起道場來等賈珍。◎10

榮府中鳳姐兒出不來，李紈又照顧姐妹，寶玉不識事體，只得將外頭之事暫托了幾個家中二等管事人。賈䡅、賈珖、賈珩、賈瓔、賈菖、賈菱等各有執事。尤氏不能回家，便將他繼母接來在寧府看家。他這繼母只得將兩個未出嫁的小女帶來，一並起居才放心。◎11

且說賈珍聞了此信，即忙告假，並賈蓉是有職之人。禮部見當今隆敦孝弟，不敢

✣ 賈敬誤食丹藥而死，家中可以主事的男人很少，尤氏只得獨力辦理喪事。（朱寶榮繪）

自專，具本請旨。原來天子極是仁孝過天的，且更隆重功臣之裔，一見此本，便詔問賈敬何職。禮部代奏：「係進士出身，祖職已蔭其子賈珍。賈敬因年邁多疾，常養靜於都城之外玄眞觀。今因疾歿於寺中，其子珍，其孫蓉，現因國喪隨駕在此，故乞假歸殮。」天子聽了，忙下額外恩旨曰：「賈敬雖白衣※22無功於國，念彼祖父之功，追賜五品之職。令其子孫扶柩由北下之門進都，入彼私第殯殮。任子孫盡喪禮畢扶柩回籍外，著光祿寺按上例賜祭。朝中自王公以下准其祭弔。欽此。」此旨一下，不但賈府中人謝恩，連朝中所有大臣皆嵩呼※23稱頌不絕。

賈珍父子星夜馳回，半路中又見賈瑞賈珖二人領家丁飛騎而來，看見賈珍，一齊滾鞍下馬請安。賈珍忙問：「作什麼？」賈瑞回說：「嫂子恐哥哥和侄兒來了，老太太路上無人，叫我們兩個來護送老太太的。」賈珍聽了，贊稱不絕，又問家中如何料理。賈瑞等便將如何拿了道士，如何挪至家廟，怕家內無人接了親家母和兩個姨娘在上房住著。賈蓉當下也下了馬，聽見兩個姨娘來了，便和賈珍一笑。賈珍忙說了幾聲「妥當」，加鞭便走，店也不投，連夜換馬飛馳。一日到了都門，先奔入鐵檻寺。那天已是四更天氣，坐更的聞知，忙喝起眾人來。賈珍下了馬，和賈蓉放聲大哭，從大門外便跪爬進來，至棺前稽顙泣血※24，直哭到天亮喉嚨都啞了方住。尤氏等都一齊見

註

※21：明、清時代欽天監官員的職稱之一，主要掌管天象氣候的觀測與推算。此指地理師或風水先生。
※22：老百姓的代稱。
※23：臣子頌祝皇帝，高呼萬歲。
※24：以頭叩地，哀痛號泣，悲痛至極。稽顙：以額觸地的禮節。

評點

◎10.尤氏姓尤，所以她也是尤物——原是一個大美人。她也並非沒有才幹——「死金丹獨艷理親喪」。鳳姐不過「協理」，尤氏可是獨理呢。（梁歸智）

◎11.鳳姐生日鬧出鮑妻自縊，平兒答席忽有賈敬暴亡，且尤二姐、尤三姐亦於是時引出，寧府不祥種種已兆。（王希廉）

過。賈珍父子忙按禮換了凶服，在棺前俯伏，無奈要理事，竟不能目不視物，耳不聞聲，少不得減些悲戚，好指揮眾人。因將恩旨備述與眾親友聽了。一面先打發賈蓉家中來料理停靈之事。

賈蓉巴不得一聲兒，先騎馬飛來至家，忙命前廳收桌椅，下槅扇，掛孝幔子，門前起鼓手棚、牌樓等事。又忙著進來看外祖母兩個姨娘。原來尤老安人年高喜睡，常歪著，他二姨娘三姨娘都和丫頭們作活計，他來了都道煩惱。賈蓉且嘻嘻的望他二姨娘笑說：「二姨娘，你又來了？我們父親正想你呢。」尤二姐便紅了臉，罵道：「蓉小子，我過兩日不罵你幾句，你就過不得了！越發連個體統都沒了。還虧你是大家公子哥兒，每日念書學禮的，越發連那小家子瓢坎的也跟不上！」說著順手拿起一個熨斗來，摟頭就打，嚇的賈蓉抱著頭滾到懷裏告饒。尤三姐便上來撕嘴，又說：「等姐姐來家，咱們告訴他。」◎[12]賈蓉忙笑著跪在炕上求饒，他兩個又笑了。賈蓉又和二姨搶砂仁吃，尤二姐嚼了一嘴渣子，吐了他一臉。賈蓉用舌頭都舔著吃了。眾丫頭看不過，都笑說：「熱孝在身上，老娘才睡了覺，他兩個雖小，到底是姨娘家，你太眼裏沒有奶奶了。回來告訴爺，你吃不了兜著走！」賈蓉撇下他姨娘，便抱著丫頭們親嘴，說：「我的心肝！你說的是，咱們饞他兩個。」丫頭們忙推他，恨的罵：「短命鬼兒，你一般有老婆丫頭，只和我們鬧，知道的說是頑，◎[13]不知道的人，再遇見那髒心爛肺的愛多管閑事嚼舌頭的人，吵嚷的那府裏誰不知道，誰不背地裏嚼舌說咱們這邊亂賬。」賈蓉笑道：「各門另戶，誰管誰的事？都夠使的了。從古至今，連漢朝和唐朝，人還說『髒唐臭漢』，何況咱們這宗人家！誰家沒風流事，別討我說出來，連那邊大老爺這麼利害，璉叔還和那小姨娘不乾淨呢。鳳姑娘那樣剛強，瑞叔還想他的賬。那一件瞞了我！」

賈蓉只管信口開河胡言亂道之間，只見他老娘醒了，忙去請安問好，又說：「難爲老祖宗勞心，又難爲兩位姨娘受委曲，我們爺兒們感戴不盡。◎14惟有等事完了，我們合家大小登門去磕頭。」尤老人點頭道：「我的兒，倒是你們會說話。親戚們原是該的。」又問：「你父親好？幾時得了信趕到的？」賈蓉笑道：「才剛趕到的，先打發我瞧你老人家來了。好歹求你老人家事完了再去。」說著，又和他二姨擠眼，那尤二姐便悄悄咬牙含笑罵：「很會嚼舌頭的猴兒崽子，留下我們給你爹作娘不成！」賈蓉又戲他老娘道：「放心罷，我父親每日爲兩位姨娘操心，要尋兩個又有根基又富貴又年青又俏皮的兩位姨爹，好聘嫁這二位姨娘的。這幾年總沒揀得，可巧前日路上才相准了一個。」尤老只當眞話，忙問是誰家的，二姐妹丟了活計，一頭笑，一頭趕著打。說：「媽別信這雷打的。」連丫頭們都說：「天老爺有眼，仔細雷要緊！」又値人來回話：「事已完了，請哥兒出去看了，回爺的話去。」那賈蓉方笑嘻嘻的去了。

不知如何，且聽下回分解。

評點

◎12. 賈蓉之淫的特色是亂倫，而且特別喜歡與長輩女性相亂，賈身嬸母王熙鳳是如此，調戲姨母尤二姐還是如此。（盛瑞裕）

◎13. 妙極之「頑」，天下有是之頑，亦有趣甚。此語余亦親聞者，非編有也。（脂硯齋）

◎14. 賈蓉下流，賈蓉性解放，但他坦白，不裝模作樣。最讓人驚爲「超前」的是賈蓉和賈珍父子之間在女人問題上的互相理解。因而秦可卿之死絕非因爲丫頭闖破了賈珍和可卿的「姦情」——那內幕一定遠爲複雜。（梁歸智）

第六十四回

幽淑女悲題五美吟　浪蕩子情遺九龍珮

話說賈蓉見家中諸事已妥，連忙趕至寺中，回明賈珍。於是連夜分派各項執事人役，並預備一切應用幡杠等物。擇於初四日卯時請靈柩進城，一面使人知會諸位親友。是日，喪儀焜耀，賓客如雲，自鐵檻寺至寧府，夾路看的何止數萬人。內中有嗟嘆的，也有羨慕的，又有一等半瓶醋的讀書人，說是「喪禮與其奢易莫若儉戚※1」的，一路紛紛議論不一。至未申時方到，將靈柩停放在正堂之內。供奠舉哀已畢，親友漸次散回，只剩族中人分理迎賓送客等事。近親只有邢大舅相伴未去。賈珍賈蓉此時為禮法所拘，不免在靈旁藉草枕塊※2，恨苦居喪。人散後仍乘空尋他小姨子們廝混。寶玉亦每日在寧府穿孝，至晚人散，方回園裏。鳳姐身體未愈，雖不能時常在此，或遇開壇誦經親友打祭之日，亦扎掙過來，相幫尤氏料理。

✣《增評補圖石頭記》第六十四回繪畫。（fotoe提供）

一日，供畢早飯，因此時天氣尚長，賈珍等連日勞倦，不免在靈旁假寐。寶玉見無客至，遂欲回家看視黛玉，因先回至怡紅院中。進入門來，只見院中寂靜無人，有幾個老婆子與小丫頭們在迴廊下取便乘涼，也有睡臥的，也有坐著打盹的。寶玉也不去驚動。只有四兒看見，連忙上前來打簾子。將掀起時，只見芳官自內帶笑跑出，幾乎與寶玉撞個滿懷。一見寶玉，方含笑站住說道：「你怎麼來了？你快與我攔住晴雯，他要打我呢。」一語未了，只聽得屋內嘻嚁嘩喇的亂響，不知是何物撒了一地。隨後晴雯趕來罵道：「我看你這小蹄子往那裏去！輸了不叫打。寶玉不在家，我看你有誰來救你！」寶玉連忙帶笑攔住，說道：「你妹子小，不知怎麼得罪了你，看我的分上，饒了他罷。」晴雯也不想寶玉此時回來，乍一見，不覺好笑，遂笑說道：「芳官竟是個狐狸精變的，竟是會拘神遣將的符咒也沒有這樣快。」又笑道：「就是你眞請了神來，我也不怕。」遂奪手仍要捉拿芳官。芳官早已藏在寶玉身後。寶玉遂一手拉了晴雯，一手攜了芳官。進入屋內。看時，只見西邊炕上麝月、秋紋、碧痕、紫綃等正在那裏抓子兒贏瓜子※3呢。卻是芳官輸與晴雯，芳官不肯叫打，跑了出去。晴雯因趕芳官，將懷內的子兒撒了一地。寶玉歡喜道：「如此長天，我不在家，正恐你們寂寞，吃了飯睡覺睡出病來，大家尋件事頑笑消遣甚好。」因不見襲人，又問道：

註

※1：喪禮與其奢侈而無眞情，不如儉樸而衷心悲戚。

※2：睡乾草，枕土塊，古時居父母喪的禮節。

※3：指贏者打幾下輸者的手心。

「你襲人姐姐呢？」晴雯道：「襲人麼。越發道學了，獨自個在屋裏面壁※4呢。這好一會我們沒進去，不知他作什麼呢，一些聲氣也聽不見。你快瞧瞧去罷，或者此時參悟了，也未可定。」

寶玉聽說，一面笑，一面走至裏間。只見襲人坐在近窗床上，手中拿著一根灰色絛子，正在那裏打結子呢。見寶玉進來，連忙站起來，笑道：「晴雯這東西編派我什麼呢？我因要趕著打完這結子，沒工夫和他們瞎鬧，因哄他們道：『你們頑去罷，趁著二爺不在家，我要在這裏靜坐一坐，養一養神。』他就編派了許多混話，什麼『面壁了』『參禪了』的，等一會我不撕他那嘴！」寶玉笑著挨近襲人坐下，瞧他打結子，問道：「這麼長天，你也該歇息歇息，或和他們頑笑，要不，瞧瞧林妹妹去也好。怪熱的，打這個那裏使？」襲人道：「我見你帶的扇套還是那年東府裏蓉大奶奶的事情上作的。那個青東西除族中或親友家夏天有喪事方帶得著，一年遇著帶一兩遭，平常又不犯作。如今那府裏有事，這是要過去天天帶的，所以我趕著另作一個。等打完了結子，給你換下那舊的來。你雖然不講究這個，若叫老太太回來看見，又該說我們躲懶，連你穿戴之物都不經心了。」寶玉笑道：「這眞難爲你想的到。只是也不可過於趕，熱著了倒是大事。」說著，芳官早托了一杯涼水內新湃的茶來。因寶玉素昔秉賦柔脆，雖暑月不敢用冰，只以新汲井水將茶連壺浸在盆內，不時更換，取其涼意而已。寶玉就芳官手內吃了半盞，遂向襲人道：「我來時已吩咐了茗煙，若珍大哥那邊有要緊人客來時，叫他即刻送信；若無要緊事，我就不過去了。」說畢，遂出了房門，又回頭向碧痕等道：「如有事往林姑娘處來找我。」於是一逕往瀟湘館來看黛玉。

將過了沁芳橋，只見雪雁領著兩個老婆子，手中都拿著菱藕瓜果之類。寶玉忙問雪雁道：「你們姑娘從來不大吃這些涼東西的，拿這些瓜果何用？不是要請那位姑娘奶奶麼？」雪雁笑道：「我告訴你，可不許你對姑娘說去。」寶玉點頭應允。雪雁便命兩個婆子：「先將瓜果送去交與紫鵑姐姐。他要問我，你就說我作什麼呢，就來。」那婆子答應著去了。雪雁方說道：「我們姑娘這兩日方覺身上好些了。今日飯後，三姑娘來會著要瞧二奶奶去，姑娘也沒去。又不知想起甚麼來，自己傷感了一會，題筆寫了好些，不知是詩是詞。叫我傳瓜果去時，又聽叫紫鵑將屋內擺著的小琴桌上的陳設搬下來，將桌子挪在外間當地，又叫將那龍文鼒※5放在桌上，等瓜果來時聽用。若說是請人呢，不犯先忙著把個爐擺出來；若說點香呢，我們姑娘素日屋內除擺新鮮花果木瓜之類，又不大喜熏衣服；就是點香，亦當點在常坐臥之處。難道是老婆子們把屋子熏臭了要拿香熏熏不成？究竟連我也不知何故。」說畢便連忙去了。

寶玉這裏不由得低頭心內細想道：「據雪雁說來，必有原故。若是同那一位姐妹們閑坐，亦不必如此先設饌具。或者是姑爹姑媽的忌辰，但我記得每年到此日期老太

註

※4：佛家打坐叫面壁。

※5：小鼎。

✣ 木瓜，薔薇科木瓜屬。別名：土木瓜、木李。（蔡岳文提供）

太都吩咐另外整理肴饌送去與林妹妹私祭，此時已過。大約是因七月為瓜果之節，家家都上秋祭的墳，林妹妹有感於心，所以在私室自己奠祭，取《禮記》：『春秋薦其時食※6』之意，也未可定。但我此刻走去，見他傷感，必極力勸解，又怕他煩惱鬱結於心；若不去，又恐他過於傷感，無人勸止；兩件皆足致疾。莫若先到鳳姐姐處一看，在彼稍坐即回。如若見林妹妹傷感，再設法開解，既不至使其過悲，哀痛稍申，亦不至抑鬱致病。」想畢，遂出了園門，一逕到鳳姐處來。

正有許多執事婆子們回事畢，紛紛散出。鳳姐兒正倚著門和平兒說話呢。一見了寶玉，笑道：「你回來了麼？我才吩咐了林之孝家的。叫他使人告訴跟你的小廝，若沒什麼事趁便請你回來歇息歇息。再者那裏人多，你那裏禁得住那些氣味。不想恰好你倒來了。」寶玉笑道：「多謝姐姐記掛。我也因今日沒事，又見姐姐這兩日沒往那府裏去，不知身上可大愈否，所以回來看視看視。」鳳姐道：「左右也不過是這樣，三日好兩日不好的。老太太、太太不在家，這些大娘們，噯，那一個是安分的！每日不是打架，就拌嘴，連賭博偷盜的事情都鬧出來了兩三件了。雖說有三姑娘幫著辦理，他又是個沒出閣的姑娘。也有叫他知道得的，也有對他說不得的事，也只好強扎掙著罷了。總不得心靜一會。別說想病好，求其不添也就罷了。」寶玉道：「雖如此說，姐姐還要保重身體，少操些心才是。」說畢，又說了些閑話，別過鳳姐，一直往園中走來。

進了瀟湘館的院門看時，只見爐裊殘煙，奠餘玉醴。紫鵑正看著人往裏搬桌子，收陳設呢。寶玉便知已經祭完了，走入屋內，只見黛玉面向裏歪著，病體懨懨，大有不勝之態。紫鵑連忙說道：「寶二爺來了。」黛玉方慢慢的起來，含笑讓坐。寶玉道：「妹妹這兩天可大好些了？氣色倒覺靜些，只是爲何又傷心了？」◎1黛玉道：「可是你沒的說了，好好的我多早晚又傷心了？」寶玉笑道：「妹妹臉上現有淚痕，如何還哄我呢。只是我想妹妹素日本來多病，凡事當各自寬解，不可過作無益之悲。若作踐壞了身子，使我……」說到這裏，覺得以下的話有些難說，連忙咽住。只因他雖說和黛玉一處長大，情投意合，又願同生死，卻只是心中領會，從來未曾當面說出。況兼黛玉心多，每每因說話造次，得罪了他。今日原爲的是來勸解，不想把話又說造次了，接不下去，心中一急，又怕黛玉惱他。又想一想自己的心實在是爲好，因而轉急爲悲，早已滾下淚來。黛玉起先原惱寶玉說話不論輕重，如今見此光景，心有所感，本來素昔愛哭，此時亦不免無言對泣。

卻說紫鵑端了茶來，打諒他二人不知又爲何事角口，因說道：「姑娘才身上好些，寶二爺又來慪氣來了，到底是怎麼樣？」寶玉一面拭淚笑道：「誰敢慪妹妹了！」一面搭訕著起來閑步。只見硯臺底下微露一紙角，不禁伸手拿起。黛玉忙要起身來奪，已被寶玉揣在懷內，笑央道：「好妹妹！賞我看看罷。」黛玉道：「不管什

註

※6：每逢春秋祭祀，向祖先祭拜時鮮食品。

◎1.氣色上加一「靜」字，非食煙火人所能言。我只愁解人難索，負作者苦心耳。（王伯沆）

麼，來了就混翻。」一語未了，只見寶釵走來，笑道：「寶兄弟要看什麼？」寶玉因未見上面是何言詞，又不知黛玉心中如何，未敢造次回答，卻望著黛玉笑。黛玉一面讓寶釵坐，一面笑說道：「我曾見古史中有才色的女子，終身遭際令人可欣可羨可悲可嘆者甚多。今日飯後無事，因欲擇出數人，胡亂湊幾首詩以寄感慨，可巧探丫頭來會我瞧鳳姐姐去，我因身上懶懶的沒同他去，才將作了五首，一時困倦起來，撂在那裏，不想二爺來了就瞧見了，其實給他看也倒沒有什麼，但只我嫌他是不是的寫了給人看去。」寶玉忙道：「我多早晚給人看來呢？昨日那把扇子，原是我愛那幾首白海棠的詩，所以我自己用小楷寫了，不過爲的是拿在手中看著便易。我豈不知閨閣中詩詞字跡是輕易往外傳誦不得的。自從你說了，我總沒拿出園子去。」寶釵道：「林妹妹這慮的也是。你既寫在扇子上，偶然忘記了，拿在書房裏去被相公們看見了，豈有不問是誰作的呢。倘或傳揚開了，反爲不美。自古道『女子無才便是德』，總以貞靜爲主，女工還是第二件。其餘詩詞之類，不過是閨中遊戲，原可以會可以不會。咱們這樣人家的姑娘，倒不要這些才華的名譽。」因又笑向黛玉道：「拿出來給我看看無妨，只不叫寶兄弟拿出去就是了。」黛玉笑道：「既如此說，連你也可以不必看了。」又指著寶玉笑道：「他早已搶了去了。」寶玉

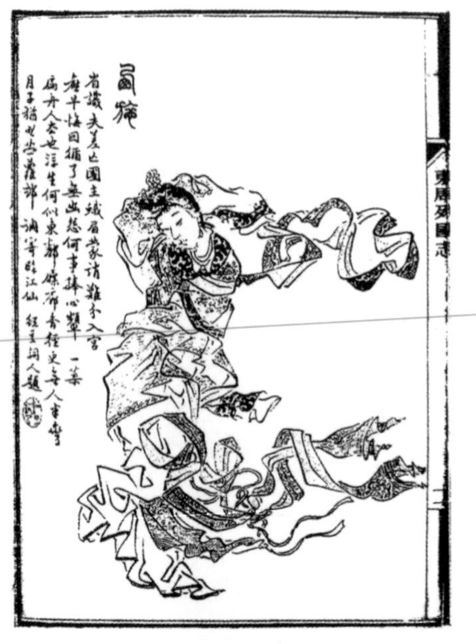

西施，名夷光，春秋晚期越國人。天生麗質，為中國古代著名美女。（fotoe提供）

聽了，方自懷內取出，湊至寶釵身旁，一同細看。只見寫道：

西施

一代傾城逐浪花※7，吳宮空自憶兒家。效顰莫笑東村女，頭白溪邊尚浣紗。

虞姬

腸斷烏騅夜嘯風，虞兮幽恨對重瞳。黥彭甘受他年醢，飲劍何如楚帳中！※8

明妃

絕艷驚人出漢宮，紅顏命薄古今同。君王縱使輕顏色，予奪權何畀畫工？※9

綠珠

瓦礫明珠一例拋，何曾石尉重嬌嬈！都緣頑福前生造，更有同歸慰寂寥。※10

紅拂※11

長揖雄談態自殊，美人巨眼識窮途。屍居餘氣楊公幕，豈得羈縻女丈夫！

註

※7：逐浪花：指西施沉水而死。

※8：虞姬：西楚霸王項羽的愛姬。重瞳：眼中有兩個瞳孔，此指項羽。黥：指黥布，本是項羽部將，降漢後隨劉邦破楚，最後因謀反爲劉邦所殺。彭：指彭越，最初起兵巨野澤中，及歸漢，封梁王。後被告謀反，被劉邦處死。醢：本指魚肉等製成的醬，此指把人剁成肉醬的酷刑。飲劍：用劍自刎。

※9：明妃：即王昭君。出漢宮：指昭君出嫁南匈奴呼韓邪單于。畫工：指毛延壽。

※10：綠珠：晉代石崇的侍妾。孫秀想要綠珠，石崇不給，孫遂假傳皇帝詔令逮捕石崇，綠珠跳樓自殺，石崇也被處死。石尉：即石崇，曾作過散騎常侍、南蠻校尉等官。同歸：同死。

※11：紅拂：唐代杜光庭《虬髯客傳》的女主人公，初爲隋朝大臣楊素的侍女，後私奔李靖。她在楊家時手執紅拂，見李靖時自稱「紅拂妓」。

✣「西施浣紗」，要太保剪紙作品。西施，春秋時越國美女。（孔蘭平翻拍）

寶玉看了，贊不絕口，又說道：「妹妹這詩恰好只作了五首，何不就命名曰《五美吟》。」於是不容分說，便提筆寫在後面。◎2寶釵亦說道：「作詩不論何題，只要善翻古人之意。若要隨人腳蹤走去，縱使字句精工，已落第二義※12，究竟算不得好詩。即如前人所咏昭君之詩甚多，有悲挽昭君的，有怨恨延壽的，又有譏漢帝不能使畫工圖貌賢臣而畫美人的，紛紛不一。後來王荊公※13復有『意態由來畫不成，當時枉殺毛延壽』；永叔※14有『耳目所見尚如此，萬里安能制夷狄』。二詩俱能各出己見，不與人同。今日林妹妹這五首詩，亦可謂命意新奇，別開生面了。」

仍欲往下說時，只見有人回道：「璉二爺回來了。適才外間傳說，往東府裏去了好一會了，想必就回來的。」寶玉聽了，連忙起身，迎至大門以內等待。恰好賈璉自外下馬進來。於是寶玉先迎著賈璉跪下，口中給賈母王夫人等請了安，又給賈璉請了安。二人攜手走了進來。只見李紈、鳳姐、寶釵、黛玉、迎、探、惜等早在中堂等候，一一相見已畢。因聽賈璉說道：「老太太明日一早到家，一路身體甚好。今日先

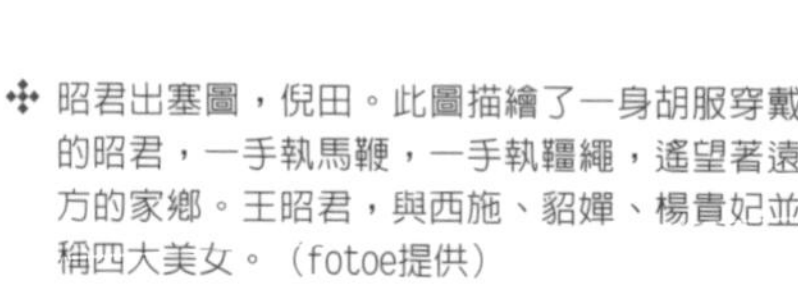

✣ 昭君出塞圖，倪田。此圖描繪了一身胡服穿戴的昭君，一手執馬鞭，一手執韁繩，遙望著遠方的家鄉。王昭君，與西施、貂嬋、楊貴妃並稱四大美女。（fotoe提供）

紅拂，隋末楊素家姬，唐初名將李靖妻，與李靖、虯髯客並稱風塵三俠。（fotoe提供）

打發了我來回家看視，明日五更，仍要出城迎接。」說畢，衆人又問了些路途的景況。因賈璉是遠歸，遂大家別過，讓賈璉回房歇息。一宿晚景，不必細述。

至次日飯時前後，果見賈母王夫人等到來。衆人接見已畢，略坐了一坐，吃了一杯茶，便領了王夫人等人過寧府中來。只聽見裏面哭聲震天，卻是賈赦賈璉送賈母到家即過這邊來了。當下賈母進入裏面，早有賈赦賈璉牽領族中人哭著迎了出來。他父子一邊一個挽了賈母，走至靈前，又有賈珍賈蓉跪著撲入賈母懷中痛哭。賈母暮年人，見此光景，亦摟了珍蓉等痛哭不已。賈赦賈璉在旁苦勸，方略略止住。又轉至靈右，見了尤氏婆媳，不免又相持大痛一場。哭畢，衆人方上前一一請安問好。賈珍因賈母才回家來，未得歇息，坐在此間看著未免要傷心，遂再三求賈母回家，

註

※12：第二等、第二流。

※13：即王安石，曾被封爲荊國公。

※14：即歐陽修，字永叔。

項羽妃虞姬（?～西元前202年），秦末人，史稱名虞，一說姓虞。虞地（江蘇吳縣）人，有美色，善劍舞。虞姬愛慕項羽的勇猛，嫁與項羽為妾，經常隨項羽出征。（fotoe提供）

評點

◎2.《五美吟》與後《十獨吟》對照。（脂硯齋）

王夫人等亦再三相勸。賈母不得已，方回來了。果然年邁的人禁不住風霜傷感，至夜間便覺頭悶身酸，鼻塞聲重。連忙請了醫生來診脈下藥，足足的忙亂了半夜一日。幸而發散的快，未曾傳經※15，至三更天，些須發了點汗，脈靜身涼，大家方放了心。至次日仍服藥調理。又過了數日，乃賈敬送殯之期，賈母猶未大愈，遂留寶玉在家侍奉。鳳姐因未曾甚好，亦未去。其餘賈赦賈璉、邢夫人、王夫人等率領家人僕婦，都送至鐵檻寺，至晚方回。賈珍尤氏並賈蓉仍在寺中守靈，等過百日後，方扶柩回籍。家中仍托尤老娘並二姐三姐照管。

＊　＊　＊

✣ 寶玉和寶釵評論黛玉所作的《五美吟》。（朱寶榮繪）

卻說賈璉素日既聞尤氏姐妹之名，恨無緣得見。近因賈敬停靈在家，每日與二姐三姐相識已熟，不禁動了垂涎之意。況知與賈珍賈蓉等素有聚麀之誚※16，因而乘機百般撩撥，眉目傳情。那三姐卻只是淡淡相對，◎3只有二姐也十分有意，但只是眼目眾多，無從下手。賈璉又怕賈珍吃醋，不敢輕動，只好二人心領神會而已。此時出殯以後，賈珍家下人少，除尤老娘帶領二姐三姐並幾個粗使的丫鬟老婆子在正室居住外，其餘婢妾都隨在寺中。外面僕婦，不過晚間巡更，日間看守門戶，白日無事，亦不進裏面去。所以賈璉便欲趁此下手，遂托相伴賈珍為名，亦在寺中住宿，又時常借著替賈珍料理家務，不時至寧府中來勾搭二姐。

一日，有小管家俞祿來回賈珍道：「前者所用棚杠孝布並請杠人青衣，共使銀一千一百十兩，除給銀五百兩外，仍欠六百零十兩。昨日兩處買賣人俱來催討，小的特來討爺的示下。」賈珍道：「你向庫上領去就是了，這又何必來回我。」俞祿道：「昨日已曾向庫上去領，但只是老爺賓天以後，各處支領甚多，所剩還要預備百日道場及廟中用度，此時竟不能發給。所以小的今日特來回爺，或者爺內庫裏暫且發給，或者挪借何項，吩咐了小的好辦。」賈珍笑道：「你還當是先呢，有銀子放著不使。你無論那裏借了給他罷。」俞祿笑回道：「若說一二百，小的還可以挪借；這五六百兩，小的一時那裏辦得來！」賈珍想了一想，向賈蓉道：「你問你娘去，昨日出殯以

註

※15：中醫術語。指風寒未能及時發散而通過經絡傳至全身。

※16：麀：牡鹿。指父子共占一個女子的行為，後喻亂倫。

評點

◎3.尤三姐憤烈性情已於上回及此回隱隱伏筆。（王希廉）

後，有江南甄家送來打祭銀五百兩，未曾交到庫上去，你先要了來，給他去罷。」賈蓉答應了，連忙過這邊來回了尤氏，復轉來回他父親道：「昨日那項銀子已使了二百兩，下剩的三百兩令人送至家中交與老娘收了。」賈珍道：「既然如此，你就帶了他去，向你老娘要了出來交給他。再也瞧瞧家中有事無事，問你兩個姨娘好。下剩的俞祿先借了添上罷。」

賈蓉與俞祿答應了，方欲退出，只見賈璉走了進來。俞祿忙上前請了安。賈璉便問何事，賈珍一一告訴了。賈璉心中想道：「趁此機會正可至寧府尋二姐。」一面遂說道：「這有多大事，何必向人借去。昨日我方得了一項銀子還沒有使呢，莫若給他添上，豈不省事？」賈珍道：「如此甚好。你就吩咐了蓉兒，一併令他取去。」賈璉忙道：「這必得我親身取去。再我這幾日沒回家了，還要給老太太、老爺、太太們請請安去。到大哥那邊查查家人們有無生事，也給親家太太請請安。」賈珍笑道：「只是又勞動你，我心裏倒不安。」賈璉也笑道：「自家兄弟，這又何妨。」賈珍又吩咐賈蓉道：「你跟了你叔叔去，也到那邊給老太太、老爺、太太們請安，說我和你娘都請安，打聽打聽老太太身上可大安了，還服藥呢沒有？」賈蓉一一答應了，跟隨賈璉

✣ 有其父必有其子，更可怕的是賈蓉這個典型的花花公子，居然能和父兄共享女人。（張羽琳繪）

出來，帶了幾個小廝，騎上馬一同進城。

在路叔侄閑話。賈璉有心，便提到尤二姐，因誇說如何標緻，如何作人好，舉止大方，言語溫柔，無一處不令人可敬可愛，「人人都說你嬸子好，據我看那裏及你二姨一零兒呢。」賈蓉揣知其意，便笑道：「叔叔既這麼愛他，我給叔叔作媒，說了作二房何如？」賈璉笑道：「你這是頑笑還是正經話？」賈蓉道：「我說的當眞的話。」賈璉又笑道：「敢自好呢。只怕你嬸子不依，再也怕你老娘不願意。況且我聽見說你二姨已有了人家了。」賈蓉道：「這都無妨。我二姨三姨都不是我老爺養的，原是我老娘帶了來的。聽見說，我老娘在那一家時，就把我二姨許給皇糧莊頭張家，指腹爲婚。後來張家遭了官司敗落了，我老娘又自那家嫁了出來，如今這十數年，兩家音信不通。我老娘時常報怨，要與他家退婚，我父親也要將二姨轉聘。只等有了好人家，不過令人找著張家，給他十幾兩銀子，寫上一張退婚的字兒。想張家窮極了的人，見了銀子，有什麼不依的。再他也知道咱們這樣的人家，也不怕他不依。又是叔叔這樣人說了作二房，我管保我老娘和我父親都願意。倒只是嬸子那裏卻難。」◎4賈璉聽到這裏，心花都開了，那裏還有什麼話說，只是一味呆笑而已。賈蓉又想了一想，笑道：「叔叔若有膽量，依我的主意管保無妨，不過多花上幾個錢。」賈璉忙道：「有何主意，快些說來，我沒有不依的。」賈蓉道：「叔叔回家，一點聲色也別露。等我回明了我父親，向我老娘說

◎4.問賈蓉之作媒爲賈璉計乎？爲尤二姐計乎？抑爲王熙鳳計乎？曰此晉獻公滅虞虢之故智也。賈蓉流連熙鳳、窺伺尤二姐已非一日，不假二姐以離賈璉，則熙鳳即無由聚；不假賈璉已離二姐，即二姐亦無由通。將欲取之，必先與之，將與並之，必先分之。（青山山農）

妥，然後在咱府後方近左右買上一所房子及應用傢伙，再撥兩窩子家下人過去伏侍。擇了日子，人不知鬼不覺娶了過去，囑咐家人不許走漏風聲。嬸子在裏面住著，深宅大院，那裏就得知道了。叔叔兩下裏住著，過個一年半載，即或鬧出來，不過挨上老爺一頓罵。叔叔只說嬸子總不生育，原是爲子嗣起見，所以私自在外面作成此事。就是嬸子，見生米作成熟飯，也只得罷了。再求一求老太太，沒有不完的事。」自古道「慾令智昏」，賈璉只顧貪圖二姐美色，聽了賈蓉一篇話，遂爲計出萬全，將現今身上有服，並停妻再娶，嚴父妒妻種種不妥之處，皆置之度外了。卻不知賈蓉亦非好意，素日因同他姨娘有情，只因賈珍在內，不能暢意。如今若是賈璉娶了，少不得在外居住，趁賈璉不在時，好去鬼混之意。賈璉那裏思想及此，遂向賈蓉致謝道：「好侄兒，你果然能夠說成了，我買兩個絕色的丫頭謝你。」說著，已至寧府門首。賈蓉說道：「叔叔進去，向我老娘要出銀子來，就交給俞祿罷。我先給老太太請安去。」賈璉含笑點頭道：「老太太跟前別提我和你一同來的。」賈蓉道：「知道。」又附耳向賈璉道：「今日要遇見二姨，可別性急了，鬧出事來，往後倒難辦了。」賈璉笑道：「少胡說！你快去罷。我在這裏等你。」於是賈蓉自去給賈母請安。

賈璉進入寧府，早有家人頭兒率領家人等請安，一路圍隨至廳上。賈璉一一的問了些話，不過塞責而已，便命家人散去，獨自往裏面走來。原來賈璉賈珍素日親密，又是弟兄，本無可避忌之人，自來是不等通報的。於是走至上房，早有廊下伺候的老婆子打起簾子，讓賈璉進去。賈璉進入房中一看，只見南邊炕上只有尤二姐帶著兩個丫鬟一處作活，卻不見尤老娘與三姐。賈璉忙上前問好相見。尤二姐亦含笑讓坐，便靠東邊排插兒坐下。賈璉仍將上首讓與二姐，說了幾句見面情兒，便笑問道：「親家太太和三妹妹那裏去了。怎麼不見？」尤二姐笑道：「才有事往後頭去了，也就來的。」此時伺候的丫鬟因倒茶去，無人在跟前，賈璉不住的拿眼瞟著二姐。二姐低了頭，只含笑不理。賈璉又不敢造次動手動腳，因見二姐手中拿著一條拴著荷包的絹子擺弄，便搭訕著往腰裏摸了摸，說道：「檳榔荷包也忘記了帶了來，妹妹有檳榔，賞我一口吃。」二姐道：「檳榔倒有，只是我的檳榔從來不給人吃。」賈璉便笑著欲近身來拿。二姐怕人看見不雅，便連忙一笑，撂了過來。賈璉接在手中，都倒了出來，揀了半塊吃剩下的撂在口中吃了，又將剩下的都揣了起來。剛要把荷包親身送過去，只見兩個丫鬟倒了茶來。賈璉一面接了茶吃茶，一面暗將自己帶的一個漢玉九龍珮解了下來，拴在手絹上，趁丫鬟回頭時，仍撂了過去。二姐亦不去拿，只裝看不見，仍坐著吃茶。只聽後面一陣簾子響，卻是尤老娘三姐帶著兩個小丫頭自後面走來。賈璉送目與二姐，令其拾取，這尤二姐亦只是不理。賈璉不知二姐何意，甚是著急，只得迎上來與尤老娘三姐相見。一面又回頭看二姐時，只見二姐笑著，沒事人似的，再又看一看絹子，已不知那裏去了，賈璉方放了心。◎5

◎5.私娶尤二姐，說合籌畫俱是賈蓉主見，眞是罪魁禍首。尤二姐善於偷情，是暗補聚麀情事。（王希廉）

於是大家歸坐後，敘了些閑話。賈璉說道：「大嫂子說，前日有一包銀子交給親家太太收起來了，今日因要還人，大哥令我來取。再也看看家裏有事無事。」尤老娘聽了，連忙使二姐拿鑰匙去取銀子。這裏賈璉又說道：「我也要給親家太太請請安，瞧瞧二位妹妹。親家太太臉面倒好，只是二位妹妹在我們家裏受委曲。」尤老娘笑道：「咱們都是至親骨肉，說那裏的話。在家裏也是住著，在這裏也是住著。不瞞二爺說，我們家裏自從先夫去世，家計也著實艱難了，全虧了這裏姑爺幫助。如今姑爺家裏有了這樣大事，我們不能別的

✣ 賈璉垂涎尤二姐，並以玉佩相贈。（朱寶榮繪）

出力，白看一看家，還有什麼委曲了的呢。」正說著，二姐已取了銀子來，交與尤老娘。尤老娘便遞與賈璉。賈璉叫一個小丫頭叫了一個老婆子來，吩咐他道：「你把這個交給俞祿，叫他拿過那邊去等我。」老婆子答應了出去。

只聽得院內是賈蓉的聲音說話。須臾進來，給他老娘姨娘請了安，又向賈璉笑道：「才剛老爺還問叔叔呢，說是有什麼事情要使喚。原要使人到廟裏去叫，我回老爺說叔叔就來。老爺還吩咐我，路上遇著叔叔叫快去呢。」賈璉聽了，忙要起身，又聽賈蓉和他老娘說道：「那一次我和老太太說的，我父親要給二姨說的姨父，就和我這叔叔的面貌身量差不多兒。老太太說好不好？」一面說著，又悄悄的用手指著賈璉和他二姨努嘴。二姐倒不好意思說什麼，只見三姐似笑非笑、似惱非惱的罵道：「壞透了的小猴兒崽子！沒了你娘的說了，多早晚我才撕他那嘴！」一面說著，便趕了過來。賈蓉早笑著跑了出去，賈璉也笑著辭了出來。走至廳上，又吩咐了家人們不可耍錢吃酒等話；又悄悄的央賈蓉，回去急速和他父親說。一面便帶了俞祿過來，將銀子添足，交給他拿去。一面給賈赦請安，又給賈母去請安不提。

卻說賈蓉見俞祿跟了賈璉去取銀子，自己無事，便仍回至裏面，和他兩個姨娘嘲戲一回，方起身。至晚到寺，見了賈珍回道：「銀子已經交給俞祿了。老太太已大愈了，如今已經不服藥了。」說畢，又趁便將路上賈璉要娶尤二姐作二房之意說了。又說如何在外面置房子住，不使鳳姐知道，「此時總不過爲的是子嗣艱難起見，爲的

是二姨是見過的，親上作親，比別處不知道的人家說了來的好。所以二叔再三央我對父親說。」只不說是他自己的主意。賈珍想了想，笑道：「其實倒也罷了。只不知你二姨心中願意不願意。明日你先去和你老娘商量，叫你老娘問准了你二姨，再作定奪。」於是又教了賈蓉一篇話，便走過來將此事告訴了尤氏。尤氏卻知此事不妥，因而極力勸止。無奈賈珍主意已定，素日又是順從慣了的，況且他與二姐本非一母，不便深管，因而也只得由他們鬧去了。◎6

至次日一早，果然賈蓉復進城來見他老娘，將他父親之意說了，又添上許多話，說賈璉作人如何好，目今鳳姐身子有病，已是不能好的了，暫且買了房子在外面住著，過個一年半載，只等鳳姐一死，便接了二姨進去作正室。又說他父親此時如何聘，賈璉那邊如何娶，如何接了你老人家養老，往後三姨也是那邊應了替聘，說的天花亂墜，不由得尤老娘不肯。況且素日全虧賈珍周濟，此時又是賈珍作主替聘，而且妝奩不用自己置買，賈璉又是青年公子，比張華勝強十倍，遂連忙過來與二姐商議。二姐又是水性的人，在先已和姐夫不妥，又常怨恨當時錯許張華，致使後來終身失所，今見賈璉有情，況是姐夫將他聘嫁，有何不肯，也便點頭依允。◎7當下回覆了賈蓉，賈蓉回了他父親。

次日，命人請了賈璉到寺中來，賈珍當面告訴了他尤老娘應允之事。賈璉自是喜出望外，又感謝賈珍賈蓉父子不盡。於是三人商議著，使人看房子打首飾，給二姐置買妝奩及新房中應用床帳等物。不過幾日，早將諸事辦妥。已於寧榮街後二里遠近小花枝巷內買定一所房子，共二十餘間。又買了兩個小丫鬟。賈珍又給了一房家人，名叫鮑二，夫妻兩口，預備二姐過來時伏侍。那鮑二兩口子聽見這個巧宗兒，如何不來呢？又使人將張華父子叫來，逼勒著與尤老娘寫退婚書。卻說張華之祖，原當皇糧莊頭，後來死去。至張華父親時，仍充此役，因與尤老娘前夫相好，所以將張華與尤二姐指腹爲婚。後來不料遭了官司，敗落了家產，弄得衣食不周，那裏還娶得起媳婦呢？尤老娘又自那家嫁了出來。兩家有十數年音信不通。今被賈府家人喚至，逼他與二姐退婚，心中雖不願意，無奈懼怕賈珍等勢焰，不敢不依，只得寫了一張退婚文約。尤老娘與銀十數兩銀子，兩家退罷親不提。

這裏賈璉等見諸事已妥，遂擇了初三黃道吉日，以便迎娶二姐過門。下回分解。

評點

◎6.一個徹徹底底失敗的女人。夫不夫，子不子，卻不敢有任何異議。（布萊克曼·珍妮）

◎7.姐夫主婚，外甥說合，從此直赴火坑。（東觀閣主人）

第六十五回

賈二舍※1偷娶尤二姨　尤三姐思嫁柳二郎

話說賈璉賈珍賈蓉等三人商議，事事妥貼，至初二日，先將尤老和三姐送入新房。尤老一看，雖不似賈蓉口內之言，也十分齊備，母女二人已稱了心。鮑二夫婦見了如一盆火，趕著尤老一口一聲喚老娘，又或是老太太；趕著三姐喚三姨，或是姨娘。至次日五更天，一乘素轎，將二姐抬來。各色香燭紙馬，並鋪蓋以及酒飯，早已備得十分妥當。一時賈璉素服坐了小轎而來，拜過天地，焚了紙馬。那尤老見二姐身上頭上煥然一新，不是在家模樣，十分得意。攙入洞房。是夜賈璉同他顛鸞倒鳳，百般恩愛，不消細說。

那賈璉越看越愛，越瞧越喜，不知怎生奉承這二姐，乃命鮑二等人不許提三說二的，直以奶奶稱之，自己也稱奶奶，竟將鳳姐一筆勾倒。有時回家中只說在東府有事羈絆，鳳姐輩因知他和賈珍相得，自然是

✣《增評補圖石頭記》第六十五回繪畫。（fotoe提供）

或有事商議，也不疑心。再家下人雖多，都不管這些事。便有那遊手好閑專打聽小事的人，也都去奉承賈璉，乘機討些便宜，誰肯去露風。於是賈璉深感賈珍不盡。賈璉一月出五兩銀子作天天的供給。若不來時，他母女三人一處吃飯；若賈璉來了，他夫妻二人一處吃，他母女便回房自吃。賈璉又將自己積年所有的梯己，一併搬了與二姐收著；又將鳳姐素日之為人行事，枕邊衾內盡情告訴了他，只等一死，便接他進去。二姐聽了，自是願意。當下十來個人，倒也過起日子來，十分豐足。

＊　＊　＊

眼見已是兩個月光景。這日賈珍在鐵檻寺作完佛事，晚間回家時，因與他姨妹久別，竟要去探望探望。先命小廝去打聽賈璉在與不在。小廝回來說不在。賈珍歡喜，將左右一概先遣回去，只留兩個心腹小童牽馬。到了新房，已是掌燈時分，悄悄入去。兩個小廝將馬拴在圈內，自往下房去聽候。

賈珍進來，屋內才點燈，先看過了尤氏母女，然後二姐出見，賈珍仍喚二姨。大家吃茶，說了一回閑話。賈珍因笑說：「我作的這保山如何？若錯過了，打著燈籠還沒處尋，過日你姐姐還備了禮來瞧你們呢。」說話之間，尤二姐已命人預備下酒饌，關起門來，都是一家人，原無避諱。那鮑二來請安，賈珍便說：「你還是個有良心的小子，所以叫你來伏侍。日後自有大用你之處，不可在外頭吃酒生事。我自然賞你。

註

※1：舍：即舍人，原是官名。俗稱貴族官僚子弟為舍人。二舍：指二公子，二少爺。

倘或這裏短了什麼，你璉二爺事多，那裏人雜，你只管去回我。我們弟兄不比別人。」鮑二答應道：「是，小的知道。若小的不盡心，除非不要這腦袋了。」賈珍點頭說：「要你知道。」當下四人一處吃酒。尤二姐知局※2，便邀他母親說：「我怪怕的，媽同我到那邊走走來。」尤老也會意，便眞個同他出來，只剩小丫頭們。賈珍便和三姐挨肩擦臉，百般輕薄起來。小丫頭子們看不過，也都躲了出去，憑他兩個自在取樂，不知作些什麼勾當。

跟的兩個小廝都在廚下和鮑二飲酒，鮑二女人上灶。忽見兩個丫頭也走了來嘲笑，要吃酒。鮑二因說：「姐兒們不在上頭伏侍，也偷來了。一時叫起來沒人，又是事。」他女人罵道：「糊塗渾嗆了的忘八！你撞喪那黃湯罷。撞喪醉了，夾著你那膫子挺你的尸去！叫不叫，與你屄相干！一應有我承當，風雨橫豎洒不著你頭上來。」這鮑二原是因妻子發跡的，近日越發虧他。自己除賺錢吃酒之外，一概不管，賈璉等也不肯責備他，故他視妻如母，百依百隨，且吃夠了便去睡覺。這裏鮑二家的陪著這些丫鬟小廝吃酒，討他們的好，準備在賈珍前上好。

✣ 賈珍，身為族長，卻成為賈府不良子弟的表率。（《紅樓夢煙標精華》杜春耕編著，北京圖書館出版社提供）

四人正吃的高興，忽聽扣門之聲，鮑二家的忙出來開門，看見是賈璉下馬，問有事無事。鮑二女人便悄悄告他說：「大爺在這裏西院裏呢。」賈璉聽了，便回至臥房。只見尤二姐和他母親都在房中，見他來了，二人面上便有些訕訕的。賈璉反推不知，只命：「快拿酒來！咱們吃兩杯好睡覺。我今日很乏了。」尤二姐忙上來陪笑，接衣捧茶，問長問短。賈璉喜的心癢難受。一時鮑二家的端上酒來，二人對飲。他丈母不吃，自回房中睡去了。兩個小丫頭分了一個過來伏侍。

賈璉的心腹小童隆兒拴馬去，見已有了一匹馬，細瞧一瞧，知是賈珍的，心下會意，也來廚下。只見喜兒壽兒兩個正在那裏坐著吃酒，見他來了，也都會意，故笑道：「你這會子來的巧。我們因趕不上爺的馬，恐怕犯夜，往這裏來借宿一宵的。」隆兒便笑道：「有的是炕，只管睡。我是二爺使我送月銀的，交給了奶奶，我也不回去了。」喜兒便說：「我們吃多了，你來吃一鍾。」隆兒才坐下，端起杯來，忽聽馬棚內鬧將起來。原來二馬同槽，不能相容，互相蹶踢起來。隆兒等慌的忙放下酒杯，出來喝馬，好容易喝住，另拴好了，方進來。鮑二家的笑

註

※2：識相。

✣ 尤二姐軟弱糊塗，正所謂可憐之人必有可恨之處，可是就算她不隨波逐流，可以選擇的餘地又有多大呢？（張羽琳繪）

說：「你三人就在這裏罷，茶也現成了，我可去了。」說著，帶門出去。這裏喜兒喝了幾杯，已是楞子眼了。隆兒壽兒關了門，回頭見喜兒直挺挺的仰臥炕上，二人便推他說：「好兄弟，起來好生睡，只顧你一個人，我們就苦了。」那喜兒便說道：「咱們今兒可要公公道道的貼一爐子燒餅，要有一個充正經的人，我痛把你媽一肏！」隆兒壽兒見他醉了，也不必多說，只得吹了燈，將就睡下。

尤二姐聽見馬鬧，心下便不自安，只管用言語混亂賈璉。那賈璉吃了幾杯，春興發作，便命收了酒果，掩門寬衣。尤二姐只穿著大紅小襖，散挽烏雲，滿臉春色，比白日更增了顏色。賈璉摟他笑道：「人人都說我們那夜叉婆齊整，如今我看來，給你拾鞋也不要。」尤二姐道：「我雖標緻，卻無品行。看來到底是不標緻的好。」賈璉忙問道：「這話如何說？我卻不解。」尤二姐滴淚說道：「你們拿我作愚人待，什麼事我不知。我如今和你作了兩個月夫妻，日子雖淺，我也知你不是愚人。我生是你的人，死是你的鬼，如今既作了夫妻，我終身靠你，豈敢瞞藏一字。我算是有靠，將來我妹子卻如何結果？據我看來，這個形景恐非長策，要作長久之計方可。」賈璉聽了笑道：「你且放心，我不是拈酸吃醋之輩。前事我已盡知，你也不必驚慌。你因妹夫是作兄的，自然不好意思，不如我去破了這例。」說著走了，便至西院中來，只見窗內燈燭輝煌，二人正吃酒取樂。

賈璉便推門進去，笑說：「大爺在這裏，兄弟來請安。」賈珍羞的無話，只得起身讓坐。賈璉忙笑道：「何必又作如此景象，咱們弟兄從前是如何樣來！大哥爲我操心，我今日粉身碎骨，感激不盡。大哥若多心，我意何安。從此以後，還求大哥如昔方好；不然兄弟寧能可絕後，再不敢到此處來了。」說著，便要跪下。慌的賈珍連忙攙起，只說：「兄弟怎麼說，我無不領命。」賈璉忙命人：「看酒來，我和大哥吃兩杯。」又拉尤三姐說：「你過來，陪小叔子一杯。」賈珍笑著說：「老二，到底是你，哥哥必要吃乾這鍾。」說著一揚脖。尤三姐站在炕上，指賈璉笑道：「你不用和我花馬吊嘴※3的，清水下雜麵，你吃我看見！提著影戲人子上場，好歹別戳破這層紙兒。你別油蒙了心，打諒我們不知道你府上的事！這會子花了幾個臭錢，你們哥兒倆拿著我們姐兒兩個權當粉頭來取樂兒，你們就打錯了算盤了！我也知道你那老婆太難纏，如今把我姐姐拐了來作二房，偷的鑼兒敲不

註

※3：花言巧語。

✣ 尤三姐撒潑，斥責賈珍、賈璉。
（朱寶榮繪）

得。我也要會會那鳳奶奶去，看他是幾個腦袋幾隻手。若大家好取和便罷；倘若有一點叫人過不去，我有本事不先把你兩個的牛黃狗寶※4掏了出來，再和那潑婦拚了這命，也不算是尤三姑奶奶！喝酒怕什麼，咱們就喝！」說著，自己綽起壺來斟了一杯，自己先喝了半杯，摟過賈璉的脖子來就灌，說：「我和你哥哥已經吃過了，咱們來親香親香！」唬的賈璉酒都醒了。賈珍也不承望尤三姐這等無恥老辣。弟兄兩個本是風月場中耍慣的，不想今日反被這閨女一席話說住。尤三姐一疊聲又叫：「將姐姐請來！要樂咱們四個一處同樂。俗語說『便宜不過當家』，他們是弟兄，咱們是姐妹，又不是外人，只管上來。」尤二姐反不好意思起來。賈珍得便就要一溜，尤三姐那裏肯放。賈珍此時方後悔，不承望他是這種為人，◎1與賈璉反不好輕薄起來。◎2

這尤三姐鬆鬆挽著頭髮，大紅襖子半掩半開，露著蔥綠抹胸，一痕雪脯。底下綠褲紅鞋，一對金蓮或翹或並，沒半刻斯文。兩個墜子卻似打鞦韆一般，燈光之下，越顯得柳眉籠翠霧，檀口點丹砂。本是一雙秋水眼，再吃了酒，又添了餳澀淫浪，不獨將他二姐壓倒，據珍璉評去，所見過的上下貴賤若干女子，皆未有此綽約風流者。二人已酥麻如醉，不禁去招他一招，他那淫態風情，反將二人禁住。◎3那尤三姐放出手

❖ 高傲剛烈是尤三姐的外化表現，支撐她的底蘊是自尊和別具見識，令人可敬可佩。（張羽琳繪）

✣ 封建時代的中國，讓女人從小捆綁腳部，變成小腳女人。圖中為所謂「三寸金蓮」的鞋子。（許小鋒提供）

眼來略試了一試，他弟兄兩個竟全然無一點別識別見，連口中一句響亮話都沒了，不過是酒色二字而已。自己高談闊論，任意揮霍酒落一陣，拿他弟兄二人嘲笑取樂，竟真是他嫖了男人，並非男人淫了他。◎4一時他的酒足興盡，也不容他弟兄多坐，攆了出去，自己關門睡去了。◎5

自此後，或略有丫鬟婆娘不到之處，便將賈珍賈璉賈蓉三個潑聲厲言痛罵，說他爺兒三個誆騙了他寡婦孤女。賈珍回去之後，以後亦不敢輕易再來，有時尤三姐自己高了興悄命小廝來請，方敢去一會；到了這裏，也只好隨他的便。誰知這尤三姐天生脾氣不堪，仗著自己風流標緻，偏要打扮的出色，另式作出許多萬人不及的淫情浪態來，哄的男子們垂涎落魄，欲近不能，欲遠不捨，迷離顛倒，他以爲樂。◎6他母姐二人也十分相勸，他反說：「姐姐糊塗！咱們金玉一般的人，白叫這兩個現世寶沾污了去，也算無能。◎7而且他家有一

註

※4：兩種中藥，均爲結石，牛黃生在病牛膽中，狗寶生於癩狗腹中。比喻難得的物品，又可比喻黑心腸、邪心眼。

評點

◎1.畢竟賈珍亦不能識其是何種人也。（王伯沆）
◎2.是筆歌墨舞，三姐羞殺鬚眉。（東觀閣主人）
◎3.三姐之奇，就在於美麗與粗俗的統一，輕狂與自尊的統一，逢場作戲與洩憤復仇的統一。尤三姐是超前出現的尤物。（子旭）
◎4.好一個卡門似的女人。（布萊克曼．珍妮）
◎5.三姐現色身，爲蕩子說清。（東觀閣主人）
◎6.尤三姐是一朵怒放在野渡寒塘的出淤泥而不染、可遠觀而不可褻玩的紅荷花。（王昆侖）
◎7.尤三姐是有見識的，不受騙，不被辱，不像尤二姐那樣既成公子哥的玩物，又成爲他們的犧牲品。尤三姐自尊自重，認識到自己在人格上比賈珍之流高得多。她說自己是金玉一般的人，這就在精神上處於居高臨下的優勢地位。因此，尤三姐反過來要作弄嘲戲賈珍賈璉。（張全宇、趙慶元）

個極利害的女人，如今瞞著他不知，咱們方安。倘或一日他知道了，豈有干休之理！勢必有一場大鬧，不知誰生誰死。趁如今我不拿他們取樂作踐准折，到那時白落個臭名，後悔不及！」因此一說，他母女見不聽勸，也只得罷了。那尤三姐天天挑揀穿吃，打了銀的，又要金的，有了珠子，又要寶石，吃的肥鵝，又宰肥鴨。或不趁心，連桌一推；衣裳不如意，不論綾緞新整，便用剪刀剪碎，撕一條，罵一句，究竟賈珍等何曾遂意了一日，反花了許多昧心錢。

賈璉來了，只在二姐房內，心中也悔上來。無奈二姐倒是個多情人，以爲賈璉是終身之主了，凡事倒還知疼著癢。若論起溫柔和順，凡事必商必議，不敢恃才自專，實較鳳姐高十倍；若論標緻，言談行事，也勝五分。◎8雖然如今改過，但已經失了腳，有了一個「淫」字，憑他有甚好處也不算了。偏這賈璉又說：「誰人無錯？知過必改就好。」故不提已往之淫，只取現今之善，便如膠投漆，似水如魚，一心一計，誓同生死，那裏還有鳳平二人在意了？二姐在枕邊衾內，也常勸賈璉說：「你和珍大哥商議商議，揀個熟的人，把三丫頭聘了罷。留著他不是常法子，終久要生出事來，怎麼處？」賈璉道：「前日我曾回過大哥的，他只是捨不得。我說：『是塊肥羊肉，只是燙的慌；玫瑰花兒可愛，刺大扎手。咱們未必降的住，正經揀個人聘了罷。』他只意意思思，就丟開手了。你叫我有何法？」二姐道：「你放心。咱們明日先勸三丫頭，他肯了，讓他自己鬧去。鬧得無法，少不得聘他。」賈璉聽了說：「這話極是。」

至次日，二姐另備了酒，賈璉也不出門，至午間特請他小妹過來，與他母親上坐。尤三姐便知其意，◎9酒過三巡，不用姐姐開口，先便滴淚泣道：◎10「姐姐今日請我，自有一番大禮要說。但妹子不是那愚人，也不用絮絮叨叨提那從前醜事，我已盡知，說也無益。既如今姐姐也得了好處安身，媽也有了安身之處，我也要自尋歸結去，方是正理。但終身大事，一生至一死，非同兒戲。我如今改過守分，只要我揀一個素日可心如意的人方跟他去。若憑你們揀擇，雖是富比石崇，才過子建，貌比潘安的，我心裏進不去，也白過了一世。」賈璉笑道：「這也容易。憑你說是誰就是誰，一應彩禮都有我們置辦，母親也不用操心。」尤三姐泣道：「姐姐知道，不用我說。」賈璉笑問二姐是誰，二姐一時也想不起來。大家想來，賈璉便道：「定是此人無疑了！」便拍手笑道：「我知道了。這人原不差，果然好眼力！」二姐笑問是誰，賈璉笑道：「別人他如何進得去，一定是寶玉。」二姐與尤老聽了，亦以爲然。尤三姐便啐了一口，◎11道：「我們有姐妹十個，也嫁你弟兄十個不成。◎12難道除了你家，天下就沒了好男子了不成？」◎13眾人聽了都詫異：「除去他，還有那一個？」尤三姐笑道：「別只在眼前想，姐姐只在五年前想，就是了。」◎14

正說著，忽見賈璉的心腹小廝興兒走來請賈璉，說：「老爺那邊緊等著叫爺呢。

評點

◎8.筆筆敘二姐溫柔和順高鳳姐十倍，言語行事勝鳳姐五分，堪爲賈璉二房，所以深著鳳姐不念宗祀血食，爲賈宅第一罪人。《綱目》書法！（脂硯齋）
◎9.全用醍醐灌頂，全是大翻身大解悟法。（脂硯齋）
◎10.全用如是等語，一洗孽障。（脂硯齋）
◎11.奇，不知何爲。（脂硯齋）
◎12.有理之極！（脂硯齋）
◎13.一罵反有理。（脂硯齋）
◎14.奇甚！（脂硯齋）

小的答應往舅老爺那邊去了，小的連忙來請。」賈璉又忙問：「昨日家裏沒人問？」興兒道：「小的回奶奶說，爺在家廟裏同珍大爺商議作百日的事，只怕不能來家。」賈璉忙命拉馬，隆兒跟隨去了，留下興兒答應人來事務。

尤二姐拿了兩碟菜，命拿大杯斟了酒，就命興兒在炕沿下蹲著吃，一長一短向他說話兒。問他家裏奶奶多大年紀，怎個利害的樣子，老太太多大年紀，太太多大年紀，姑娘幾個，各樣家常等語。興兒笑嘻嘻的在炕沿下一頭吃，一頭將榮府之事備細告訴他母女。又說：「我是二門上該班的人。我們共是兩班，一班四個，共是八個。這八個人有幾個是奶奶的心腹，有幾個是爺的心腹。奶奶的心腹，我們不敢惹；爺的心腹奶奶的就敢惹。提起我們奶奶來，心裏歹毒，口裏尖快。我們二爺也算是個好的，那裏見得他！倒是跟前的平姑娘爲人很好，雖然和奶奶一氣，他倒背著奶奶常作些

✣ 興兒向二姐、三姐指點評論榮國府人物行事。（朱寶榮繪）

個好事。小的們凡有了不是，奶奶是容不過的，只求求他去就完了。如今合家大小，除了老太太、太太兩個人，沒有不恨他的，只不過面子情兒怕他。皆因他一時看的人都不及他，只一味哄著老太太、太太兩個人喜歡。他說一是一，說二是二，沒人敢攔他。又恨不得把銀子錢省下來堆成山，好叫老太太、太太說他會過日子，殊不知苦了下人，他討好兒。估著有好事，他就不等別人去說，他先抓尖兒；或有了不好事或他自己錯了，他便一縮頭，推到別人身上來，他還在旁邊撥火兒。如今連他正經婆婆大太太都嫌了他，說他『雀兒揀著旺處飛，黑母雞一窩兒，自家的事不管，倒替人家去瞎張羅』。若不是老太太在頭裏，早叫過他去了。」◎15尤二姐笑道：「你背著他這等說他，將來你又不知怎麼說我呢。我又差他一層兒，越發有的說了。」興兒忙跪下說道：「奶奶要這樣說，小的不怕雷打！但凡小的們有造化起來，先娶奶奶時若得了奶奶這樣的人，小的們也少挨些打罵，也少提心吊膽的。如今跟爺的這幾個人，誰不背前背後稱揚奶奶聖德憐下。我們商量著叫二爺要出來，情願來答應奶奶呢。」尤二姐笑道：「猴兒肏的，還不起來呢！說句頑話就唬的那樣起來。你們作什麼來，我還要找了你奶奶去呢。」興兒連忙搖手說：「奶奶千萬不要去！我告訴奶奶，一輩子別見他才好。嘴甜心苦，兩面三刀，上頭一臉笑，腳下使絆子；明是一盆火，暗是一把刀：都占全了。只怕三姨的這張嘴還說他不過。好，奶奶這樣斯文良善的人，那裏是他的對手！」尤氏笑道：「我只以禮待他，他敢怎麼樣！」興兒道：「不是小的吃了

◎15.興兒對尤二姐論賈府人物，閑中著筆，作十二釵月旦評。（周春）

酒放肆胡說，奶奶便有禮讓，他看見奶奶比他標緻，又比他得人心，他怎肯干休善罷？人家是醋罐子，他是醋缸醋甕。凡丫頭們二爺多看一眼，他有本事當著爺打個爛羊頭。雖然平姑娘在屋裏，大約一年二年之間，兩個有一次到一處，他還要口裏掂十個過子呢，氣的平姑娘性子發了，哭鬧一陣，說：『又不是我自己尋來的，你又浪著勸我，我原不依，你反說我反了。這會子又這樣！』他一般的也罷了，倒央告平姑娘。」尤二姐笑道：「可是扯謊？這樣一個夜叉，怎麼反怕屋裏的人呢？」興兒道：「這就是俗語說的『天下逃不過一個理字去』了。這平兒是他自幼的丫頭，陪了過來，一共四個，嫁人的嫁人，死的死了，只剩了這個心腹。他原為收了屋裏，一則顯他賢良名兒，二則又叫拴爺的心，好不外頭走邪的。又還有一段因果：我們家的規矩，凡爺們大了，未娶親之先都先放兩個人伏侍的。二爺原有兩個，誰知他來了沒半年，都尋出不是來，都打發出去了。別人雖不好說，自己臉上過不去，所以強逼著平姑娘作了房裏人。那平姑娘又是個正經人，從不把這一件事放在心上，也不會挑妻窩夫的，倒一味忠心赤膽伏侍他，才容下了。」

尤二姐笑道：「原來如此。但我聽見你們家還有一位寡婦奶奶和幾位姑娘。他這樣利害，這些人如何依得？」興兒拍手笑道：「原來奶奶不知道。我們家這位寡婦奶奶，他的渾名叫作『大菩薩』，第一個善德人。我們家的規矩又大，寡婦奶奶們不管事，只宜清淨守節。妙在姑娘又多，只把姑娘們交給他，看書寫字，學針線，學道理，這是他的責任。除此問事不知，說事不管。只因這一向他病了，事多，這大奶奶暫管幾日。究竟也無可管，不過是按例而行，不像他多事逞才。我們大姑娘不用說，但凡不好，也沒這段大福了。二姑娘的渾名是『二木頭』，戳一針也不知『噯喲』一聲。三姑娘的渾名是『玫瑰花』。」尤氏姐妹忙笑問何意。興兒笑道：「玫瑰花又紅又香，無人不愛的，只是有刺戳手。也是一位神道※5，可惜不是太太養的，『老鴰窩裏出鳳凰』。四姑娘小，他正經是珍大爺親妹子，因自幼無母，老太太命太太抱過來養這麼大，也是一位不管事的。奶奶不知道，我們家的姑娘不算，另外有兩個姑娘，眞是天上少有，地下無雙。一個是咱們姑太太的女兒，姓林，小名兒叫什麼黛玉，面龐身段和三姨不差什麼，一肚子文章，只是一身多病，這樣的天，還穿夾的，出來風兒一吹就倒了。我們這起沒王法的嘴都悄悄的叫他『多病西施』。還有一位姨太太的女兒，姓薛，叫什麼寶釵，竟是雪堆出來的。每常出門或上車，或一時院子裏瞥見一眼，我們鬼使神差，見了他們兩個，不敢出氣兒。」尤二姐笑道：「你們大家規矩，雖然你們小孩子進的去，然遇見小姐們，原該遠遠藏開。」興兒搖手道：「不是，不是。那正經大禮，自然遠遠的藏開，自不必說。就藏開了，自己不敢出氣，是生怕這氣大了，吹倒了姓林的，氣暖了；吹化了姓薛的。」◎16說的滿屋裏都笑起來了。不知端詳，且聽下回分解。◎17

註

※5：神祇，此指了不起的人物。

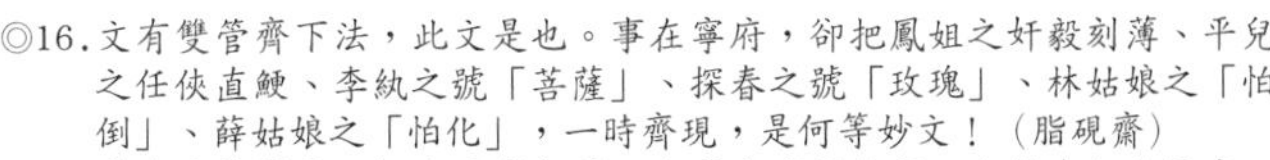

◎16.文有雙管齊下法，此文是也。事在寧府，卻把鳳姐之奸殼刻薄、平兒之任俠直鯁、李紈之號「菩薩」、探春之號「玫瑰」、林姑娘之「怕倒」、薛姑娘之「怕化」，一時齊現，是何等妙文！（脂硯齋）

◎17.房內兄弟聚麀，棚內兩馬相鬧；小廝與家母飲酒，小姨與姐夫同床。可見有是主必有是奴，有是兄必有是弟，有是姐必有是妹，有是人必有是馬。（脂硯齋）

第六十六回

情小妹恥情歸地府　冷二郎一冷入空門

話說鮑二家的打他一下子，笑道：「原有些眞的，叫你又編了這些混話，越發沒了捆兒※1。你倒不像跟二爺的人，這些混話倒像是寶玉那邊的了。」◎1尤二姐才要又問，忽見尤三姐笑道：「可是你們家那寶玉，除了上學，他作些什麼？」◎2興兒笑道：「姨娘別問他，說起來姨娘也未必信。他長了這麼大，獨他沒有上過正經學堂。我們家從祖宗直到二爺，誰不是寒窗十載，偏他不喜歡讀書。老太太的寶貝，老爺先還管，如今也不敢管了。成天家瘋瘋瘋瘋的，說的話人也不懂，幹的事人也不知。外頭人人看著好清俊模樣兒，心裏自然是聰明的，誰知是外清而內濁，見了人，一句話也沒有。所有的好處，雖沒上過學，倒難爲他認得幾個字。每日也不習文，也不學武，又怕見人，只愛在丫頭群裏鬧。再者

✣《增評補圖石頭記》第六十六回繪畫。（fotoe提供）

也沒剛柔，有時見了我們，喜歡時沒上沒下，大家亂頑一陣；不喜歡各自走了，他也不理人。我們坐著臥著，見了他也不理，他也不責備。因此沒人怕他，只管隨便，都過的去。」尤三姐笑道：「主子寬了，你們又這樣；嚴了，又抱怨。可知難纏。」◎3尤二姐道：「我們看他倒好，原來這樣！可惜了一個好胎子。」尤三姐道：「姐姐信他胡說，咱們也不是見過一面兩面的？行事言談吃喝，原有些女兒氣，那是只在裏頭慣了的。若說糊塗，那些兒糊塗？姐姐記得穿孝時咱們同在一處，那日正是和尚們進來繞棺，咱們都在那裏站著，他只站在頭裏擋著人。人說他不知禮，又沒眼色。過後他沒悄悄的告訴咱們說：『姐姐不知道，我並不是沒眼色。想和尚們髒，恐怕氣味熏了姐姐們。』接著他吃茶，姐姐又要茶，那個老婆子就拿了他的碗去倒。他趕忙說：『我吃髒了的，另洗了再拿來。』這兩件上，我冷眼看去，原來他在女孩子們前不管怎樣都過的去，只不大合外人的式，所以他們不知道。」尤二姐聽說，笑道：「依你說，你兩個已是情投意合了。竟把你許了他，豈不好？」三姐見有興兒，不便說話，只低頭磕瓜子。興兒笑道：「若論模樣兒行事爲人，倒是一對好的。只是他已有了，只未露形。將來准是林姑娘定了的。因林姑娘多病，二則都還小，故尚未及此。再過三二年，老太太便一開言，那是再無不准的了。」大家正說話，只見隆兒又來了，說：「老爺有事，是件機密大事，要遣二爺往平安州去。不過三五日就起身，來回也

註

※1：沒有憑據，信口亂說。

評點

◎1. 好極之文，將茗煙等已全寫出，可謂一擊兩鳴法，不寫之寫也。（脂硯齋）

◎2. 拍案叫絕！此處方問，是何文情！（脂硯齋）

◎3. 情語，情文，至語。（脂硯齋）

得半月工夫。今日不能來了。請老奶奶早和二姨定了那事，明日爺來，好作定奪。」說著，帶了興兒回去了。

這裏尤二姐命掩了門早睡，盤問他妹子一夜。至次日午後，賈璉方來了。尤二姐因勸他說：「既有正事，何必忙忙又來，千萬別爲我誤事。」賈璉道：「也沒甚事，只是偏偏的又出來了一件遠差。出了月就起身，得半月工夫才來。」尤二姐道：「既如此，你只管放心前去，這裏一應不用你記掛。三妹子他從不會朝更暮改的。他已說了改悔，必是改悔的。他已擇定了人，你只要依他就是了。」賈璉問是誰，尤二姐笑道：「這人此刻不在這裏，不知多早才來，也難爲他眼力。自己說了，這人一年不來，他等一年，十年不來，等十年；若這人死了再不來了，他情願剃了頭當姑子去，吃長齋念佛，以了今生。」◎4賈璉問：「倒底是誰，這樣動他的心？」二姐笑道：「說來話長。五年前我們老娘家裏作生日，媽和我們到那裏與老娘拜壽。他家請了一起串客※2，裏頭有個作小生的叫作柳湘蓮，◎5他看上了，如今要是他才嫁。舊年我們聞得柳湘蓮惹了一個禍逃走了，不知可有來了不曾？」賈璉聽了說：「怪道呢！我說是個什麼樣人，原來是他！果然眼力不錯。你不知道這柳二郎，那樣一個標緻人，最是冷面冷心的，差不多的人，都無情無義。他最和寶玉合的來。去年因打了薛呆子，他不好意思見我們的，不知那裏去了一向。後來聽見有人說來了，不知是眞是假。一問寶玉的小子們就知道了。倘或不來，他萍蹤浪跡，知道幾年才來，豈不白耽擱了？」尤二姐道：「我們這三丫頭說的出來，幹的出來，他怎樣說，只依他便了。」

二人正說之間，只見尤三姐走來說道：「姐夫，你只放心。我們不是那心口兩樣的人，說什麼是什麼。若有了姓柳的來，我便嫁他。從今日起，我吃齋念佛，只伏侍母親，等他來了，嫁了他去，若一百年不來，我自己修行去了。」說著，將一根玉簪，擊作兩段，「一句不眞，就如這簪子！」◎6說著，回房去了，眞個竟非禮不動，非禮不言起來。賈璉沒了法，只得和二姐商議了一回家務，復回家與鳳姐商議起身之事。一面著人問茗煙，茗煙說：「竟不知道，大約未來。若來了，必是知道的。」一面又問他的街坊，也說未來。賈璉只得回覆了二姐。至起身之日已近，前兩天便說起身，卻先往二姐這邊來住兩夜，從這裏再悄悄長行。果見小妹竟又換了一個人，又見二姐持家勤慎，自是不消記掛。

是日一早出城，就奔平安州大道，曉行夜住，渴飲飢餐。方走了三日，那日正走之間，頂頭來了一群馱子，內中一伙，主僕十來騎馬，走的近來一看，不是別人，竟是薛蟠和柳湘蓮來了。賈璉深爲奇怪，◎7忙伸馬迎了上來，大家一齊相見，說些別後寒溫，大家便入酒店歇下，敘談敘談。賈璉因笑道：「鬧過之後，我們忙著請你兩個和解，誰知柳兄蹤跡全無。怎麼你兩個今日倒在一處了？」薛蟠笑道：

註

※2：戲曲、戲劇的業餘演員，亦指清客。

評點

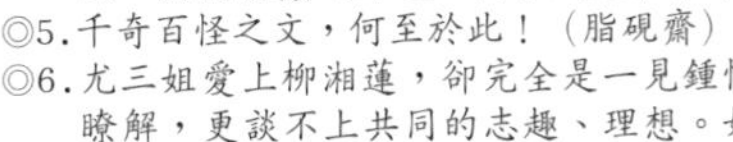

◎4.柳湘蓮一風流蕩子耳，尤三姐遽引爲知己，豈曰知人？然紈袴中無雅人，文墨中無確人，道學中無達人，仕宦中無骨人，則與其爲俗子狂生、腐儒祿蠹之婦也，無寧風流浪子耳。（涂瀛）

◎5.千奇百怪之文，何至於此！（脂硯齋）

◎6.尤三姐愛上柳湘蓮，卻完全是一見鍾情的單戀。兩人之間缺少必要的瞭解，更談不上共同的志趣、理想。如果一定要指出聯結他們的某種因素，恐怕就是色貌了。除此之外，兩人之間從未謀面，更無思想和情意的交流。聯繫兩人間的紐帶之脆弱，是可想而知的。曹雪芹在處理尤三姐和柳湘蓮的愛情悲劇上，又一次表現了他的現實主義的眼光和睿智。（陳節）

◎7.余亦爲怪。（脂硯齋）

「天下竟有這樣奇事：我同伙計販了貨物，自春天起身，往回裏走，一路平安。誰知前日到了平安州界，遇見一伙強盜，已將東西劫去。不想柳二弟從那邊來了，方把賊人趕散，奪回貨物，還救了我們的性命。我謝他又不受，所以我們結拜了生死弟兄，如今一路進京。從此後我們是親弟親兄一般。到前面岔口上分路，他就分路往南二百里有他一個姑媽，他去望候望候。我先進京去安置了我的事，然後給他尋一所宅子，尋一門好親事，大家過起來。」賈璉聽了道：「原來如此，倒教我們懸了幾日心。」因又聽道尋親，便忙說道：「我正有一門好親事堪配二弟。」說著，便將自己娶尤氏，如今又要發嫁小姨一節說了出來，只不說尤三姐自擇之語。又囑薛蟠且不可告訴家裏，等生了兒子，自然是知道的。薛蟠聽了大喜，說：「早該如此，這都是舍表妹之過。」湘蓮忙笑說：「你又忘情了，還不住

✣「賈璉路中定親柳郎」，描繪《紅樓夢》第六十六回中的場景。因資訊不足，柳湘蓮貿然答應定親一事，釀成後患。清代孫溫繪《全本紅樓夢》圖冊第十三冊之十。（清・孫溫繪）

口！」薛蟠忙止住不語，便說：「既是這等，這門親事定要作的。」湘蓮道：「我本有願，定要一個絕色的女子。如今既是貴昆仲※3高誼，顧不得許多了，任憑裁奪，我無不從命。」賈璉笑道：「如今口說無憑，等柳兄一見，便知我這內娣的品貌是古今有一無二的了。」湘蓮聽了大喜，說：「既如此說，等弟探過姑母，不過月中就進京的，那時再定如何？」賈璉笑道：「你我一言爲定，只是我信不過柳兄。你乃萍蹤浪跡，倘然淹滯不歸，豈不誤了人家？須得留一定禮。」湘蓮道：「大丈夫豈有失信之理！小弟素係寒貧，況且客中，何能有定禮？」薛蟠道：「我這裏現成，就備一分，二哥帶去。」賈璉笑道：「也不用金帛之禮，須是柳兄親身自有之物，不論物之貴賤，不過我帶去取信耳。」湘蓮道：「既如此說，弟無別物，此劍防身，不能解下。囊中尚有一把鴛鴦劍，乃吾家傳代之寶，弟也不敢擅用，只隨身收藏而已。賈兄請拿去爲定。弟縱係水流花落之性，然亦斷不捨此劍者。」說畢，大家又飲了幾杯，方各自上馬，作別起程。正是：將軍不下馬，各自奔前程。

*　　*　　*

且說賈璉一日到了平安州，見了節度，完了公事。因又囑他十月前後務要還來一次。賈璉領命，次日連忙取路回家，先到尤二姐處探望。誰知自賈璉出門之後，尤二姐操持家務十分謹肅，每日關門闔戶，一點外事不聞。他小妹子果是個斬釘截鐵

註

※3：兄弟。

之人，每日侍奉母姐之餘，只安分守己，隨分過活。雖是夜晚間孤衾獨枕，不慣寂寞，奈一心丟了衆人，只念柳湘蓮早早回來完了終身大事。◎8這日賈璉進門，見了這般景況，喜之不盡，深念二姐之德。大家敘些寒溫之後，賈璉便將路上相遇湘蓮一事說了出來，又將鴛鴦劍取出，遞與三姐。三姐看時，上面龍吞夔護，珠寶晶熒，將靶一掣，裏面卻是兩把合體的。一把上面鏨著一「鴛」字，一把上面鏨著一「鴦」字，冷颼颼，明亮亮，如兩痕秋水一般。三姐喜出望外，連忙收了，掛在自己繡房床上，每日望著劍，自笑終身有靠。賈璉住了兩天，回去覆了父命，回家合宅相見。那時鳳姐已大愈，出來理事行走了。賈璉又將此事告訴了賈珍。賈珍因近日又遇了新友，將這事丟過，不在心上，任憑賈璉裁奪，只怕賈璉獨力不加，少不得又給了他三十兩銀子。賈璉拿來交與二姐預備妝奩。

誰知八月內湘蓮方進了京，先來拜見薛姨媽，又遇見薛蝌，方知薛蟠不慣風霜，不服水土，一進京時便病倒在家，請醫調治。聽見湘蓮來了，請入臥室相見。薛姨媽

✣ 三姐目睹鴛鴦劍，思念柳湘蓮。（朱寶榮繪）

也不念舊事，只感新恩，母子們十分稱謝。又說起親事一節，凡一應東西皆已妥當，只等擇日。柳湘蓮也感激不盡。

次日又來見寶玉，二人相會，如魚得水。湘蓮因問賈璉偷娶二房之事，寶玉笑道：「我聽見茗煙一干人說，我卻未見，我也不敢多管。我又聽見茗煙說璉二哥哥著實問你，不知有何話說？」湘蓮就將路上所有之事一概告訴寶玉，寶玉笑道：「大喜，大喜！難得這個標緻人，果然是個古今絕色，堪配你之為人。」湘蓮道：「既是這樣，他那裏少了人物，如何只想到我？況且我又素日不甚和他相厚，也關切不至此。路上工夫忙忙的就那樣再三要定，難道女家反趕著男家不成？我自己疑惑起來，後悔不該留下那劍作定禮。所以後來想起你來，可以細細問個底裏才好。」寶玉道：「你原是個精細人，如何既許了定禮又疑惑起來？你原說只要一個絕色的，如今既得了個絕色便罷了。何必再疑？」湘蓮道：「你既不知他娶，如何又知是絕色？」寶玉道：「他是珍大嫂子的繼母帶來的兩位小姨。我在那裏和他們混了一個月，怎麼不知？眞眞一對尤物※4，他又姓尤。」◎9湘蓮聽了跌足道：「這事不好，斷乎作不得了！你們東府裏除了那兩個石頭獅子乾淨，只怕連貓兒狗兒都不乾淨。我不作這剩忘八！」◎10寶玉聽說，紅了臉。湘蓮自慚失言，連忙作揖說：「我該死胡說！◎11你好歹告訴我，他品行如何？」寶玉笑道：「你既深知，又來問我作甚麼？連我也未必乾

註

※4：優異的人物，此指美貌女子。

評點

◎8.尤三姐失身時，濃妝艷抹，凌辱群凶；擇夫後，念佛吃齋，敬奉老母；能辨寶玉，能識湘蓮，活是紅拂、文君一流人物。（脂硯齋）

◎9.二姐死於賈蓉，不死於熙鳳；三姐死於寶玉，不死於湘蓮，所謂維口起戎。（話石主人）

◎10.極奇之文！極趣之文！《金瓶梅》中有云「把忘八的臉打綠了」，已奇之至，此云「剩忘八」，豈不更奇！（脂硯齋）

◎11.忽用湘蓮提東府之事罵及寶玉，可是人想得到的？所謂「一個人不曾放過」。（脂硯齋）

淨了。」湘蓮笑道：「原是我自己一時忘情，好歹別多心。」寶玉笑道：「何必再提，這倒是有心了。」湘蓮作揖告辭出來，心下想：「若去找薛蟠，一則他現臥病，二則他又浮躁，不如去索回定禮。」主意已定，便一逕來找賈璉。

賈璉正在新房中，聞得湘蓮來了，喜之不禁，忙迎了出來，讓到內室與尤老相見。湘蓮只作揖稱老伯母，自稱晚生，賈璉聽了詫異。吃茶之間，湘蓮便說：「客中偶然忙促，誰知家姑母於四月間訂了弟婦，使弟無言可回。若從了老兄背了姑母，似非合理。若係金帛之訂，弟不敢索取，但此劍係祖父所遺，請仍賜回為幸。」賈璉聽了，便不自在，還說：「定者，定也。原怕反悔所以為定。豈有婚姻之事，出入隨意的？還要斟酌。」湘蓮笑道：「雖如此說，弟願領責領罰，然此事斷不敢從命。」

✣三姐斷情。風流浪子柳湘蓮，因執著於貞操觀念，令三姐屈死在自己面前。（朱士芳繪）

賈璉還要饒舌，湘蓮便起身說：「請兄外坐一敘，此處不便。」那尤三姐在房明明聽見。好容易等了他來，今忽見反悔，便知他在賈府中得了消息，自然是嫌自己淫奔無恥之流，不屑爲妻。◎12今若容他出去和賈璉說退親，料那賈璉必無法可處，自己豈不無趣！一聽賈璉要同他出去，連忙摘下劍來，將一股雌鋒隱在肘內，出來便說：「你們不必出去再議，還你的定禮。」一面淚如雨下，左手將劍並鞘送與湘蓮，右手回肘只往項上一橫。可憐「揉碎桃花紅滿地，玉山傾倒再難扶」，芳靈蕙性，渺渺冥冥，不知那邊去了。當下唬得衆人急救不迭。尤老一面嚎哭，一面又罵湘蓮。賈璉忙揪住湘蓮，命人捆了送官。尤二姐忙止淚反勸賈璉：「你太多事，人家並沒威逼他死，是他自尋短見。你便送他到官，又有何益？反覺生事出醜。不如放他去罷，豈不省事？」賈璉此時也沒了主意，便放了手命湘蓮快去。湘蓮反不動身，泣道：「我並不知是這等剛烈賢妻，可敬，可敬！」湘蓮反扶屍大哭一場。等買了棺木，眼見入殮，又俯棺大哭一場，方告辭而去。

出門無所之，昏昏默默，自想方才之事。原來尤三姐這樣標緻，又這等剛烈，自悔不及。正走之間，只見薛蟠的小廝尋他家去，那湘蓮只管出神。那小廝帶他到新房之中，十分齊整。忽聽環珮叮當，尤三姐從外而入，一手捧著鴛鴦劍，一手捧著一卷冊子，向柳湘蓮泣道：「妾痴情待君五年矣！不期君果冷心冷面，妾以死報此痴情。妾今奉警幻之命，前往太虛幻境修注案中所有一干情鬼。妾不忍一別，故來一會，從

評點

◎12.尤三姐認定像柳湘蓮這樣在舞臺上出現的人物，至少可與她匹配。事實竟不然，一是柳湘蓮否定尤三姐的自擇夫婿，二是更看重尤三姐的貞節。他們的思想基礎本來就不是一致的。一個不脫封建氣質，一個具有市民意識。當她知道柳湘蓮的眞意，她的失望就不僅僅是爲了情，而是深感柳湘蓮並非她眞正的知己，這才使她眞正絕望了。從尤三姐的自殺中，我們可看到柳湘蓮正統的一面。（王仁銘）

✣ 三姐受退親之辱，自刎於柳湘蓮眼前。（朱寶榮繪）

此再不能相見矣！」說著便走。湘蓮不捨，忙欲上來拉住問時，那尤三姐便說：「來自情天，去由情地。前生誤被情惑，今既恥情而覺，與君兩無干涉。」說畢，一陣香風，無蹤無影去了。

湘蓮警覺，似夢非夢，睜眼看時，那裏有薛家小童，也非新室，竟是一座破廟，旁邊坐著一個跏腿道士捕虱。湘蓮便起身稽首相問：「此係何方？仙師仙名法號？」道士笑道：「連我也不知道此係何方，我係何人，不過暫來歇足而已。」柳湘蓮聽了，不覺冷然如寒冰侵骨，掣出那股雄劍，將萬根煩惱絲一揮而盡，便隨那道士，不知往那裏去了。◎13後回便見。——

✣ 警幻仙姑。（《紅樓夢煙標精華》杜春耕編著，北京圖書館出版社提供）

◎13. 余嘆世人不識情字，常把淫字當作情字。殊不知淫裏無情，情裏無淫，淫必傷情，情必戒淫，情斷處淫生，淫斷處情生。三姐項下一橫，是絕情，乃是正情；湘蓮萬根皆削，是無情，乃是至情。生爲情人，死爲情鬼。故結句曰「來自情天，去自情地」，豈非一篇盡情文字？再看他書，則全是淫，不是情了。（脂硯齋）

第六十七回

見土儀顰卿思故里　聞秘事鳳姐訊家童

話說尤三姐自盡之後，尤老娘和尤二姐、賈珍、賈璉等俱不勝悲慟，自不必說，忙令人盛殮，送往城外埋葬。柳湘蓮見尤三姐身亡，痴情眷戀，卻被道人數句冷言打破迷關，竟自截髮出家，跟隨瘋道人飄然而去，不知何往。◎1暫且不表。

且說薛姨媽聞知湘蓮已說定了尤三姐為妻，心中甚喜，正自高高興興要打算替他買房子，治傢伙，擇吉迎娶，以報他救命之恩。忽有家中小廝吵嚷「三姐兒自盡了」，被小丫頭們聽見，告知薛姨媽，薛姨媽不知為何，心甚嘆息。正自猜疑，寶釵從園裏過來，薛姨媽便對寶釵說道：「我的兒，你聽見了沒有？你珍大嫂子的妹妹尤三姐，他不是已經許定了給你哥哥的義弟柳湘蓮了麼？不知為什麼自刎了。那柳湘蓮也不知往那裏去了。眞正奇怪的事，叫人意想不到！」

✣《增評補圖石頭記》第六十七回繪畫。（fotoe提供）

寶釵聽了，並不在意，便說道：「俗話說的好，『天有不測風雲，人有旦夕禍福』。這也是他們前生命定。前日媽媽爲他救了哥哥，商量著替他料理，如今死的死了，走的走了，依我說，也只好由他罷了。媽也不必爲他們傷感了。倒是自從哥哥打江南回來了一二十日，販了來的貨物，想來也該發完了，那同伴去的伙計們辛辛苦苦的，回來幾個月了，媽媽和哥哥商議商議，也該請一請，酬謝酬謝才是。別叫人家看著無理似的。」

母女正說話之間，見薛蟠自外而入，眼中尚有淚痕。一進門來，便向他母親拍手說道：「媽媽可知柳二哥尤三姐的事麼？」薛姨媽說：「我才聽見說，正在這裏和你妹妹說這件公案呢。」薛蟠道：「媽媽可聽見說柳湘蓮跟著一個道士出了家了麼？」薛姨媽說：「這越發奇了。怎麼柳相公那樣一個年輕聰明的人，一時糊塗，就跟著道士去了呢？◎2我想你們好了一場，他又無父母兄弟，只身一人在此，你該各處找找才是。靠那道士，能往那裏遠去！左不過是在這方近左右的廟裏寺裏罷了。」薛蟠說：「何嘗不是呢。我一聽見這個信兒，就連忙帶了小廝們在各處尋找，連一個影兒也沒有。又去問人，都說不曾看見。」◎3薛姨媽說：「你既找尋過沒有，也算把你作朋友的心盡了。焉知他這一出家不是得了好處去呢？只是你如今也該張羅張羅買賣，二則把你自己娶媳婦應辦的事情，倒是早些料理料理。咱們家裏沒人，俗語說的『夯雀兒先飛』，省得臨時丟三忘四的不齊全，令人笑話。再者你妹妹才說，你也回家半個多

評點

◎1.柳湘蓮一浪子耳，而三姐許以終身，且爲之死，豈膏粱文繡之中，均非佳偶，而牝牡驪黃之外，別有知音乎？然蓮有志之士也。志士必自潔其身，故呆霸王之戲，拒之甚嚴。志士必不亂其倫，故石獅子之喻，言之甚切。迨至鴛劍倏分，美人不作，屠刀立放，塵世皆空，然後知成仙成佛，皆從立志來也。三姐誠知人哉！（青山山農）

◎2.似糊塗卻不糊塗，若非有夙緣，有根基之人，豈能有此？（脂硯齋）

◎3.呆兄也是有情之人。（脂硯齋）

月了，想貨物也該發完了，同你去的伙計們，也該設桌酒席給他們道道乏才是。人家陪著你走了二三千里的路程，受了四五個月的辛苦，而且在路上又替你擔了多少的驚怕沉重。」薛蟠聽說，便道：「媽說的很是，妹妹想的周到。我也這樣想著，只因這些日子爲各處發貨鬧的腦袋都大了。又爲柳二哥的事忙了這幾日，反倒落了一個空，白張羅了一會子，倒把正經事都誤了。要不然定了明兒後兒下帖兒請罷。」薛姨媽道：「由你辦去罷。」

話猶未了，外面小廝進來回說：「管總的張大爺差人送了兩箱子東西來，說這是爺各自買的，不在貨賬裏面。本要早送來，因貨物箱子壓著，沒得拿；昨兒貨物發完了，所以今日才送來了。」一面說，一面又見兩個小廝搬進了兩個夾板夾的大棕箱。薛蟠一見說：「噯喲，可是我怎麼就糊塗到這步田地了！特特的給媽和妹妹帶來的東西，都忘了沒拿了家裏來，還是伙計送了來了。」寶釵說：「虧你說！還是特特的帶來的才放了一二十天，若不是特特的帶來，大約要放到年底下才送來呢。我看你也諸事太不留心了。」薛蟠笑道：「想是在路上叫賊把魂嚇掉了，還沒歸竅呢。」說著大家笑了一回，便向小丫頭說：「出去告訴小廝們，東西收下，叫他們回去罷。」薛姨媽同寶釵因問：「到底是什麼東西，這樣捆著綁著的？」薛蟠便命叫兩個小廝進來，解了繩子，去了夾板，開了鎖看時，這一箱都是綢緞綾錦洋貨等家常應用之物。薛蟠笑著道：「那一箱是給妹妹帶的。」親自來開。母女二人看時，卻是些筆、墨、硯、各色箋紙、香袋、香珠、扇子、扇墜花粉、胭脂等物；外有虎丘※1帶來的自行人、酒令兒、水銀灌的打筋斗小小子，沙子燈，一齣一齣的泥人兒的戲，用青紗罩的匣子裝著，又有在虎丘山上泥捏的薛蟠的小像，與薛蟠毫無相差。寶釵見了，別的都不理論，倒是薛蟠的小像，拿著細細看了一看，又看看他哥哥，不禁笑起來了。因叫鶯兒帶著幾個老婆子將這些東西連箱子送到園裏去，又和母親哥哥說了一回閑話兒，才回園裏去了。這裏薛姨媽將箱子裏的東西取出，一分一分的打點清楚，叫同喜送往賈母並王夫人等處不提。

且說寶釵到了自己房中，將那些頑意兒一件一件的過了目，除了自己留用之外，一分一分配合妥當：也有送筆墨紙硯的，也有送香袋扇子香墜的，也有送脂粉頭油的，有單送頑意兒的。只有黛玉的比別人不同，且又加厚一倍。一一打點完畢，使鶯兒同著一個老婆子，跟著送往各處。◎4

這邊姐妹諸人都收了東西，賞賜來使，說見面再謝。惟有林黛玉看見他家鄉之物，反自觸物傷情，想起父母雙亡，又無兄弟，寄居親戚家中，那裏有人也給我帶些土物？想到這裏，不覺的又傷起心來了。紫鵑深知黛玉心腸，但也不敢說破，只在一旁勸道：「姑娘的身子多病，早晚服藥，這兩日看著比那些日子略好些，雖說精神長了一點兒，還算不得十分大好。今兒寶姑娘送來這些東西，可見寶姑娘素日看姑娘甚

註

※1：虎丘：山名，在江蘇省蘇州市。

◎4.酬客、送物並非閑筆，正是事事周到。（王希廉）

重，姑娘看著該喜歡才是，為什麼反倒傷起心來。這不是寶姑娘送東西來反叫姑娘煩惱了不成？就是寶姑娘聽見反覺臉上不好看。再者這裏老太太為姑娘的病體，千方百計請好大夫配藥診治，也為的是姑娘的病好。這如今才好些，又這樣哭哭啼啼，豈不是自己糟蹋了自己身子，叫老太太看著添了愁煩了麼？況且姑娘這病，原是素日憂慮過度傷了血氣。姑娘的千金貴體也別自己看輕了。」紫鵑正在這裏勸解，只聽見小丫頭子在院內說：「寶二爺來了。」紫鵑忙說：「快請。」

只見寶玉進房來了，黛玉讓坐畢，寶玉見黛玉淚痕滿面，便問：「妹妹，又是誰氣著你了？」黛玉勉強笑道：「誰生什麼氣。」旁邊紫鵑將嘴向床後桌上一努，寶玉會意，往那裏一瞧，見堆著許多東西，就知道是寶釵送來的，便取笑說道：「那裏這些東西，不是妹妹要開雜貨鋪啊？」黛玉也不答言。紫鵑笑道：「二爺還提東西呢。

✣ 黛玉看見寶釵送來家鄉的土物後，觸物傷情，寶玉百般替她排解。（朱寶榮繪）

因寶姑娘送了些東西來，姑娘一看就傷起心來了。我正在這裏勸解，恰好二爺來的很巧，替我們勸勸。」寶玉明知黛玉是這個原故，卻也不敢提頭兒，只得笑道：「你們姑娘的原故想來不爲別的，必是寶姑娘送來的東西少，所以生氣傷心。妹妹，你放心！等我明年叫人往江南去與你多多的帶兩船來，省得你淌眼抹淚的。」黛玉聽了這些話，也知寶玉是爲自己開心，也不好推，也不好任，因說道：「我任憑怎麼沒有見世面，也到不了這步田地，因送的東西少，就生氣傷心。我又不是兩三歲的小孩子，你也忒把人看得小氣了。我有我的原故，你那裏知道。」說著，眼淚又流下來了。寶玉忙走到床前，挨著黛玉坐下，將那些東西一件一件拿起來，擺弄著細瞧，故意問這是什麼，叫什麼名字；那是什麼作的，這樣齊整；這是什麼，要他作什麼使用？又說這一件可以擺在面前，又說那一件可以放在條桌上當古董兒倒好呢！一味的將些沒要緊的話來廝混。黛玉見寶玉如此，自己心裏倒過意不去，便說：「你不用在這裏混攪了。咱們到寶姐姐那邊去罷。」寶玉巴不得黛玉出去散散悶，解了悲痛，便道：「寶姐姐送咱們東西，咱們原該謝謝去。」黛玉道：「自家姐妹，這倒不必。只是到他那邊，薛大哥回來了，必然告訴他些南邊的古蹟兒，我去聽聽，只當回了家鄉一趟的。」說著，眼圈兒又紅了，寶玉便站著等他，黛玉只得同他出來，往寶釵那裏去了。

✣ 清代雕花紅木條桌。（杜宗軍提供）

且說薛蟠聽了母親之言，急下了請帖，辦了酒席。次日，請了四位伙計，俱已到齊，不免說些販賣賬目發貨之事。不一時，上席讓坐，薛蟠挨次斟了酒。薛姨媽又使人出來致意，大家喝著酒說閑話兒，內有一個道：「今日這席上短兩個好朋友。」眾人齊問是誰，那人道：「還有誰，就是賈府上的璉二爺和大爺的盟弟柳二爺。」大家果然都想起來，問著薛蟠道：「怎麼不請璉二爺和柳二爺來？」薛蟠聞言，把眉一皺，嘆口氣道：「璉二爺又往平安州去了，頭兩天就起了身的。那柳二爺竟別提起，眞是天下頭一件奇事。什麼是柳二爺，如今不知那裏作柳道爺去了。」眾人都詫異道：「這是怎麼說？」薛蟠便把湘蓮前後事體說了一遍。眾人聽了，越發詫異，因說道：「怪不的前日我們在店裡彷彷佛佛也聽見人吵嚷說，有一個道士三言兩語把一個人度了去了，又說一陣風刮了去了。只不知是誰。我們正發貨，那裏有閑工夫打聽這個事去，到如今還是似信不信的。誰知就是柳二爺呢，早知是他，我們大家也該勸他勸才是。任他怎麼著，也不叫他去。」內中一個道：「別是這麼著罷？」眾人問是怎麼樣，那人道：「柳二爺那樣個伶俐人，未必是眞跟了道士去罷。他原會些武藝，又有力量，或看破道士的妖術邪法，特意跟他去，在背地擺佈他，也未可知。」薛蟠說：「果然如此倒也罷了，世上這些個妖言惑眾的人，怎麼沒人治他一下子。」眾人道：

✣ 文墨不通，粗暴好色，仗勢殺人，薛蟠這個不法之徒對社會是一個危害，但對朋友卻可能是福音，因為他天性中尚有直爽、憨厚、重情的一面。（張羽琳繪）

「那時難道你知道了也沒找尋他去？」薛蟠說：「城裏城外，那裏沒有找到？不怕你們笑話，我找不著他，還哭了一場呢。」言畢，只是長吁短嘆無精打彩的，不像往日高興。衆伙計見他這樣光景，自然不便久坐，不過隨便喝了幾杯酒，吃了飯，大家散了。

且說寶玉同著黛玉到寶釵處來。寶玉見了寶釵便說道：「大哥哥辛辛苦苦的帶了多少東西來，姐姐留著使著罷，又送我們。寶釵笑道：「原不是什麼好東西，不過是遠路帶來的土物兒，大家看著新鮮些就是了。」黛玉道：「這些東西我們小時候倒不理會，如今看見，眞是新鮮物兒了。」寶釵因笑道：「妹妹知道，這就是俗語說的『物離鄉貴』，其實可算什麼呢。」寶玉聽了這話對了黛玉方才的心事，連忙拿話岔道：「明年好歹大哥哥再去時，替我們多帶些來！」黛玉瞅了他一眼，便道：「你要你只管說，不必拉扯上人，姐姐你瞧，寶哥哥不是給姐姐來道謝，竟又要定下明年的東西來了。」說的寶釵寶玉都笑了。三個人又閑話了一回，因提起黛玉的病來。寶釵勸了一回，因說道：「妹妹若覺著身子不爽快，倒要自己勉強扎掙著出來各處走走逛逛，散散心，比在屋裏悶坐著到底好些。我那兩日不是覺著發懶，渾身發熱，只是要歪著，也因爲時氣不好，怕病，因此尋些事情自己混著，這兩日才覺著好些了。」黛玉道：「姐姐說的何嘗不是。我也是這麼想著呢。」大家又坐了一回子方散。寶玉仍把黛玉送至瀟湘館門首，才各自回去了。◎5

◎5.釵黛兩人親愛逾常，隨地皆見敦厚，獨於藍橋路上，不能稍爲寬解，情之累人如是。（劉履芬）

且說趙姨娘因見寶釵送了賈環些東西，心中甚是喜歡，想道：「怨不得別人都說寶丫頭好，會作人，很大方，如今看起來果然不錯。他哥哥能帶了多少東西來，他挨門兒送到，並不遺漏一處，也不露出誰薄誰厚，連我們這樣沒時運的，他都想到了。若是林丫頭，他把我們娘兒們正眼也不瞧，那裏還肯送我們東西？」一面想，一面把那些東西翻來覆去的擺弄瞧看一回。忽然想到寶釵係王夫人的親戚，爲何不到王夫人跟前賣個好兒呢。自己蝎蝎螫螫的拿著那東西，走至王夫人房中，站在旁邊，陪笑說道：「這是寶姑娘才剛給環哥兒的。難爲寶姑娘這麼年輕的人想的這麼周到，眞是大戶人家的姑娘，又展樣，又大方，怎麼叫人不敬服呢。怪不得老太太和太太成日家都誇他疼他。我也不敢自專就收起來，特拿來給太太瞧瞧，太太也喜歡喜歡。」王夫人聽了，早知道來意了，又見他說的不倫不類，也不便不理他，說道：「你自管收了去給環哥頑罷。」趙姨娘來時興興頭頭，誰知抹了一鼻子灰，滿心生氣，又不敢露出來，只得訕訕的出來了。到了自己房中，將東西丟在一邊，嘴裏咕咕噥噥自言自語道：「這個又算了個什麼兒呢。」一面坐著，各自生了一回悶氣。

卻說鶯兒帶著老婆子們送東西回來，回覆了寶釵，將衆人道謝的話並賞賜的銀錢都回完了，那老婆子便出去了。鶯兒走近前來一步，挨著寶釵悄悄的說道：「剛才我到璉二奶奶那邊，看見二奶奶一臉的怒氣。我送下東西出來時，悄悄的問小紅，說剛才二奶奶從老太太屋裏回來，不以往日歡天喜地的，叫了平兒去，唧唧咕咕的不知說了些什麼。看那個光景，倒像有什麼大事的似的。姑娘沒聽見那邊老太太有什麼事？」寶釵聽了，也自己納悶，想不出鳳姐是爲什麼有氣，便道：「各人家有各人的事，咱們那裏管得。你去倒茶去罷。」鶯兒於是出來，自去倒茶不提。◎6

且說寶玉送了黛玉回來，想著黛玉的孤苦，不免也替他傷感起來。因要將這話告訴襲人，進來時卻只有麝月秋紋在房中。因問：「你襲人姐姐那裏去了？」麝月道：「左不過在這幾個院裏，那裏就丟了他。一時不見，就這樣找。」寶玉笑著道：「不是怕丟了他。因我方才到林姑娘那邊，見林姑娘又正傷心呢。問起來卻是爲寶姐姐送了他東西，他看見是他家鄉的土物，不免對景傷情。我要告訴你襲人姐姐，叫他閑時過去勸勸。」正說著，晴雯進來了，因問寶玉道：「你回來了，你又要叫勸誰？」寶玉將方才的話說了一遍。晴雯道：「襲人姐姐才出去，聽見他說要到璉二奶奶那邊去。保不住還到林姑娘那裏去。」寶玉聽了，便不言語。秋紋倒了茶來，寶玉漱了一口，遞給小丫頭子，心中著實不自在，就隨便歪在床上。

* * *

卻說襲人因寶玉出門，自己作了回活計，忽想起鳳姐身上不好，這幾日也沒有過去看看，況聞賈璉出門，正好大家說說話兒。便告訴晴雯：「好生在屋裏，別都出去了，叫寶玉回來抓不著人。」晴雯道：「嗳喲，這屋裏單你一個人記掛著他，我們都是白閑著混飯吃的。」襲人笑著，也不答言，就走了。

◎6.鶯兒是釵之耳目，於此可證。（王伯沆）

剛來到沁芳橋畔，那時正是夏末秋初，池中蓮藕新殘相間，紅綠離披。襲人走著，沿堤看頑了一回。猛抬頭看見那邊葡萄架底下有人拿著撣子在那裏撣什麼呢，走到跟前，卻是老祝媽。那老婆子見了襲人，便笑嘻嘻的迎上來，說道：「姑娘怎麼今日得工夫出來逛逛？」襲人道：「可不是。我要到璉二奶奶家瞧瞧去。你在這裏作什麼呢？」那婆子道：「我在這裏趕蜜蜂兒。今年三伏裏雨水少，這果子樹上都有蟲子，把果子吃的疤瘌流星的掉了好些下來。姑娘還不知道呢，這馬蜂最可惡的，一嘟嚕上只咬破三兩個兒，那破的水滴到好的上頭，連這一嘟嚕都是要爛的。姑娘你瞧，咱們說話的空兒沒趕，就落上許多了。」襲人道：「你就是不住手的趕，也趕不了許多。你倒是告訴買辦，叫他多多作些小冷布口袋兒，一嘟嚕套上一個，又透風，又不糟蹋。」婆子笑道：「倒是姑娘說的是。我今年才管上，那裏知道這個巧法兒呢。」襲人正因又笑著說道：「今年果子雖糟蹋了些，味兒倒好，不信摘一個姑娘嚐嚐。」襲人正色道：「這那裏使得。不但沒熟吃不得，就是熟了，上頭還沒供鮮，咱們倒先吃了。你是府裏使老了的，難道連這個規矩都不懂了。」老祝忙笑道：「姑娘說得是。我見姑娘很喜歡，我才敢這麼說，可就把規矩錯了，我可是老糊塗了。」襲人道：「這也沒有什麼。只是你們有年紀的老奶奶們，別先領著頭兒這麼著就好了。」說著遂一逕出了園門，來到鳳姐這邊。

一到院裏，只聽鳳姐說道：「天理良心，我在這屋裏熬的越發成了賊了。」襲人

聽見這話，知道有原故了，又不好回來，又不好進去，遂把腳步放重些，隔著窗子問道：「平姐姐在家裏呢麼？」平兒忙答應著迎出來。襲人便問：「二奶奶也在家裏呢麼，身上可大安了？」說著，已走進來。鳳姐裝著在床上歪著呢，見襲人進來，也笑著站起來，說：「好些了，叫你惦著。怎麼這幾日不過我們這邊坐坐？」襲人道：「奶奶身上久安，本該天天過來請安才是。但只怕奶奶身上不爽快，倒要靜靜兒的歇歇兒，我們來了，倒吵的奶奶煩。」鳳姐笑道：「煩是沒的話。倒是寶兄弟屋裏雖然人多，也就靠著你一個照看他，也實在的離不開。我常聽見平兒告訴我，說你背地裏還惦著我，常常問我。這就是你盡心了。」一面說著，叫平兒挪了張杌子放在床旁邊，讓襲人坐下。豐兒端進茶來，襲人欠身道：「妹妹坐著罷。」一面說閑話兒。只見一個小丫頭子在外間屋裏悄悄的和平兒說：「旺兒來了。在二門上伺候著呢。」又聽見平兒也悄悄的道：「知道了。叫他先去，回來再來，別在門口兒站著。」襲人知他們有事，又說了兩句話，便起身要走。鳳姐道：「閑來坐坐，說說話兒，我倒開心。」因命平兒：「送送你妹妹。」平兒答應著送出來。只見兩三個小丫頭子，都在那裏屏聲息氣齊齊的伺候著。襲人不知何事，便自去了。

✣ 旺兒，賈璉的聽差。（《紅樓夢煙標精華》杜春耕編著，北京圖書館出版社提供）

卻說平兒送出襲人，進來回道：「旺兒才來了，因襲人在這裏我叫他先到外頭等等兒，這會子還是立刻叫他呢，還是等著？請奶奶示下。」鳳姐道：「叫他來。」平兒忙叫小丫頭去傳旺兒進來。這裏鳳姐又問平兒：「你到底是怎麼聽見說的？」平兒道：「就是頭裏那小丫頭子的話。他說他在二門裏頭聽見外面兩個小廝說：『這個新二奶奶比咱們舊二奶奶還俊呢，脾氣兒也好。』不知是旺兒是誰，吆喝了兩個一頓，說：『什麼新奶奶舊奶奶的，還不快悄悄兒的呢，叫裏頭知道了，把你的舌頭還割了呢。』」平兒正說著，只見一個小丫頭進來回說：「旺兒在外頭伺候著呢。」鳳姐聽了，冷笑了一聲說：「叫他進來。」那小丫頭出來說：「奶奶叫呢。」旺兒連忙答應著進來。旺兒請了安，在外間門口垂手侍立。鳳姐兒道：「你過來，我問你話。」旺兒才走到裏間門旁站著。鳳姐兒道：「你二爺在外頭弄了人，你知道不知道？」旺兒又打著千兒回道：「奴才天天在二門上聽差事，如何能知道二爺外頭的事呢。」鳳姐冷笑道：「你自然不知道。你要知道，你怎麼攔人呢。」旺兒見這話，知道剛才的話已經走了風了，料著瞞不過，便又跪回道：「如才實在不知。就是頭裏興兒和喜兒兩個人在那裏混說，奴才吆喝了他們兩句。內中深情底裏奴才不知道，不敢妄回。求奶奶問興兒，他是長跟二爺出門的。」鳳姐聽了，下死勁啐了一口，罵道：「你們這一起沒良心的混賬忘八崽子！都是一條藤兒，打諒我不知道呢。先去給我把興兒那個忘八崽子叫了來，你也不許走。問明白了他，回來再問你。好，好，好，這才是我使出來的好人呢！」那旺兒只得連聲答應幾個是，磕了個頭爬起來出去，去叫興兒。

卻說興兒正在賬房裏和小廝們頑呢，聽見說二奶奶叫，先唬了一跳，卻也想不到是這件事發作了，連忙跟著旺兒進來。旺兒先進去，回說：「興兒來了。」鳳姐兒厲聲道：「叫他！」那興兒聽見這個聲音兒，早已沒了主意了，只得乍著膽子進來。鳳姐兒一見，便說：「好小子啊！你和你爺辦的好事啊！你只實說罷！」興兒一聞此言，又看見鳳姐兒氣色及兩邊丫頭們的光景，早唬軟了，不覺跪下，只是磕頭。鳳姐兒道：「論起這事來，我也聽見說不與你相干。但只你不早來回我知道，這就是你的不是了。你要實說了，我還饒你；再有一字虛言，你先摸摸你腔子上幾個腦袋瓜子！」興兒戰兢兢的朝上磕頭道：「奶奶問的是什麼事，奴才同爺辦壞了？」鳳姐聽了，一腔火都發作起來，喝命：「打嘴巴！」旺兒過來才要打時，鳳姐兒罵道：「什麼糊塗忘八崽子！叫他自己打，用你打嗎！一會子你再各人打你那嘴巴子還不遲呢。」那興兒眞個自己左右開弓打了自己十幾個嘴巴。鳳姐兒喝聲「站住」，問道：「你二爺外頭娶了什麼新奶奶舊奶奶的事，你大概不知道啊。」興兒見說出這件事來，越發著了慌，連忙把帽子抓下來在磚地上咕咚咚碰的頭山響，口裏說道：「只求奶奶超生，奴才再不敢撒一個字兒的謊。」鳳姐道：「快說！」興兒直蹶蹶的跪起來回道：「這事頭裏奴才也不知道。就是這一天，東府裏大老爺送了殯，俞祿往珍大爺廟裏去領銀子。二爺同著蓉哥兒到了東府裏，道兒上爺兒兩個說起珍大奶奶的二位姨

奶奶來。二爺誇他好，蓉哥兒哄著二爺，說把二姨奶奶說給二爺。」鳳姐聽到這裏，使勁啐道：「呸，沒臉的忘八蛋！他是你那一門子的姨奶奶！」興兒忙又磕頭說：「奴才該死！」往上瞅著，不敢言語。鳳姐啐道：「完了嗎？怎麼不說了？」興兒方才又回道：「奶奶恕奴才，奴才才敢回。」鳳姐啐道：「放你媽的屁，這還什麼恕不恕了。你好生給我往下說，好多著呢。」興兒又回道：「二爺聽見這個話就喜歡了。後來奴才也不知道怎麼就弄眞了。」鳳姐微微冷笑道：「這個自然麼，你可那裏知道呢！你知道的只怕都煩了呢。是了，說底下的罷！」興兒回道：「後來就是蓉哥兒給二爺找了房子。」鳳姐忙問道：「如今房子在那裏？」興兒道：「就在府後頭。」鳳姐兒道：「哦。」回頭瞅著平兒道：「咱們都是死人哪。你聽聽！」平兒也不敢作聲。興兒又回道：「珍大爺那邊給了張家不知多少銀子，那張家就不問了。」鳳姐道：「這裏頭怎麼又扯什麼張家李家咧呢？」興兒回道：「奶奶不知道，這二奶奶……」剛說到這裏，又自己打了個嘴巴，把鳳姐兒倒慪笑了。兩邊的丫頭也抿嘴兒笑。興兒想了想，說道：「那珍大奶奶的妹子……」鳳姐兒接著說：「怎麼樣？快說呀」興兒道：「那珍大奶奶的妹子原來從小兒有人家的，姓張，叫什麼張華，如今窮的待好討飯。珍大爺許了他銀子，他就退了親了。」鳳姐兒聽到這裏，點了點頭兒，回頭便望丫頭們說道：「你們都聽見了？小忘八崽子，頭裏他還說他不知道呢！」興兒又回道：「後來二爺才叫人裱糊了房子，娶過來了。」鳳姐道：「打那裏娶過來

✣ 鳳姐審問興兒有關賈璉偷娶尤二姐之事。
（朱寶榮繪）

的？」興兒道：「就在他老娘家抬過來的。」鳳姐道：「好罷咧。」又問：「沒人送親麼？」興兒道：「就是蓉哥兒。還有幾個丫頭老婆子們，沒別人。」鳳姐道：「你大奶奶沒來嗎？」興兒道：「過了兩天，大奶奶才拿了些東西來瞧的。」鳳姐兒笑了一笑，回頭向平兒道：「怪道那兩天二爺稱贊大奶奶不離嘴呢。」掉過臉來又問興兒，「誰伏侍呢？自然是你了。」興兒趕著碰頭不言語。鳳姐又問：「前頭那些日子說給那府裏辦事，想來辦的就是這個了。」興兒回道：「也有辦事的時候，也有往新房子裏去的時候。」鳳姐又問道：「誰和他住著呢。」興兒道：「他母親和他妹子。昨兒他妹子各人抹了脖子了。」鳳姐道：「這又爲什麼？」興兒隨將柳湘蓮的事說了一遍。鳳姐道：「這個人還算造化高，省了當那出名兒的忘八。」因又問道：「沒了別的事了麼？」興兒道：「別的事奴才不知道。奴才剛才說的字字是實話，一字虛假，奶奶問出來只管打死奴才，奴才也無怨的。」鳳姐低了一回頭，便又指著興兒說道：「你這個猴兒崽子就該打死。這有什麼瞞著我的？你想著瞞了我，就在你那糊塗爺跟前討了好兒了，你新奶奶好疼你。我不看你剛才還有點怕懼兒，不敢撒謊，我把你的腿不給你砸折了呢。」說著喝聲「起去。」興兒磕了個頭，才爬起來，退到外間門口，不敢就走。鳳姐道：「過來，我還有話呢。」興兒趕忙垂手敬聽。鳳姐道：「你忙什麼，新奶奶等著賞你什麼呢？」興兒也不敢抬頭。鳳姐道：「你從今日不許過去。我什麼時候叫你，你什麼時候到。遲一步兒，你試試！出去罷。」興兒忙答應幾個「是」，退出門來。鳳姐又叫道：「興兒！」興兒趕忙答應回來。鳳姐道：「快出去告訴你二爺去，是不是啊？」興兒回道：「奴才不敢。」鳳姐道：「你出去提一個字兒，隄防你的皮！」興兒連忙答應著才出去了。鳳姐又叫：「旺兒呢？」旺兒連忙答應著過來。鳳姐把眼直瞪瞪的瞅了兩三句話的工夫，才說道：「好旺兒，很好，去罷！外頭有人提一個字兒，全在你身上。」旺兒答應著也出去了。

鳳姐便叫倒茶。小丫頭子們會意，都出去了。這裏鳳姐才和平兒說：「你都聽見了？這才好呢。」平兒也不敢答言，只好陪笑兒。鳳姐越想越氣，歪在枕上只是出神，忽然眉頭一皺，計上心來，便叫：「平兒來。」平兒連忙答應過來。鳳姐道：「我想這件事竟該這麼著才好。也不必等你二爺回來再商量了。」未知鳳姐如何辦理，下回分解。◎7

✣ 賈珍是個強壯且充滿了欲望的中年男人，唯一讓人感念的就是對可卿還有著真情。（張羽琳繪）

評點

◎7. 胡適之先生《考證紅樓夢的新材料》一文已提到高鶚壬子引言說「六十七回此有彼無，題同文異」。又庚辰脂硯齋重評本跋更說到六十四和六十七兩回庚辰抄本所缺。只這兩回的文字確爲他人所補，當然也就是高鶚所補，還未經指出過。（徐高阮）

苦尤娘賺入大觀園　酸鳳姐大鬧寧國府

話說賈璉起身去後，偏值平安節度巡邊在外，約一個月方回。賈璉未得確信，只得住在下處等候。及至回來相見將事辦妥，回程已是將兩個月的限了。

誰知鳳姐心下早已算定，只待賈璉前腳走了，回來便傳各色匠役，收拾東廂房三間，照依自己正室一樣裝飾陳設。至十四日便回明賈母王夫人，說十五一早要到姑子廟進香去。只帶了平兒、豐兒、周瑞媳婦、旺兒媳婦四人，未曾上車，便將原故告訴了衆人。又吩咐衆男人，素衣素蓋，一逕前來。

興兒引路，一直到了二姐門前扣門。鮑二家的開了。興兒笑說：「快回二奶奶去，大奶奶來了。」鮑二家的聽了這句，頂梁骨走了眞魂，忙飛進報與尤二姐。尤二姐雖也一驚，但已來了，只得以禮相見，於是忙整衣迎了出來。至門前，鳳姐方下車進來。

✣《增評補圖石頭記》第六十八回繪畫。（fotoe提供）

尤二姐一看，只見頭上皆是素白銀器，身上月白緞襖，青緞披風，白綾素裙。眉彎柳葉，高吊兩梢，目橫丹鳳，神凝三角。俏麗若三春之桃，清潔如九秋之菊。周瑞旺兒二女人攙入院來。尤二姐陪笑忙迎上來萬福，張口便叫：「姐姐下降，不曾遠近，望恕倉促之罪。」說著便福了下來。鳳姐忙陪笑還禮不迭。二人攜手同入室中。

鳳姐上座，尤二姐命丫鬟拿褥子來便行禮，說：「奴家年輕，一從到了這裏之事，皆係家母和家姐商議主張。今日有幸相會，若姐姐不棄奴家寒微，凡事求姐姐的指示教訓。奴亦傾心吐膽，只伏侍姐姐。」說著，便行下禮去。鳳姐兒忙下座以禮相還，口內忙說：「皆因奴家婦人之見，一味勸夫慎重，不可在外眠花臥柳，恐惹父母擔憂。此皆是你我之痴心，怎奈二爺錯會奴意。眠花宿柳之事瞞奴或可；今娶姐姐作二房之大事亦人家大禮，亦不曾對奴說。奴亦曾勸二爺早行此禮，以備生育。不想二爺反以奴爲那等嫉妒之婦，私自行此大事，並不說知。使奴有冤難訴，惟天地可表。◎1前於十日之先奴已風聞，恐二爺不樂，遂不敢先說。今可巧遠行在外，故奴家親自拜見過，還求姐姐下體奴心，起動大駕，挪至家中。你我姐妹同居同處，彼此合心諫勸二爺，慎重世務，保養身體，方是大禮。若姐姐在外，奴在內，雖愚賤不堪相伴，奴心又何安？再者，使外人聞知，亦甚不雅觀。二爺之名也要緊，倒是談論奴家，奴

◎1.第一層專怪賈璉，使二姐不驚。（王伯沆）

亦不怨。所以今生今世奴之名節全在姐姐身上。那起下人小人之言，未免見我素日持家太嚴，背後加減些言語，自是常情。姐姐乃何等樣人物，豈可信眞！若我實有不好之處，上頭三層公婆，中有無數姐妹妯娌，況賈府世代名家，豈容我到今日？今日二爺私娶姐姐在外，若別人則怒，我則以爲幸。正是天地神佛不忍我被小人們誹謗，故生此事。我今來求姐姐進去和我一樣同居同處，同分同例，同侍公婆，同諫丈夫。喜則同喜，悲則同悲；情似親妹，和比骨肉。不但那起小人見了，自悔從前錯認了我；就是二爺來家一見，他作丈夫之人，心中也未免暗悔。所以姐姐竟是我的大恩人，使我從前之名一洗無餘了。若姐姐不隨奴去，奴亦情願在此相陪。奴願作妹子，每日伏侍姐姐梳頭洗面。只求姐姐在二爺跟前替我好言方便方便，容我一席之地安身，奴死也願意。」說著，便嗚嗚咽咽哭將起來。◎2尤二姐見了這般，也不免滴下淚來。

二人對見了禮，分序座下。平兒忙也上來要見禮。尤二姐見他打扮不凡，舉止品貌不俗，料定是平兒，連忙親身挽住，只叫：「妹子快休如此，你我是一樣的人。」鳳姐忙也起身笑說：「折死他了！妹子只管受禮，他原是咱們的丫頭。以後快別如此。」說著，又命周家的從包袱裏取出四匹上色尺頭、四對金珠簪環爲拜禮。尤二姐忙拜受了。二人吃茶，對訴已往之事。鳳姐口內全是自怨自錯，「怨不得別人，如今只求姐姐疼我」等語。尤二姐見了這般，便認他作是個極好的人，小人不遂心誹

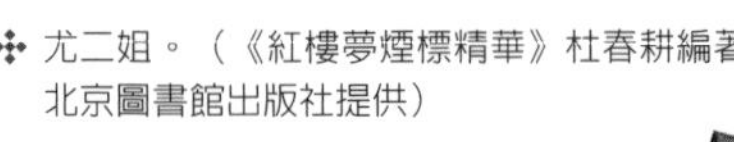
✣ 尤二姐。（《紅樓夢煙標精華》杜春耕編著，北京圖書館出版社提供）

謗主子亦是常理，故傾心吐膽，敘了一回，竟把鳳姐認爲知己。又見周瑞等媳婦在旁邊稱揚鳳姐素日許多善政，只是吃虧心太痴了，惹人怨。又說：「已經預備了房屋，奶奶進去一看便知。」尤氏心中早已要進去同住方好，今又見如此，豈有不允之理，便說：「原該跟了姐姐去，只是這裏怎樣？」鳳姐兒道：「這有何難，姐姐的箱籠細軟只管著小廝搬了進去。這些粗笨貨要他無用，還叫人看著。姐姐說誰妥當，就叫誰在這裏。」尤二姐忙說：「今日既遇見姐姐，這一進去，凡事只憑姐姐料理。我也來的日子淺，也不曾當過家，世事不明白，如何敢作主？這幾件箱籠拿進去罷。我也沒有什麼東西，那也不過是二爺的。」鳳姐聽了，便命周瑞家的記清，好生看管著抬到東廂房去。於是催著尤二姐穿戴了，二人攜手上車，又同坐一處，又悄悄的告訴他：「我們家的規矩大。這事老太太一概不知，倘或知二爺孝中娶你，管把他打死了。如今且別見老太太、太太。我們有一個花園子極大，姐妹們住著，容易沒人去的。你這一去且在園裏住兩天，等我設個法子回明白了，那時再見方妥。」尤二姐道：「任憑姐姐裁處。」那些跟車的小廝們皆是預先說明的，如今不去大門，只奔後門而來。◎3

下了車，趕散衆人。鳳姐便帶尤氏進了大觀園的後門，來到李紈處相見了。彼時大觀園中十停人已有九停人知道了，今忽見鳳姐帶了進來，引動多人來看問。尤二姐一一見過。衆人見他標緻和悅，無不稱揚。鳳姐一一的吩咐了衆人：「都不許在外走了風聲，若老太太、太太知道，我先叫你們死。」◎4園中婆子丫鬟都素懼鳳姐的，又

評點

◎2.第二層防邊徙，便難捉摸。故話語柔婉動情，使二姐不疑，允其進園。（王伯沆）

◎3.「賺」字點明。（王伯沆）

◎4.第三層，不許人聲張已娶，將來難於退出。尤以不令老太太、王夫人知道爲最毒。（王伯沆）

係賈璉國孝家孝中所行之事，知道關係非常，都不管這事。鳳姐悄悄的求李紈收養幾日，「等回明了，我們自然過去的。」李紈見鳳姐那邊已收拾了房屋，況在服中，不好倡揚，自是正理，只得收下權住。鳳姐又變法將他的丫頭一概退出，又將自己的一個丫頭送他使喚。暗暗吩咐園中媳婦們：「好生照看著他。若有走失逃亡，一概和你們算賬。」自己又去暗中行事。◎5合家之人都暗暗的納罕說：「看他如何這等賢惠起來了？」

那尤二姐得了這個所在，又見園中姐妹各各相好，倒也安心樂業的自為得其所矣。誰知三日之後，丫頭善姐◎6便有些不服使喚起來。尤二姐因說：「沒了頭油了，你去回聲大奶奶拿些來。」善姐便道：「二奶奶，你怎麼不知好歹沒眼色？我們奶奶天天承應了老太太，又要承應這邊太太那邊太太。這些妯娌姐妹，上下幾百男女，天天起來，都等他的話。一日少說，大事也有一二十件，小事還有三五十件。外頭的從娘娘算起，以及王公侯伯家多少人情客禮，家裏又有這些親友的調度。銀子上千錢上萬，一日都從他一個手一個心一個口裏調度，那裏為這點子小事去煩瑣他！我勸你能著些兒罷。咱們又不是明媒正娶來的，這是他亙古少有一個賢良人才這樣待你，若差些兒的人，聽見了這話，吵嚷起來，把你丟在外，死不死，活不活，你又敢怎樣呢！」一席話說的尤氏垂了頭，自為有這一說，少不得將就些罷了。那善姐漸漸的連飯也怕端來與他吃，或早一頓，或晚一頓，所拿來之物，皆是剩的。尤二姐說過兩

✣趁賈璉外出，鳳姐設計讓尤二姐搬入園中，並裝出一副尊重的模樣。（朱寶榮繪）

次，他反先亂叫起來。尤二姐又怕人笑他不安分，少不得忍著。隔上五日八日見鳳姐一面，那鳳姐卻是和容悅色，滿嘴裏「姐姐」不離口。又說：「倘有下人不到之處，你降不住他們，只管告訴我，我打他們。」又罵丫頭媳婦說：「我深知你們，軟的欺，硬的怕，背開我的眼，還怕誰。倘或二奶奶告訴我一個『不』字，我要你們的命！」尤氏見他這般的好心，思想「既有他，何必我又多事？下人不知好歹也是常情。我若告了，他們受了委曲，反叫人說我不賢良。」因此反替他們遮掩。

* * *

鳳姐一面使旺兒在外打聽細事，這尤二姐之事皆已深知。原來已有了婆家的，女婿現在才十九歲，成日在外嫖賭，不理生業，家私花盡，父親攆他出來，現在賭錢廠存身。父親得了尤婆十兩銀子，退了親的，這女婿尚不知道。原來這小伙子名叫張

評點

◎5.第四層，防人串遞消息，吐露自己奸妒。故先剪羽翼，後防逃走。（王伯沆）

◎6.不名「惡」而名「善」，大有意。（王伯沆）

華。鳳姐都一一盡知原委，便封了二十兩銀子與旺兒，悄悄命他將張華勾來養活，著他寫一張狀子，只管往有司衙門中告去，就告璉二爺「國孝家孝之中，背旨瞞親，仗財依勢，強逼退親，停妻再娶」等語。◎7這張華也深知利害，先不敢造次。旺兒回了鳳姐，鳳姐氣的罵：「癩狗扶不上牆的種子！你細細的說給他，便告我們家謀反也沒事的。不過是借他一鬧，大家沒臉。若告大了，我這裏自然能夠平息的。」旺兒領命，只得細說與張華。鳳姐又吩咐旺兒：「他若告了你，你就和他對詞去。」如此如此，這般這般，「我自有道理。」旺兒聽了有他作主，便又命張華狀子上添上自己，說：「你只告我來往過付，一應調唆二爺作的。」張華便得了主意，和旺兒商議定了，寫了一紙狀子，次日便往都察院喊了冤。◎8

察院坐堂看狀，見是告賈璉的事，上面有家人旺兒一人，只得遣人去賈府傳旺兒來對詞。青衣※1不敢擅入，只命人帶信。那旺兒正等著此事，不用人帶信，早在這條街上等候。見了青衣，反迎上去笑道：「起動眾位兄弟，必是兄弟的事犯了。說不得，快來套上。」眾青衣不敢，只說：「你老去罷，別鬧了。」於是來至堂前跪了。察院命將狀子與他看。旺兒故意看了一遍，碰頭說道：「這事小的盡知，小的主

✣善姐，一個勢利丫頭。（《紅樓夢煙標精華》杜春耕編著，北京圖書館出版社提供）

人實有此事。但這張華素與小的有仇，故意攀扯小的在內。其中還有別人，求老爺再問。」張華磞頭說：「雖還有人，小的不敢告他，所以只告他下人。」旺兒故意急的說：「糊塗東西，還不快說出來！這是朝廷公堂之上，憑是主子，也要說出來。」張華便說出賈蓉來。察院聽了無法，只得去傳賈蓉。鳳姐又差了慶兒暗中打聽，告了起來，便忙將王信喚來，告訴他此事，命他托察院只虛張聲勢警唬而已，又拿了三百銀子與他去打點。◎9是夜王信到了察院私第，安了根子。那察院深知原委，收了贓銀。次日回堂，只說張華無賴，因拖欠了賈府銀兩，枉捏虛詞，誣賴良人。都察院又素與王子騰相好，王信也只到家說了一聲，況是賈府之人，巴不得了事，便也不提此事，且都收下，只傳賈蓉對詞。

且說賈蓉等正忙著賈珍之事，忽有人來報信，說有人告你們如此如此，這般這般，快作道理。賈蓉慌了，忙來回賈珍。賈珍說：「我防了這一著，只虧他大膽子。」即刻封了二百銀子著人去打點察院；又命家人去對詞。正商議之間，人報：「西府二奶奶來了。」賈珍聽了這個，倒吃了一驚，忙要同賈蓉藏躲。不想鳳姐進來了說：「好大哥哥，帶著兄弟幹的好事！」賈蓉忙請安，鳳姐拉了他就進來。賈珍還笑說：「好生伺候你嬸娘，吩咐他們殺牲口備飯。」說了，忙命備馬，躲往別處去了。

註

※1：原指青色的衣服，此指的是穿黑衣的衙役。

評點

◎7.第五層，尋著原聘之夫，方好令其控告，且爲要領原妻地步。（王伯沆）

◎8.第六層，添上旺兒，方能牽上賈蓉。（王伯沆）

◎9.第七層，防其認眞按問，訊出確供，反難收拾。故先下三百兩本錢，既堵其嘴，又借其威。（王伯沆）

這裏鳳姐兒帶著賈蓉走來上房，尤氏正迎了出來，見鳳姐氣色不善，忙笑說：「什麼事情這等忙？」鳳姐照臉一口吐沫啐道：「你尤家的丫頭沒人要了，偷著只往賈家送！難道賈家的人都是好的，普天下死絕了男人了！你就願意給，也要三媒六證，大家說明，成個體統才是。你痰迷了心，脂油蒙了竅！國孝家孝兩重在身，就把個人送了來。這會子被人家告我們，我又是個沒腳蟹※2，連官場中都知道我利害吃醋，如今指名提我，要休我。我來了你家，幹錯了什麼不是，你這等害我？或是老太太、太太有了話在你心裏，使你們作這圈套要擠我出去？如今咱們兩個一同去見官，分證明白。回來咱們公同請了合族中人，大家覿面※3說個明白。給我休書，我就走路。」一面說一面大哭，拉著尤氏，只要去見官。急的賈蓉跪在地下碰頭，只求「姑娘嬸子息怒。」鳳姐兒一面又罵賈蓉：「天雷劈腦子五鬼分屍的沒良心的種子！不知天有多高，地有多厚，成日家調三窩四，幹出這些沒臉面沒王法敗家破業的營生。你死了的娘陰靈也不容你！祖宗也不容你，還敢來勸我！」哭罵著揚手就打。◎10賈蓉忙磕頭有聲說：「嬸子別動氣，仔細手，讓我自己打。嬸子別動氣。」說著自己舉手左右開弓自己打了一頓嘴巴子，又自己問著自己說：「以後可再顧三不顧四的混管閑事了？以後還單聽叔叔的話，不聽嬸子的話了？」衆人又是勸又要笑，又不敢笑。◎11

鳳姐兒滾到尤氏懷裏，嚎天動地，大放悲聲，只說：「給你兄弟娶親我不惱。為什麼使他違旨背親，將混賬名兒給我背著？咱們只去見官，省得捕快皂隸拿來。

再者，咱們只過去見了老太太、太太和眾族人，大家公議了，我既不賢良，又不容丈夫娶親買妾，只給我一紙休書，我即刻就走。你妹妹我也親身接來家，生怕老太太、太太生氣，也不敢回，現在三茶六飯金奴銀婢的住在園裏。我這裏趕著收拾房子，一樣和我的道理，只等老太太知道了。原說接過來大家安分守己的，我也不提舊事了。誰知又是有了人家的。不知你們幹的什麼事，我一概又不知道。如今告我，我昨日急了，縱然我出去見官，也丟的是你賈家的臉，少不得偷把太太的五百兩銀子去打點。如今把我的人還鎖在那裏。」說了又哭，哭了又罵，後來放聲又哭起祖宗爹媽來，又要尋死撞頭。把個尤氏揉搓成一個麵團，衣服上全是眼淚鼻涕，並無別話，只罵賈蓉：「孽障種子，和你老子作的好事！我就說不好的。」鳳姐兒聽說，哭著兩手搬著尤氏的臉緊對相問道：「你發昏了？你的嘴裏難道有茄子塞著？不然，他們給你嚼子銜上了？爲什麼你不告訴我去？你若告訴了我，這會子平安不了？怎得經官動府，鬧到這步田地？你這會子還怨他們！自古說：『妻賢夫禍少，表壯不如裏壯。』你但凡是個好的，他們怎得鬧出這些事來！你又沒才幹，又沒口齒，鋸了嘴子的葫蘆，就只會一味瞎小心圖賢良的名兒。總是他們也不怕你，也不聽你。」說著啐了幾口。尤氏也哭道：「何曾不是這樣，你不信問問跟的人，我何曾不勸的，也得他們聽。叫我怎麼樣呢？怨不得妹妹生氣，我只好聽著罷了。」◎12

註

※2：比喻沒有幫手、行動不得。

※3：見面。

評點

◎10.鳳姐大鬧寧府，寫得淋漓盡致，既顯鳳姐之潑悍，又見賈蓉之庸懦，兩面俱到。（王希廉）

◎11.賈蓉絕好皮囊，而性情嗜好每每與寶玉相反。寶玉憐香，賈蓉轉能蹂香；寶玉惜玉，賈蓉專能碎玉。花柳之蟊賊也！鳳姐錯識人矣。然小意動人，頗能忘恨，鳳姐終愛之。（涂瀛）

◎12.賈珍的妻子尤氏是寧府的當家人，是一個似乎聰明而實際糊塗，似乎精幹而實際懦弱的婦人。她美貌不如秦可卿，能力比不上王熙鳳，品格當然更不能與李紈同日而語。（王昆侖）

衆姬妾丫鬟媳婦已是烏壓壓跪了一地，陪笑求說：「二奶奶最聖明的。雖是我們奶奶的不是，奶奶也作踐的夠了。當著奴才們，奶奶們素日何等的好來，如今還求奶奶給留臉。」說著，捧上茶來。鳳姐也摔了，一面止了哭挽頭髮，又哭罵賈蓉：「出去請大哥哥來。我對面問他，親大爺的孝才五七，侄兒娶親，這個禮我竟不知道。我問問，也好學著日後教導子侄的。」賈蓉只跪著磕頭，說：「這事原不與我父母相干，都是兒子一時吃了屎，調唆著叔叔作的。我父親也並不知道。如今我父親正要出去送殯，嬸子若鬧起來，兒子也是個死。只求嬸嬸責罰兒子，兒子謹領。這官司還求嬸子料理，兒子竟不能幹這大事。嬸嬸是何等樣人，豈不知俗語說的『胳膊只折在袖子裏』。兒子糊塗死了，既作了不肖的事，就同那貓兒狗兒一般。嬸子既教訓，就不和兒子一般見識的，少不得還要嬸嬸費心費力將外頭的壓住了才好。原是嬸子有這個不肖的兒子，既惹了禍，少不得委曲，還要疼兒子。」說著，又磕頭不絕。

鳳姐見他母子這般，也再難往前施展了，只得又轉過了一副形容言談來，與尤氏

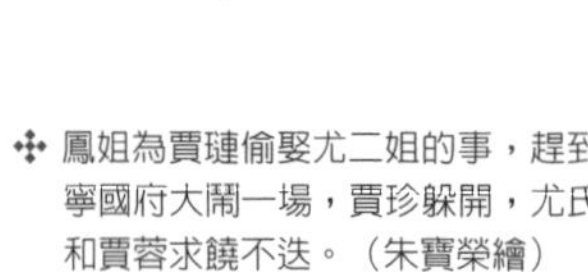

鳳姐為賈璉偷娶尤二姐的事，趕到寧國府大鬧一場，賈珍躲開，尤氏和賈蓉求饒不迭。（朱寶榮繪）

反陪禮說：「我是年輕不知事的人，一聽見有人告訴了，把我嚇昏了，不知方才怎樣得罪了嫂子。可是蓉兒說的『胳膊折了往袖子裏藏』，少不得嫂子要體諒我。還要嫂子轉替哥哥說了，先把這官司按下去才好。」尤氏賈蓉一齊都說：「嬸子放心，橫豎一點兒連累不著叔叔。嬸嬸方才說用過了五百兩銀子，少不得我娘兒們打點五百兩銀子與嬸嬸送過去，好補上的，不然豈有反教嬸子又添上虧空之名，越發我們該死了。但還有一件，老太太、太太們跟前嬸子還要周全方便，別提這些話方好。」鳳姐兒又冷笑道：「你們饒壓著我的頭幹了事，這會子反哄著我替你們周全。我雖然是個呆子，也呆不到如此。嫂子的兄弟是我的丈夫，嫂子既怕他絕後，我豈不更比嫂子更怕絕後？嫂子的令妹就是我的妹子一樣。我一聽見這話，連夜喜歡的連覺也睡不成，趕著傳人收拾了屋子，就要接進來同住。倒是奴才小人的見識，他們倒說：『奶奶太好性了。若是我們的主意，先回了老太太、太太看是怎樣，再收拾房子去接也不遲。』我聽了這話，教我要打要罵的，才不言語。誰知偏不稱我的意，偏打我的嘴，半空裏又跑出一個張華來告了一狀。我聽見了，嚇的兩夜沒合眼兒，又不敢聲張，只得求人去打聽這張華是什麼人，這樣大膽。打聽了兩日，誰知是個無賴的花子。我年輕不知事，反笑了說：『他告什麼？』倒是小子們說：『原是二奶奶許了他的。他如今正是急了，凍死餓死也是個死，現在有這個理他抓著，縱然死了，死的倒比凍死餓死還值些。怎麼怨的他告呢？這事原是爺作的太急了。國孝一層罪，家孝一層罪，背著父母

私娶一層罪，停妻再娶一層罪。俗語說：『拚著一身剮，敢把皇帝拉下馬。』他窮瘋了的人，什麼事作不出來？況且他又拿著這滿理，不告等請不成？』嫂子說，我便是個韓信張良，聽了這話，也把智謀嚇回去了。你兄弟又不在家，又沒個商議，少不得拿錢去墊補。誰知越使錢越被人拿住了刀靶，越發來訛。我是耗子尾巴上長瘡——多少膿血兒。所以又急又氣，少不得來找嫂子。」尤氏賈蓉不等說完，都說：「不必操心，自然要料理的。」賈蓉又道：「那張華不過是窮急，故捨了命去告。咱們如今想了一個法兒，竟許他些銀子，只叫他應了妄告不實之罪，咱們替他打點完了官司。他出來時再給他些個銀子就完了。」鳳姐笑道：「好孩子，怨不得你顧一不顧二的作這些事出來。原來你竟糊塗。若依你說的這話，他暫且依了，且打出官司來又得了銀子，眼前自然了事。這些人既是無賴之徒，銀子到手一旦光了，他又尋事故訛詐。倘又叨登起來這事，咱們雖不怕，也終擔心。擱不住他說既沒毛病為什麼反給他銀子？終久是不了之局。」賈蓉原是個明白人，聽如此一說，便笑道：「我還有個主意，『來是是非人，去是是非者』※4，這事還得我了才好。如今我竟去問張華個主意，或是他定要人，或是他願意了事得錢再娶。他若說一定要人，少不得我去勸我二姨，叫他出來仍嫁他去；若說要錢，我們這裏少不得給他。」鳳姐兒忙道：「雖如此說，我斷捨不得你姨娘出去，我也斷不肯使他去。好侄兒，你若疼我，只能可多給他錢為是。」賈蓉深知鳳姐口雖如此，

❖ 鳳姐是紅樓諸釵裏個性最為生動的一個，也是最為複雜的一個，面對她，常常有愛恨交加的感覺。（張羽琳繪）

心卻是巴不得只要本人出來，他卻作賢良人。◎13如今怎說怎依。鳳姐兒歡喜了，又說：「外頭好處了，家裏終久怎麼樣？你也同我過去回明才是。」◎14尤氏又慌了，拉鳳姐討主意如何撒謊才好。鳳姐冷笑道：「既沒這本事，誰叫你幹這事了。這會子又這個腔兒，我又看不上！待要不出個主意，我又是個心慈面軟的人，憑人撮弄我，我還是一片痴心。說不得讓我應起來。如今你們只別露面，我只領了你妹妹去與老太太、太太們磕頭，只說原係你妹妹，我看上了很好。正因我不大生長，原說買兩個人放在屋裏的，今既見你妹妹很好，而又是親上作親的，我願意娶來作二房。皆因他家中父母姐妹新近一概死了，日子又艱難，不能度日，若等百日之後，無奈無家無業，實難等得。我的主意接了進來，已經廂房收拾了出來暫且住著。等滿了服再圓房。仗著我這不怕臊的臉，死活賴去，有了不是，也尋不著你們了。你們母子想想，可使得？」尤氏賈蓉一齊笑說：「到底是嬸子寬洪大量，足智多謀。等事妥了，少不得我們娘兒兩個過去拜謝。」◎15尤氏忙命丫鬟們伏侍鳳姐梳妝洗臉，又擺酒飯，親自遞酒揀菜。

鳳姐也不多坐，執意就走了。進園中將此事告訴與尤二姐，又說我怎麼操心打聽，又怎麼設法子，須得如此如此方救下眾人無罪，少不得我去拆開這魚頭※5，大家才好。要知端詳，且聽下回分解。◎16

註

※4：由誰惹起的是非，還得由誰來了結。

※5：也作「擇魚頭」，比喻處理複雜難辦的事。

評點

◎13.第八層，二姐不去，終要分寵。故令賈蓉說出退人方妥。（王伯沆）

◎14.第九層，氣也出了，錢也賺了，人也有主意退了，再要個賢名於老太太、王夫人之前爲是。（王伯沆）

◎15.第十層，打罵賈蓉，賈蓉又自己跪著打罵，也不肯因此斷了舊情。故又作種種情態以挽回之，眞是一套十全主意。（王伯沆）

◎16.人謂「鬧寧國府」一節極兇猛，「賺尤二姐」一節極和藹。吾謂鬧國寧府情有可恕，賺尤二姐法不容誅；「鬧寧國府」聲聲是淚，「賺尤二姐」字字皆鋒。（脂硯齋）

第六十九回

弄小巧用借劍殺人　覺大限※1吞生金自逝

話說尤二姐聽了，又感謝不盡，只得跟了他來。尤氏那邊怎好不過來的，少不得也過來跟著鳳姐去回，方是大禮。鳳姐笑說：「你只別說話，等我去說。」尤氏道：「這個自然。但一有個不是，是往你身上推的。」說著，大家先來至賈母房中。

正值賈母和園中姐妹們說笑解悶，忽見鳳姐帶了一個標緻小媳婦進來，忙覷著眼瞧，說：「這是誰家的孩子？好可憐見的。」鳳姐上來笑道：「老祖宗倒細細的看看，好不好？」說著，忙拉二姐說：「這是太婆婆，快磕頭。」二姐忙行了大禮，展拜起來。又指著眾姐妹說：這是某人某人，你先認了，太太瞧過了再見禮。二姐聽了，一一又從新故意的問過，垂頭站在旁邊。賈母上下瞧了一遍，因又笑問：「你姓什麼？今年十幾了？」鳳姐忙又笑說：「老祖宗且別

✣《增評補圖石頭記》第六十九回繪畫。（fotoe提供）

✣ 尤二姐（右二）初進榮國府得賈母喜愛，卻引起王熙鳳（左二）的妒意。（國光劇團提供，林榮錄攝影）

問，只說比我俊不俊。」賈母又戴了眼鏡，命鴛鴦琥珀：「把那孩子拉過來，我瞧瞧肉皮兒。」衆人都抿嘴兒笑著，只得推他上去。賈母細瞧了一遍，又命琥珀：「拿出手來我瞧瞧。」鴛鴦又揭起裙子來。賈母瞧畢，摘下眼鏡來，笑說道：「更是個齊全孩子，我看比你俊些。」鳳姐聽說，笑著忙跪下，將尤氏那邊所編之話，一五一十細細的說了一遍，「少不得老祖宗發慈心，先許他進來，住一年後再圓房。」賈母聽了道：「這有什麼不是？既你這樣賢良，很好。只是一年後方可圓得房。」鳳姐聽了，叩頭起來，又求賈母著兩個女人一同帶去見太太們，說是老祖宗的主意。賈母依允，遂使二人帶去見了邢夫人等。王夫人正因他風聲不雅，深為憂慮，見他今行此事，豈有不樂之理。於是尤二姐自此見了天日，挪到廂房住居。◎1

鳳姐一面使人暗暗調唆張華，只叫他要原妻。這裏還有許多賠送外，還給他銀子安家過活。張華原無膽無心告賈家的，後來又見賈蓉打發人來對詞，那人原說的：「張華先退了親，我們皆是親戚。接到家裏住著是眞，並無娶嫁之說。皆因張華拖欠了我們的債務，追索不與，方誣賴小的主人那些個。」察院都和賈王兩處有瓜葛，況

註

※1：死期。

評點

◎1.尤二姐是不良社會的產物，不是她一個人的不好。她的不好的地方，便是不識人，容易受人欺騙，尤三姐便不是這般的人了。（佩之）

又受了賄，只說張華無賴，以窮訛詐，狀子也不收，打了一頓趕出來。慶兒在外替他打點，也沒打重。又調唆張華說：「親原是你家定的，你只要親事，官必還斷給你。」於是又告。王信那邊又透了消息與察院，察院便批：「張華所欠賈宅之銀，令其限內按數交還；其所定之親，仍令其有力時娶回。」又傳了他父親來當堂批准。他父親亦係慶兒說明，樂得人財兩進，便去賈家領人。

鳳姐兒一面嚇的來回賈母，說如此這般，都是珍大嫂子幹事不明，並沒和那家退准，惹人告了，如此官斷。賈母聽了，忙喚了尤氏過來，說他作事不妥，「既是你妹子從小曾與人指腹爲婚，又沒退斷，使人混告了。」尤氏聽了，只得說：「他連銀子都收了，怎麼沒准？」鳳姐在旁又說：「張華的口供上現說不曾見銀子，也沒見人去。他老子說：『原是親家母說過一次，並沒應准。親家母死了，你們就接進去作二房。』如此沒有對證，只好由他去混說。幸而璉二爺不在家，沒曾圓房，這還無妨。只是人已來了，怎好送回去，豈不傷臉。」賈母道：「又沒圓房，沒的強占人家有夫之人，名聲也不好，不如送給他去。那裏尋不出好人來。」尤二姐聽了，又回賈母說：「我母親實於某年月日給了他十兩銀子退准的。他因窮急了告，又翻了口。我姐姐原沒錯辦。」賈母聽了，便說：「可見刁民難惹。既這樣，鳳丫頭去料理料理。」鳳姐聽了無法，只得應著。回來只命人去找賈

✣ 賈赦、賈璉。在女色方面，他們是上樑不正下樑歪。（《紅樓夢煙標精華》杜春耕編著，北京圖書館出版社提供）

蓉。賈蓉深知鳳姐之意，若要使張華領回，成何體統，便回了賈珍，暗暗遣人去說張華：「你如今既有許多銀子，何必定要原人。若只管執定主意，豈不怕爺們一怒，尋出個由頭，你死無葬身之地。你有了銀子，回家去什麼好人尋不出來。你若走時，還賞你些路費。」張華聽了，心中想了一想，這倒是好主意，和父親商議已定，約共也得了有百金，父子次日起個五更，便回原籍去了。

賈蓉打聽得眞了，來回了賈母鳳姐，說：「張華父子妄告不實，懼罪逃走，官府亦知此情，也不追究，大事完畢。」鳳姐聽了，心中一想：若必定著張華帶回二姐去，未免賈璉回來再花幾個錢包占住，不怕張華不依。還是二姐不去，自己相伴著還妥當，且再作道理。只是張華此去不知何往，他倘或再將此事告訴了別人，或日後再尋出這由頭來翻案，豈不是自己害了自己。原先不該如此將刀靶付與外人去的。因此悔之不迭，復又想了一條主意出來，悄命旺兒遣人尋著了他，或說他作賊，和他打官司，將他治死，或暗中使人算計，務將張華治死，方剪草除根，保住自己的名譽。旺兒領命出來，回家細想：人已走了完事，何必如此大作！人命關天，非同兒戲，我且哄過他去，再作道理。因此在外躲了幾日，回來告訴鳳姐，只說張華是有了幾兩銀子在身上，逃去第三日，在京口地界五更天已被截路人打悶棍的打死了。他老子唬死在店房，在那裏驗屍掩埋。鳳姐聽了不信，說：「你要扯謊，我再使人打聽出來敲你的牙！」自此，方丟過不究。鳳姐和尤二姐和美非常，更比親姐親妹還勝十倍。

那賈璉一日事畢回來，先到了新房中，已竟悄悄的封鎖，只有一個看房子的老頭兒。賈璉問他原故，老頭子細說原委，賈璉只在鐙中跌足。少不得來見賈赦與邢夫人，將所完之事回明。賈赦十分歡喜，說他中用，賞了他一百兩銀子，又將房中一個十七歲的丫鬟名喚秋桐者，賞他為妾。◎2賈璉叩頭領去，喜之不盡。見了賈母和家中人，回來見鳳姐，未免臉上有些愧色。誰知鳳姐兒他反不似往日容顏，同尤二姐一同出迎，敘了寒溫。賈璉將秋桐之事說了，未免臉上有些得意之色，驕矜之容。◎3鳳姐聽了，忙命兩個媳婦坐車往那邊接了來。心中一刺未除，又平空添了一刺，說不得且吞聲忍氣，將好顏面換出來遮掩。一面又命擺酒接風，一面帶了秋桐來見賈母與王夫人等。賈璉心中也暗暗的納罕。

那日已是臘月十二日，賈珍起身，先拜了宗祠，然後過來辭拜賈母等人。和族中人直送到洒淚亭方回，獨賈璉賈蓉二人送出三日三夜方回。一路上，賈珍命他好生收心治家等語，二人口內答應，也說些大禮套話，不必煩敘。

＊　＊　＊

且說鳳姐在家，外面待尤二姐自不必說的，只是心中又懷別意。無人處只和尤二姐說：「妹妹的聲名

❖ 秋桐肆無忌憚，對尤二姐冷嘲熱諷。（朱寶榮繪）

很不好聽，連老太太、太太們都知道了，說妹妹在家作女孩兒就不乾淨，又和姐夫有些首尾，『沒人要的了你揀了來，還不休了再尋好的！』我聽見這話，氣的倒仰，查是誰說的，又查不出來。這日久天長，這些個奴才們跟前怎麼說嘴？我反弄了個魚頭來拆。」說了兩遍，自己又氣病了，茶飯也不吃，除了平兒，衆丫頭媳婦無不言三語四，指桑說槐，暗相譏刺。秋桐自爲係賈赦之賜，無人僭他的，連鳳姐平兒皆不放在眼裏，豈肯容他。張口是「先姦後娶沒漢子要的娼婦，也來要我的強。」鳳姐聽了暗樂，尤二姐聽了暗愧暗怒暗氣。◎4鳳姐既裝病，便不和尤二姐吃飯了。每日只命人端了菜飯到他房中去吃，那茶飯都係不堪之物。平兒看不過，自拿了錢出來弄菜與他吃，或是有時只說和他園中去頑，在園中廚內另作了湯水與他吃，也無人敢回鳳姐。只有秋桐一時撞見了，便去說舌告訴鳳姐說：「奶奶的名聲，生是平兒弄壞了的。這樣好菜好飯浪著不吃，卻往園裏去偷吃。」鳳姐聽了，罵平兒說：「人家養貓拿耗子，我的貓反倒咬雞。」平兒不敢多說，自此也要遠著了。又暗恨秋桐，難以出口。

園中姐妹和李紈迎春惜春等人，皆爲鳳姐是好意，然寶黛一干人暗爲二姐擔心。雖都不便多事，惟見二姐可憐，常來了倒還都憫恤他。每日常無人處說起話來，尤二姐便淌眼抹淚，又不敢抱怨。鳳姐兒又並無露出一點壞形來。賈璉來家時，見了鳳姐賢良，也便不留心。況素習以來，因賈赦姬妾丫鬟最多，賈璉

◎2.賈赦不知有何等機密大事，喜到十分，用此重賞？一財一色，庭訓如此，父子眞不堪矣。（王伯沆）

◎3.賈璉回來，若無賞秋桐一事，於二姐必有一番追究，於文字反難收拾。吾於此服作者脱卸之工。（王伯沆）

◎4.一個無法見容於禮教而一味耽溺在被追求的快樂中的浪蕩女人。曹雪芹有意讓她來指出賈府，這富貴宅第裏骯髒的亂倫事實。父子、兄弟、叔侄之間，一筆算不清楚的爛賬。對一向標榜儒家教化的賈家，這無疑是一大諷刺。這時的尤二姐是一般所謂正人君子不屑一顧的蕩婦，然而在做了賈璉的祕密二房奶奶後，她卻變了。變得那樣專情和賢良。從進入大觀園到吞金自逝，這中間所遭遇的種種，尤二姐總是逆來順受，忍氣吞聲，不發一句怨言。什麼使她有了這種能耐？是痴心。她忍受一切，無非是爲了賈璉，她一心要爲他做個賢良人，做個有品有行的人。她的柔順性情和不工心機，使她爲了執著於賈璉的愛而付出永遠不能收回的代價，成了飲恨而終的傷心人。（嚴曼麗）

每懷不軌之心，只未敢下手。如這秋桐輩等人，皆是恨老爺年邁昏憒，貪多嚼不爛，沒的留下這些人作什麼，因此除了幾個知禮有恥的，餘者或有與二門上小么兒們嘲戲的。甚至於與賈璉眉來眼去相偷期的，只懼賈赦之威，未曾到手。這秋桐便和賈璉有舊，從未來過一次。今日天緣湊巧，竟賞了他，眞是一對烈火乾柴，如膠投漆，燕爾新婚，連日那裏拆的開。那賈璉在二姐身上之心，也漸漸淡了，只有秋桐一人是命。鳳姐雖恨秋桐，且喜借他先可發脫二姐，自己且抽頭，用「借劍殺人」之法，「坐山觀虎鬥」，等秋桐殺了尤二姐，自己再殺秋桐。主意已定，沒人處常又私勸秋桐說：「你年輕不知事。他現是二房奶奶，你爺心坎兒上的人，我還讓他三分，你去硬碰他，豈不是自尋其死？」◎5那秋桐聽了這話，越發惱了，天天大口亂罵說：「奶奶是軟弱人，那等賢惠，我卻作不來。奶奶把素日的威風怎都沒了？奶奶寬洪大量，我卻眼裏揉不下沙子去。讓我和他這淫婦作一回，他才知道。」鳳姐兒在屋裏，只裝不敢出

✣秋桐，她加速了尤二姐的毀滅。（崔君沛繪）

聲兒。氣的尤二姐在房裏哭泣，連飯也不吃，又不敢告訴賈璉。次日賈母見他眼睛紅紅的腫了，問他，又不敢說。秋桐正是抓乖賣俏之時，他便悄悄的告訴賈母王夫人等說：「專會作死，好好的成天家號喪，背地裏咒二奶奶和我早死了，他好和二爺一心一計的過。」賈母聽了便說：「人太生嬌俏了，可知心就嫉妒。鳳丫頭倒好意待他，他倒這樣爭風吃醋。可是個賤骨頭！」因此，漸次便不大歡喜。衆人見賈母不喜，不免又往下踏踐起來，弄得這尤二姐要死不能，要生不得。還是虧了平兒，時常背著鳳姐，看他這般，與他排解排解。

那尤二姐原是個花爲腸肚雪作肌膚的人，如何經得這般折磨，不過受了一個月的暗氣，便懨懨得了一病，四肢懶動，茶飯不進，漸次黃瘦下去。夜來合上眼，只見他小妹子手捧鴛鴦寶劍前來說：「姐姐，你一生爲人心痴意軟，終吃了這虧。休信那妒婦花言巧語，外作賢良，內藏奸狡，他發狠定要弄你一死方罷。若妹子在世，斷不肯令你進來，即進來時，亦不容他這樣。此亦係理數應然，你我生前淫奔不才，使人家喪倫敗行，故有此報。你依我將此劍斬了那妒婦，一同歸至警幻案下，聽其發落。不然，你則白白的喪命，且無人憐惜。」尤二姐泣道：「妹妹，我一生品行既虧，今日之報既係當然，何必又生殺戮之冤。隨我去忍耐。若天見憐，使我好了，豈不兩全？」小妹笑道：「姐姐，你終是個痴人。自古『天網恢恢，疏而不漏』※2，天道

註

※2：語出《老子》第七十三章，上天法網雖寬大，但最終不會放過任何一個壞人。

◎5.從來美人計百發百中，無不成功者。今以美人攻美人，尤爲易易。但尤二姐未至色衰，秋桐只是常婢，何足以間其寵？要知賈璉不知美惡，一味得新忘故。鳳姐早已識破，故其計得行也。（陳其泰）

好還※[3]。你雖悔過自新，然已將人父子兄弟致於麀聚之亂，天怎容你安生？」尤二姐泣道：「既不得安生，亦是理之當然，奴亦無怨。」◎[6]小妹聽了，長嘆而去。尤二姐驚醒，卻是一夢。等賈璉來看時，因無人在側，便泣說：「我這病不能好了。我來了半年，腹中也有身孕，但不能預知男女。倘天見憐，生了下來還可，若不然，我這命就不保，何況於他。」賈璉亦泣說：「你只放心，我請明人來醫治。」於是出去即刻請醫生。

誰知王太醫亦謀幹了軍前效力，回來好討蔭封的。小廝們走去，便請了個姓胡的太醫，名叫君榮。進來診脈看了，說是經水不調，全要大補。賈璉便說：「已是三月庚信※[4]不行，又常作嘔酸，恐是胎氣。」胡君榮聽了，復又命老婆子們請出手來再看看。尤二姐少不得又從帳內伸出手來。胡君榮又診了半日，說：「若論胎氣，肝脈※[5]自應洪大。然木盛則生火，經水不調亦皆因由肝木所致。醫生要大膽，須得請奶奶將金面略露露，醫生觀觀氣色，方敢下藥。」賈璉無法，只得命將帳子掀起一縫，尤二姐露出臉來。胡君榮一見，魂魄如飛上九天，通身麻木，一無所知。一時掩了帳子，賈璉就陪他出來，問是如何。胡太醫道：「不是胎氣，只是瘀血凝結。如今只以下瘀血通經脈要緊。」於是寫了一方，作辭而去。賈璉命人送了藥禮，抓了藥來，調服下去。只半夜，尤二姐腹痛不止，誰知竟將一個已成形的男胎打了下來。於是血行

✣ 尤二姐和尤三姐一對尤物，雖然性格、處世方式迴然不同，不幸的命運卻並無不同。（張羽琳繪）

不止，二姐就昏迷過去。賈璉聞知，大罵胡君榮。一面再遣人去請醫調治，一面命人去打告胡君榮。胡君榮聽了，早已捲包逃走。這裏太醫便說：「本來氣血生成虧弱，受胎以來，想是著了些氣惱，鬱結於中。這位先生擅用虎狼之劑，如今大人元氣十分傷其八九，一時難保就愈。煎丸二藥並行，還要一些閑言閑事不聞，庶可望好。」說畢而去。急的賈璉查是誰請了姓胡的來，一時查了出來，便打了半死。◎7

鳳姐比賈璉更急十倍，只說：「咱們命中無子，好容易有了一個，又遇見這樣沒本事的大夫。」於是天地前燒香禮拜，自己通陳禱告說：「我或有病，只求尤氏妹子身體大愈，再得懷胎生一男子，我願吃長齋念佛。」賈璉衆人見了，無不稱讚。賈璉與秋桐在一處時，鳳姐又作湯作水的著人送與二姐。又罵平兒不是個有福的，「也和我一樣。我因多病了，你卻無病也不見懷胎。如今二奶奶這樣，都因咱們無福，或犯了什麼，沖的他這樣。」因又叫人出去算命打卦。偏算命的回來又說：「係屬兔的陰人沖犯。」大家算將起來，只有秋桐一人屬兔，說他沖的。秋桐近見賈璉請醫治藥，打人罵狗，爲尤二姐十分盡心，他心中早浸了一缸醋在內了。今又聽見如此說他沖了，鳳姐兒又勸他說：「你暫且別處去躲幾個月再來。」秋桐便氣的哭罵道：「理那起瞎肏的混咬舌根！我和他『井水不犯河水』，怎麼就沖了

註

※3：因果循環，惡有惡報。還：報復。

※4：即月經。

※5：左手關脈可診肝部病情，因此也叫肝脈。

評點

◎6.讀《紅樓夢》至「二尤」之遭際，未有不掩卷嘆息者！作者於尤二姐名之曰「苦尤娘」，尤三姐則稱爲「情小妹」。其實「二尤」之命皆苦，不過三姐以篤於痴情，雖「痴情歸地府」不以爲苦，心甘之也。然其視「二姐」，爲惡婦賺入大觀園，特地跑去托夢。勸二姐以「鴛鴦劍」斬妒婦頭。而二姐反說：「我一生品行既虧，今日之報，既係自然，何必生殺戮之冤？」二姐眞乃苦之尤者也！（湛盧）

◎7.尤二姐面臨的危險不是賈璉的遺棄，而是王熙鳳與她的地位權力之爭。而這一點，這位平民的女兒並不曾意識到。更可悲的是，尤二姐取得了賈璉暫時的愛戀就自以爲終身有靠了，幾乎忘記了有一個王熙鳳的存在。她不顧妹妹尤三姐與僕人興兒的勸告和提醒，心甘情願受自己編造的富貴生活的幻想的欺騙。（應必誠）

他？好個愛八哥兒，在外頭什麼人不見，偏來了就有人沖了。白眉赤臉，那裏來的孩子？他不過指著哄我們那個棉花耳朵的爺罷了。總有孩子，也不知姓張姓王。奶奶希罕那雜種羔子，我不喜歡！老了誰不成？誰不會養？一年半載養一個，倒還是一點攙雜沒有的呢！」罵的衆人又要笑，又不敢笑。可巧邢夫人過來請安，秋桐便哭告邢夫人說：「二爺奶奶要攆我回去，我沒了安身之處，太太好歹開恩！」邢夫人聽說，慌的數落鳳姐兒一陣，又罵賈璉：「不知好歹的種子！憑他怎不好，是你父親給的。爲個外頭來的攆他，連老子都沒了。你要攆他，你不如還你父親去倒好。」說著，賭氣去了。秋桐更又得意，索性走到他窗戶根底下，大哭大罵起來。尤二姐聽了，不免更添煩惱。

晚間，賈璉在秋桐房中歇了，鳳姐已睡，平兒過來瞧他，又悄悄勸他：「好生養病，不要理那畜生。」尤二姐拉他哭道：「姐姐，我從到了這裏，多虧姐姐照應。爲我，姐姐也不知受了多少閑氣。我若逃的出命來，我必答報姐姐的恩德；只怕我逃不出命來，也只好等來生罷！」平兒也不禁滴淚說道：「想來都是我坑了你。我原是一片痴心，從沒瞞他的話。既聽見你在外頭，豈有不告訴他的？誰知生出這些個事來！」尤二姐忙道：「姐姐這話錯了。若姐姐便不告訴他，他豈有打聽不出來的？不過是姐姐說的在先。況且我也要一心進來，方成個體統，與姐姐何干！」二人哭了一回，平兒又囑咐了幾句，夜已深了，方去安息。

這裏尤二姐心下自思：「病已成勢，日無所養，反有所傷，料定必不能好。況胎已打下，無可懸心，何必受這些零氣，不如一死，倒還乾淨。常聽見人說，生金子可以墜死，豈不比上吊自刎又乾淨？」想畢，扎掙起來，打開箱子，找出一塊生金，也不知多重，恨命含淚便吞入口中，幾次狠命直脖，方咽了下去。於是趕忙將衣服首飾穿戴齊整，上炕躺下了。當下人不知，鬼不覺。◎8到第二日早晨，丫鬟媳婦們見他不叫人，樂得且自己去梳洗。鳳姐便和秋桐都上去了。平兒看不過，說丫頭們：「你們就只配沒人心的打著罵著使也罷了，一個病人，也不知可憐可憐。他雖好性兒，你們也該拿出個樣兒來，別太過逾了，牆倒衆人推！」丫鬟聽了，急推房門進來看時，卻穿戴的齊齊整整，死在炕上。於是方嚇慌了，喊叫起來。平兒進來看了，不禁大哭。衆人雖素習懼怕鳳姐，然想尤二姐實在溫和憐下，比鳳姐原強，如今死去，誰不傷心落淚，只不敢與鳳姐看見。

當下合宅皆知。賈璉進來，摟屍大哭不止。鳳姐也假意哭：「狠心的妹妹！你怎麼丟下我去了！辜負了我的心！」尤氏賈蓉等也來哭了一場，勸住賈璉。賈璉便回了王夫人，討了梨香院停放五日，挪到鐵檻寺去，王夫人依允。賈璉忙命人去開了梨香院的門，收拾出正房來停靈。賈璉嫌後門出靈不像，便對著梨香院的正牆上，通街現開了一個大門。兩邊搭棚，安壇場作佛事。用軟榻鋪了錦緞衾褥，將二姐抬上榻去，用衾單蓋了。八個小厮和幾個媳婦圍隨，從內子牆一帶抬往梨香院來。那裏已請

評點

◎8.懦弱的尤二姐，一方面和她的妹妹的剛烈相對照，一方面和鳳姐的陰毒相比示，作者把她寫成一個可憐蟲似的傻好人了；她的死完全是她自己的性感招來的，而且就連她死時的情況，彷佛都是懦弱的。但對於懦弱的人物，《紅樓夢》的作者，一向是很少同情，他就在描寫這樣的性格上，也像是不十分地得意。請看，雖同是姐妹，迎春是怎樣地不如探春寫得活躍。尤二姐又是怎樣地比尤三姐顯著愚蠢，所以尤二姐的死不能寫成精彩的場面，倒像是爲了完成這個人物的統一的性格的了。因爲由作者看來，她的死是比她的生更爲幸福的。（侍桁）

下天文生預備，揭起衾單一看，只見這尤二姐面色如生，比活著還美貌。賈璉又摟著大哭，只叫「奶奶，你死的不明，都是我坑了你！」賈蓉忙上來勸：「叔叔解著些兒，我這個姨娘自己沒福。」說著，又向南指大觀園的界牆，賈璉會意，只悄悄跌腳說：「我忽略了，終久對出來，我替你報仇。」天文生回說：「奶奶卒於今日正卯時，五日出不得，或是三日，或是七日方可。明日寅時入殮大吉。」賈璉道：「三日斷乎使不得，竟是七日。因家叔家兄皆在外，小喪不敢多停，等到外頭，還放五七，作大道場才掩靈。明年往南去下葬。」天文生應諾，寫了殃榜※6而去。寶玉已早過來陪哭一場。眾族中人也都來了。

賈璉忙進去找鳳姐，要銀子治辦棺槨喪禮。鳳姐見抬了出去，推有病，回：「老太太、太太說我病著，忌三房※7，不許我去。」因此也不出來穿孝，且往大觀園中來。繞過群山，至北界牆根下往外聽，隱隱綽綽聽了一言半語，回來又回賈母說如

✣ 尤二姐處境艱難，腹中孩子也沒保住，絕望之餘，吞金自殺，而賈璉知道後大哭。（朱寶榮繪）

此這般。賈母道：「信他胡說！誰家癆病死的孩子不燒了一撒，也認眞的開喪破土起來。既是二房一場，也是夫妻之分，停五七日抬出來，或一燒或亂葬地上埋了完事。」鳳姐笑道：「可是這話。我又不敢勸他。」正說著，丫鬟來請鳳姐，說：「二爺等著奶奶拿銀子呢。」鳳姐只得來了，便問他：「什麼銀子？家裏近來艱難，你還不知道？咱們的月例，一月趕不上一月，雞兒吃了過年糧。昨兒我把兩個金項圈當了三百銀子，你還作夢呢！這裏還有二三十兩銀子，你要就拿去。」說著，命平兒拿了出來，遞與賈璉，指著賈母有話，又去了。恨的賈璉沒話可說，只得開了尤氏箱櫃，去拿自己的梯己。及開了箱櫃，一滴無存，◎9只有些折簪爛花並幾件半新不舊的綢絹衣裳，都是尤二姐素習所穿的，不禁又傷心哭了起來。自己用個包袱一齊包了，也不命小廝丫鬟來拿，便自己提著來燒。平兒又是傷心，又是好笑，忙將二百兩一包的碎銀子偷了出來，到廂房拉住賈璉，悄遞與他說：「你只別作聲才好，你要哭，外頭多少哭不得，又跑了這裏來點眼。」賈璉聽說，便說：「你說的是。」接了銀子，又將一條裙子遞與平兒，說：「這是他家常穿的，你好生替我收著，作個念心兒。」平兒只得掩了，自己收去。賈璉拿了銀子與衆人，走來命人先去買板。好的又貴，中的又不要。賈璉騎馬自去要瞧，至晚間，果抬了一副好板進來，價銀五百兩賒著，連夜趕造。一面分派了人口穿孝守靈，晚來也不進去，只在這裏伴宿。正是——◎10

註

※6：舊時陰陽先生開具死者年壽等的文件，爲證明死亡的憑證。
※7：指舊俗生病的人忌進新房、產房和靈房。

評點

◎9.是暗補鳳姐早已搜羅情事。（王希廉）
◎10.寫鳳姐寫不盡，卻從上下左右寫。寫秋桐極淫邪，正寫鳳姐極淫邪；寫平兒極義氣，正寫鳳姐極不義氣；寫使女欺壓二姐，正寫鳳姐欺壓二姐；寫下人感戴二姐，正寫下人不感戴鳳姐。史公用意，非念死書子之所知。（脂硯齋）

第七十回

林黛玉重建桃花社　史湘雲偶填柳絮詞

話說賈璉自在梨香院伴宿七日夜，天天僧道不斷作佛事。賈母喚了他去，吩咐不許送往家廟中。賈璉無法，只得又和時覺說了，就在尤三姐之上點了一個穴，破土埋葬。那日送殯只不過族中人與王信夫婦、尤氏婆媳而已。鳳姐一應不管，只憑他自去辦理。

因又年近歲逼，諸務猥集不算外，又有林之孝開了一個人名單子來，共有八個二十五歲的單身小廝應該娶妻成房，等裏面有該放的丫頭們好求指配。鳳姐看了，先來問賈母和王夫人。大家商議，雖有幾個應該發配的，奈各人皆有原故：第一個鴛鴦發誓不去。自那日之後，一向未和寶玉說話，也不盛妝濃飾。眾人見他志堅，也不好相強。第二個琥珀，又有病，這次不能了。彩雲因近日和賈環分崩了，也染了無醫之症。只有鳳姐兒和李紈房中粗使的幾個大丫鬟出去了。其餘年紀未足，令他們外頭自娶去了。

✣《增評補圖石頭記》第七十回繪畫。（fotoe提供）

原來這一向因鳳姐病了，李紈探春料理家務不得閑暇，接著過年過節出來許多雜事，竟將詩社擱起。如今仲春天氣，雖得了工夫，爭奈寶玉因冷遁了柳湘蓮，劍刎了尤小妹，金逝了尤二姐，氣病了柳五兒，連連接接，閑愁胡恨，一重不了一重添。弄得情色若痴，語言常亂，似染怔忡之疾。慌的襲人等又不敢回賈母，只百般逗他頑笑。

* * *

這日清晨方醒，只聽外間房內咭咭呱呱笑聲不斷。襲人因笑說：「你快出去解救，晴雯和麝月兩個人按住溫都里納膈肢呢。」寶玉聽了，忙披上灰鼠襖子出來一瞧，只見他三人被褥尚未疊起，大衣也未穿。那晴雯只穿蔥綠院綢小襖，紅小衣紅睡鞋，披著頭髮，騎在雄奴身上。麝月是紅綾抹胸，披著一身舊衣，在那裏抓雄奴的肋肢。雄奴卻仰在炕上，穿著撒花緊身兒，紅褲綠襪，兩腳亂蹬，笑的喘不過氣來。寶玉忙上前笑說：「兩個大的欺負一個小的，等我助力。」說著，也上床來膈肢晴雯。晴雯觸癢，笑的忙丟下雄奴，和寶玉對抓，雄奴趁勢又將晴雯按倒，向他肋下抓動。襲人笑說：「仔細凍著了。」看他四人裹在一處倒好笑。

忽有李紈打發碧月來說：「昨兒晚上奶奶在這裏把塊手帕子忘了，不知可在這裏？」小燕說：「有，有，有，我在地下拾了起來，不知是那一位的，才洗了出來晾著，還未乾呢。」碧月見他四人亂滾，因笑道：「倒是這裏熱鬧，大清早起就咭咭呱

呱的頑到一處。」寶玉笑道：「你們那裏人也不少，怎麼不頑？」碧月道：「我們奶奶不頑，把兩個姨娘和琴姑娘也賓住※1了。如今琴姑娘又跟了老太太前頭去，更寂寞了。兩個姨娘今年過了，到明年冬天都去了，又更寂寞呢。你瞧，寶姑娘那裏，出去了一個香菱，就冷清了多少，把個雲姑娘落了單。」

正說著，只見湘雲又打發了翠縷來說：「請二爺快出去瞧好詩。」寶玉聽了，忙問：「那裏的好詩？」翠縷笑道：「姑娘們都在沁芳亭上，你去了便知。」寶玉聽了，忙梳洗了出來，果見黛玉、寶釵、湘雲、寶琴、探春都在那裏，手裏拿著一篇詩看。見他來時，都笑說：「這會子還不起來，咱們的詩社散了一年，也沒有人作興。如今正是初春時節，萬物更新，正該鼓舞另立起來才好。」湘雲笑道：「一起詩社時是秋天，就不應發達。如今恰好萬物逢春，皆主生盛。況這

✣「林黛玉重建桃花社」，描繪《紅樓夢》第七十回中的場景，從詩社的變遷即可看出大觀園的興廢。清代孫溫繪《全本紅樓夢》圖冊第十四冊之五。（清・孫溫繪）

首桃花詩又好，就把海棠社改作桃花社。」◎1寶玉聽著，點頭說：「很好。」◎2且忙著要詩看。眾人都又說：「咱們此時就訪稻香老農去，大家議定好起社。」說著，一齊起來，都往稻香村來。寶玉一壁走，一壁看那紙上寫著《桃花行》一篇，曰：

桃花簾外東風軟，桃花簾內晨妝懶。簾外桃花簾內人，人與桃花隔不遠。東風有意揭簾櫳，花欲窺人簾不捲。桃花簾外開仍舊，簾中人比桃花瘦。花解憐人花也愁，隔簾消息風吹透。風透湘簾花滿庭，庭前春色倍傷情。閑苔院落門空掩，斜日欄杆人自憑。憑欄人向東風泣，茜裙偷傍桃花立。桃花桃葉亂紛紛，花綻新紅葉凝碧。霧裹煙封一萬株，烘樓照壁紅模糊。天機燒破鴛鴦錦，春酣欲醒移珊枕。侍女金盆進水來，香泉影蘸胭脂冷。胭脂鮮艷何相類？花之顏色人之淚，若將人淚比桃花，淚自長流花自媚。淚眼觀花淚易乾，淚乾春盡花憔悴。憔悴花遮憔悴人，花飛人倦易黃昏。一聲杜宇春歸盡，寂寞簾櫳空月痕！

寶玉看了並不稱贊，卻滾下淚來。便知出自黛玉，因此落下淚，又怕眾人看見，又忙自己擦了。因問：「你們怎麼得來？」寶琴笑道：「你猜是誰作的？」寶玉笑道：「自然是瀟湘子稿。」寶琴笑道：「現是我作的呢。」寶玉笑道：「我不信。這聲調口氣，迥乎不像蘅蕪之體，所以不信。」寶釵笑道：「所以你不通。難道杜工部首首只作『叢菊兩開他日淚』之句不成？一般的也有『紅綻雨肥梅』『水荇牽風翠帶長』

註

※1：拘束。

◎1.起時是後有名，此是先有名。（脂硯齋）
◎2.海棠已弱，桃花更薄命了。（王伯沆）

之媚語。」寶玉笑道：「固然如此說。但我知道姐姐斷不許妹妹有此傷悼語句，妹妹雖有此才，是斷不肯作的。比不得林妹妹曾經離喪，作此哀音。」眾人聽說，都笑了。已至稻香村中，將詩與李紈看了，自不必說稱賞不已。

說起詩社，大家議定：明日乃三月初二日，就起社，便改「海棠社」爲「桃花社」，林黛玉就爲社主。明日飯後，齊集瀟湘館。因又大家擬題。黛玉便說：「大家就要桃花詩一百韻。」寶釵道：「使不得。從來桃花詩最多，縱作了必落套，比不得你這一首古風。須得再擬。」正說著，人回：「舅太太來了。請姑娘們出去請安。」因此大家都往前頭來見王子騰的夫人，陪著說話。吃飯畢，又陪入園中來各處遊頑一遍。至晚飯後掌燈方去。

次日乃是探春的壽日，元春早打發了兩個小太監送了幾件玩器。合家皆有壽儀，自不必說。飯後，探春換了禮服各處行禮。黛玉笑向眾人道：「我這一社開的又不巧了，偏忘了這兩日是他的生日。雖不擺酒唱戲的，少不得都要陪他在老太太、太太跟前頑笑一日，如何能得閑空兒。」因此改至初五。

這日眾姐妹皆在房中侍早膳畢，便有賈政書信到了。寶玉請安，將請賈母的安稟拆開，念與賈母聽，上面不過是請安的話，說六月中准進京等語。其餘家信事務之帖，自有賈璉和王夫人開讀。眾人聽說六七月回京，都喜之不盡。偏生近日王子騰之

✣ 林黛玉艷如桃花，亦命如桃花，「質本潔來還潔去」，與寶玉的愛情沒有結果，夭折了潔淨女兒身。（張羽琳繪）

女許與保寧侯之子為妻，擇日於五月初十日過門，鳳姐兒又忙著張羅，常三五日不在家。這日王子騰的夫人又來接鳳姐兒，一並請衆甥男甥女閑樂一日。賈母和王夫人命寶玉、探春、黛玉、寶釵四人同鳳姐去。衆人不敢違拗，只得回房去另妝飾了起來。五人作辭，去了一日，掌燈方回。

寶玉進入怡紅院，歇了半刻，襲人便乘機見景勸他收一收心，閑時把書理一理預備著。寶玉屈指算一算，說：「還早呢。」襲人道：「書是第一件，字是第二件。到那時你縱有了書，你的字寫的在那裏呢？」寶玉笑道：「我時常也有寫的好些，難道都沒收著？」襲人道：「何曾沒收著。你昨兒不在家，我就拿出來共算，數了一數，才有五六十篇。這三四年的工夫，難道只有這幾張字不成？依我說，從明日起，把別的心全收了起來，天天快臨幾張字補上。雖不能按日都有，也要大概看得過去。」寶玉聽了，忙的自己又親檢了一遍，實在搪塞不去，便說：「明日為始，一天寫一百字才好。」說話時大家安下。

至次日起來梳洗了，便在窗下研墨，恭楷臨帖。賈母因不見他，只當病了，忙使人來問。寶玉方去請安，便說寫字之故，先將早起清晨的工夫盡了出來，再作別的，因此出來遲了。賈母聽了，便十分歡喜，吩咐他：「以後只管寫字念書，不用出來也使得。你去回你太太知道。」寶玉聽說，便往王夫人房中來說明。王夫人便說：「臨陣磨槍也中用？有這會子著急，天天寫寫念念，有多少完不了的！這一趕，又趕出病來才罷。」寶玉回說不妨事。這裏賈母也說怕急出病來。探春寶釵等都笑說：「老太太不用急。書雖替他不得，字卻替得的。我們每人每日臨一篇給他，搪塞過這一步就完了。一則老爺到家不生氣，二則他也急不出病來。」賈母聽說，喜之不盡。

原來林黛玉聞得賈政回家，必問寶玉的工課，寶玉肯分心，恐臨期吃了虧。因此自己只裝作不耐煩，把詩社便不起，也不以外事去勾引他。探春寶釵二人每日也臨一篇楷書字與寶玉，寶玉自己每日也加工，或寫二百三百不拘。至三月下旬，便將字又集湊出許多來。這日正算，再得五十篇也就混的過了。誰知紫鵑走來，送了一捲東西與寶玉，拆開看時，卻是一色老油竹紙上臨的鍾王蠅頭小楷※2，字跡且與自己十分相似。喜的寶玉向紫鵑作了一個揖，又親自來道謝。湘雲寶琴二人亦皆臨了幾篇相送。湊成雖不足工課，亦足搪塞了。寶玉放了心，於是將所應讀之書，又溫理過幾遍。正是天天用功，可巧近海一帶海嘯，又糟蹋了幾處生民。地方官題本奏聞，奉旨就著賈政順路查看賑濟回來。如此算去，至冬底方回。寶玉聽了，便把書字又擱過一邊，仍是照舊遊蕩。

✣黛玉、探春、寶釵等怕賈政回來問寶玉工課，分別替他寫字湊數。紫鵑送過黛玉的字來，寶玉大喜，因而向紫鵑作揖。（朱寶榮繪）

時值暮春之際，史湘雲無聊，因見柳花飄舞，便偶成一小令※3，調寄《如夢令》，其詞曰：

豈是繡絨殘吐，捲起半簾香霧，纖手自拈來，空使鵑啼燕妒。且住，且住！莫使春光別去。

自己作了，心中得意，便用一條紙兒寫好，與寶釵看了，又來找黛玉。◎3黛玉看畢，笑道：「好！也新鮮有趣。我卻不能。」湘雲笑道：「咱們這幾社總沒有塡詞。你明日何不起社塡詞，改個樣兒，豈不新鮮些？」黛玉聽了，偶然興動，便說：「這話說的極是。我如今便請他們去。」說著，一面吩咐預備了幾色果點之類，一面就打發人分頭去請衆人。這裏他二人便擬了「柳絮」之題，又限出幾個調來，寫了綰在壁上。

衆人來看時，以柳絮爲題，限各色小調。◎4又都看了史湘雲的，稱賞了一回。寶玉笑道：「這詞上我倒平常，少不得也要胡謅起來。」於是大家拈鬮，寶釵便拈得了《臨江仙》，寶琴拈得《西江月》，探春拈得了《南柯子》，黛玉拈得了《唐多令》，寶玉拈得了《蝶戀花》。紫鵑炷了一支夢甜香，◎5大家思索起來。一時黛玉有了，寫完。接著寶琴寶釵都有了。他三人寫完，互相看時，寶釵便笑道：「我先瞧完了你們的，再看我的。」探春笑道：「噯呀，今兒這香怎麼這樣快，已剩了三分了！我才有了半首。」因又問寶玉可有了。寶玉雖作了些，只是自己嫌不好，又都抹了要

註

※2：鍾、王：指三國時魏鍾繇和晉代王羲之，被歷代推尊爲楷、行書法之祖。

※3：詞按體制長短不同，一般分爲小令（五十八字以內）、中調（五十九至九十字）和長調（九十字以上）。

評點

◎3.在史湘雲這位名門閨秀身上，不但有鬚眉的豪爽，而且兼有名士的曠達和詩人的眞率。她的豪放是嵇康、李白式的才華橫溢、具有高度文學修養的情致，是陽剛美與陰柔美、才情美與人品美之完美融合。（李少和）

◎4.此社是歸結，從前詩社從此以後漸漸風流雲散，勝會難逢，故桃花一社有名無實，柳絮塡詞偶然一聚，便接寫剪放風箏，飄搖星散，已有淒涼境況。（王希廉）

◎5.重建，故又寫香。（脂硯齋）

另作，回頭看香，已將燼了。李紈等笑道：「這算輸了。蕉丫頭的半首且寫出來。」◎6探春聽說，忙寫了出來。眾人看時，上面卻只半首《南柯子》，寫道是：

　空掛纖纖縷，徒垂絡絡絲，也難綰繫也難羈，一任東西南北各分離。

李紈笑道：「這卻也好作，何不續上？」寶玉見香沒了，情願認輸，不肯勉強塞責，將筆擱下，來瞧這半首。見沒完時，反倒動了興開了機，乃提筆續道是：

　落去君休惜，飛來我自知。鶯愁蝶倦晚芳時※4，縱是明春再見隔年期！

眾人笑道：「正經你分內的又不能，這卻偏有了。縱然好，也不算得。」說著，看黛玉的《唐多令》：

　粉墮百花洲，香殘燕子樓。※5一團團逐對成毬。飄泊亦如人命薄，空繾綣，說風流！　草木也知愁，韶華竟白頭！嘆今生誰捨誰收？嫁與東風春不管，憑爾去，忍淹留。

眾人看了，俱點頭感嘆，說：「太作悲了，好是固然好

✣「史湘雲偶填柳絮詞」，描繪《紅樓夢》第七十回中的場景。清代孫溫繪《全本紅樓夢》圖冊第十四冊之七。（清・孫溫繪）

的。」因又看寶琴的是《西江月》：

漢苑零星有限，隋堤點綴無窮。三春事業付東風，明月梅花一夢。　幾處落紅庭院？誰家香雪簾櫳？江南江北一般同，偏是離人恨重！

衆人都笑說：「到底是他的聲調壯。『幾處』『誰家』兩句最妙。」寶釵笑道：「終不免過於喪敗。我想，柳絮原是一件輕薄無根無絆的東西，然依我的主意，偏要把他說好了，才不落套。所以我謅了一首來，未必合你們的意思。」衆人笑道：「不要太謙。我們且賞鑑，自然是好的。」因看這一首《臨江仙》道是：

白玉堂前春解舞，東風捲得均勻。

湘雲先笑道：「好一個『東風捲得均勻』！這一句就出人之上了。」又看底下道：

蜂團蝶陣亂紛紛。幾曾隨逝水？豈必委芳塵？　萬縷千絲終不改，任他隨聚隨分。韶華休笑本無根，好風頻借力，送我上青雲！◎7

衆人拍案叫絕，都說：「果然翻得好氣力，自然是這首爲尊。纏綿悲戚，讓瀟湘妃子；情致嫵媚，卻是枕霞，小薛與蕉客今日落第，要受罰的。」寶琴笑道：「我們自然受罰，但不知交白卷子的又怎麼罰？」李紈道：「不要忙，這定要重重罰他。下次爲例。」

一語未了，只聽窗外竹子上一聲響，恰似簾屜子倒了一般，衆人唬了一跳。丫鬟

註

※4：指暮春時節。

※5：粉墮、香殘：指殘花零落。百花洲：在姑蘇城（今蘇州市）內。燕子樓：故址在今江蘇省徐州市西北。

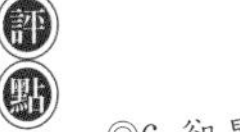

◎6.卻是先看沒作完的，總是又變一格也。（脂硯齋）

◎7.桃花命薄，柳絮風飄，林、薛二金釵遭逢暗合。而寶釵塡詞有「好風借力，送上青雲」之句，尚不至墮溷沾泥；若黛玉歌行「杜宇春歸，簾櫳月冷」，竟是夭亡口吻。（王希廉）

們出去瞧時，簾外丫鬟嚷道：「一個大蝴蝶風箏掛在竹梢上了。」眾丫鬟笑道：「好一個齊整風箏！不知是誰家放斷了繩。拿下他來。」寶玉等聽了，也都出來看時，寶玉笑道：「我認得這風箏。這是大老爺那院裏嬌紅姑娘放的，拿下來給他送過去罷。」紫鵑笑道：「難道天下沒有一樣的風箏，單他有這個不成？我不管，我且拿起來。」探春道：「紫鵑也學小氣了。你們一般的也有，這會子拾人走了的，也不怕忌諱！」黛玉笑道：「可是呢，知道是誰放晦氣※6的，快掉出去罷！把咱們的拿出來，咱們也放晦氣。」紫鵑聽了，趕著命小丫頭們將這風箏送出與園門上值日的婆子去，倘有人來找，好還他們去的。

這裏小丫頭們聽見放風箏，巴不得七手八腳都忙著拿出一個美人風箏來。也有搬高凳去的，也有捆剪子股的，也有撥籰的。寶釵等都立在院門前，命丫頭們在院外敞地下放去。寶琴笑道：「你這個不大好看，不如三姐姐的那一個軟翅子大鳳凰好。」寶釵笑道：「果然。」因回頭向翠墨笑道：「你去把你們的拿來也放放。」翠墨笑嘻嘻的果然也取去了。寶玉又興頭起來，也打發個小丫頭子家去，說：「把昨兒賴大娘送我的那個大魚取來。」小丫頭子去了半天，空手回來，笑道：「晴姑娘昨兒放走了。」寶玉道：「我還沒放一遭兒呢。」探春笑道：「橫豎是給你放晦氣罷了。」寶玉道：「也罷。再把那個大螃蟹拿來罷。」丫頭去了，同了幾個人扛了一個美人並籰子來，說道：「襲姑娘說，昨兒把螃蟹給了三爺了。這一個是林大娘才送來的，放這一個罷。」寶玉細看了一回，只見這美人作的十分精緻。心中歡喜，便命叫放起來。此時探春的也取了來，翠墨帶著幾個小丫頭子們在那邊山坡上已放了起來。寶琴也命人將自己的一個大紅蝙蝠也取來。寶釵也高興，也取了一個來，卻是一連七個大雁的，都放起來。獨有寶玉的美人放不起來。寶玉說丫頭們不會放，自己放了半天，只起房高便落下來了。急的寶玉頭上出汗，衆人又笑。寶玉恨的擲在地下指著風箏道：「若不是個美人，我一頓腳，跺個稀爛！」黛玉笑道：「那是頂線不好，拿出去另使人打了頂線就好了。」寶玉一面使人拿去打頂線，一面又取一個來放。大家都仰面而看，天上這幾個風箏都起在半空中去了。

一時，丫鬟們又拿了許多各式各樣的送飯的※7來，頑了一回。紫鵑笑道：「這一回的勁大，姑娘來放罷。」黛玉聽說，用手帕墊著手，頓了一頓，果然風緊力大，接過籰子來，隨著風箏的勢將籰子一鬆，只聽一陣「豁剌剌」響，登時籰子線盡。黛玉因讓衆人來放。衆人都笑道：「各人都有，你先請罷。」黛玉笑道：「這一放雖有趣，只是不忍。」李紈道：「放風箏圖的是這一樂，所以又說放晦氣，你更該多放些，把你這病根兒都帶了去就好了。」紫鵑笑道：「我們姑娘越發小氣了。那一年不放幾個子？今忽然又心疼了。姑娘不放，等我放。」說著便向雪雁手中接過一把西洋

註

※6：指放風箏時故意剪斷線，讓風箏飛走，認爲可以放走壞運氣。

※7：指放風箏的一種附加物。風箏放到空中以後，將它掛在線上，隨風而起，沿線而上，有的繫有爆竹，有的則附有彩飾。

小銀剪子來，齊籰子根下寸絲不留，咯登一聲鉸斷，笑道：「這一去把病根兒可都帶了去了！」那風箏飄飄颻颻，只管往後退了去，一時只有雞蛋大小，展眼只剩了一點黑星，再展眼便不見了。眾人皆仰面睃眼說：「有趣，有趣。」寶玉道：「可惜不知落在那裏去了。若落在有人煙處，被小孩子得了還好，若落在荒郊野外無人煙處，我替他寂寞。想起來，把我這個放去，教他兩個作伴兒罷。」於是也用剪子剪斷，照先放了去。探春正要剪自己的鳳凰，見天上也有一個鳳凰，因道：「這也不知是誰家的？」眾人皆笑說：「且別剪你的，看他倒像要來絞的樣兒。」說著，只見那鳳凰漸逼近來，遂與這鳳凰絞在一處。眾人方要往下收線，那一家也要收線，正不開交，又見一個門扇大的玲瓏「喜」字兒帶響鞭，在半天如鐘鳴一般，也逼近來。眾人笑道：「這一個也來絞了。且別收，讓他三個絞在一處倒有趣呢！」說著，那「喜」字果然與這兩個鳳凰絞在一處。三下齊收亂頓，誰知線都斷了，那三個風箏飄飄颻颻都去了。眾人拍手，哄然一笑，說：「倒有趣，可不知那『喜』字是誰家的，忒促狹了些！」黛玉說：「我的風箏也放去了，我也乏了，我也要歇息去了。」寶釵說：「且等我們放了去，大家好散。」說著，看他姐妹都放去了，大家方散。黛玉回房歪著養乏。要知端的，下回便見。

✣ 大觀園內放風箏，寶玉放的美人風箏竟飛不起來。
（朱寶榮繪）

第七十一回

嫌隙人有心生嫌隙　鴛鴦女無意遇鴛鴦

話說賈政回京之後，諸事完畢，賜假一月在家歇息。因年景漸老，事重身衰，又近因在外幾年，骨肉離異，今得晏然復聚於庭室，自覺喜幸不盡。一應大小事務一概益發付於度外，只是看書，悶了便與清客們下棋吃酒，或日間在裏面母子夫妻共敘天倫庭闈之樂。

因今歲八月初三日乃賈母八旬之慶，又因親友全來，恐筵宴排設不開，便早同賈赦及賈珍賈璉等商議，議定於七月二十八日起至八月初五日止，榮寧兩處齊開筵宴，寧國府中單請官客※1，榮國府中單請堂客，大觀園中收拾出綴錦閣並嘉蔭堂等幾處大地方來作退居。二十八日請皇親、附馬、王公諸公主、郡主、王妃、國君、太君、夫人等，二十九日便是閣下※2、都府、督鎮及誥命等，三十日便是諸官長及誥

✣《增評補圖石頭記》第七十一回繪畫。（fotoe提供）

命並遠近親友及堂客。初一日是賈赦的家宴，初二日是賈政，初三日是賈珍賈璉，初四日是賈府中合族長幼大小共湊的家宴。初五日是賴大林之孝等家下管事人等共湊一日。自七月上旬，送壽禮者便絡繹不絕。禮部奉旨：欽賜金玉如意一柄，彩緞四端，金玉環四個，帑銀五百兩。元春又命太監送出金壽星一尊，沉香拐一隻，伽南珠一串，福壽香一盒，金錠一對，銀錠四對，彩緞十二匹，玉杯四隻，餘者自親王、駙馬以及大小文武官員之家凡所來往者，莫不有禮，不能勝記。堂屋內設下大桌案，鋪了紅毡，將凡所有精細之物都擺上，請賈母過目。賈母先一二日還高興過來瞧瞧，後來煩了，也不過目，只說：「叫鳳丫頭收了，改日悶了再瞧。」

至二十八日，兩府中俱懸燈結彩，屏開鸞鳳，褥設芙蓉，笙簫鼓樂之音，通衢越巷。寧府中本日只有北靜王、南安郡王、永昌駙馬、樂善郡王並幾個世交公侯應襲；榮府中，南安王太妃、北靜王妃並幾位世交公侯誥命。賈母等皆是按品大妝迎接。大家廝見，先請入大觀園內嘉蔭堂，茶畢更衣，方出至榮慶堂上拜壽入席。大家謙遜半日，方才坐席。上面兩席是南北王妃，下面依敘，便是衆公侯的誥命。左邊下手一席，陪客是錦鄉侯誥命與臨昌伯誥命，右邊下手一席，方是賈母主位。邢夫人王夫人帶領尤氏鳳姐並族中幾個媳婦，兩溜雁翅站在賈母身後侍立。林之孝賴大家的帶領衆媳婦都在竹簾外面伺候上菜上酒，周瑞家的帶領幾個丫鬟在圍屏後伺候

註

※1：男客人。

※2：指入內閣辦事的大學士，後泛指對人的敬稱。

呼喚。凡跟來的人，早又有人別處管待去了。一時臺上參了場※3，臺下一色十二個未留髮的小廝伺候。須臾，一小廝捧了戲單至階下，先遞與回事的媳婦。這媳婦接了，才遞與林之孝家的，用一小茶盤托上，挨身入簾來遞與尤氏的侍妾佩鳳；佩鳳接了才奉與尤氏；尤氏托著走至上席，南安太妃謙讓了一回，點了一齣吉慶戲文，然後又謙讓了一回，北靜王妃也點了一齣。眾人又讓了一回，命隨便揀好的唱罷了。少時，菜已四獻，湯始一道，跟來各家放了賞，大家便更衣復入園來，另獻好茶。

南安太妃因問寶玉，賈母笑道：「今日幾處廟裏念『保安延壽經』，他跪經去了。」又問眾小姐們，賈母笑道：「他們姐妹們病的病，弱的弱，見人靦腆，所以叫他們給我看屋子去了。有的是小戲子，傳了一班在那邊廳上陪著他姨娘家姐妹們也看戲呢。」南安太妃笑道：「既這

✣「賈府賈母八旬大慶」，描繪《紅樓夢》第七十一回中的場景。清代孫溫繪《全本紅樓夢》圖冊第十四冊之八。（清．孫溫繪）

樣，叫人請來。」賈母回頭命鳳姐兒去把史、薛、林帶來，「再只叫你三妹妹陪著來罷。」◎1鳳姐答應了，來至賈母這邊，只見他姐妹們正吃果子看戲，寶玉也才從廟裏跪經回來。鳳姐兒說了話。寶釵姐妹與黛玉、探春、湘雲五人來至園中，大家見了，不過請安、問好、讓坐等事。衆人中也有見過的，還有一兩家不曾見過的，都齊聲誇贊不絕。其中湘雲最熟，南安太妃因笑道：「你在這裏，聽見我來了還不出來？還只等請去。我明兒和你叔叔算賬。」因一手拉著探春，一手拉著寶釵，問幾歲了，又連聲誇贊。因又鬆了他兩個，又拉著黛玉寶琴，也著實細看，極誇一回。又笑道：「都是好的，你不知叫我誇那一個的是。」早有人將備用禮物打點出五分來：金玉戒指各五個，腕香珠五串。南安太妃笑道：「你們姐妹們別笑話，留著賞丫頭們罷。」五人忙拜謝過。北靜王妃也有五樣禮物，餘者不必細說。

吃了茶，園中略逛了一逛，賈母等因又讓入席。南安太妃便告辭，說身上不快，「今日若不來，實在使不得，因此恕我竟先要告別了。」賈母等聽說，也不便強留，大家又讓了一回，送至園門，坐轎而去。接著北靜王妃略坐一坐也就告辭了。餘者也有終席的，也有不終席的。

賈母勞乏了一日，次日便不會人，一應都是邢夫人王夫人管待。有那些世家子弟拜壽的，只到廳上行禮，賈赦、賈政、賈珍等還禮管待，至寧府坐席。不在話下。

註

※3：舊時喜慶祝壽等演戲時，演員在開場前須至臺上向主人家致賀。

評點

◎1.賈母八旬大慶，是極盛時事，而於南安王太妃請見姑娘等，賈母只傳探春，邢夫人懷怨；又因尤氏生氣，鳳姐暗哭；寶玉又說人事莫定，誰死誰活瘋話。從此以後家運漸衰，已極於熱鬧，時生冷淡根芽。（王希廉）

這幾日，尤氏晚間也不回那府裏去，白日間待客，晚間在園內李氏房中歇宿。這日晚間伏侍過賈母晚飯後，賈母因說：「你們也乏了，我也乏了，早些尋一點子吃的歇歇去。明兒還要起早鬧呢。」尤氏答應著退了出來，到鳳姐兒房裏來吃飯。鳳姐兒在樓上看著人收送禮的新圍屏，只有平兒在房裏與鳳姐疊衣服。尤氏因問：「你們奶奶吃了飯了沒有？」平兒笑道：「吃飯豈不請奶奶去的。」尤氏笑道：「既這樣，我別處找吃的去。餓的我受不得了。」說著，就走。平兒忙笑道：「奶奶請回來。這裏有點心，且點補一點兒，回來再吃飯。」尤氏笑道：「你們忙的這樣，我園裏和他姐妹們鬧去。」一面說，一面就走。平兒留不住，只得罷了。

*　　*　　*

且說尤氏一逕來至園中，只見園中正門與各處角門仍未關，◎2猶吊著各色彩燈，因回頭命小丫頭叫該班的女人。那丫鬟走入班房中，竟沒一個人影，回來回了尤氏。尤氏便命傳管家的女人。這丫頭應了便出去，到二門外鹿頂內，乃是管事的女人議事取齊之所。到了這裏，只有兩個婆子分菜果呢。因問：「那一位奶奶在這裏？東府奶奶立等一位奶奶，有話吩咐。」這兩個婆子只顧分菜果，又聽見是東府裏的奶奶，不大在心上，因就回說：「管家奶奶們才散了。」小丫頭道：「散了，你們家裏傳他去。」婆子道：「我們只管看屋子，不管傳人。姑娘要傳人再派傳人的去。」小丫頭聽了道：「噯呀，噯呀，這可反了！怎麼你們不傳去？你哄那新來的，怎麼哄起我來了！素日你們不傳誰傳去！這會子打聽了梯己信兒，或是賞了那位管家奶奶的東西，你們爭著狗顛兒似的傳去，不知誰是誰呢！璉二奶奶要傳，你們可也這麼回？」這兩個婆子一則吃了酒，二則被這丫頭揭挑著弊病，便羞激怒了，因回口道：「扯你的臊！我們的事，傳不傳不與你相干，你不用揭挑我們，你想想，你那老子娘在那邊管家爺們跟前比我們還更會溜呢。什麼『清水下雜麵你吃我也見』的事，各家門，另家戶，你有本事，排場你們那邊人去。我們這邊，你還早些呢！」丫頭聽了，氣白了臉，因說道：「好，好，這話說的好！」一面轉身進來回話。

尤氏已早入園來，因遇見了襲人、寶琴、湘雲三人同著地藏庵的兩個姑子正說故事頑笑，尤氏因說餓了，先到怡紅院，襲人裝了幾樣葷素點心出來與尤氏吃。兩個姑子、寶琴、湘雲等都吃茶，仍說故事。那小丫頭子一逕找了來，氣狠狠的把方才的話都說了出來。尤氏聽了冷笑道：「這是兩個什麼人？」兩個姑子並寶琴湘雲等聽了，生怕尤氏生氣，忙勸說：「沒有的事，必是這一個聽錯了。」兩個姑子笑推這丫頭道：「你這孩子好性氣，那糊塗老嬤嬤們的話，你也不該來回才是。咱們奶奶萬金之軀，勞乏了幾日，黃湯辣水沒吃，咱們哄他歡喜一會還不得一半兒，說這些話作什麼？」襲人也忙笑著拉出他去，說：「好妹子，你且出去歇歇，我打發人叫他們去。」尤氏道：「你不要叫人，你去就叫這兩個婆子來，到那邊把他們家的鳳兒叫來。」襲人笑道：「我請去。」尤氏說：「偏不要你去。」兩個姑子忙立起身來，笑

◎2.伏下文。（脂硯齋）

說：「奶奶素日寬洪大量，今日老祖宗千秋，奶奶生氣，豈不惹人談論。」寶琴湘雲二人也都笑勸。尤氏道：「不爲老太太的千秋，我斷不依。且放著就是了。」

說話之間，襲人早又遣了一個丫頭去到園門外找人，可巧遇見周瑞家的，這小丫頭子就把這話告訴周瑞家的。周瑞家的雖不管事，因他素日仗著是王夫人的陪房，原有些體面，心性乖滑，專管各處獻勤討好，所以各處房裏的主人都喜歡他。他今日聽了這話，忙的跑入怡紅院來，一面飛走，一面口內說道：「氣壞了奶奶了，可了不得！我們家裏如今慣的太不堪了。偏生我不在跟前，若在跟前，且打給他們幾個耳刮子，再等過了這幾日算賬。」尤氏見了他，也便笑道：「周姐姐你來，有個理你說說。這早晚門還大開著，明燈蠟燭，出入的人又雜，倘有不防的事，如何使得？因此叫該班的人吹燈關門。誰知一個人芽兒也沒有。」周瑞家的道：「這還了得！前兒二奶奶還吩咐了他們，說這幾日事多人雜，一晚就關門吹燈，不是園裏的人不許放進去。今兒就沒了人。這事過了這幾日，必要打幾個才好。」尤氏又說小丫頭子的話。周瑞家的道：「奶奶不要生氣，等過了事，我告訴管事的打他個臭死。只問他們，誰叫他們說這『各家門另家戶』的話！我已經叫他們吹了燈，關上正門和角門子。」正亂著，只見鳳姐兒打發人來請吃飯。尤氏道：「我也不餓了，才吃了幾個餑餑，請你奶奶自吃罷。」

一時周瑞家的得便出去，便把方才的事回了鳳姐，又說：「這兩個婆子就是管家奶奶，時常我們和他說話，都似狠蟲一般。奶奶若不戒飭，大奶奶臉上過不去。」鳳姐道：「既這麼著，記上兩個人的名字，等過了這幾日，捆了送到那府裏憑大嫂子開發，或是打幾下子，或是他開恩饒了他們，隨他去就是了，什麼大事！」周瑞家的聽了，巴不得一聲兒，素日因與這幾個人不睦，出來了便命一個小廝到林之孝家傳鳳姐的話，立刻叫林之孝家的進來見大奶奶；一面又傳人立刻捆起這兩個婆子來，交到馬圈裏派人看守。

林之孝家的不知有什麼事，此時已經點燈，忙坐車進來，先見鳳姐。至二門上傳進話去，丫頭們出來說：「奶奶才歇下了。大奶奶在園裏，叫大娘見了大奶奶就是了。」林之孝家的只得進園來到稻香村，丫鬟們回進去，尤氏聽了反過意不去，忙喚進他來，因笑向他道：「我不過為找人找不著因問你，你既去了，也不是什麼大事，誰又把你叫進來？倒要你白跑一遭。不大的事，已經撒開手了。」林之孝家的也笑道：「二奶奶打發人傳我，說奶奶有話吩咐。」尤氏笑道：「這是那裏的話，只當你沒去，白問你。這是誰又多事告訴了鳳丫頭，大約周姐姐說的。你家去歇著罷，沒有什麼大事。」李紈又要說原故，尤氏反攔住了。

林之孝家的見如此，只得便回身出園去。可巧遇見趙姨娘，姨娘因笑道：「噯喲，我的嫂子！這會子還不家去歇歇，還跑些什麼？」林之孝家的便笑說何曾不家去的，如此這般進來了。又是個齊頭故事。趙姨娘原是好察聽這些事的，且素日又與管

事的女人們扳厚※4，互相連絡，好作首尾。方才之事已竟聞得八九，聽林之孝家的如此說，便恁般如此告訴了林之孝家的一遍，林之孝家的聽了，笑道：「原來是這事，也值一個屁！開恩呢，就不理論；心窄些兒，也不過打幾下子就完了。」趙姨娘道：「我的嫂子，事雖不大，可見他們太張狂了些。巴巴的傳進你來，明明戲弄你，頑算你。快歇歇去，明兒還有事呢，也不留你吃茶去。」

說畢，林之孝家的出來，到了側門前，就有方才兩個婆子的女兒上來哭著求情。林之孝家的笑道：「你這孩子好糊塗！誰叫你娘吃酒混說了，惹出事來，連我也不知道。二奶奶打發人捆他，連我還有不是呢。我替誰討情去！」這兩個小丫頭子才七八歲，原不識事，只管哭啼求告。纏的林之孝家的沒法，因說道：「糊塗東西！你放著門路不去，卻纏我來。你姐姐現給了那邊太太作陪房費大娘的兒子，你走過去告訴你姐姐，叫親家娘和太太一說，什麼完不了的事！」一語提醒了一個，那一個還求。林之孝家的啐道：「糊塗攮的！他過去一說，自然都完了。沒有個單放了他媽，又只打你媽的理。」說畢，上車去了。

這一個小丫頭果然過來告訴了他姐姐，和費婆子說了。這費婆子原是邢夫人的陪房，起先也曾興過時，只因賈母近來不大作興※5邢夫人，所以連這邊的人也減了威勢。凡賈政這邊有些體面的人，那邊各各皆虎視耽耽。這費婆子常倚老賣老，仗著邢夫人，常吃些酒，嘴裏胡罵亂怨的出氣。如今賈母慶壽這樣大事，乾看著人家逞才賣技辦事，呼么喝六弄手腳，心中早已不自在，指雞罵狗，閑言閑語的亂鬧。這邊的人也不和他較量。如今聽了周瑞家的捆了他親家，越發火上澆油，仗著酒興，指著隔斷的牆◎3大罵了一陣，便走上來求邢夫人，說他親家並沒什麼不是，「不過和那府裏的大奶奶的小丫頭白鬥了兩句話，周瑞家的便調唆了咱家二奶奶捆到馬圈裏，等過了這兩日還要打。求太太──我那親家娘也是七八十歲的老婆子──和二奶奶說聲，饒他這一次罷。」邢夫人自為要鴛鴦之後討了沒意思，後來見賈母越發冷淡了他，鳳姐的體面反勝自己；且前日南安太妃來了，要見他姐妹，賈母又只令探春出來，迎春竟似有如無，自己心內早已怨忿不樂，只是使不出來。又值這一干小人在側，他們心內嫉妒挾怨之事不敢施展，便背地裏造言生事，調撥主人。先不過是告那邊的奴才，後來漸次告到鳳姐「只哄著老太太喜歡了他好就中作威作福，轄治著璉二爺，調唆二太太，把這邊的正經太太倒不放在心上。」後來又告到王夫人，說：「老太太不喜歡太太，都是二太太和璉二奶奶調唆的。」邢夫人縱是鐵心銅膽的人，婦女家終不免生些嫌隙之心，近日因此著實惡絕鳳姐。今又聽了如此一篇話，也不說長短。

至次日一早，見過賈母，眾族中人到齊，坐席開戲。賈母高興，又見今日無遠親，都是自己族中子侄輩，只便衣常妝出來堂上受禮。當中獨設一榻，引枕靠背腳踏俱全，自己歪在榻上。榻之前後左右，皆是一色的小矮凳，寶釵、寶琴、黛玉、湘

註

※4：打交道。
※5：不感興趣。

◎3.細緻之甚。（脂硯齋）

雲、迎春、探春、惜春姐妹等圍繞。因賈㻞之母也帶了女兒喜鸞，賈瓊之母也帶了女兒四姐兒，還有幾房的孫女兒，大小共有二十來個。賈母獨見喜鸞和四姐兒生得又好，說話行事與眾不同，心中喜歡，便命他兩個也過來榻前同坐。寶玉卻在榻上腳下與賈母捶腿。首席便是薛姨媽，下邊兩溜皆順著房頭輩數下去。簾外兩廊都是族中男客，也依次而坐。先是那女客一起一起行禮，後方是男客行禮。賈母歪在榻上，只命人說「免了罷」，早已都行完了。然後賴大等帶領眾人，從儀門直跪至大廳上，磕頭禮畢，又是眾家下媳婦，然後各房的丫鬟，足鬧了兩三頓飯時。然後又抬了許多雀籠來，在當院中放了生。賈赦等焚過了天地壽星紙，方開戲飲酒。直到歇了中臺※6，賈母方進來歇息，命他們取便，因命鳳姐兒留下喜鸞四姐兒頑兩日再去。鳳姐兒出來便和他母親說，他兩個母親素日都承鳳姐的照顧，也巴不得一聲兒。他兩個也願意在園內頑耍，至晚便不回家了。

✣ 賈母大慶後，邢夫人直到晚間散去時在上車前假意陪笑和鳳姐求情。邢夫人因鳳姐、賈璉偏向王夫人，常常和鳳姐過不去，有心挑起事端。（朱寶榮繪）

邢夫人直至晚間散時，當著許多人陪笑和鳳姐求情說：「我聽見昨兒晚上二奶奶生氣，打發周管家的娘子捆了兩個老婆子，可也不知犯了什麼罪。論理我不該討情，我想老太太好日子，發狠的還捨錢捨米，周貧濟老，咱們家先倒折磨起人家來了。不看我的臉，權且看老太太，竟放了他們罷。」說畢，上車去了。鳳姐聽了這話，又當著許多人，又羞又氣，一時抓尋不著頭腦，憋得臉紫漲，回頭向賴大家的等笑道：◎4「這是那裏的話。昨兒因爲這裏的人得罪了那府裏的大嫂子，我怕大嫂子多心，所以盡讓他發放，並不爲得罪了我。這又是誰的耳報神這麼快？」王夫人因問爲什麼事？鳳姐兒笑將昨日的事說了。尤氏也笑道：「連我並不知道，你原也太多事了。」鳳姐兒道：「我爲你臉上過不去，所以等你開發，不過是個禮。就如我在你那裏有人得罪了我，你自然送了來盡我。憑他是什麼好奴才，到底錯不過這個禮去。這又不知誰過去沒的獻勤兒，這也當作一件事情去說。」王夫人道：「你太太說的是。就是珍哥兒媳婦也不是外人，也不用這些虛禮。老太太的千秋要緊，放了他們爲是。」說著，回頭便命人去放了那兩個婆子。鳳姐由不得越想越氣越愧，不覺的灰心轉悲，滾下淚來。因賭氣回房哭泣，又不使人知覺。偏賈母打發了琥珀來叫立等說話。琥珀見了，詫異道：「好好的，這是什麼原故？那裏立等你呢。」鳳姐聽了，忙擦乾了淚，洗面另施了脂粉，方同琥珀過來。

註

※6：演戲開場時觀眾尚未到齊，由次要演員先演開場戲，「中臺」才由主要演員演出正本。

◎4.又寫笑，妙！凡鳳眞怒處必曰「笑」，凌凌不錯。（脂硯齋）

賈母因問道：「前兒這些人家送禮來的共有幾家有圍屏？」鳳姐兒道：「共有十六家有圍屏，十二架大的，四架小的炕屏。內中只有江南甄家◎[5]一架大屏十二扇，大紅緞子緙絲『滿床笏』，一面是泥金『百壽圖』的，是頭等的。還有粵海將軍鄔家一架玻璃的還罷了。」賈母道：「既這樣，這兩架別動，好生擱著，我要送人的。」鳳姐兒答應了。鴛鴦忽過來向鳳姐兒面上只管瞧，引的賈母問說：「你不認得他？只管瞧什麼？」鴛鴦笑道：「怎麼他的眼腫腫的，所以我詫異，只管看。」賈母聽說，便叫進前來，也覷著眼看。鳳姐笑道：「才覺的一陣癢癢，揉腫了些。」鴛鴦笑道：「別又是受了誰的氣了不成？」鳳姐

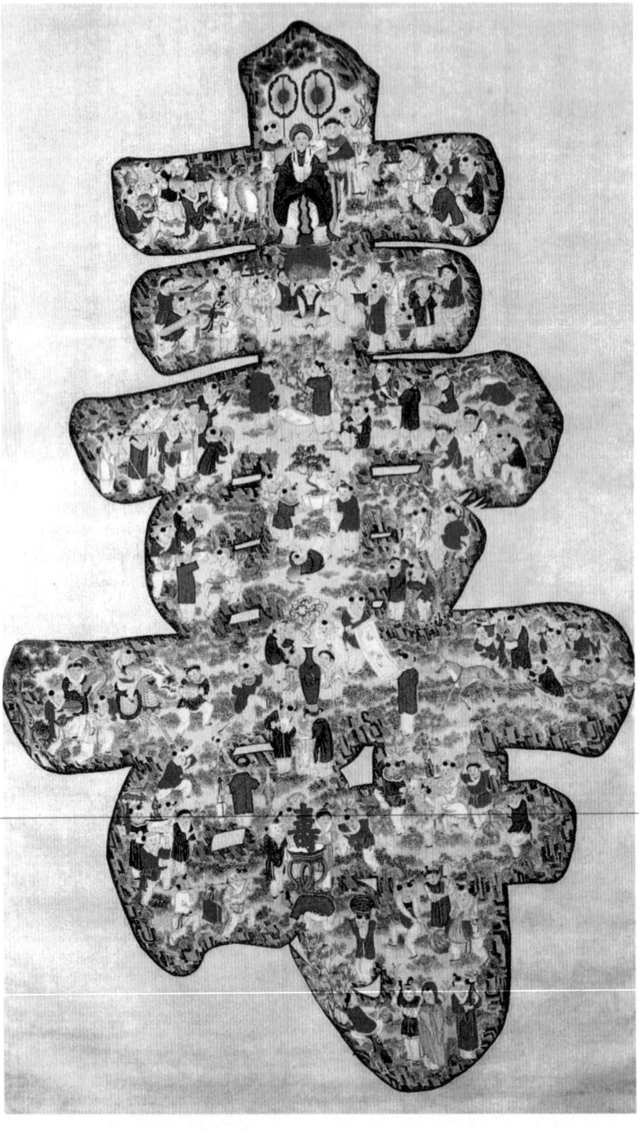

✣ 清代書畫：百壽圖。
(fotoe提供)

道：「誰敢給我氣受，便受了氣，老太太好日子，我也不敢哭的。」賈母道：「正是呢。我正要吃晚飯，你在這裏打發我吃，剩下的你就和珍兒媳婦吃了。你兩個在這裏幫著兩個師傅替我揀佛豆兒，你們也積積壽，前兒你姐妹們和寶玉都揀了，如今也叫你們揀揀，別說我偏心。」說話時，先擺上一桌素的來。兩個姑子吃了，然後才擺上葷的，賈母吃畢，抬出外間。尤氏鳳姐兒二人正吃著，賈母又叫把喜鸞四姐兒二人也叫來，跟他二人吃畢，洗了手，點上香，捧過一升豆子來。兩個姑子先念了佛偈，然後一個一個的揀在一個簸籮內，每揀一個，念一聲佛。明日煮熟了，令人在十字街結壽緣※7。賈母歪著聽兩個姑子又說些佛家的因果善事。

鴛鴦早已聽見琥珀說鳳姐哭之事，又和平兒跟前打聽得原故。晚間人散時，便回說：「二奶奶還是哭的，那邊大太太當著人給二奶奶沒臉。」賈母因問為什麼原故？鴛鴦便將原故說了。賈母道：「這才是鳳丫頭知禮處，難道為我的生日由著奴才們把一族中的主子都得罪了也不管罷？這是太太素日沒好氣，不敢發作，所以今兒拿著這個作法子，明是當著眾人給鳳兒沒臉罷了！」正說著，只見寶琴等進來，也就不說了。

喜鸞，賈母的重孫女輩，按輩分應是寶玉的侄女。（《紅樓夢煙標精華》杜春耕編著，北京圖書館出版社提供）

◎5.好，一提甄事。蓋眞事將顯，假事將盡。（脂硯齋）

註

※7：舊時過壽時，眾人一面念佛，一面揀豆，然後把豆煮熟，在街口分送行人以求添壽，稱為「結壽緣」。

賈母因問：「你在那裏來。」寶琴道：「在園裏林姐姐屋裏大家說話來。」賈母忽想起一事來，忙喚一個老婆子來，吩咐他：「到園裏各處女人們跟前囑咐囑咐，留下的喜姐兒和四姐兒雖然窮，也和家裏的姑娘們是一樣，大家照看經心些。我知道咱們家的男男女女都是『一個富貴心，兩隻體面眼』※8，未必把他兩個放在眼裏。有人小看了他們，我聽見可不依。」婆子應了方要走時，鴛鴦道：「我說去罷。他們那裏聽他的話。」說著，便一逕往園子來。

先到稻香村中，李紈與尤氏都不在這裏。問丫鬟們，說：「都在三姑娘那裏呢。」鴛鴦回身又來至曉翠堂，果見那園中人都在那裏說笑。見他來了，都笑說：「你這會子又跑來作什麼？」又讓他坐。鴛鴦笑道：「不許我也逛逛麼？」於是把方才的話說了一遍。李紈忙起身聽了，即刻就叫人把各處的頭兒喚了一個來。令他們傳與諸人知道。不在話下。這裏尤氏笑道：「老太太也太想的到，實在我們年輕力壯的人捆上十個也趕不上。」李紈道：「鳳丫頭仗著鬼聰明兒，還離腳蹤兒不遠。咱們是不能的了。」鴛鴦道：「罷喲，還提鳳丫頭虎丫頭呢，他也可憐見兒的。雖然這幾年沒有在老太太、太太跟前有個錯縫兒，暗裏也不知得罪了多少人。總而言之，爲人是難作的：若太老實了沒有個機變，公婆又嫌太老實了，家裏人也不怕；若有些機變，未免又治一經損一經。如今咱們家裏更好，新出來的這些底下奴字號的奶奶們，一個個心滿意足，都不知要怎麼樣才好，少有不得意，不是背地裏咬舌根，就是挑三窩四

的。我怕老太太生氣，一點兒也不肯說。不然我告訴出來，大家別過太平日子。這不是我當著三姑娘說，老太太偏疼寶玉，有人背地裏怨言還罷了，算是偏心。如今老太太偏疼你，我聽著也是不好。這可笑不可笑？」探春笑道：「糊塗人多，那裏較量得許多。我說倒不如小人家人少，雖然寒素些，倒是歡天喜地，大家快樂。我們這樣人家人多，外頭看著我們不知千金萬金小姐何等快樂，殊不知我們這裏說不出來的煩難，更利害。」寶玉道：「誰都像三妹妹好多心。事事我常勸你，總別聽那些俗語，想那俗事，只管安富尊榮才是。比不得我們沒這清福，該應濁鬧的。」尤氏道：「誰都像你，眞是一心無掛礙，只知道和姐妹們頑笑，餓了吃，困了睡，再過幾年，不過還是這樣，一點後事也不慮。」寶玉笑道：「我能夠和姐妹們過一日是一日，死了就完了。什麼後事不後事！」李紈等都笑道：「這可又是胡說。就算你是個沒出息的，終老在這裏，難道他姐妹們都不出門的？」尤氏笑道：「怨不得人都說他是假長了一個胎子，究竟是個又傻又呆的。」寶玉笑道：「人事莫定，知道誰死誰活。倘或我在今日明日、今年明年死了，也算是遂心一輩子了。」衆人不等說完，便說：「可是又瘋了，別和他說話才好。若和他說話，不是呆話，就是瘋話。」喜鸞因笑道：「二哥哥，你別這樣說，等這裏姐姐們果然都出了閣，橫豎老太太、太太也寂寞，我來和你作伴兒。」李紈尤氏

註

※8：即勢利眼。

等都笑道：「姑娘也別說呆話，難道你是不出門的？這話哄誰。」說的喜鸞低了頭。當下已是起更時分，大家各自歸房安歇，眾人都且不提。

*　*　*

且說鴛鴦一逕回來，剛至園門前，只見角門虛掩，猶未上閂。此時園內無人來往，只有該班的房內燈光掩映，微月半天。鴛鴦又不曾有個作伴的，也不曾提燈籠，獨自一個，腳步又輕，所以該班的人皆不理會。偏生又要小解，因下了甬路，尋微草處，行至一湖山石後大桂樹陰下來。◎6剛轉過石後，只聽一陣衣衫響，嚇了一驚不小。定睛一看，只見是兩個人在那裏，見他來了，便想往石後樹叢藏躲。鴛鴦眼尖，趁月色見準一個穿紅裙子梳鬅頭※9高大豐壯身材的，◎7是迎春房裏的司棋。鴛鴦只當他和別的女孩子也在此方便，見自己來了，故意藏躲恐嚇著耍，因便笑叫道：「司棋，你不快出來，嚇著我，我就喊起來當賊拿了。這麼大丫頭了，沒個黑家白日的只是頑不夠。」這本是鴛鴦的戲語，叫他出來。誰知他賊人膽虛，只當鴛鴦已看見他的首尾了，生恐叫喊起來使眾人知覺更不好，且素日鴛鴦又和自己親厚，不比別人便從樹後跑出來，一把拉住鴛鴦，便雙膝跪下，只說：「好姐姐，千萬別嚷！」鴛鴦反不知因何，忙拉他起來，笑問道：「這是怎麼說？」司棋滿臉紅脹，又流下淚來。鴛鴦再一回想，那一個人影恍惚像個小廝，心下便猜疑了八九，◎8自己反羞的面紅耳赤，◎9又怕起來。因定了一會，忙悄問：「那個是誰？」司棋復跪下道：「是我姑舅兄

✣鴛鴦遇上司棋和她姑舅兄弟在桂樹陰下偷情。（朱寶榮繪）

弟。」鴛鴦啐了一口，道：「要死，要死。」◎10司棋又回頭悄道：「你不用藏著，姐姐已看見了，快出來磕頭。」那小廝聽得，只得也從樹後爬出來，磕頭如搗蒜。鴛鴦忙要回身，司棋拉住苦求，哭道：「我們的性命，都在姐姐身上，只求姐姐超生要緊！」鴛鴦道：「你放心，我橫豎不告訴一個人就是了。」一語未了，只聽角門上有人說道：「金姑娘已出去了，角門上鎖罷。」鴛鴦正被司棋拉住，不得脫身，聽見如此說，便接聲道：「我在這裏有事，且略住手，我出來了。」司棋聽了，只得鬆手讓他去了——

註

※9：一種蓬鬆的女子髮式或形容頭髮散亂貌。

評點

◎6.是八月，隨筆點景。（脂硯齋）
◎7.是月下所見之像，故不寫至容貌也。（脂硯齋）
◎8.是聰敏女兒，妙！（脂硯齋）
◎9.是嬌貴女兒，筆筆皆到。（脂硯齋）
◎10.如見其面，如聞其聲。（脂硯齋）

第七十二回

王熙鳳恃強羞說病　來旺婦倚勢霸成親

且說鴛鴦出了角門，臉上猶紅，心內突突的，真是意外之事。因想這事非常，若說出來，姦盜相連，關係人命，還保不住帶累了旁人。橫豎與自己無干，且藏在心內不說與一人知道。回房覆了賈母的命，大家安息。從此凡晚間便不大往園中來。因思園中尚有這樣奇事，何況別處，因此連別處也不大輕走動了。

原來那司棋因從小兒和他姑表兄弟在一處頑笑起住時，小兒戲言，便都訂下將來不娶不嫁。近年大了，彼此又出落的品貌風流，常時司棋回家時，二人眉來眼去，舊情不忘，只不能入手。又彼此生怕父母不從，二人便設法彼此裏外買囑園內老婆子們留門看道，今日趁亂方初次入港。雖未成雙，卻也海誓山盟，私傳表記，已有無限風情了。忽被鴛鴦驚散，那小廝早穿花度柳，從角門出去了。司棋一夜不曾

✣《增評補圖石頭記》第七十二回繪畫。（fotoe提供）

睡著，又後悔不來。至次日見了鴛鴦，自是臉上一紅一白，百般過不去。心內懷著鬼胎，茶飯無心，起坐恍惚。挨了兩日，竟不聽見有動靜，方略放下了心。這日晚間，忽有個婆子來悄告訴他道：「你兄弟竟逃走了，三四天沒歸家。如今打發人四處找他呢。」司棋聽了，氣個倒仰，因思道：「縱是鬧了出來，也該死在一處。他自為是男人，先就走了，可見是個沒情意的。」因此又添了一層氣。次日便覺心內不快，百般支持不住，一頭睡倒，懨懨的成了大病。

鴛鴦聞知那邊無故走了一個小廝，園內司棋又病重，要往外挪，心下料定是二人懼罪之故，「生怕我說出來，方嚇到這樣。」因此，自己反過意不去，指著來望候司棋，支出人去，反自己立身發誓，與司棋說：「我告訴一個人，立刻現死現報！你只管放心養病，別白糟蹋了小命兒。」司棋一把拉住，哭道：「我的姐姐，咱們從小兒耳鬢廝磨，你不曾拿我當外人待，我也不敢怠慢了你。如今我雖一著走錯，你若果然不告訴一個人，你就是我的親娘一樣。從此後我活一日是你給我一日，我的病好之後，把你立個長生牌位，我天天焚香禮拜，保佑你一生福壽雙全。我若死了時，變驢變狗報答你。再俗語說，『千里搭長棚，沒有不散的筵席。』再過三二年，咱們都是要離這裏的。俗語又說，『浮萍尚有相逢日，人豈全無見面時。』倘或日後咱遇見了，那時，我又怎麼報你的德行。」一面說，一面哭。這一席話，反把鴛鴦說的心酸，也哭起來了。因點頭道：「正是這話。我又不是管事的人，何苦我壞你的聲名，

我白去獻勤！況且這事我自己也不便開口向人說。你只放心。從此養好了，可要安分守己，再不許胡行亂作了。」司棋在枕上點首不絕。

鴛鴦又安慰了他一番，方出來。因知賈璉不在家中，又因這兩日鳳姐兒聲色怠惰了些，不似往日一樣，因順路也來望候。因進入鳳姐院門，二門上的人見是他來，便立身待他進去。鴛鴦剛至堂屋中，只見平兒從裏間出來，見了他來，忙上來悄聲笑道：「才吃了一口飯歇了午睡，你且這屋裏略坐坐。」鴛鴦聽了，只得同平兒到東邊房裏來。小丫頭倒了茶來。鴛鴦因悄問：「你奶奶這兩日是怎麼了？我只看他懶懶的。」平兒見問，因房內無人，便嘆道：「他這懶懶的也不止今日了，這有一月之前便是這樣。又兼這幾日忙亂了幾天，又受了些閑氣，從新又勾起來。這兩日比先又添了些病，所以支持不住，便露出馬腳來了。」鴛鴦忙道：「既這樣，怎麼不早請大夫來治？」平兒嘆道：「我的姐姐，你還不知道他的脾氣的。別說請大夫來吃藥。我看不過，白問了一聲身上覺怎麼樣，他就動了氣，反說我咒他病了。饒這樣，天天還是察三訪四，自己再不肯看破些且養身子。」鴛鴦道：「雖然如此，到底該請大夫來瞧瞧是什麼病，也都好放心。」平兒嘆道：「我的姐姐，說起病來，據我看也不是什麼小症候。」鴛鴦忙道：「是什麼病呢？」平兒見問，又往前湊了一湊，向耳邊說道：「只從上月行了經之後，這一個月竟瀝瀝淅淅的沒有止住。這可是大病不是？」鴛鴦聽了，忙答道：「嗳喲！依你這話，這可不成了血山崩※1了？」平兒忙啐了一口，又悄笑道：「你女孩兒家，這是怎麼說的，倒會咒人呢！」鴛鴦見說，不禁紅了臉，又悄笑道：「究竟我也不知什麼是崩不崩的，你倒忘了不成，先我姐姐不是害這病死了。我也不知是什麼病，因無心聽見媽和親家媽說，我還納悶，後來也是聽見媽細說原故才明白了一二分。」平兒笑道：「你該知道的，我竟也忘了。」

二人正說著，只見小丫頭進來向平兒道：「方才朱大娘又來了。我們回了他奶奶才歇午覺，他往太太上頭去了。」平兒聽了點頭。鴛鴦問：「那一個朱大娘？」平兒道：「就是官媒婆※2那朱嫂子。因有什麼孫大人家來和咱們求親，所以他這兩日天天弄個帖子來賴死賴活。」一語未了，小丫頭跑來說：「二爺進來了。」說話之間，賈璉已走至堂屋門，口內喚平兒。平兒答應著才迎出去，賈璉已找至這間房內來。至門前，忽見鴛鴦坐在炕上，便煞住腳，笑道：「鴛鴦姐姐，今兒貴腳踏賤地。」鴛鴦只坐著，笑道：「來請爺奶奶的安，偏又不在家的不在家，睡覺的睡覺。」賈璉笑道：「姐姐一年到頭辛苦伏侍老太太，我還沒看你去，那裏還敢勞動來看我們。正是巧的很，我才要找姐姐去。因爲穿著這袍子熱，先來換了夾袍子再過去找姐姐，不想天可憐，省我走這一趟，姐姐先在這裏等我了。」一面說，一面在椅上坐下。鴛鴦因問：「又有什麼說的？」賈璉未語先笑道：「因有一件事，我竟忘了，只怕姐姐還記得；上年老太太生日，曾有一個外路和尚來孝敬一個蠟油凍的佛手，因老太太愛，就即刻

註

※1：中醫病症名。指婦女生殖器官內大量出血的病症，出血量多的叫「血崩」。

※2：指以作媒爲業的婦女。

拿過來擺著了。因前日老太太生日，我看古董賬上還有這一筆，卻不知此時這件東西著落何方。古董房裏的人也回過我兩次，等我問準了好注上一筆。所以我問姐姐，如今還是老太太擺著呢，還是交到誰手裏去了呢？」鴛鴦聽說，便道：「老太太擺了幾日厭煩了，就給了你們奶奶。你這會子又問我來！我連日子還記得，還是我打發了老王家的送來的。你忘了，或是問你們奶奶和平兒。」平兒正拿衣服，聽見如此說，忙出來回說：「交過來了，現在樓上放著呢。奶奶已經打發過人出去說過給了這屋裏，他們發昏沒記上，又來叨登這些沒要緊的事。」賈璉聽說，笑道：「既然給了你奶奶，我怎麼不知道，你們就昧下了。」平兒道：「奶奶告訴二爺，二爺還要送人，奶奶不肯，好容易留下的。這會子自己忘了，倒說我們昧下。那是什麼好東西，什麼沒有的物兒。比那強十倍的東西也沒昧下一遭，這會子愛上那不值錢的！」賈璉垂頭含笑想了一想，拍手道：「我如今竟糊塗了，丟三忘四，惹人抱怨，竟大不像先了。」鴛鴦笑道：「也怨不得。事情又多，口舌又雜，你再喝上兩杯酒，那裏清楚的許多。」一面說，一面就起身要去。

賈璉忙也立身說道：「好姐姐，再坐一坐，兄弟還有事相求。」說著便罵小丫頭：「怎麼不沏好茶來！快拿乾淨蓋碗，把昨兒進上的新茶沏一碗來。」說著向鴛鴦道：「這兩日因老太太的千秋，所有的幾千兩銀子都使了。幾處房租地稅通在九月才得，這會子竟接不上。明兒又要送南安府裏的禮，又要預備娘娘的重陽節禮，還有幾

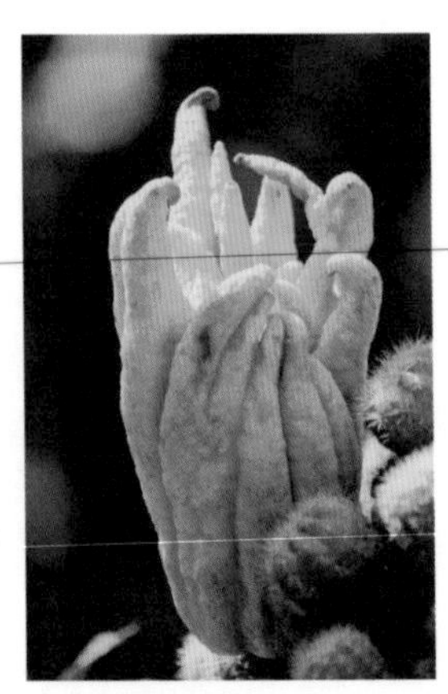

✣ 佛手，芸香科柑桔屬植物，別名：香黃、佛手柑。植物形態為小喬木或灌木、多栽培。（鷗戈提供）

家紅白大禮，至少還得三二千兩銀子用，一時難去支借。俗語說，『求人不如求己』。說不得，姐姐擔個不是，暫且把老太太查不著的金銀傢伙偷著運出一箱子來，暫押千數兩銀子支騰過去。不上半年的光景，銀子來了，我就贖了交還，斷不能叫姐姐落不是。」鴛鴦聽了，笑道：「你倒會變法兒，虧你怎麼想了！」賈璉笑道：「不是我扯謊，若論除了姐姐，也還有人手裏管的起千數兩銀子的，只是他們爲人都不如你明白有膽量。我若和他們一說，反嚇住了他們。所以我『寧撞金鐘一下，不打破鼓三千』。」一語未了，忽有賈母那邊的小丫頭子忙忙走來找鴛鴦，說：「老太太找姐姐半日，我們那裏沒找到，卻在這裏。」鴛鴦聽說，忙的且去見賈母。

✣ 平兒伏侍賈璉換衣服，賈璉求鴛鴦「借當」。（朱寶榮繪）

賈璉見他去了，只得回來瞧鳳姐。誰知鳳姐已醒了，聽他和鴛鴦借當，自己不便答話，只躺在榻上。聽見鴛鴦去了，賈璉進來，鳳姐因問道：「他可應准了？」賈璉笑道：「雖然未應准，卻有幾分成手，須得你晚上再和他一說，就十成了。」鳳姐笑道：「我不管這事。倘或說准了，這會子說的好聽，到有了錢的時節，你就丟在脖子後頭，誰去和你打饑荒去！倘或老太太知道了，倒把我這幾年的臉面都丟了。」賈璉笑道：「好人，你若說定了，我謝你如何？」鳳姐笑道：「你說，謝我什麼？」賈璉笑道：「你說要什麼就謝你什麼。」平兒一旁笑道：「奶奶倒不要謝的。昨兒正說，要作一件什麼事，恰少一二百銀子使，不如借了來，奶奶拿一二百銀子，豈不兩全其美。」鳳姐笑道：「幸虧提起我來，就是這樣也罷。」賈璉笑道：「你們太也狠了！你們這會子別說一千兩的當頭，就是現銀子要三五千，只怕也難不倒。我不和你們借就罷了。這會子煩你說一句話，還要個利錢，眞眞了不得。」鳳姐聽了，翻身起來說：「我有三千五萬，不是賺的你的。如今裏裏外外上上下下背著我嚼說我的不少，就差你來說了，可知沒家親引不出外鬼來。我們王家可那裏來的錢，都是你們賈家賺的。別叫我惡心了！你們看著你家什麼石崇鄧通？把我王家的地縫子掃一掃，就夠你們過一輩子呢。說出來的話也不怕臊！現有對證：把太太和我的嫁妝細看看，比一比你們的，那一樣是配不上你們的？」賈璉笑道：「說句頑話就急了。這有什麼這樣的，你要使一二百兩銀子值

✣ 來旺婦。大奴才欺壓小奴才，強娶彩霞為兒媳婦。（《紅樓夢煙標精華》杜春耕編著，北京圖書館出版社提供）

什麼，多的沒有，這還有，先拿進來，你使了再說，如何？」鳳姐道：「我又不等著銜口墊背※3，忙了什麼！」賈璉道：「何苦來，不犯著這樣肝火盛。」鳳姐聽了，又自笑起來，「不是我著急，你說的話戳人的心。我因為我想著後日是尤二姐的周年，我們好了一場，雖不能別的，到底給他上個墳燒張紙，也是姐妹一場。他雖沒留下個男女，也要『前人撒土迷了後人的眼』才是。」一語倒把賈璉說沒了話，低頭打算了半晌，方道：「難為你想的周全，我竟忘了。既是後日才用，若明日得了這個，你隨便使多少就是了。」

一語未了，只見旺兒媳婦走進來。鳳姐便問：「可成了沒有？」旺兒媳婦道：「竟不中用。我說須得奶奶作主就成了。」賈璉便問：「又是什麼事？」鳳姐兒見問，便說道：「不是什麼大事。旺兒有個小子，今年十七歲了，還沒得女人，因要求太太房裏彩霞，不知太太心裏怎麼樣，就沒有計較得。前日太太見彩霞大了，二則又多病多災的，因此開恩打發他出去了，給他老子娘隨便自己揀女婿去罷。因此，旺兒媳婦來求我。我想他兩家也就算門當戶對的，一說去自然成的，誰知他這會子來了，說不中用。」賈璉道：「這是什麼大事，比彩霞好的多著呢。」旺兒家的陪笑道：「爺雖如此說，連他家還看不起我們，別人越發看不起我們了。好容易相看準一個媳婦，我只說求爺奶奶的恩典，替作成了。奶奶又說他必肯的，我就煩了人走過去試一

註

※3：銜口：殮葬時給死者口中含珠玉。墊背：在死者褥下放錢等物。

試，誰知白討了沒趣。若論那孩子倒好，據我素日私意兒試他，他心裏沒有甚說的，只是他老子娘兩個老東西太心高了些。」一語戳動了鳳姐和賈璉，鳳姐因見賈璉在此，且不作一聲，只看賈璉的光景。賈璉心中有事，那裏把這點子事放在心裏。待要不管，只是看著他是鳳姐兒的陪房，且又素日出過力的，臉上實在過不去，因說道：「什麼大事！只管咕咕唧唧的。你放心且去，我明兒作媒打發兩個有體面的人，一面說，一面帶著定禮去，就說是我的主意。他十分不依，叫他來見我。」旺兒家的看著鳳姐，鳳姐便扭嘴兒。旺兒家的會意，忙爬下就給賈璉磕頭謝恩。賈璉忙道：「你只給你姑娘磕頭。我雖如此說了這樣行，到底也得你姑娘打發個人去叫他女人上來，和他好說更好些。雖然他們必依，然這事也不可太霸道了。」鳳姐忙道：「連你還這樣開恩操心呢，我倒反袖手旁觀不成？旺兒家你聽見了，說了這事，你也忙忙的給我完了事來。說給你男人，外頭所有的賬，一概趕今

來旺的兒子想娶彩霞，彩霞父母不願，旺兒媳婦來求鳳姐派人去說，賈璉應承，旺兒媳婦便磕頭謝恩。（朱寶榮繪）

年年底下收了進來，少一個錢我也不依的。我的名聲不好，再放一年，都要生吃了我呢。」旺兒媳婦笑道：「奶奶也太膽小了。誰敢議論奶奶？若收了時，公道說，我們倒還省些事，不大得罪人。」鳳姐冷笑道：「我也是一場痴心白使了。我眞個的還等錢作什麼，不過爲的是日用出的多，進的少。這屋裏有的沒的，我和你姑爺一月的月錢，再連上四個丫頭的月錢，通共一二十兩銀子，還不夠三五天的使用呢。若不是我千湊萬挪的，早不知道到什麼破窯裏去了。如今倒落了一個放賬破落戶的名兒。既這樣，我就收了回來。我比誰不會花錢，咱們以後就坐著花，到多早晚是多早晚。這不是樣兒：前兒老太太生日，太太急了兩個月，想不出法兒來，還是我提了一句，後樓上現有些沒要緊的大銅錫傢伙四五箱子，拿出去弄了三百銀子，才把太太遮羞禮兒搪過去了。我是你們知道的，那一個金自鳴鐘賣了五百六十兩銀子。沒有半個月，大事小事倒有十來件，白塡在裏頭。今兒外頭也短住了，不知是誰的主意，搜尋上老太太了。明兒再過一年，各人搜尋到頭面衣服可就好了！」旺兒媳婦笑道：「那一位太太奶奶的頭面衣服折變了不夠過一輩子的？只是不肯罷了。」鳳姐道：「不是我說沒了能耐的話，要像這樣我竟不能了。昨晚上忽然作了一個夢，說來也可笑，◎1夢見一個人，雖然面善，卻又不知名姓，找我。問他作什麼，他說娘娘打發他來要一百匹錦。我問他是那一位娘娘，他說的又不是咱們家的娘娘。我就不肯給他，他就上來奪。正奪著，就醒了。」◎2旺兒家的說道：「這是奶奶的日間操心，常應候宮裏的事。」

◎1.反說「可笑」，妙甚！若必以此夢爲凶兆，則反落套，非「紅樓」之夢矣。（脂硯齋）

◎2.妙！實家常觸景間夢，必有之理，卻是江淹才盡之兆也，可傷。（脂硯齋）

一語未了，人回：「夏太府打發了一個小內監來說話。」賈璉聽了，忙皺眉道：「又是什麼話？一年他們也搬夠了。」鳳姐道：「你藏起來，等我見他，若是小事罷了，若是大事，我自有話回他。」賈璉便躲入內套間去。這裏鳳姐命人帶進小太監來，讓他椅子上坐了吃茶，因問何事。那小太監便說：「夏爺爺因今兒偶見一所房子，如今竟短二百兩銀子，打發我來問舅奶奶家裏，有現成的銀子暫借一二百，過一兩日就送過來。」◎3鳳姐兒聽了，笑道：「什麼是送過來，有的是銀子，只管先兌了去。改日等我們短了，再借去也是一樣。」小太監道：「夏爺爺還說了，上兩回還有一千二百兩銀子沒送來，等今年年底下，自然一齊都送過來。」鳳姐笑道：「你夏爺爺好小氣，這也值得提在心上？我說一句話，不怕他多心，若都這樣記清了還我們，不知還了多少了。只怕沒有；若有，只管拿去。」因叫旺兒媳婦來，「出去不管那裏先支二百兩來。」旺兒媳婦會意，因笑道：「我才因別處支不動，才來和奶奶支的。」鳳姐道：「你們只會裏頭來要錢，叫你們外頭算去就不能了。」說著叫平兒，「把我那兩個金項圈拿出去，暫且押四百兩銀子。」平兒答應了，去半日，果然拿了一個錦盒子來，裏面兩個錦袱包著。打開時，一個金纍絲攢珠的，那珍珠都有蓮子大小，一個點翠嵌寶石的。兩個都與宮中之物不離上下。◎4一時拿去，果然拿了四百兩銀子來。鳳姐命與小太監打疊起一半，那一半命人與了旺兒媳婦，命他拿去辦八月中秋的節。◎5那小太監便告

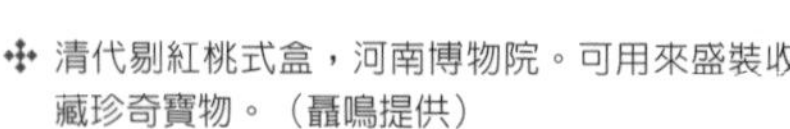
✣ 清代剔紅桃式盒，河南博物院。可用來盛裝收藏珍奇寶物。（韞鳴提供）

辭了，鳳姐命人替他拿著銀子，送出大門去了。這裏賈璉出來笑道：「這一起外祟何日是了？」鳳姐笑道：「剛說著，就來了一股子。」賈璉道：「昨兒周太監來，張口一千兩。我略應慢了些，他就不自在。將來的罪人之處不少。這會子再發個三二百萬的財就好了。」一面說，一面平兒伏侍鳳姐另洗了面，更衣往賈母處去伺候晚飯。

這裏賈璉出來，剛至外書房，忽見林之孝走來。賈璉因問何事。林之孝說道：「方才聽得雨村降了，卻不知因何事，只怕未必眞。」賈璉道：「眞不眞，他那官兒也未必保得長。將來有事，只怕未必不連累咱們，寧可疏遠著他好。」林之孝道：「何嘗不是，只是一時難以疏遠。如今東府大爺和他更好，老爺又喜歡他，時常來往，那個不知。」賈璉道：「橫豎不和他謀事，也不相干。你去再打聽眞了，是為什麼。」林之孝答應了，卻不動身，坐在下面椅子上，且說些閑話。因又說起家道艱難，便趁勢又說：「人口太重了。不如揀個空日回明老太太老爺，把這些出過力的老人家用不著的，開恩放幾家出去。一則他們各有營運，二則家裏一年也省些口糧月錢。再者裏頭的姑娘也太多。俗語說，『一時比不得一時』，如今說不得先時的例了，少不得大家委曲些，該使八個的使六個，該使四個的便使兩個。若各房算起來，一年也可以省得許多月米月錢。況且裏頭的女孩子們一半都太大了，也該配人的配人。成了房，豈不又孳生出人來。」賈璉道：「我也這樣想著，只是老爺才回家來，多少大事未回，那裏議到這個上頭。前兒官媒拿了個庚帖來求親，太太還說老爺才來

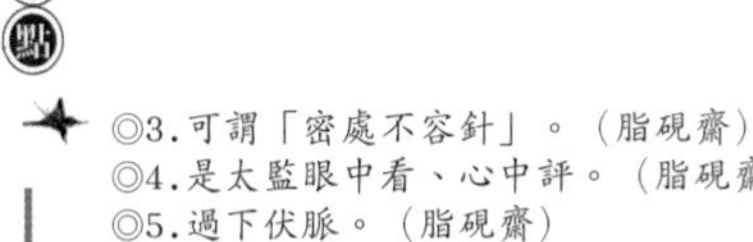

◎3.可謂「密處不容針」。（脂硯齋）
◎4.是太監眼中看、心中評。（脂硯齋）
◎5.過下伏脈。（脂硯齋）

家，每日歡天喜地的說骨肉完聚，忽然就提起這事，恐老爺又傷心，所以且不叫提這事。」林之孝道：「這也是正理，太太想的周到。」賈璉道：「正是，提起這話我想起了一件事來。我們旺兒的小子要說太太房裏的彩霞。他昨兒求我，我想什麼大事，不管誰去說一聲去。這會子有誰閑著，我打發個人去說一聲，就說我的話。」林之孝聽了，只得應著，半晌笑道：「依我說，二爺竟別管這件事。旺兒的那小兒子雖然年輕，在外頭吃酒賭錢，無所不至。雖說都是奴才們，到底是一輩子的事。彩霞那孩子這幾年我雖沒見，聽得越發出挑的好了，何苦來白糟蹋一個人。」賈璉道：「他小兒子原會吃酒，不成人？」林之孝冷笑道：「豈只吃酒賭錢，在外頭無所不爲。我們看他是奶奶的人，也只見一半不見一半罷了。」賈璉道：「我竟不知道這些事。既這樣，那裏還給他老婆，且給他一頓棍，鎖起來，再問他老子娘。」林之孝笑道：「何必在這一時。那是錯也等他再生事，我們自然回爺處治。如今且恕他。」賈璉不語，一時林之孝出去。

晚間鳳姐已命人喚了彩霞之母來說媒。那彩霞之母滿心縱不願意，見鳳姐親自和他說，何等體面，◎6便心不由意的滿口應了出去。今鳳姐問賈璉可說了沒有？賈璉因說：「我原要說的，打聽得他小兒子大不成人，故還不曾說。若果然不成人，且管教他兩日，再給他老婆不遲。」鳳姐聽說，便說：「你聽見誰說他不成人？」賈璉道：「不過是家裏的人，還有誰。」鳳姐笑道：「我們王家的人，連我還不中你們的意，何況奴才呢。我才已竟和他母親說了，他娘已經歡天喜地應了，難道又叫進他來不要了不成？」賈璉道：「既你說了，又何必退，明兒說給他老子好生管他就是了。」這裏說話不提。

* * *

且說彩霞因前日出去，等父母擇人，心中雖是與賈環有舊，尚未作准。今日又見旺兒每每來求親，早聞得旺兒之子酗酒賭博，而且容顏醜陋，一技不知，自此心中越發懊惱。生恐旺兒仗鳳姐之勢，一時作成，終身爲患，不免心中急躁。遂至晚間悄命他妹子小霞◎7進二門來找趙姨娘，問了端的。趙姨娘素日深與彩霞契合，巴不得與了賈環，方有個膀臂，不承望王夫人放了出去。每唆賈環去討，一則賈環羞口難開，二則賈環也不大甚在意，不過是個丫頭，他去了，將來自然還有，遂遷延住不說，意思便丟開。◎8無奈趙姨娘又不捨，又見他妹子來問，是晚得空，便先求了賈政。賈政因說道：「且忙什麼，等他們再念一二年書再放人不遲。我已經看中了兩個丫頭，一個與寶玉，一個給環兒。只是年紀還小，又怕他們誤了書，所以再等一二年。」◎9趙姨娘道：「寶玉已有了二年了，老爺還不知道？」賈政聽了，忙問道：「誰給的？」趙姨娘方欲說話，只聽外面一聲響，不知何物，大家吃了一驚不小。要知端的，且聽下回分解。◎10

評點

◎6.今時人因圖此現在體面，誤了多少女兒，此正是爲今時女兒一哭。（脂硯齋）

◎7.霞大小，奇奇怪怪之文，更覺有趣。（脂硯齋）

◎8.彩霞鍾情賈環，賈環無意彩霞，一則見彩霞識見，遠不如晴雯；一則見賈環輕薄，遠不如寶玉。（王希廉）

◎9.妙文，又寫出賈老兒女之情。細思一部書，總不寫賈老，則不成文，然若不如此寫，則又非賈老。（脂硯齋）

◎10.此回似著意似不著意，似接續似不接續，在畫師爲濃淡相間，在墨客爲骨肉停勻，在樂工爲笙歌間作，在文壇爲養局、爲別調。前後文氣，至此一歇。（脂硯齋）

第七十三回

痴丫頭誤拾繡春囊　懦小姐不問纍金鳳

話說那趙姨娘和賈政說話，忽聽外面一聲響，不知何物。忙問時，原來是外間窗屜不曾扣好，塌了屈戌※1了吊下來。趙姨娘罵了丫頭幾句，自己帶領丫鬟上好，方進來打發賈政安歇。不在話下。

＊　＊　＊

卻說怡紅院中寶玉才睡下，丫鬟們正欲各散安歇，忽聽有人擊院門。老婆子開了，見是趙姨娘房內的丫鬟名喚小鵲的。問他什麼事，小鵲不答，直往房內來找寶玉。只見寶玉才睡下，晴雯等猶在床邊坐著，大家頑笑，見他來了，都問：「什麼事，這時候又跑了來作什麼？」◎1小鵲笑向寶玉道：「我來告訴你一個信兒。方才我們奶奶這般如此在老爺前說了你。你仔細明兒老爺問你話。」說著回身就去了。襲人命留他吃茶，因怕關門，遂一直去了。

✣《增評補圖石頭記》第七十三回繪畫。（fotoe提供）

✣小鵲，趙姨娘房內的丫鬟，心眼實在。（《紅樓夢煙標精華》杜春耕編著，北京圖書館出版社提供）

這裏寶玉聽了這話，便如孫大聖聽見了緊箍咒一般，登時四肢五內一齊皆不自在起來。想來想去，別無他法，且理熟了書預備明兒盤考。口內不舛錯，便有他事，也可搪塞一半。想罷，忙披衣起來要讀書。心中又自後悔，這些日子只說不提了，偏又丟生，早知該天天好歹溫習些的。如今打算打算，肚子內現可背誦的，不過只有「學」「庸」「二論」※2是帶注背得出的。至上本《孟子》，就有一半是夾生的，若憑空提一句，斷不能接背的；至「下孟」，就有一大半忘了。算起五經※3來，因近來作詩，常把《詩經》讀些，雖不甚精闡，還可塞責。◎2別的雖不記得，素日賈政也幸未吩咐過讀的，縱不知，也還不妨。至於古文，這是那幾年所讀過的幾篇，連「左傳」「國策」「公羊」「穀梁」※4漢唐等文，不過幾十篇，這幾年竟未曾溫得半篇片語，雖閑時也曾遍閱，不過一時之興，隨看隨忘，未下苦工夫，如何記得？這是斷難塞責的。更有時文八股一道，因平素深惡此道，原非聖賢之製撰，焉能闡發聖賢之微奧，不過

註

※1：門窗上的環紐。

※2：即《大學》、《中庸》和《論語》。《論語》分上下兩本，故稱「二論」。

※3：《易經》、《尚書》、《詩經》、《禮記》、《春秋》合稱「五經」。

※4：《左傳》、《公羊傳》、《穀梁傳》都是闡釋《春秋》的，合稱「春秋三傳」。《國策》：即《戰國策》，多記述戰國時代各諸侯國的政治及謀臣說客的論辯說辭。

評點

◎1.又是補出前文矣，非只張一回也。（脂硯齋）

◎2.妙！寶玉讀書原係從問中而有。（脂硯齋）

作後人餌名釣祿之階。雖賈政當日起身時選了百十篇命他讀的，不過偶因見其中或一二股內，或承起之中，有作的或精緻、或流蕩、或遊戲、或悲感，稍能動性者，偶一讀之，不過供一時之興趣，究竟何曾成篇潛心頑索。◎3如今若溫習這個，又恐明日盤詰那個；若溫習那個，又恐盤駁這個。況一夜之功，亦不能全然溫習。因此越添了焦燥。自己讀書不致緊要，卻帶累著一房丫鬟們皆不能睡。襲人麝月晴雯等幾個大的是不用說，在旁剪燭斟茶；那些小的，都困眼朦朧，前仰後合起來。晴雯因罵道：「什麼蹄子們！一個個黑日白夜挺屍挺不夠，偶然一次睡遲了些，就裝出這腔調來了。再這樣，我拿針戳給你們兩下子！」

話猶未了，只聽外間咕咚一聲，急忙看時，原來是一個小丫頭子坐著打盹，一頭撞到壁上了，從夢中驚醒，恰正是晴雯說這話之時，他怔怔的只當是晴雯打了他一下，遂哭央說：「好姐姐，我再不敢了！」眾人都發起笑來。寶玉忙勸道：「饒他去罷，原該叫他們都睡去才是。你們也該替換著睡去。」襲人忙道：「小祖宗，你只顧你的罷！通共這一夜的功夫，你把心暫且用在這幾本書上，等過了這一關，由你再張羅別的去，也不算誤了什麼。」寶玉聽他說的懇切，只得又讀。讀了沒有幾句，麝月又斟了一杯茶來潤舌，寶玉接茶吃了。因見麝月只穿著短襖，解了裙子，寶玉道：「夜靜了，冷，到底穿一件大衣裳才是。」麝月笑指著書道：「你暫且把我們忘了，把心且略對著他些罷。」◎4

話猶未了，只聽金星玻璃從後房門跑進來，口內喊說：「不好了，一個人從牆上跳下來了！」衆人聽說，忙問在那裏？即喝起人來，各處尋找。晴雯因見寶玉讀書苦惱，勞費一夜神思，明日也未必妥當，心下正要替寶玉想出一個主意來脫此難，正好忽然逢此一驚，即便生計，向寶玉道：「趁這個機會快裝病，只說唬著了。」此話正中寶玉心懷，因而遂傳起上夜人等來，打著燈籠各處搜尋，並無蹤跡，都說：「小姑娘們想是睡花了眼出去，風搖的樹枝兒，錯認作人了。」晴雯便道：「別放謅屁！你們查的不嚴，怕得不是，還拿這話來支吾。才剛並不是一個人見的，寶玉和我們出去有事，大家親見的。如今寶玉唬的顏色都變了，滿身發熱，我如今還要上房裏取安魂丸藥去。太太問起來，是要回明白的，難道依你說就罷了不成？」衆人聽了，嚇的不敢則聲，只得又各處去找。晴雯和玻璃二人果出去要藥，故意鬧的衆人皆知寶玉嚇著了。王夫人聽了，忙命人來看視給藥，又吩咐各上夜人仔細搜查，又一面叫查二門外鄰園牆上夜的小廝們。於是園內燈籠火把，直鬧了一夜。至五更天，就傳管家男女，命仔細查一查，拷問內外上夜男女等人。

賈母聞知寶玉被嚇，細問原由，不敢再隱，只得回明。賈母道：「我必料到有此事。如今各處上夜都不小心，還是小事，只怕他們就是賊也未可知。」當下邢夫人並尤氏等都過來請安，鳳姐及李紈姐妹等皆陪侍，聽賈母如此說，都默無所答。獨探春出位笑道：「近因鳳姐姐身子不好，幾日園內的人比先放肆了許多。先前不過是大家

評點

◎3.妙！寫寶玉讀書非爲功名也。（脂硯齋）
◎4.此處豈是讀書之處，又豈是伴讀之人？古今天下誤盡多少紈袴！何況又是此等時之怡紅院，此等之鬟婢，又是此等一個寶玉哉！（脂硯齋）

偷著一時半刻，或夜裏坐更時，三四個人聚在一處，或擲骰或鬥牌，小小的頑意，不過為熬困，近來漸次放誕，竟開了賭局，甚至有頭家局主，或三十吊、五十吊、三百吊的大輸贏。半月前竟有爭鬥相打之事。」賈母聽了，忙說：「你既知道，為何不早回我們來？」探春道：「我因想著太太事多，且連日不自在，所以沒回。只告訴了大嫂子和管事的人們，戒飭過幾次，近日好些。」賈母忙道：「你姑娘家如何知道這裏頭的利害。你自為耍錢常事，不過怕起爭端。殊不知夜間既耍錢，就保不住不吃酒；既吃酒，就免不得門戶任意開鎖。或買東西，尋張覓李，其中夜靜人稀，趨便藏賊引姦，何等事作不出來！況且園內的姐妹們起居所伴者皆係丫頭媳婦們，賢愚混雜，賊盜事小，再有別事，倘略沾帶些，關係不小。這事豈可輕恕！」探春聽說，便默然歸坐。鳳姐雖未大愈，精神因此比常稍減，◎5今見賈母如此說，便忙道：「偏生我又病了。」遂回頭命人速傳林之孝家的等總理家事四個媳婦到來，當著賈母申飭了一頓。賈母命即刻查了頭家賭家來，有人出首者賞，隱情不告者罰。

林之孝家的等見賈母動怒，誰敢徇私，忙至園內傳齊了人，一一盤查。雖不免大家賴一回，終不免水落石出。查得大頭家三人，小頭家八人，聚賭者通共二十多人，都帶來見賈母，跪在院內磕響頭求饒。賈母先問大頭家名姓和錢之多少。原來這三個大頭家，一個就是林之孝的兩姨親家，一個就是園內廚房內柳家媳婦之妹，一個就是迎春之乳母。這是三個為首的，餘者不能多記。賈母便命將骰子牌一併燒毀，所有的錢入官分散與衆人，將為首者每人四十大板，攆出，總不許再入；從者每人二十大板，革去三月月錢，撥入圊廁行※5內。又將林之孝家的申飭了一番。林之孝家的見他的親戚又與他打嘴，自己也覺沒趣。迎春在坐，也覺沒意思。黛玉、寶釵、探春等見迎春的乳母如此，也是物傷其類的意思，遂都起身笑向賈母討情說：「這個媽媽素日原不頑的，不知怎麼也偶然高興。求看二姐姐面上，饒他這次罷。」賈母道：「你們不知。大約這些奶子們，一個個仗著奶過哥兒姐兒，原比別人有些體面，他們就生事，比別人更可惡，專管調唆主子護短偏向。我都是經過的。況且要拿一個作法，恰好果然就遇見了一個。你們別管，我自有道理。」寶釵等聽說，只得罷了。

一時，賈母歇晌，大家散出，都知賈母今日生氣，皆不敢各散回家，只得在此暫候。尤氏便往鳳姐兒處來閑話了一回，因他也不自在，只得往園內尋衆姑嫂閑談。邢夫人在王夫人處坐了一回，也就往園內散散心來。剛至園門前，只見賈母房內的小丫頭子名喚傻大姐的笑嘻嘻走來，手內拿著個花紅柳綠的東西，低頭一壁瞧著，一壁只管走，不防迎頭撞見邢夫人，抬頭看見，方才站住。邢夫人因說：「這痴丫頭，又得了個什麼狗不識兒這麼歡喜？拿來我瞧瞧。」原來這傻大姐年方十四五歲，是新挑上來的與賈母這邊提水桶掃院子專作粗活的一個丫頭。只因他生得體肥面闊，兩隻大腳作粗活簡捷爽利，且心性愚頑，一無知識，行事出言，常在規矩之外。賈母因喜歡他

註

※5：打掃管理廁所的職務。

◎5.看他漸次寫來，從不作一年易安之筆，況阿鳳之文哉。（脂硯齋）

爽利便捷，又喜他出言可以發笑，便起名為「呆大姐」，常悶來便引他取笑一回，毫無避忌，因此又叫他作「痴丫頭」。他縱有失禮之處，見賈母喜歡他，眾人也就不去苛責。這丫頭也得了這個力，若賈母不喚他時，便入園內來頑耍。今日正在園內掏促織，忽在山石背後得了一個五彩繡香囊，其華麗精緻，固是可愛，但上面繡的並非花鳥等物，一面卻是兩個人赤條條的盤踞相抱，一面是幾個字。這痴丫頭原不認得是春意，便心下盤算：「敢是兩個妖精打架？不然必是兩口子相打。」左右猜解不來，正要拿去與賈母看，是以笑嘻嘻的一壁看，一壁走，忽見了邢夫人如此說，便笑道：「太太眞個說的巧，眞個是狗不識呢！◎[6]太太請瞧一瞧。」說著，便送過去。邢夫人接來一看，嚇的連忙死緊攥住，◎[7]忙問：「你是那裏得的？」傻大姐道：「我掏促織兒在山石上揀的。」邢夫人道：「快休告訴一人。這不是好東西，連你也要打死。皆因你素日是傻子，以後再別提起了。」這傻大姐聽了，反嚇的黃了

✣傻大姐拾到一個五彩繡春囊，邢夫人大吃一驚。（朱寶榮繪）

臉，說：「再不敢了。」磕了個頭，呆呆而去。邢夫人回頭看時，都是些女孩兒，不便遞與，自己便塞在袖內，心內十分罕異，揣摩此物從何而至，且不形於聲色，且來至迎春室中。◎8

迎春正因他乳母獲罪，自覺無趣，心中不自在，忽報母親來了，遂接入內室。奉茶畢，邢夫人因說道：「你這麼大了，你那奶媽子行此事，你也不說說他。如今別人都好好的，偏咱們的人作出這事來，什麼意思！」◎9迎春低著頭弄衣帶，半晌答道：「我說他兩次，他不聽也無法。況且他是媽媽，只有他說我的，沒有我說他的。」◎10邢夫人道：「胡說！你不好了他原該說，如今他犯了法，你就該拿出小姐的身分來。他敢不從，你就回我去才是。如今直等外人共知，是什麼意思！再者，只他去放頭兒※6，還恐怕他巧言花語的和你借貸些簪環、衣履作本錢，你這心活面軟的，未必不周接他些。若被他騙去，我是一個錢沒有的，看你明日怎麼過節！」迎春不語，只低頭弄衣帶。邢夫人見他這般，因冷笑道：「總是你那好哥哥好嫂子，一對兒赫赫揚揚，璉二爺鳳奶奶，兩口子遮天

✣ 傻大姐，賈母房內的小丫頭，心性愚頑，不解情事，卻又幾次揭示真相。（《紅樓夢煙標精華》杜春耕編著，北京圖書館出版社提供）

註

※6：指聚賭、作頭家。

評點

◎6.妙！寓言也，大凡知此交媾之情者，眞狗畜之識耳，非肆言惡詈凡識此事者即狗矣。（脂硯齋）

◎7.妙！這一「嚇」字方是寫世家夫人之筆。雖前文明書邢夫人之爲人稍劣，然亦在情理之中，若不用愼重之筆，則邢夫人直係一小家卑污極輕賤之人矣，豈得與榮府聯房哉？所謂此書針線縝密處，全在無意中一字一句之間耳，看者細心方得。（脂硯齋）

◎8.邢夫人平日的表現是固執顢頇、不明事理的，但她畢竟是世家夫人，深知在大觀園拾到繡春囊的嚴重性；她不像王夫人和鳳姐那樣處事沉穩，胸有城府，所以見到繡春囊才有如此的舉動、言語。（張稔穰）

◎9.「咱們」二字便見自懷異心。（脂硯齋）

◎10.妙極！直畫出一個懦弱小姐來。（脂硯齋）

蓋日，百事周到，竟通共這一個妹子，全不在意。◎11但凡是我身上吊下來的，又有一話說，——只好憑他們罷了。況且你又不是我養的，你雖不是同他一娘所生，到底是同出一父，也該彼此瞻顧些，也免別人笑話。我想天下的事也難較定，你是大老爺跟前人養的，這裏探丫頭也是二老爺跟前人養的，出身一樣。如今你娘死了，從前看來你兩個的娘，只有你娘比如今趙姨娘強十倍的，你該比探丫頭強才是。怎麼反不及他一半？誰知竟不然，這可不是異事！倒是我一生無兒無女的，一生乾淨，也不能惹人笑話議論爲高。」◎12旁邊伺候的媳婦們便趁機道：「我們的姑娘老實仁德，那裏像他們三姑娘伶牙俐齒，會要姐妹們的強。他們明知姐姐這樣，竟不顧恤一點兒。」◎13邢夫人道：「連他哥哥嫂子還如是，別人又作什麼呢！」一言未了，人回：「璉二奶奶來了。」邢夫人聽了，冷笑兩聲，命人出去說：「請他自去養病，我這裏不用他伺候。」接著又有探春的小丫頭來報說：「老太太醒了。」邢夫人方起身前邊來。迎春送至院外方回。

繡橘因說道：「如何？前兒我回姑娘，那一個攢珠纍絲金鳳竟不知那裏去了。回了姑娘，姑娘竟不問一聲兒。我說必是老奶奶拿去典了銀子放頭兒的，姑娘不信，只說司棋收著呢。問司棋，司棋雖病著，心裏卻明白。我去問他，他說沒有收起來，還在書架上匣內暫放著，預備八月十五日恐怕要戴呢。姑娘就該問老奶奶一聲，只是臉軟怕人惱。如今竟怕無著，明兒要都戴時，獨咱們不戴，是何意思呢！」迎春道：

✣ 繡橘，迎春的丫頭。（《紅樓夢煙標精華》杜春耕編著，北京圖書館出版社提供）

「何用問，自然是他拿去暫時借一肩兒※7了。我只說他悄悄的拿了出去，不過一時半晌，仍舊悄悄的送來就完了，誰知他就忘了。今日偏又鬧出來，問他想也無益。」繡橘道：「何曾是忘記！他是試準了姑娘的性格，所以才這樣。如今我有個主意：我竟走到二奶奶房裏將此事回了他，或他著人去要，或他省事拿幾吊錢來替他賠補。如何？」◎14迎春忙道：「罷，罷，罷！省些事罷。寧可沒有了，又何必生事！」◎15繡橘道：「姑娘怎麼這樣軟弱！都要省起事來，將來連姑娘還騙了去呢！我竟去的是。」說著便走。迎春便不言語，只好由他。

誰知迎春乳母子媳王住兒媳婦正因他婆婆得了罪，來求迎春去討情，聽他們正說金鳳一事，且不進去。也因素日迎春懦弱，他們都不放在心上。如今見繡橘立意去回鳳姐，估著這事脫不去的，且又有求迎春之事，只得進來，陪笑先向繡橘說：「姑娘，你別去生事。姑娘的金絲鳳，原是我們老奶奶老糊塗了，輸了幾個錢，沒得撈梢※8，所以暫借了去。原說一日半晌就贖的，因總未撈過本兒來，就遲住了。可巧今兒

註

※7：指借人物品典押得錢以應急用。

※8：翻本，把賭輸的錢贏回來。

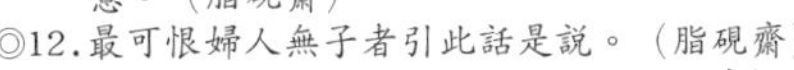

評點

◎11.加罪於璉、鳳，的是父母常情，極是。何必又如此說來，便見又有私意。（脂硯齋）

◎12.最可恨婦人無子者引此話是說。（脂硯齋）

◎13.殺，殺，殺！此輩專生離異。（脂硯齋）

◎14.寫女兒各有機變，個個不同。（脂硯齋）

◎15.總是懦語。（脂硯齋）

又不知是誰走了風聲，弄出事來。雖然這樣，到底主子的東西，我們不敢遲誤下，終究是要贖的。如今還要求姑娘看從小兒吃奶的情常，往老太太那邊去討個情面，救出他老人家來才好。」迎春先便說道：「好嫂子，你趁早兒打了這妄想，要等我去說情兒，等到明年也不中用的。方才連寶姐姐林妹妹大伙兒說情，老太太還不依，何況是我一個人。我自己愧還愧不來，反去討臊去？」繡橘便說：「贖金鳳是一件事，說情是一件事，別絞在一處說。難道姑娘不去說情，你就不贖了不成？嫂子且取了金鳳來再說。」王住兒家的聽見迎春如此拒絕他，繡橘的話又鋒利無可回答，一時臉上過不去，也明欺迎春素日好性兒，乃向繡橘發話道：「姑娘，你別太仗勢了。你滿家子算一算，誰的媽媽奶子不仗著主子哥兒多得些益，偏咱們就這樣丁是丁卯是卯的，只許你們偷偷摸摸的哄騙了

王住兒媳婦求迎春去向賈母說情，救出她婆婆，迎春不攬是非，自己看書。（朱寶榮繪）

去。自從邢姑娘來了，太太吩咐一個月儉省出一兩銀子來與舅太太去，這裏饒添了邢姑娘的使費，反少了一兩銀子。常時短了這個，少了那個，那不是我們供給，誰又要去？不過大家將就些罷了。算到今日，少說些也有三十兩了。我們這一向的錢，豈不白填了限呢！」繡橘不待說完，便啐了一口，道：「作什麼的白填了三十兩，我且和你算算賬，姑娘要了些什麼東西？」迎春聽見這媳婦發邢夫人之私意，◎16忙止道：「罷，罷，罷！你不能拿了金鳳來，不必牽三扯四亂嚷。我也不要那鳳了。便是太太們問時，我只說丟了，也妨礙不著你什麼，你出去歇息歇息倒好。」一面叫繡橘倒茶來。繡橘又氣又急，因說道：「姑娘雖不怕，我們是作什麼的？把姑娘的東西丟了。他倒賴說姑娘使了他們的錢，這如今竟要準折起來。倘或太太問姑娘為什麼使了這些錢，敢是我們就中取勢了？這還了得！」一行說一行就哭了。司棋聽不過，只得勉強過來，幫著繡橘問著那媳婦。迎春勸止不住，自拿了一本《太上感應篇》※9來看。◎17

三人正沒開交，可巧寶釵、黛玉、寶琴、探春等因恐迎春今日不自在，都約來安慰他。走至院中，聽得兩三個人較口。探春從紗窗內一看，只見迎春倚在床上看書，若有不聞之狀。◎18探春也笑了。小丫鬟們忙打起簾子報道：「姑娘們來了。」迎春方放下書起身。那媳婦見有人來，且又有探春在內，不勸而自止了，遂趁便要去。探春坐下，便問：「才剛誰在這裏說話？倒像拌嘴似的。」◎19迎春笑道：「沒有說什麼，

註

※9：書名，晉代葛洪託名太上老君所作，勸人諸惡莫作，眾善奉行。

評點

◎16.大書此句，誅心之筆。（脂硯齋）
◎17.神妙之甚！一位懦弱小姐從紙上跳出，且書又有奇文，大妙！（脂硯齋）
◎18.看他寫迎春，雖稍劣，然亦大家千金之格也。（脂硯齋）
◎19.瞧他寫探春氣宇。（脂硯齋）

✣ 迎春無為，並非「無為而治」，而是一種放棄。（朱士芳繪）

左不過是他們小題大作罷了。何必問他。」探春笑道：「我才聽見什麼『金鳳』，又是什麼『沒有錢只和我們奴才要』，誰和奴才要錢了？難道姐姐和奴才要錢了不成？難道姐姐不是和我們一樣有月錢的，一樣有用度不成？」司棋繡橘道：「姑娘說的是了。姑娘們都是一樣的，那一位姑娘的錢不是由著奶奶媽媽們使，連我們也不知道怎樣是算賬，不過要東西只說的一聲兒。如今他偏要說姑娘使過了頭兒，他賠出許多來了。究竟姑娘何曾和他要什麼了？」探春笑道：「姐姐既沒有和他要，必定是我們或者和他們要了不成！你叫他進來，我倒要問問他。」迎春笑道：「這話又可笑。你們又無沾礙，何得帶累於他？」探春道：「這倒不然。我和姐姐一樣，姐姐的事和我的也是一般，他說姐姐就是說我。我那邊的人有怨我的，姐姐聽見也即同怨姐姐是一理。咱們是主子，自然不理論那些錢財小事，只知想起什麼要什麼，也是有的事。但不知金纍絲鳳因何又夾在裏頭？」那王住兒媳婦生恐繡橘等告出他來，遂忙進來用話掩飾。探春深知其意，因笑道：「你們所以糊塗。如今你奶奶已得了不是，趁此求求二奶奶，把方才的錢尚未散人的拿出些來贖取了就完了。比不得沒鬧出來，大家都藏著留臉面；如今既是沒了臉，趁此時縱有十個罪，也只一人受罰，沒有砍兩顆頭的理。你依我，竟是和二奶奶說說。在這裏大聲小氣，如何使得。」這媳婦被探春說出真病，也無可賴了，只不敢往鳳姐處自首。探春笑道：「我不聽見便罷，既聽見，少不得替你們分解分解。」誰知探春早使個眼色與待書出去了。

這裏正說話，忽見平兒進來。寶琴拍手笑說道：「三姐姐敢是有驅神召將的符術？」黛玉笑道：「這倒不是道家玄術，倒是用兵最精的，所謂『守如處女，脫如狡兔』，出其不備之妙策也。」二人取笑。寶釵便使眼色與二人，令其不可，遂以別話岔開。探春見平兒來了，遂問：「你奶奶可好些了？眞是病糊塗了，事事都不在心上，叫我們受這樣的委曲。」平兒忙道：「姑娘怎麼委曲？誰敢給姑娘氣受？姑娘快吩咐我。」當時住兒媳婦方慌了手腳，遂上來趕著平兒叫：「姑娘坐下，讓我說原故你聽聽。」平兒正色道：「姑娘這裏說話，也有你我混插口的禮！你但凡知禮，只該在外頭伺候。不叫你進不來的地方，幾曾有外頭的媳婦子們無故到姑娘們房裏來的例？」繡橘道：「你不知我們這屋裏是沒禮的，誰愛來就來。」平兒道：「都是你們的不是。姑娘好性兒，你們就該打出去，然後再回太太去才是。」王住兒媳婦見平兒出了言，紅了臉方退出去。探春接著道：「我且告訴你，若是別人得罪了我，倒還罷了。如今那住兒媳婦和他婆

✣ 寶琴笠雪。（《紅樓夢煙標精華》杜春耕編著，北京圖書館出版社提供）

婆仗著是媽媽，又瞅著二姐姐好性兒，如此這般私自拿了首飾去賭錢，而且還捏造假賬折算，威逼著還要去討情，和這兩個丫頭在臥房裏大嚷大叫，二姐姐竟不能轄治，所以我看不過，才請你來問一聲：還是他原是天外的人，不知道理？還是誰主使他如此，先把二姐姐制伏，然後就要治我和四姑娘了？」平兒忙陪笑道：「姑娘怎麼今日說這話出來？我們奶奶如何當得起！」探春冷笑道：「俗語說的，『物傷其類』，『齒竭唇亡』，我自然有些驚心。」平兒向迎春道：「若論此事，還不是大事，極好處置。但他現是姑娘的奶嫂，據姑娘怎麼樣為是？」當下迎春只和寶釵閱「感應篇」故事，究竟連探春之語亦不曾聞得，忽見平兒如此說，乃笑道：「問我，我也沒什麼法子。他們的不是，自作自受，我也不能討情，我也不去苛責就是了。至於私自拿去的東西，送來我收下，不送來我也不要了。太太們要問，我可以隱瞞遮飾過去，是他的造化，若瞞不住，我也沒法，沒有個為他們反欺誑太太們的理，少不得直說。你們若說我好性兒，沒個決斷，竟有好主意可以八面周全，不使太太們生氣，任憑你們處治，我總不知道。」眾人聽了，都好笑起來。黛玉笑道：「真是『虎狼屯於階陛尚談因果※10』。若使二姐姐是個男人，這一家上下若許人，又如何裁治他們？」迎春笑道：「正是。多少男人尚如此，何況我哉！」一語未了，只見又有一人進來。正不知是那個，且聽下回分解。◎20

註

※10：南朝梁武帝蕭衍在叛將侯景的軍隊已打到京師時，還一心皈依佛教奢談因果。

◎20.探春處處出頭，人謂其能，吾謂其苦；迎春處處藏舌，謂其怯，吾謂其超。探春運符咒，固足役鬼驅神；迎春說因果，更可降狼伏虎。（脂硯齋）

第七十四回

惑奸讒抄檢大觀園　矢孤介※1杜絕寧國府

話說平兒聽迎春說，正自好笑，忽見寶玉也來了。原來管廚房柳家媳婦之妹，也因放頭開賭得了不是。這園中有素與柳家不睦的，便又告出柳家的來，說他和他妹子是伙計，雖然他妹子出名，其實賺了錢兩個人平分。因此鳳姐要治柳家之罪。那柳家的因得此信，便慌了手腳，因思素與怡紅院人最爲深厚，故走來悄悄的央求晴雯金星玻璃等人。金星玻璃告訴了寶玉。寶玉因思內中迎春之乳母也現有此罪，不若來約同迎春討情，比自己獨去單爲柳家說情又更妥當，故此前來。忽見許多人在此，見他來時，都問：「你的病可好了？跑來作什麼？」寶玉不便說出討情一事，只說：「來看二姐姐。」當下衆人也不在意，且說些閑話。平兒便出去辦纍絲金鳳一事。那王住兒媳婦緊跟在後，口內百般央求，只說：「姑娘好歹

✣《增評補圖石頭記》第七十四回繪畫。（fotoe提供）

口內超生，我橫豎去贖了來。」平兒笑道：「你遲也贖，早也贖，既有今日，何必當初。你的意思得過去就過去了。既是這樣，我也不好意思告人，趁早去贖了來，交與我送去，我一字不提。」王住兒媳婦聽說，方放下心來，就拜謝，又說：「姑娘自去貴幹，我趕晚拿了來，先回了姑娘，再送去，如何？」平兒道：「趕晚不來，可別怨我。」說畢，二人方分路各自散了。

平兒到房，鳳姐問他：「三姑娘叫你作什麼？」平兒笑道：「三姑娘怕奶奶生氣，叫我勸著奶奶些，問奶奶這兩天可吃些什麼。」鳳姐笑道：「倒是他還記掛著我。剛才又出來了一件事：有人來告柳二媳婦和他妹子通同開局，凡妹子所爲，都是他作主。我想，你素日肯勸我『多一事不如省一事』，就可閑一時心，自己保養保養也是好的。我因聽不進去，果然應了些，先把太太得罪了，而且自己反賺了一場病。如今我也看破了，隨他們鬧去罷，橫豎還有許多人呢。我白操一會子心，倒惹的萬人咒罵。我且養病要緊，便是好了，我也作個好好先生，得樂且樂，得笑且笑，一概是非都憑他們去罷。◎1所以我只答應著知道了，白不在我心上。」平兒笑道：「奶奶果然如此，便是我們的造化。」

一語未了，只見賈璉進來，拍手嘆氣道：「好好的又生事！前兒我和鴛鴦借當，那邊太太怎麼知道了。才剛太太叫過我去，叫我不管那裏先遷挪二百銀子，作八月

註

※1：誓守品行清正之志。

◎1.歷來世人到此作此想，但悔不及矣。可傷可嘆。（脂硯齋）

十五日節間使用。我回沒處遷挪。太太就說：『你沒有錢就有地方遷挪，我白和你商量，你就搪塞我，你就說沒地方？前兒一千銀子的當是那裏的？連老太太的東西你都有神通弄出來，這會子二百銀子，你就這樣。幸虧我沒和別人說去。』我想太太分明不短，何苦來要尋事奈何人！」鳳姐兒道：「那日並沒一個外人，誰走了這個消息？」平兒聽了，也細想那日有誰在此，想了半日，笑道：「是了。那日說話時沒一個外人，但晚上送東西來的時節，老太太那邊傻大姐的娘也可巧來送漿洗衣服。他在下房裏坐了一會子，見一大箱子東西，自然要問，必是小丫頭們不知道，說了出來，也未可知。」◎2因此便喚了幾個小丫頭來問那日誰告訴傻大姐的娘。眾小丫頭慌了，都跪下賭咒發誓，說：「自來也不敢多說一句話。有人凡問什麼，都答應不知道。這事如何敢多說。」鳳姐詳情※2說：「他們必不敢，倒別委曲了他們。如今且把這事靠後，且把太太打發了去要緊。寧可咱們短些，又別討沒意思。」因叫平兒：「把我的金項圈拿來，且去暫押二百銀子來送去完事。」賈璉道：「索性多押二百，咱們也要使呢。」鳳姐道：「很不必，我沒處使錢。這一去還不知指那一項贖呢！」平兒拿去吩咐一個人喚了旺兒媳婦來領去，不一時拿了銀子來。賈璉親自送去，不在話下。

這裏鳳姐和平兒猜疑，終是誰人走的風聲，竟擬不出人來。鳳姐又道：「知道這事還是小事，怕的是小人趁便又造非言，生出別的事來。當緊那邊正和鴛鴦結下仇了，如今聽得他私自借給璉二爺東西，那起小人眼饞肚飽，連沒縫兒的雞蛋還要下蛆呢，如今有了這個因由，恐怕又造出些沒天理的話來也定不得。在你璉二爺還無妨，只是鴛鴦正經女兒，帶累了他受屈，豈不是咱們的過失！」平兒笑道：「這也無妨。鴛鴦借東西看的是奶奶，並不為的是二爺。一則鴛鴦雖應名是他私情，其實他是回過老太太的。老太太因怕孫男弟女多，這個也借，那個也要，到跟前撒個嬌兒，和誰要去，因此只裝不知道。◎3縱鬧了出來，究竟那也無礙。」鳳姐兒道：「理雖如此。只是你我是知道的，那不知道的，焉得不生疑呢！」

一語未了，人報：「太太來了。」鳳姐聽了詫異，不知為何事親來，與平兒等忙迎出來。只見王夫人氣色更變，只帶一個貼己的小丫頭走來，一語不發，走至裏間坐下。鳳姐忙奉茶，因陪笑問道：「太太今日高興，到這裏逛逛？」王夫人喝命：「平兒出去！」平兒見了這般，著慌不知怎麼樣了，忙應了一聲，帶著衆小丫頭一齊出去，在房門外站住，越性將房門掩了，自己坐在臺磯上，所有的人，一個不許進去。鳳姐也著了慌，不知有何等事。只見王夫人含著淚，從袖內擲出一個香袋子來，說：「你瞧！」鳳姐忙拾起一看，見是十錦春意香袋，也嚇了一跳，忙問：「太太從那裏得來？」王夫人見問，越發淚如雨下，顫聲說道：「我從那裏得來！我天天坐在井裏，拿你當個細心人，所以我才偷個空兒。誰知你也和我一樣。這樣的東西大天白日明擺在園裏山石上，被老太太的丫頭拾著，不虧你婆婆遇見，早已送到老太太跟前

註

※2：審察情理。

◎2.奇奇怪怪，從何處轉至素日，眞如常山之蛇。（脂硯齋）
◎3.鴛鴦借物一回於此便結了。（脂硯齋）

去了。我且問你，這個東西如何遺在那裏來？」◎[4]鳳姐聽得，也更了顏色，忙問：「太太怎知是我的？」王夫人又哭又嘆說道：「你反問我！你想，一家子除了你們小夫小妻，餘者老婆子們，要這個何用！再女孩子們是從那裏得來？自然是那璉兒不長進下流種子那裏弄來。你們又和氣，當作一件頑意兒，年輕人兒女閨房私意是有的，你還和我賴！幸而園內上下人還不解事，尚未揀得。倘或丫頭們揀著，你姐妹看見，這還了得！不然有那小丫頭們揀著，出去說是園內揀著的，外人知道，這性命臉面要也不要？」鳳姐聽說，又急又愧，登時紫漲了面皮，便依炕沿雙膝跪下，也含淚訴道：「太太說的固然有理，我也不敢辯我並無這樣的東西。但其中還要求太太細詳其理：那香袋是外頭僱工仿著內工繡的，帶子穗子一概是市賣貨。我便年輕不尊重些，也不要這勞什子，自然都是好的，此其一。二者這東西也不是常帶著的，我縱有，也只好在家裏，焉肯帶在身上各處去？況且又在園裏去，個個姐妹我們都肯拉拉扯扯，倘或露出來，不但在姐妹前，就是奴才看見，我有什麼意思？我就年輕不尊重，亦不能糊塗至此。三則論主子內我是年輕媳婦，算起奴才來，比我更年輕的又不止一個人了。況且他們也常進園，晚間各人家去，焉知不是他們身上的？四則除我常在園裏之外，還有那邊太太常帶過幾個小姨娘來，如嫣紅翠雲等人，皆係年輕侍妾，他們更該有這個了。還有那邊珍大嫂子，他不算甚老外，他也常帶過佩鳳等人來，焉知又不是他們的？五則園內丫頭太多，保的住個個都是正經的不成？也有年紀大些的知道了人

✣ 嫣紅，賈赦的年輕侍妾。（《紅樓夢煙標精華》杜春耕編著，北京圖書館出版社提供）

事，或者一時半刻人查問不到偷著出去，或借著因由同二門上小么兒們打牙犯嘴，外頭得了來的，也未可知。如今不但我沒此事，就連平兒我也可以下保的。太太請細想。」王夫人聽了這一席話大近情理，因嘆道：「你起來。我也知道你是大家小姐出身，焉得輕薄至此，不過我氣急了，拿了話激你。但如今卻怎麼處？你婆婆才打發人封了這個給我瞧，說是前日從傻大姐手裏得的，把我氣了個死。」鳳姐道：「太太快別生氣。若被衆人覺察了，保不定老太太不知道。且平心靜氣暗暗訪察，才得確實；縱然訪不著，外人也不能知道。這叫作『胳膊折在袖內』。如今惟有趁著賭錢的因由革了許多人這空兒，把周瑞媳婦旺兒媳婦等四五個貼近不能走話的人安插在園裏，以查賭爲由。再如今各處的丫頭也太多了，保不住人大心大，生事作耗，等鬧出事來，反悔之不及。如今若無故裁革，不但姑娘們委曲煩惱，就連太太和我也過不去。不如趁此機會，以後凡年紀大些的，或有些咬牙難纏的，拿個錯兒攆出去配了人。一則保得住沒有別的事，二則也可省些用度。太太想我這話如何？」王夫

◎4.奇問。（脂硯齋）

人嘆道：「你說的何嘗不是，但從公細想，你這幾個姐妹也甚可憐了。◎5也不用遠比，只說如今你林妹妹的母親，未出閣時，是何等的嬌生慣養，是何等的金尊玉貴，那才像個千金小姐的體統。如今這幾個姐妹，不過比人家的丫頭略強些罷了。通共每人只有兩三個丫頭像個人樣，餘者縱有四五個小丫頭子，竟是廟裏的小鬼。如今還要裁革了去，不但於我心不忍，只怕老太太未必就依。雖然艱難，難不至此。我雖沒受過大榮華富貴，比你們是強的。如今我寧可省些，別委曲了他們。以後要省儉先從我來倒使的。如今且叫人傳了周瑞家的等人進來，就吩咐他們快快暗地訪拿這事要緊。」鳳姐聽了，即喚平兒進來吩咐出去。

一時，周瑞家的與吳興家的、鄭華家的、來旺家的、來喜家的現在五家陪房進來，餘者皆在南方各有執事。◎6王夫人正嫌人少不能勘察，忽見邢夫人的陪房王善保家的走來，方才正是他送香囊來的。王夫人向來看視邢夫人之得力心腹人等原無二意，◎7今見他來打聽此事，十分關切，便向他說：「你去回了太太，也進園內照管照管，不比別人又強些。」這王善保家正因素日進園去那些丫鬟們不大趨奉他，他心裏大不自在，要尋他們的故事又尋不著，恰好生出這事來，以為得了把柄。又聽王夫人委託，正撞在心坎上，說：「這個容易。不是奴才多話，論理這事該早嚴緊的。太太也不

大往園裏去，這些女孩子們一個個倒像受了封誥似的。他們就成了千金小姐了。鬧下天來，誰敢哼一聲兒！不然，就調唆姑娘的丫頭們，說欺負了姑娘們了，誰還擔得起。」王夫人道：「這也有的常情，跟姑娘的丫頭原比別的嬌貴些。你們該勸他們。連主子們的姑娘不教導尚且不堪，何況他們。」王善保家的道：「別的都還罷了。太太不知道，一個寶玉屋裏的晴雯，那丫頭仗著他生的模樣兒比別人標緻些，又生了一張巧嘴，天天打扮的像個西施的樣子，在人跟前能說慣道，掐尖要強。一句話不投機，他就立起兩個騷眼睛來罵人，妖妖趫趫，大不成個體統。」◎8王夫人聽了這話，猛然觸動往事，便問鳳姐道：「上次我們跟了老太太進園逛去，有一個水蛇腰、削肩膀、眉眼又有些像你林妹妹的，正在那裏罵小丫頭。我的心裏很看不上那狂樣子，因同老太太走，我不曾說的。後來要問是誰，又偏忘了。今日對了坎兒，這丫頭想必就是他了。」鳳姐道：「若論這些丫頭們，共總比起來，都沒晴雯生得好。論舉止言語，他原有些輕薄。方才太太說的倒很像他，我也忘了那日的事，不敢亂說。」王善保家的便道：「不用這樣，此刻不難叫了他來太太瞧瞧。」王夫人道：「寶玉房裏常見我的，只有襲人麝月，這兩個笨笨的倒好。若有這個，他自不敢來見我的。我一生最嫌這樣的人，況且又出來這個事。好好的寶玉，倘或叫這蹄子勾引壞了，那還了得！」因叫自己的丫頭來，吩咐他到園裏去，「只說我說有話問他們，留下襲人麝月伏侍寶玉不必來，有一個晴雯最伶俐，叫他即刻快來。你不許和他說什麼。」

評點

◎5.猶云「可憐」，妙！在別人視之，今古無比；若在榮府論，實不能比先矣。（脂硯齋）
◎6.又伏一筆。（脂硯齋）
◎7.大書。看下人猶如此，可知待邢夫人矣。（脂硯齋）
◎8.活畫出晴雯來。可知以前知晴雯必應遭妒者。可憐可傷，竟死矣。（脂硯齋）

小丫頭子答應了，走入怡紅院，正值晴雯身上不自在，睡中覺才起來，正發悶，聽如此說，只得隨了他來。素日這些丫鬟皆知王夫人最嫌嬌妝艷飾語薄言輕者，故晴雯不敢出頭。今因連日不自在，並沒十分妝飾，自爲無礙。◎[9]及到了鳳姐房中，王夫人一見他釵嚲※[3]鬢鬆，衫垂帶褪，有春睡捧心※[4]之遺風，而且形容面貌恰是上月的那人，不覺勾起方才的火來。王夫人原是天眞爛熳之人，喜怒出於心臆，不比那些飾詞掩意之人，今既眞怒攻心，又勾起往事，便冷笑道：「好個美人！眞像個病西施了。你天天作這輕狂樣兒給誰看？你幹的事打諒我不知道呢！我且放著你，自然明兒揭你的皮。寶玉今日可好些？」晴雯一聽如此說，心內大異，便知有人暗算了他。雖然著惱，只不敢作聲。他本是個聰明過頂的人，◎[10]見問寶玉可好些，他便不肯以實話對，只說：「我不大到寶玉房裏去，又不常和寶玉在一處，好歹我不能知道，只問襲人麝月兩個。」王夫人道：「這就該打嘴。你難道是死人，要你們作什麼！」晴雯道：「我原是跟老太太的人。因老太太說園裏空大人少，寶玉害怕，所以撥了我去外間屋裏上夜，不過看屋子。我原回過我笨，不能伏侍。老太太罵了我，說：『又不叫你管他的事，要伶俐的作什麼！』我聽了這話才去的。不過十天半個月之內，寶玉悶了大家頑一會子就散了。至於寶玉飲食起坐，上一層有老奶奶老媽媽們，下一層又有襲人麝月秋紋幾個人。我閑著還要作老太太屋裏的針線，所以寶玉的事，竟不曾留心。太太既怪，從此後我留心就是了。」王夫人信以爲實了，忙說：「阿彌陀佛！你不近寶玉是我的造化，竟不勞你費心。既是老太太給寶玉的，我明兒回了老太太，再攆你。」因向王善保家的道：「你們進去，好生防他幾日，不許他在寶玉房裏睡覺。等我回過老太太，再處治他。」喝聲：「去！站在這裏，我看不上這浪樣兒！誰許你這樣花紅柳綠的妝扮！」◎11晴雯只得出來，這氣非同小可，一出門便拿手帕子握著臉，一頭走，一頭哭，直哭到園門內去。

這裏王夫人向鳳姐等自怨道：「這幾年我越發精神短了，照顧不到。這樣妖精似的東西竟沒看見。只怕這樣的還有，明日倒得查查。」鳳姐見王夫人盛怒之際，又因王善保家的是邢夫人的耳目，常時調唆著邢夫人生事，縱有千百樣言詞，此刻也不敢說，只低頭答應著。王善保家的道：「太太請養息身體要緊，這些小事只交與奴才。如今要查這個主兒也極容易，等到晚上園門關了的時節，內外不通風，我們竟給他們個猛不防，帶著人到各處丫頭們房裏搜尋。想來誰有這個，斷不單只有這個，自然還有別的東西。那時翻出別的來，自然這個也是他的了。」王夫人道：「這話倒是。若不如此，斷不能清的清白的白。」因問鳳姐如何。鳳姐只得答應說：「太太說的是，就行罷了。」王夫人道：「這主意很是，不然一年也查不出來。」於是大家商議已定。

至晚飯後，待賈母安寢了，寶釵等入園時，王善保家的便請了鳳姐一併入

註

※3：嚲：下垂。

※4：春睡：比喻楊貴妃的醉態。捧心：指西施蹙眉捧心。

◎9.好！可知天生美人，原不在妝飾，使人一見不覺心驚目駭。可恨世之塗脂抹粉，真同鬼魅而不見覺。（脂硯齋）

◎10.深罪聰明，到底不錯一筆。（脂硯齋）

◎11.王夫人從未放棄過使用自己的魅力來控制生活的方式。神經質的自尊使她開始尋找新的偶像。她吃齋念佛，樹起家長的權威極力干涉寶玉的姻緣。她變得安靜、克制，連賈母都說她不聲不響怪可憐見的；她沉穩寬厚、高貴善良，在品德方面一塵不染；她清心寡欲、與世無爭，只在相夫教子方面恪盡職守。這個重建的理想化形象很快變成了她的人格面具，成了她個人魅力新的來源。這個不夠堅硬的面具，經常與她天性中許多方面發生激烈的衝突，使她的人格扭曲乃至形成了一些變態心理。她把自己青春不再及被丈夫冷落的失意轉化爲了對少女的嫉恨，尤其看不得自己的兒子被那些女孩子「教壞」。（郭一峰）

園，喝命將角門皆上鎖，便從上夜的婆子屋內抄檢起，不過抄檢出些多餘攢下蠟燭燈油等物。王善保家的道：「這也是贓，不許動，等明兒回過太太再動。」於是先就到怡紅院中，喝命關門。當下寶玉正因晴雯不自在，忽見這一干人來，不知爲何直撲了丫頭們的房門去，因迎出鳳姐來，問是何故。鳳姐道：「丟了一件要緊的東西，因大家混賴，恐怕有丫頭們偷了，所以大家都查一查去疑。」一面說，一面坐下吃茶。王善保家的等搜了一回，又細問這幾個箱子是誰的，都叫本人來親自打開。襲人因見晴雯這樣，知道必有異事，又見這番抄檢，只得自己先出來打開了箱子並匣子，任其搜檢一番，不過是平常動用之物。隨放下又搜別人的，挨次都一一搜過。到了晴雯的箱子，因問：「是誰的？怎不開了讓搜？」襲人等方欲代晴雯開時，只見晴雯挽著頭髮闖進來，豁啷一聲將箱子掀開，兩手提著底子，朝天往地下盡情一倒，將所有之物盡都倒出。王善保家的也覺沒趣，看了一看，也無甚私弊之物。回了鳳姐，要往別處去。鳳姐兒道：「你們可細細的查，若這一番查不出來，難回話的。」衆人都道：「都細翻看了，沒什麼差錯東西。雖有幾樣男人物件，都是小孩子的東西，想是寶玉的舊物，沒甚關係的。」鳳姐聽了，笑道：「既如此，咱們就走，再瞧別處去。」

說著，一逕出來，因向王善保家的道：「我有一句話，不知是不是。要抄檢只抄檢咱們家的人，薛大姑娘屋裏，斷乎檢抄不得的。」王善保家的笑道：「這個自然。

豈有抄起親戚家來。」鳳姐點頭道：「我也這樣說呢。」◎12一頭說，一頭到了瀟湘館內。黛玉已睡了，忽報這些人來，也不知爲甚事。才要起來，只見鳳姐已走進來，忙按住他不許起來，只說：「睡罷，我們就走。」這邊且說些閑話。那個王善保家的帶了衆人到丫鬟房中，也一一開箱倒籠抄檢了一番。因從紫鵑房中抄出兩副寶玉常換下來的寄名符兒，一副束帶上的披帶，兩個荷包並扇套，套內有扇子。打開看時皆是寶玉往年往日手內曾拿過的。王善保家的自爲得了意，遂忙請鳳姐過來驗視，又說：「這些東西從那裏來的？」鳳姐笑道：「寶玉和他們從小兒在一處混了幾年，這自然是寶玉的舊東西。這也不算什麼罕事，撂下再往別處去是正經。」紫鵑笑道：「直到如今，我們兩下裏的賬也算不清。要問這一個，連我也忘了是那年月日有的了。」王善保家的聽鳳姐如此說，也只得罷了。◎13

又到探春院內，誰知早有人報與探春了。探春也就猜著必有原故，所以引出這等醜態來，◎14遂命衆丫鬟秉燭開門而待。一時衆人來了。探春故問何事。鳳姐笑道：「因丟了一件東西，連日訪察不出人來，恐怕旁人賴這些女孩子們，所以索性大家搜一搜，使人去疑，倒是洗淨他們的好法子。」探春冷笑道：「我們的丫頭自然都是些賊，我就是頭一個窩主。既如此，先來搜我的箱櫃，他們所有偷了來的都交給我藏著呢。」說著便命丫頭們把箱櫃一齊打開，將鏡奩、妝盒、衾袱、衣包若大若小之物一齊打開，請鳳姐去抄閱。鳳姐陪笑道：「我不過是奉太太的命來，妹妹別錯怪我。何

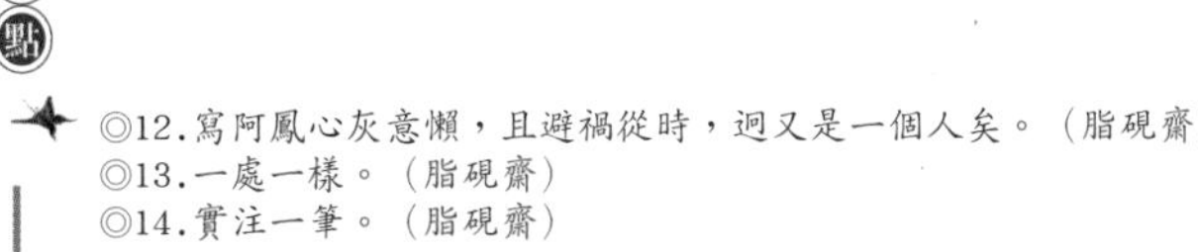

評點

◎12.寫阿鳳心灰意懶，且避禍從時，迥又是一個人矣。（脂硯齋）
◎13.一處一樣。（脂硯齋）
◎14.實注一筆。（脂硯齋）

必生氣。」因命丫鬟們快快關上。平兒豐兒等忙著替待書等關的關，收的收。探春道：「我的東西倒許你們搜閱，要想搜我的丫頭，這卻不能。我原比衆人歹毒，凡丫頭所有的東西我都知道，都在我這裏間收著，一針一線他們也沒的收藏，要搜所以只來搜我。你們不依，只管去回太太，只說我違背了太太，該怎麼處治，我去自領。你們別忙，自然連你們抄的日子有呢！你們今日早起不曾議論甄家，自己家裏好好的抄家，果然今日眞抄了。咱們也漸漸的來了。可知這樣大族人家，若從外頭殺來，一時是殺不死的，這是古人曾說的『百足之蟲，死而不僵』，必須先從家裏自殺自滅起來，才能一敗塗地！」說著，不覺流下淚來。鳳姐只看著衆媳婦們。周瑞家的便道：「既是女孩子的東西全在這裏，奶奶且請到別處去罷，也讓姑娘好安寢。」鳳姐便起身告辭。

✣「惑奸讒抄檢大觀園」，描繪《紅樓夢》第七十四回中的場景。大觀園是賈府的一部分，內部被抄檢；賈府是社會的一部分，後來被朝廷查抄。清代孫溫繪《全本紅樓夢》圖冊第十五冊之三。（清・孫溫繪）

探春道：「可細細的搜明白了？若明日再來，我就不依了。」鳳姐笑道：「既然丫頭們的東西都在這裏，就不必搜了。」探春冷笑道：「你果然倒乖。連我的包袱都打開了，還說沒翻。明日敢說我護著丫頭們，不許你們翻了。你趁早說明，若還要翻，不妨再翻一遍。」鳳姐知道探春素日與衆不同的，只得陪笑道：「我已經連你的東西都搜查明白了。」探春又問衆人：「你們也都搜明白了不曾？」周瑞家的等都陪笑說：「都翻明白了。」那王善保家的本是個心內沒成算的人，素日雖聞探春的名，那是爲衆人沒眼力沒膽量罷了，那裏一個姑娘家就這樣起來；況且又是庶出，他敢怎麼！他自恃是邢夫人陪房，連王夫人尙另眼相看，何況別個。今見探春如此，他只當是探春認眞單惱鳳姐，與他們無干。他便要趁勢作臉獻好，因越衆向前拉起探春的衣襟，故意一掀，嘻嘻笑道：「連姑娘身上我都翻了，果然沒有什麼。」鳳姐見他這樣，忙說：「媽媽走罷，別瘋瘋顚顚的！」一語未了，只聽「拍」的一聲，王善保家的臉上早著了探春一掌。◎15探春登時大怒，指著王善保家的問道：「你是什麼東西，敢來拉扯我的衣裳！我不過看著太太的面上，你又有年紀，叫你一聲『媽媽』，你就狗仗人勢，天天作耗，專管生事。如今越性了不得了。你打諒我是同你們姑娘那樣好性兒，由著你們欺負他，就錯了主意！你搜檢東西我不惱，你不該拿我取笑。」說著，便親自解衣卸裙，拉著鳳姐細細的翻。又說：「省得叫奴才來翻我身上。」鳳姐平兒等忙與探春束裙整袂，口內喝著王善保家的說：「媽媽吃兩口酒就瘋瘋顚顚起來。前兒把

◎15.王善保家的挨了探春狠狠的一記耳光，只要不是混蛋，肯定都會爲探春的這一記耳光叫好，贊她爲被壓迫者出了一口鳥氣。（李國文）

暖香塢正房外景。（趙塑攝於北京大觀園）

太太也沖撞了。快出去！不要提起了。」又勸探春休得生氣。探春冷笑道：「我但凡有氣性，早一頭碰死了！不然豈許奴才來我身上翻賊贓了。明兒一早，我先回過老太太、太太，然後過去給大娘陪禮，該怎麼，我就領。」那王善保家的討了個沒意思，在窗外只說：「罷了，罷了，這也是頭一遭挨打。我明兒回了太太，仍回老娘家去罷。這個老命還要他作什麼！」探春喝命丫鬟道：「你們聽他說的這話，還等我和他對嘴去不成？」待書等聽說，便出去說道：「你果然回老娘家去，倒是我們的造化了。只怕捨不得去！」鳳姐笑道：「好丫頭，眞是有其主必有其僕。」探春冷笑道：「我們作賊的人，嘴裏都有三言兩語的。這還算笨的，背地裏就只不會調唆主

王善保家的本欲趁勢獻好，向前拉扯探春的衣襟卻反而著了探春一掌。（朱寶榮繪）

子。」平兒忙也陪笑解勸，一面又拉了待書進來。周瑞家的等人勸了一番。鳳姐直待伏侍探春睡下，方帶著人往對過暖香塢來。

彼時李紈猶病在床上，他與惜春是緊鄰，又與探春相近，故順路先到這兩處。因李紈才吃了藥睡著，不好驚動，只到丫鬟們房中一一的搜了一遍，也沒有什麼東西，遂到惜春房中來。因惜春年少，尚未識事，嚇的不知當有什麼事，故鳳姐也少不得安慰他。誰知竟在入畫箱中尋出一大包金銀錁子來，約共三四十個；◎16又有一副玉帶板子※5並一包男人的靴襪等物。入畫也黃了臉。因問是那裏來的，入畫只得跪下，哭訴真情，說：「這是珍大爺賞我哥哥的。◎17因我們老子娘都在南方，如今只跟著叔叔過日子。我叔叔嬸子只要吃酒賭錢，我哥哥怕交給他們又花了，所以每常得了，悄悄的煩了老媽媽帶進來叫我收著的。」惜春膽小，見了這個也害怕，說：「我竟不知道。這還了得！二嫂子，你要打他，好歹帶他出去打罷，我聽不慣的。」鳳姐笑道：「這話若果真呢，也倒可恕，只是不該私自傳送進來。這個可以傳遞，什麼不可以傳遞。這倒是傳遞人的不是了。若這話不真，倘是偷來的，你可

✣ 王善保家的。對於各人脾性和眼前狀況缺乏正確的認識，導致自討沒趣。（《紅樓夢煙標精華》杜春耕編著，北京圖書館出版社提供）

註

※5：古時富貴人家以玉爲飾的腰帶上的玉質帶頭。

◎16.奇。爲察姦情，反得賊贓。（脂硯齋）

◎17.妙極是極。蓋入畫本係寧府之人也。（脂硯齋）

就別想活了。」入畫跪著哭道：「我不敢扯謊。奶奶只管明日問我們奶奶和大爺去，若說不是賞的，就拿我和我哥哥一同打死無怨。」鳳姐道：「這個自然要問的，只是眞賞的也有不是。誰許你私自傳送東西的！你且說是誰作接應，我便饒你。下次萬萬不可。」惜春道：「嫂子別饒他這次方可。這裏人多，若不拿一個人作法，那些大的聽見了，又不知怎樣呢。嫂子若饒他，我也不依。」◎18鳳姐道：「素日我看他還好。誰沒一個錯，只這一次。二次犯下，二罪俱罰。但不知傳遞是誰？」惜春道：「若說傳遞，再無別個，必是後門上的張媽。他常肯和這些丫頭們鬼鬼祟祟的，這些丫頭們也都肯照顧他。」鳳姐聽說，便命人記下，將東西且交給周瑞家的暫拿著，等明日對明再議。於是別了惜春，方往迎春房內來。

迎春已經睡著了，丫鬟們也才要睡，衆人叩門半日才開。鳳姐吩咐：「不必驚動小姐。」遂往丫鬟們房裏來。因司棋是王善保的外孫女兒，◎19鳳姐倒要看看王家的可藏私不藏，遂留神看他搜檢。先從別人箱子搜起，皆無別物。及到了司棋箱子中搜了一回，王善保家的說：「也沒有什麼東西。」才要蓋箱時，周瑞家的道：「且住，這是什麼？」說著，便伸手掣出一雙男子的錦帶襪並一雙緞鞋來。又有一個小包袱，打開看時，裏面有一個同心如意並一個字帖兒。一總遞與鳳姐。鳳姐因當家理事，每每

✣ 入畫，惜春的丫鬟。（《紅樓夢煙標精華》杜春耕編著，北京圖書館出版社提供）

✣ 潘又安。他給人的深刻印象並非容貌，而是行事風格。（《紅樓夢煙標精華》杜春耕編著，北京圖書館出版社提供）

看開帖並賬目，也頗識得幾個字了。便看那帖子是大紅雙喜箋帖，上面寫道：「上月你來家後，父母已覺察你我之意。但姑娘未出閣，尚不能完你我之心願。若園內可以相見，你可托張媽給一信息。若得在園內一見，倒比來家得說話。千萬，千萬！再所賜香袋二個，今已查收外，特寄香珠一串，略表我心。千萬收好！表弟潘又安拜具。」◎20鳳姐看罷，不怒而反樂。◎21別人並不識字。王家的素日並不知道他姑表姐弟有這一節風流故事，見了這鞋襪，心內已是有些毛病，又見有一紅帖，鳳姐又看著笑，他便說道：「必是他們胡寫的賬目，不成個字，所以奶奶見笑。」鳳姐笑道：「正是，這個賬竟算不過來：你是司棋的老娘，他的表弟也該姓王，怎麼又姓潘呢？」王善保家的見問的奇怪，只得勉強告道：「司棋的姑媽給了潘家，所以他姑表兄弟姓潘。上次逃走了的潘又安就是他表弟。」鳳姐笑道：「這就是了。」因說：「我念給你聽聽。」說著從頭念了一遍，大家都嚇一跳。這王家的一心只要拿人的錯兒，不想反拿住了他外孫女兒，又氣又臊。周瑞家的四人又都問著他：「你老可聽見了？明明白白，再沒的話說了。如今據你老人家，該怎麼樣？」這王家的只恨沒地縫兒鑽進去。鳳姐只瞅著他

評點

◎18.這是自己反不依的。各得自然之理，各有自然之妙。（脂硯齋）
◎19.玄妙奇詭，出人意外。（脂硯齋）
◎20.名字便妙。（脂硯齋）
◎21.惡毒之至。（脂硯齋）

✣ 從司棋箱子裏翻出男人的東西和字帖，鳳姐看了，不怒反樂。（朱寶榮繪）

嘻嘻的笑，◎22向周瑞家的笑道：「這倒也好。不用你們作老娘操一點兒心，他鴉雀不聞的給你們弄個好女婿來，大家倒省心。」◎23周瑞家的也笑著湊趣兒。王善保家的氣無處洩，便自己回手打著自己的臉，罵道：「老不死的娼婦，怎麼造下孽了！說嘴打嘴，現世現報在人眼裏。」衆人見這般，俱笑個不住，又半勸半諷的。鳳姐見司棋低頭不語，也並無畏懼慚愧之意，倒覺可異。料此時夜深，且不必盤問，只怕他夜間自愧去尋拙志※6，遂喚兩個婆子監守起他來。帶了人，拿了贓證回來，且自安歇，等待明日料理。

誰知到夜裏又連起來幾次，下面淋血不止。至次日，便覺身體十分軟弱，起來發暈，遂撐不住。請太醫來，診脈畢，遂立藥案云：「看得少奶奶係心氣不足，虛火乘脾，皆由憂勞所傷，以致嗜臥好眠，胃虛土弱，不思飲食。今聊用升陽養榮之劑。」寫畢，遂開了幾樣藥名，不過是人參、當歸、黃芪等類之劑。一時退去，有老嬤嬤們拿了方子回過王夫人，不免又添一番愁悶，遂將司棋等事暫未理。

* * *

可巧這日尤氏來看鳳姐，坐了一回，到園中去又看過李紈。才要望候衆姐妹們去，忽見惜春遣人來請，尤氏遂到了他房中來。惜春便將昨晚之事細細告訴與尤氏，又命將入畫的東西一概要來與尤氏過目。尤氏道：「實是你哥哥賞他哥哥的，只不

註

※6：尋短。

評點

◎22.惡毒之至。（脂硯齋）

◎23.刻毒！按鳳姐雖係刻毒，然亦不應在下人前爲之。（脂硯齋）

該私自傳送，如今官鹽竟成了私鹽※7了。」因罵入畫：「糊塗脂油蒙了心的！」惜春道：「你們管教不嚴，反罵丫頭。這些姐妹，獨我的丫頭這樣沒臉，我如何去見人！昨兒我立逼著鳳姐姐帶了他去，他只不肯。我想，他原是那邊的人，鳳姐姐不帶他去，也原有理。我今日正要送過去，嫂子來的恰好，快帶了他去。或打，或殺，或賣，我一概不管。」入畫聽說，又跪下哭求，說：「再不敢了。只求姑娘看從小兒的情常，好歹生死在一處罷！」尤氏和奶娘等人也都十分分解，說他：「不過一時糊塗了，下次再不敢的。他從小兒伏侍你一場，到底留著他爲是。」誰知惜春雖然年幼，卻天生成一種百折不回的廉介孤獨僻性，任人怎說，他只以爲丟了他的體面，咬定牙斷乎不肯。更又說的好：「不但不要入畫，如今我也大了，連我也不便往你們那邊去了。況且近日我每每風聞得有人背地裏議論什麼多少不堪的閑話！我若再去，連我也編排上了。」尤氏道：「誰議論什麼？又有什麼可議論的！姑娘是誰？我們是誰，姑娘既聽見人議論我們，就該問著他才是。」惜春冷笑道：「你這話問著我倒好。我一個姑娘家，只有躲是非的，我反去尋是非，成個什麼人了！還有一句話：我不怕你惱，好歹自有公論，又何必去問人。古人說的好，『善惡生死，父子不能有所勖助』，何況你我二人之間。我只知道保得住我就夠了，不管你們。從此以後，你們有事別累我。」尤氏聽了，又氣又好笑，因向地下衆人道：「怪道人人都說這四丫頭年輕糊塗，我只不信。你們聽方才一篇話，無原無故，又不知好歹，又沒個輕重。雖然是小孩子的話，卻又能寒人的心。」衆嬤嬤笑道：「姑娘年輕，奶奶自然要吃些虧的。」惜春冷笑道：「我雖年輕，這話卻不年輕。你們不看書不識幾個字，所以都是些呆子，看著明白人，倒說我年輕糊塗。」尤氏道：「你是狀元榜眼探花，古今第一個才子。我們是糊塗人，不如你明白，何如？」惜春道：「狀元榜眼難道就沒有糊塗的不成？可知他們也有不能了悟的。」尤氏笑道：「你倒好。才是才子，這會子又作大和尚了，又講起了悟來了。」惜春道：「我不了悟，我也捨不得入畫了。」尤氏道：「可知你是個心冷口冷心狠意狠的人。」惜春道：「古人曾也說的，『不作狠心人，難得自了漢。』※8我清清白白的一個人，爲什麼教你們帶累壞了我！」尤氏心內原有病，怕說這些話。聽說有人議論，已是心中羞惱激射，只是在惜春分上不好發作，忍耐了大半。今見惜春又說這句，因按捺不住，因問惜春道：「怎麼就帶累了你？你的丫頭的不是，無故說我，我倒忍了這半日，你倒越發得了意，只管說這些話。你是千金萬金的小姐，我們以後就不親近，仔細帶累了小姐的美名。即刻就叫人將入畫帶了過去！」說著，便賭氣起身去了。惜春道：「若果然不來，倒也省了口舌是非，大家倒還清淨。」尤氏也不答話，一逕往前邊去了。不知後事如何——

註

※7：官鹽：由國家運銷或已經繳納鹽稅、爲官方許可經營的食鹽。私鹽：逃避納稅、私運私銷的食鹽。
※8：意指不狠下心斷絕欲念，便不能消除煩惱。

第七十五回　開夜宴異兆發悲音　賞中秋新詞得佳讖

話說尤氏從惜春處賭氣出來，正欲往王夫人處去。跟從的老嬤嬤們因悄悄的回道：「奶奶且別往上房去。才有甄家的幾個人來，還有些東西，不知是作什麼機密事。奶奶這一去恐不便。」尤氏聽了道：「昨日聽見你爺說，看邸報甄家犯了罪，現今抄沒家私，調取進京治罪。怎麼又有人來？」老嬤嬤道：「正是呢。才來了幾個女人，氣色不成氣色，慌慌張張的，想必有什麼瞞人的事情也是有的。」

尤氏聽了，便不往前去，仍往李氏這邊來了。恰好太醫才診了脈去。李紈近日也略覺精爽了些，擁衾倚枕，坐在床上，正欲一二人來說些閑話。因見尤氏進來不似往日和藹可親，只呆呆的坐著。李紈因問道：「你過來了這半日，可在別屋裏吃些東西沒有？只怕餓了。」命素雲瞧有什麼新鮮點心揀了來。尤氏

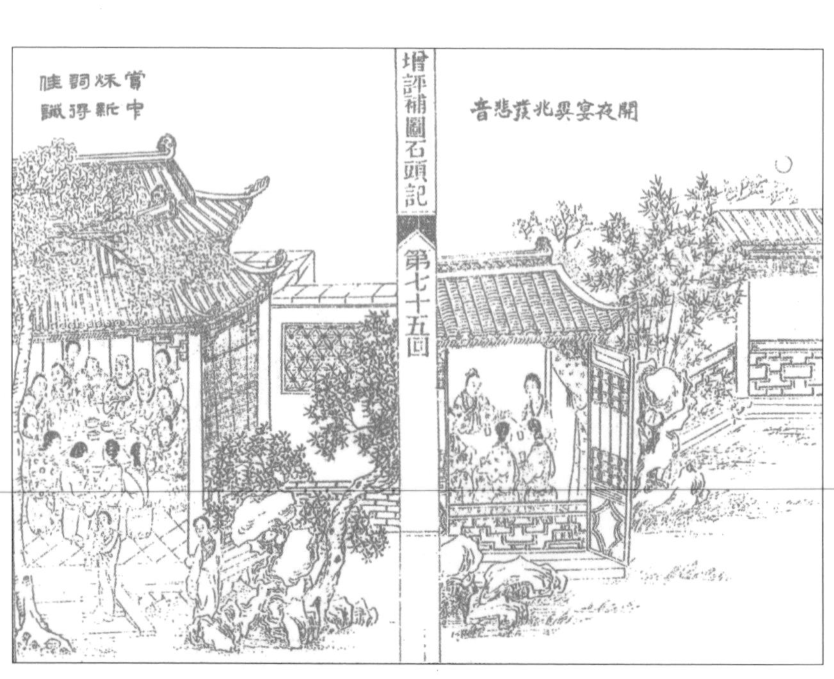

✣《增評補圖石頭記》第七十五回繪畫。（fotoe提供）

✣ 素雲，李紈的丫頭。（《紅樓夢煙標精華》杜春耕編著，北京圖書館出版社提供）

忙止道：「不必，不必。你這一向病著，那裏有什麼新鮮東西。況且我也不餓。」李紈道：「昨日他姨娘家送來的好茶麵子，倒是對碗來你喝罷。」說畢，便吩咐人去對茶。尤氏出神無語。跟來的丫頭媳婦們因問：「奶奶今日中晌尚未洗臉，這會子趁便可淨一淨好？」尤氏點頭。李紈忙命素雲來取自己的妝奩。素雲一面取來，一面將自己的胭粉拿來，笑道：「我們奶奶就少這個。奶奶不嫌髒，這是我的，能著用些。」李紈道：「我雖沒有，你就該往姑娘們那裏取去。怎麼公然拿出你的來？幸而是他，若是別人，豈不惱呢！」尤氏笑道：「這又何妨。自來我凡過來，誰的沒使過，今日忽然又嫌髒了？」一面說，一面盤膝坐在炕沿上。銀蝶上來忙代爲卸去腕鐲戒指，又將一大袱手巾蓋在下截，將衣裳護嚴。小丫鬟炒豆兒捧了一大盆溫水走至尤氏跟前，只彎腰捧著。李紈道：「怎麼這樣沒規矩？」銀蝶笑道：「說一個個沒機變的，說一個葫蘆就是一個瓢。奶奶不過待咱們寬些，在家裏不管怎樣罷了，你就得了意！不管在家出外，當著親戚也只隨著便了。」尤氏道：

「你隨他去罷，橫豎洗了就完事了。」炒豆兒忙趕著跪下。尤氏笑道：「我們家下大小的人只會講外面假禮假體面，究竟作出來的事都夠使的了。」◎1李紈聽如此說，便知他已知道昨夜的事，因笑道：「你這話有因，誰作事究竟夠使了？」尤氏道：「你倒問我，你敢是病著死過去了！」

一語未了，只見人報：「寶姑娘來了。」忙說快請時，寶釵已走進來。尤氏忙擦臉起身讓坐，因問：「怎麼一個人忽然走來，別的姐妹都怎麼不見？」寶釵道：「正是我也沒有見他們。只因今日我們奶奶身上不自在，家裏兩個女人也都因時症未起炕，別的靠不得，我今兒要出去伴著老人家夜裏作伴兒。要去回老太太、太太，我想又不是什麼大事，且不用提，等好了我橫豎進來的，所以來告訴大嫂子一聲。」李紈聽說，只看著尤氏笑。尤氏也只看著李紈笑。一時尤氏盥沐已畢，大家吃麵茶。李紈因笑道：「既這樣，且打發人去請姨娘的安，問是何病。我也病著，不能親自來的。好妹妹，你去只管去，我自打發人去到你那裏去看屋子。你好歹住一兩天還進來，別叫我落不是。」寶釵笑道：「落什麼不是呢？這也是通共常情，你又不曾賣放了賊。依我的主意，也不必添人過去，竟把雲丫頭請了來，你和他住一兩日，豈不省事。」尤氏道：「可是，史大妹妹往那裏去了？」寶釵道：「我才打發他們找你們探丫頭去了，叫他同到這裏來，我也明白告訴他。」

正說著，果然報：「雲姑娘和三姑娘來了。」大家讓坐已畢，寶釵便說要出去一事，探春道：「很好。不但姨媽好了還來的，就便好了不來也使得。」尤氏笑道：「這話奇怪，怎麼攆起親戚來了？」探春冷笑道：「正是呢，有叫人攆的，不如我先攆。親戚們好，也不在必要死住著才好。咱們倒是一家子親骨肉呢，一個個不像烏眼雞，恨不得你吃了我，我吃了你！」尤氏忙笑道：「我今兒是那裏來的晦氣，偏都碰著你姐妹們的氣頭兒上了！」探春道：「誰叫你趕熱灶來了！」因問：「誰又得罪了你呢？」因又尋思道：「四丫頭不犯羅唣你，卻是誰呢？」尤氏只含糊答應。探春知他畏事，不肯多言，因笑道：「你別裝老實了。除了朝廷治罪，沒有砍頭的，你不必畏頭畏尾。實告訴你罷，我昨兒把王善保家那老婆子打了，我還頂著個罪呢。不過背地裏說我些閑話，難道他還打我一頓不成！」寶釵忙問因何又打他，探春悉把昨夜怎的抄檢，怎的打他，一一說了出來。尤氏見探春已經說了出來，便把惜春方才之事也說了出來。探春道：「這是他的僻性，孤介太過，我們再傲不過他的。」又告訴他們說：「今日一早不見動靜，打聽鳳辣子又病了。我就打發我媽媽出去打聽王善保家的是怎樣。回來告訴我說，王善保家的挨了一頓打，大太太嗔著他多事。」尤氏李紈道：「這倒也是正理。」探春冷笑道：「這種掩飾誰不會作！且再瞧就是了。」尤氏李紈皆默無所答。一時估著前頭用飯，湘雲和寶釵回房打點衣衫，不在話下。

尤氏等遂辭了李紈，往賈母這邊來。賈母歪在榻上，王夫人說甄家因何獲罪，如今抄沒了家產，回京治罪等語。賈母聽了正不自在，恰好見他姐妹來了，因問：「從

評點

◎1. 按尤氏犯七出之條，不過只是「過於從夫」四字，此世間婦人之常情耳。其心術慈厚寬順，竟可出於阿鳳之上，特用明犯七出之人從公一論，可知賈宅中暗犯七出之人亦不少……此爲打草驚蛇法，實寫邢夫人也。（脂硯齋）

「從那裏來的？可知鳳姐妯娌兩個的病今日怎樣？」尤氏等忙回道：「今日都好些。」賈母點頭嘆道：「咱們別管人家的事，且商量咱們八月十五日賞月是正經。」◎2王夫人笑道：「都已預備下了。不知老太太揀那裏好，只是園裏空，夜晚風冷。」賈母笑道：「多穿兩件衣服何妨，那裏正是賞月的地方，豈可倒不去的。」說話之間，早有媳婦丫鬟們抬過飯桌來，王夫人尤氏等忙上來放箸捧飯。賈母見自己的幾色菜已擺完，另有兩大捧盒內捧了幾色菜來，便知是各房另外孝敬的舊規矩。賈母因問：「都是些什麼？上幾次我就吩咐，如今可以把這些蠲了罷，你們還不聽。如今比不得在先輻輳※1的時光了！」鴛鴦忙道：「我說過幾次，都不聽，也只罷了。」王夫人笑道：「不過都是家常東西。今日我吃齋，沒有別的。那些麵筋豆腐老太太又不大甚愛吃，只揀了一樣椒油純齏醬來。」賈母笑道：「這樣正好，正想這個吃。」鴛鴦聽說，便將碟子挪在跟前。寶琴一一的讓了，方歸坐。賈母便命探春來同吃。探春也都讓過了，便和寶琴對面坐下。待書忙去取了碗來。鴛鴦又指那幾樣菜道：「這兩樣看不出是什麼東西來，大老爺送來的。這一碗是雞髓筍，是外頭老爺送上來的。」一面說，一面就只將這碗筍送至桌上。賈母略嘗了兩點，便命：「將那兩樣著人送回去，就說我吃了。以後不必天天送，我想吃自然來要。」媳婦們答應著，仍送過去，不在話下。賈母因問：「有稀飯吃些罷了。」尤氏早捧過一碗來，說是紅稻米粥。賈母接來吃了半碗，便吩咐：「將這粥送給鳳哥兒吃去。」又指著「這一碗筍和這一盤風腌果子狸給顰兒寶玉兩個吃去，◎3那一碗肉給蘭小子吃去。」又向尤氏道：「我吃了，你就來吃了罷。」尤氏答應，待賈母漱口洗手畢，賈母便下地和王夫人說閑話行食※2。尤氏告坐。探春寶琴二人也起來了，笑道：「失陪，失陪！」尤氏笑道：「剩我一個人，大排桌的吃不慣。」賈母笑道：「鴛鴦琥珀來趁勢也吃些，又作了陪客。」尤氏笑道：「好，好，好，我正要說呢。」賈母笑道：「看著多多的人吃飯，最有趣的。」又指銀蝶道：「這孩子也好，也來同你主子一塊兒來吃，等你們離了我，再立規矩去。」尤氏道：「快過來，不必裝假。」賈母負手看著取樂。因見伺候添飯的人手內捧著一碗下人的米飯，尤氏吃的仍是白粳米飯，賈母問道：「你怎麼昏了，盛這個飯來給你奶奶？」那人道：「老太太的飯吃完了。今日添了一位姑娘，所以短了些。」鴛鴦道：「如今都是可著頭作帽子了，要一點兒富餘也不能的。」王夫人忙回道：「這一二年旱澇不定，田上的米都不能按數交的。這幾樣細米更艱難了，所以都可著吃的多少關去，生恐一時短了，買的不順口。」賈母笑道：「這正是『巧媳婦作不出沒米的粥』來。」眾人都笑起來。鴛鴦道：「既這然，就去把三姑娘的飯拿來添也是一樣，就這樣笨。」尤氏笑道：「我這個就夠了，也不用取去。」鴛鴦道：「你夠了，我不會吃的。」地下的媳婦們聽說，方忙著取去了。一時，王夫人也去用飯。這裏尤氏直陪賈母說話取笑。

註

※1：輻：車輪上連接輪圈和中心部位的直條。輳：聚集。形容人物聚集稠密。

※2：藉活動幫助消化。

評點

◎2.賈母已看破狐悲兔死，故不改已往，聊來自遣耳。（脂硯齋）

◎3.停箸分食，睹物念人，老太君之情重中之重，全在關乎「一對玉兒」那句話中。「這一碗筍和這一盤……」在賈母是眞情流露，順口而出。曹翁筆下則寫盡老太君心底隱情。（朱健）

到起更的時候，賈母說：「黑了，過去罷。」尤氏方告辭出來。走至大門前上了車，銀蝶坐在車沿上。衆媳婦放下簾子來，便帶著小丫頭們直先走過那邊大門口等著去了。因二府之門相隔沒有一箭之路，每日家常來往不必定要周備，況天黑夜晚之間回來的遭數更多，所以老嬤嬤帶著小丫頭，只幾步便走了過來。兩邊大門上的人都到東西街口，早把行人斷住。尤氏大車上也不用牲口，只用七八個小廝挽環拽輪，輕輕的便推拽過這邊階磯上來。於是衆小廝退過獅子以外，衆嬤嬤打起簾子，銀蝶先下來，然後攙下尤氏來。大小七八個燈籠照的十分眞切。尤氏因見兩邊獅子下放著四五輛大車，便知係來赴賭之人所乘，遂向銀蝶衆人道：「你看，坐車的是這樣，騎馬的還不知有幾個呢！馬自然在圈裏拴著，咱們看不見。也不知道他娘老子掙下多少錢與他們這麼開心兒！」一面說，一面已到了廳上。賈蓉之妻帶領家下媳婦丫頭們，也都秉燭接了出來。尤氏笑道：「成日家我要偷著瞧瞧他們，也沒得便。今兒倒巧，就順便打他們窗戶跟前走過去。」衆媳婦答應著，提燈引路，又有一個先去悄悄的知會伏侍的小廝們不要失驚打怪。於是尤氏一行人悄悄的來至窗下，只聽裏面稱三贊四，耍笑之音雖多，◎4又兼有恨五罵六，忿怨之聲亦不少。◎5

*　　*　　*

原來賈珍近因居喪，每不得遊頑曠蕩，又不得觀優聞樂作遣。無聊之極，便生了個破悶之法。日間以習射爲由，請了各世家弟兄及諸富貴親友來較射。因說：「白白的只管亂射，終無裨益，不但不能長進，而且壞了式樣，必須立個罰約，賭個利物，大家才有勉力之心。」因此在天香樓下箭道內立了鵠子※3，皆約定每日早飯後來射鵠子。賈珍不肯出名，便命賈蓉作局家。這些來的皆係世襲公子，人人家道豐富，且都在少年，正是鬥雞走狗、問柳評花的一干遊蕩紈袴。因此大家議定，每日輪流作晚飯之主，——每日來射，不便獨擾賈蓉一人之意。於是天天宰豬割羊，屠鵝戮鴨，好似臨潼鬥寶※4一般，都要賣弄自己家的好廚役好烹炮。不到半月工夫，賈赦賈政聽見這般，不知就裏，反說這才是正理，文既誤矣，武事當亦該習，況在武蔭※5之屬。兩處遂也命賈環、賈琮、寶玉、賈蘭等四人於飯後過來，跟著賈珍習射一回，方許回去。

賈珍之志不在此，再過一二日便漸次以歇臂養力爲由，晚間或抹抹骨牌，賭個酒東而已，自後漸次至錢。如今三四月的光景，竟一日一日賭勝於射了，公然鬥葉※6擲骰，放頭開局，夜賭起來。家下人借此各有些進益，巴不得的如此，所以竟成了勢了。外人皆不知一字。近日邢夫人之胞弟邢德全也酷好如此，故也在其中。又有薛蟠，頭一個慣喜送錢與人的，見此豈不快樂。邢德全雖係邢夫人之胞弟，卻居心行事大不相同。這個邢德全只知吃酒賭錢、眠花宿柳爲樂，手中濫漫使

註

※3：箭靶的中心。
※4：傳說春秋時秦穆公爲併吞諸侯設謀邀請十七國諸侯到臨潼赴會，拿出各自的傳國之寶比較輸贏。
※5：因武功而得到封蔭。
※6：鬥紙牌，賭博的一種。

評點

◎4.妙！先畫贏家。（脂硯齋）
◎5.妙！又畫輸家。（脂硯齋）

錢，待人無二心，好酒者喜之，不飲者則不去親近，無論上下主僕皆出自一意，並無貴賤之分，因此都喚他「傻大舅」。薛蟠早已出名的「呆大爺」。今日二人皆湊在一處，都愛「搶新快※7」爽利，便又會了兩家，在外間炕上「搶新快」。別的又有幾家在當地下大桌上打公番。裏間又一起斯文些的，抹骨牌打天九。此間伏侍的小廝都是十五歲以下的孩子，若成丁的男子到不了這裏，故尤氏方潛至窗外偷看。其中有兩個十六七歲變童以備奉酒的，都打扮的粉妝玉琢。今日薛蟠又輸了一張，正沒好氣，幸而擲第二張完了，算來除翻過來倒反贏了，心中只是興頭起來。賈珍道：「且打住，吃了東西再來。」因問那兩處怎樣。裏頭打天九的，也作了賬等吃飯。打公番的未清，且不肯吃。於是各不能催，先擺下一大桌，賈珍陪著吃，命賈蓉落後陪那一起。薛蟠興頭了，便摟著一個變童

✣「開夜宴異兆發悲音」，描繪《紅樓夢》第七十五回中的場景。賈府將遭變故、走向沒落的趨向已很明顯。清代孫溫繪《全本紅樓夢》圖冊第十五冊之四。（清・孫溫繪）

吃酒，又命將酒去敬邢傻舅。傻舅輸家，沒心緒，吃了兩碗，便有些醉意，嗔著兩個孌童只趕著贏家不理輸家了，因罵道：「你們這起兔子，就是這樣專洑上水。天天在一處，誰的恩你們不沾，只不過我這一會子輸了幾兩銀子，你們就三六九等了！難道從此以後再沒有求著我們的事了？」眾人見他帶酒，忙說：「很是，很是。果然他們風俗不好。」因喝命：「快敬酒賠罪！」兩個孌童都是演就的局套，忙都跪下奉酒，說：「我們這行人，師父教的不論遠近厚薄，只看一時有錢有勢就親敬；便是活佛神仙，一時沒了錢勢了，也不許去理他。況且我們又年輕，又居這個行次，求舅太爺體恕些我們就過去了！」說著，便舉著酒俯膝跪下。◎6邢大舅心內雖軟了，只還故作怒意不理。眾人又勸道：「這孩子是實情話。老舅是久慣憐香惜玉的，如何今日反這樣起來？若不吃這酒，他兩個怎樣起來？」邢大舅已撐不住了，便說道：「若不是眾位說，我再不理。」說著，方接過來一氣喝乾。又斟一碗來。這邢大舅便酒勾往事，醉露眞情起來，乃拍案對賈珍嘆道：「怨不的他們視錢如命。多少世宦大家出身的，若提起『錢勢』二字，連骨肉都不認了。老賢甥，昨日我和你那邊的令伯母賭氣，你可知道否？」賈珍道：「不曾聽見。」邢大舅嘆道：「就爲錢這件混賬東西。利害，利害！」賈珍深知他與邢夫人不睦，每遭邢夫人棄惡，扳出怨言，因勸道：「老舅，你也太散漫些。若只管花去，有多少給老舅花的？」邢大舅道：「老賢甥，你不知我邢

註

※7：六個骰子，按一定的點色組合，定出分數，分多者勝。

◎6.調侃，罵死世人。（脂硯齋）

家底裏。我母親去世時我尚小，世事不知。他姐妹三個人，只有你令伯母年長出閣，一分家私都是他把持帶來。如今二家姐雖也出閣，他家也甚艱窘，三家姐尚在家裏，一應用度都是這裏陪房王善保家的掌管。我便來要錢也非要的是你賈府的，我邢家家私也就夠我花的了。無奈竟不得到手，所以有冤無處訴。」◎7賈珍見他酒後叨叨，恐人聽見不雅，連忙用話解勸。

外面尤氏聽得十分眞切，乃悄向銀蝶笑道：「你聽見了？這是北院裏大太太的兄弟抱怨他呢。可憐他親兄弟還是這樣說，這就怨不得這些人了。」因還要聽時，正值打公番者也歇住了，要吃酒。因有一個問道：「方才是誰得罪了老舅？我們竟不曾聽明白，且告訴我們評評理。」邢德全見問，便把兩個變童不理輸的只趕贏的話說了一遍。這一個年少的紈袴道：「這樣說，原可惱的，怨不得舅太爺生氣。我且問你兩個：舅太爺雖然輸了，輸的不過是銀子錢，並沒有輸丟了雞巴，怎就不理他了？」說著衆人大笑起來，連邢德全也噴了一地飯。尤氏在外面悄悄的啐了一口，罵道：「你聽聽，這一起子沒廉恥的小挨刀的！才丟了腦袋骨子，就胡唚嚼毛了，再肏攮下黃湯去，還不知唚出些什麼來呢！」一面說，一面便進去卸妝安歇。至四更時，賈珍方散，往佩鳳房裏去了。

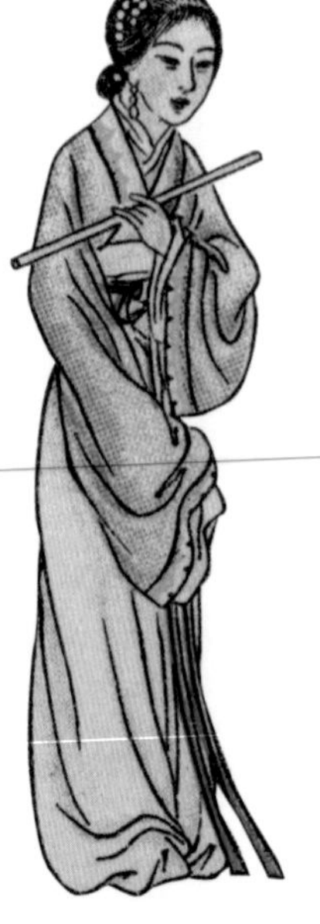
✣ 佩鳳。她和偕鸞的名字都像戲子，可能出自賈珍之筆。（《紅樓夢煙標精華》杜春耕編著，北京圖書館出版社提供）

次日起來，就有人回西瓜月餅都全了，只待分派送人。賈珍吩咐佩鳳道：「你請你奶奶看著送罷，我還有別的事呢。」佩鳳答應去了，回了尤氏，尤氏只得一一分派遣人送去。一時，佩鳳又來說：「爺問奶奶，今兒出門不出？說咱們是孝家，明兒十五過不得節，今兒晚上倒好，可以大家應個景兒，吃些瓜餅酒。」尤氏道：「我倒不願出門呢。那邊珠大奶奶又病了，鳳丫頭又睡倒了，我再不過去，越發沒個人了。況且又不得閑，應什麼景兒！」佩鳳道：「爺說了，今兒已辭了眾人，直等十六才來呢，好歹定要請奶奶吃酒的。」尤氏笑道：「請我，我沒的還席。」佩鳳笑著去了，一時，又來笑道：「爺說，連晚飯也請奶奶吃，好歹早些回來，叫我跟了奶奶去呢。」尤氏道：「這樣，早飯吃什麼？快些吃了，我好走。」佩鳳道：「爺說早飯在外頭吃，請奶奶自己吃罷。」尤氏問道：「今日外頭有誰？」佩鳳道：「聽見說外頭有兩個南京新來的，倒不知是誰。」說話之間，賈蓉之妻也梳妝了來見過。少時擺上飯來，尤氏在上，賈蓉之妻在下相陪，婆媳二人吃畢飯。尤氏便換了衣服，仍過榮府來，至晚方回去。

果然賈珍煮了一口豬，燒了一腔羊，餘者桌菜及果品之類，不可勝記，就在會芳園叢綠堂中，屏開孔雀，褥設芙蓉，帶領妻子姬妾，先飯後酒，開懷賞月作樂。將一更時分，眞是風清月朗，上下如銀。賈珍因要行令，尤氏便叫佩鳳等四個人也都入席，下面一溜坐下，猜枚划拳，飲了一回。賈珍有了幾分酒，益發高興，便命取了一

評點

◎7.眾惡之必察也。今邢夫人一人，賈母先惡之，恐賈母心偏，亦可解之。若賈璉、阿鳳之怨怒，恐兒女之私，亦可解之。若探春之怒，恐女子不識大而知小，亦可解之。今又忽用乃弟一怨，吾不知將又何如矣。（脂硯齋）

竿紫竹簫來，命佩鳳吹簫，文花唱曲，喉清嗓嫩，眞令人魄醉魂飛。唱罷復又行令。那天將有三更時分，賈珍酒已八分。大家正添衣飲茶，換盞更酌之際，忽聽那邊牆下有人長嘆之聲。大家明明聽見，都悚然疑畏起來。賈珍忙厲聲叱吒，問：「誰在那裏？」連問幾聲，沒有人答應。尤氏道：「必是牆外邊家裏人也未可知。」賈珍道：「胡說！這牆四面皆無下人的房子，況且那邊又緊靠著祠堂，焉得有人！」一語未了，只聽得一陣風聲，竟過牆去了。恍惚聞得祠堂內槅扇開闔之聲。只覺得風氣森森，比先更覺涼颯起來；月色慘淡，也不似先明朗。衆人都覺毛髮倒豎。賈珍酒已醒了一半，只比別人撐持得住些，心下也十分疑畏，便大沒興頭起來。勉強又坐了一會子，就歸房安歇去了。次日一早起來，乃是十五日，帶領衆子侄開祠堂行朔望之禮，細查祠內，都仍是照舊好好的，並無怪異之跡。賈珍自爲醉後自怪，也不提此事。禮畢，仍閉上門，看著鎖禁起來。◎8

* * *

✣ 賈珍等聽得不遠處牆下有人長嘆之聲，祠堂內槅扇開闔之聲，衆人都覺毛髮倒豎。（朱寶榮繪）

賈珍夫妻至晚飯後方過榮府來。只見賈赦賈政都在賈母房內坐著說閑話，與賈母取笑。賈璉、寶玉、賈環、賈蘭皆在地下侍立。賈珍來了，都一一見過。說了兩句話後，賈母命坐，賈珍方在近門小杌子上告了坐，警身側坐。賈母笑問道：「這兩日你寶兄弟的箭如何了？」賈珍忙起身笑道：「大長進了，不但樣式好，而且弓也長了一個力氣※8。」賈母道：「這也夠了，且別貪力，仔細努傷。」賈珍忙答應幾個「是」。賈母又道：「你昨日送來的月餅好，西瓜看著好，打開卻也罷了。」賈珍笑道：「月餅是新來的一個專作點心的廚子，我試了試果然好，才敢作了孝敬。西瓜往年都還可以，不知今年怎麼就不好了。」賈政道：「大約今年雨水太勤之故。」賈母笑道：「此時月已上了，咱們且去上香。」說著，便起身扶著寶玉的肩，帶領眾人齊往園中來。

當下園之正門俱已大開，吊著羊角大燈。嘉蔭堂前月臺上，焚著斗香※9，秉著風燭，陳獻著瓜餅及各色果品。邢夫人等一干女客皆在裏面久候。真是月明燈彩，人氣香煙，晶艷氤氳，不可形狀。地下鋪著拜毯錦褥。賈母盥手上香拜畢，於是大家皆拜過。賈母便說：「賞月在山上最好。」因命在那山脊上的大廳上去。眾人聽說，就忙著在那裏去鋪設。賈母且在嘉蔭堂中吃茶少歇，說此閑話。一時，人回：「都齊備了。」賈母方扶著人上山來。王夫人等因說：「恐石上苔滑，還是坐竹椅上去。」

註

※8：力氣在這裏指的是古代拉弓用力的單位。

※9：將許多種不同的香置於一香斗內焚香。

評點

◎8.未寫榮府慶中秋，卻先寫寧府開夜宴，未寫榮府數盡，先寫寧府異兆。蓋寧乃家宅，凡有關於吉凶者，故必先示之。且列祖祀此，豈無得而警乎？（脂硯齋）

賈母道：「天天有人打掃，況且極平穩的寬路，何必不疏散疏散筋骨。」於是賈赦賈政等在前導引，又是兩個老婆子秉著兩把羊角手罩，鴛鴦、琥珀、尤氏等貼身攙扶，邢夫人等在後圍隨，從下逶迤而上，不過百餘步，至山之峰脊上，便是這座敞廳。因在山之高脊，故名曰凸碧山莊。於廳前平臺上列下桌椅，又用一架大圍屏隔作兩間。凡桌椅形式皆是圓的，特取團圓之意。上面居中賈母坐下，左垂首賈赦、賈珍、賈璉、賈蓉，右垂首賈政、寶玉、賈環、賈蘭，團團圍坐。只坐了半壁，下面還有半壁餘空。賈母笑道：「常日倒還不覺人少，今日看來，還是咱們的人也甚少，算不得甚麼。◎9想當年過的日子，到今夜男女三四十個，何等熱鬧！今日就這樣，太少了。待要再叫幾個來，他們都是有父母的，家裏去應景，不好來的。如今叫女孩們來坐那邊罷。」於是令人向圍屏後邢夫人等席上將迎春、探春、惜春三個請出來。賈璉寶玉等一齊出坐，先盡他姐妹坐了，然後在下方依次

✣嘉蔭堂，大觀園內重要的建築，除了賈母等在此休憩，也常用來接待客人。（趙塑攝於北京大觀園）

坐定。賈母便命折一枝桂花來，命一媳婦在屏後擊鼓傳花。若花到誰手中，飲酒一杯，罰說笑話一個。◎10

於是先從賈母起，次賈赦，一一接過。鼓聲兩轉，恰恰在賈政手中住了，◎11只得飲了酒。衆姐妹弟兄皆你悄悄的扯我一下，我暗暗的又捏你一把，都含笑倒要聽是何笑話。賈政見賈母喜悅，只得承歡。方欲說時，賈母又笑道：「若說的不笑了，還要罰。」賈政笑道：「只得一個，說來不笑，也只好受罰了。」因笑道：「一家子一個人最怕老婆的。」才說了一句，大家都笑了。因從不曾見賈政說過笑話，所以才笑。◎12賈母笑道：「這必是好的。」賈政笑道：「若好，老太太多吃一杯。」賈母笑道：「自然。」賈政又說道：「這個怕老婆的人從不敢多走一步。偏是那日是八月十五，到街上買東西，便遇見了幾個朋友，死活拉到家裏去吃酒。不想吃醉了，便在朋友家睡著了，第二日才醒，後悔不及，只得來家賠罪。他老婆正洗腳，說：『既是這樣，你替我舔舔就饒你。』這男人只得給他舔，未免惡心要吐。他老婆便惱了，要打，說：『你這樣輕狂！』嚇的他男人忙跪下求說：『並不是奶奶的腳髒，只因昨晚吃多了黃酒，又吃了幾塊月餅餡子，所以今日有些作酸呢。』」◎13說的賈母與衆人都笑了。賈政忙斟了一杯，送與賈母。賈母笑道：「既這樣，快叫人取燒酒來，別叫你們受累。」衆人又都笑起來。

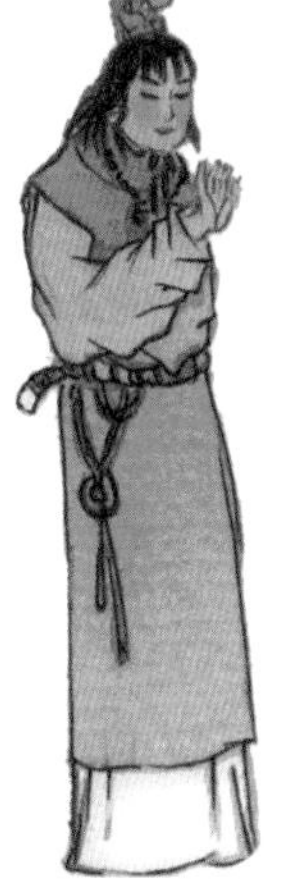

評點

◎9.未飲先感人丁，總是將散之兆。（脂硯齋）
◎10.不犯前幾次飲酒。（脂硯齋）
◎11.奇妙！偏在政老手中，竟能使政老一謔，眞大文章矣。（脂硯齋）
◎12.是極，摹神之至。（脂硯齋）
◎13.花到賈政手裏，作者偏給他開玩笑，叫他說個笑話，他只得說了一個怕老婆的故事。怕老婆也是很容易描寫的，他卻說那個人舔老婆的腳，惡心要吐，描寫得很惡賴。這也十足地表現賈政的低級趣味來。（俞平伯）

於是又擊鼓，便從賈政傳起，可巧傳至寶玉鼓止。寶玉因賈政在坐，自是踧踖※10不安，花偏又在他手內，因想：「說笑話倘或不發笑，又說沒口才，連一笑話不能說，何況別的，這有不是。若說好了，又說正經的不會，只慣油嘴貧舌，更有不是。不如不說的好。」◎14乃起身辭道：「我不能說笑話，求再限別的罷了。」賈政道：「既這樣，限一個『秋』字，就即景作一首詩。若好，便賞你；若不好，明日仔細。」賈母忙道：「好好的行令，如何又要作詩？」賈政道：「他能的。」賈母聽說，「既這樣就作。」命人取了紙筆來，賈政道：「只不許用那些冰玉晶銀彩光明素等樣堆砌字眼，要另出己見，試試你這幾年的情思。」寶玉聽了，碰在心坎上，遂立想了四句，向紙上寫了，呈與賈政看，道是：……賈政看了，點頭不語。

✣「賞中秋新詞得佳讖」，描繪《紅樓夢》第七十五回中的場景。遺憾的是本回並非定稿，不見寶玉等人的「新詞」究竟如何。清代孫溫繪《全本紅樓夢》圖冊第十五冊之五。（清・孫溫繪）

賈母見這般，知無甚大不好，便問：「怎麼樣？」賈政因欲賈母喜悅，便說：「難爲他。只是不肯念書，到底詞句不雅。」賈母道：「這就罷了。他能多大？定要他作才子不成！這就該獎勵他，以後越發上心了。」賈政道：「正是。」因回頭命個老嬷嬷出去吩咐書房內的小廝，「把我海南帶來的扇子取兩把給他。」寶玉忙拜謝，仍復歸座行令。當下賈蘭見獎勵寶玉，他便出席也作一首，遞與賈政看時，寫道是……賈政看了喜不自勝。遂並講與賈母聽時，賈母也十分歡喜，也忙令賈政賞他。於是大家歸坐，復行起令來。

這次在賈赦手內住了，只得吃了酒，說笑話。因說道：「一家子一個兒子最孝順。偏生母親病了，各處求醫不得，便請了一個針灸的婆子來。這婆子原不知道脈理，只說是心火，如今用針灸之法，針灸針灸就好了。這兒子慌了，便問：『心見鐵即死，如何針得？』婆子道：『不用針心，只針肋條就是了。』兒子道：『肋條離心甚遠，怎麼就好呢？』婆子道：『不妨事。你不知天下父母心偏的多呢。』」衆人聽說，都笑起來。賈母也只得吃半杯酒，半日笑道：「我也得這個婆子針一針就好了。」賈赦聽說，便知自己出言冒撞，賈母疑心，忙起身笑與賈母把盞，以別言解釋。賈母亦不好再提，且行起令來。

不料這次花卻在賈環手裏。賈環近日讀書稍進，其脾味中不好務正也與寶玉一

註

※10：恭敬而侷促的樣子。

◎14.實寫舊日往事。（脂硯齋）

✣ 賈環作詩，賈赦連聲地贊好，並賞賜了許多東西。（朱寶榮繪）

樣，故每常也好看些詩詞，專好奇詭仙鬼一格。今見寶玉作詩受獎，他便技癢，只當著賈政不敢造次。如今可巧花在手中，便也索紙筆來立揮一絕與賈政。◎15賈政看了，亦覺罕異，只是詞句終帶著不樂讀書之意，遂不悅道：「可見是弟兄了。發言吐氣總屬邪派，將來都是不由規矩準繩，一起下流貨。妙在古人中有『二難※11』，你兩個也可以稱『二難』了。只是你兩個的『難』字，卻是作難以教訓之『難』字講才好。哥哥是公然以溫飛卿自居，如今兄弟又自爲曹唐※12再世了。」說的賈赦等都笑了。賈赦乃要詩瞧了一遍，連聲贊好，道：「這詩據我看甚是有骨氣。想來咱們這樣人家，原不比那起寒酸，定要『雪窗熒火※13』，一日蟾宮折桂，方得揚眉吐氣。咱們的子弟都原該讀些書，不過比別人略明白些，可以作得官時就跑不了一個官的。何必多費了工夫，反弄出書呆子來。所以我愛他這詩，竟不失咱們侯門的氣概。」因回頭吩咐人去取了自己的許多玩物來賞賜與他。因又拍著賈環的頭，笑道：「以後就這麼作去，方是咱們的口氣，將來這世襲的前程定跑不了你襲呢。」賈政聽說，忙勸說：「不過他胡謅如此，那裏就論到後事了。」說著便斟上酒，又行了一回令。◎16

賈母便說：「你們去罷。自然外頭還有相公們候著，也不可輕忽了他們。況且二更多了，你們散了，再讓我和姑娘們多樂一回，好歇著了。」賈赦等聽了，方止了令，又大家公進了一杯酒，方帶著子侄們出去了。要知端詳，再聽下回。

註

※11：原指兄弟二人才德俱佳，難以別高下。

※12：溫飛卿：即溫庭筠，字飛卿。曹唐：唐代詩人，作品以遊仙詩居多。

※13：雪窗：冬夜借窗前雪光讀書。熒火：夏夜借囊中螢光讀書。

◎15.偏寫賈政戲謔，已是異文，而賈環作詩，更奇中又奇之奇文也，總在人意料之外。（脂硯齋）

◎16.便又輕輕抹去也。（脂硯齋）

第七十六回

凸碧堂品笛感淒清　凹晶館聯詩悲寂寞

話說賈赦賈政帶領賈珍等散去不提。且說賈母這裏命將圍屏撤去，兩席併而為一。衆媳婦另行擦桌整果，更杯洗箸，陳設一番。賈母等都添了衣，盥漱吃茶，方又入坐，團團圍繞。賈母看時，寶釵姐妹二人不在坐內，知他們家去圓月去了，且李紈鳳姐二人又病著，少了四個人，便覺冷清了好些。◎1賈母因笑道：「往年你老爺們不在家，咱們越發請過姨太太來，大家賞月，卻十分熱鬧。忽一時想起你老爺來，又不免想到母子夫妻兒女不能一處，也都沒興。及至今年你老爺來了，正該大家團圓取樂，又不便請他們娘兒們來說說笑笑。況且他們今年又添了兩口人，也難丟了他們跑到這裏來。偏又把鳳丫頭病了，有他一人來說說笑笑，還抵得十個人的空兒。可見天下事總難十全。」說畢，不覺長嘆一聲，遂命拿大杯來斟熱

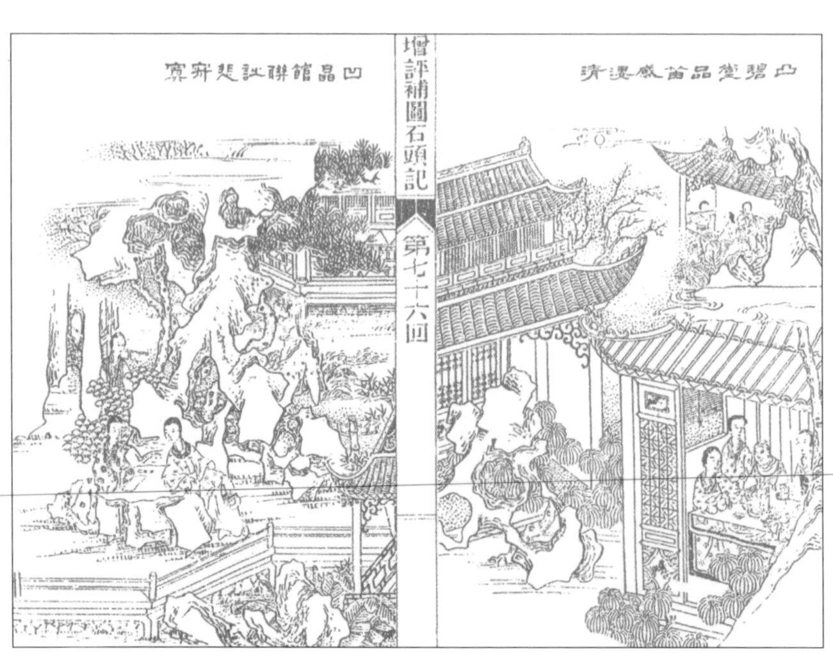

✣《增評補圖石頭記》第七十六回繪畫。（fotoe提供）

酒。王夫人笑道：「今日得母子團圓，自比往年有趣。往年娘兒們雖多，終不似今年自己骨肉齊全的好。」賈母笑道：「正是爲此，所以我才高興拿大杯來吃酒。你們也換大杯才是。」邢夫人等只得換上大杯來。因夜深體乏，且不能勝酒，未免都有些倦意，無奈賈母興猶未闌，只得陪飲。

賈母又命將罽毡鋪於階上，命將月餅西瓜果品等類都叫搬下去，令丫頭媳婦們也都團團圍坐賞月。賈母因見月至中天，比先越發精彩可愛，因說：「如此好月，不可不聞笛。」因命人將十番上女孩子傳來。賈母道：「音樂多了，反失雅致，只用吹笛的遠遠的吹起來就夠了。」說畢，剛才去吹時，只見跟邢夫人的媳婦走來向邢夫人前說了兩句話。賈母便問：「說什麼事？」那媳婦便回說：「方才大老爺出去，被石頭絆了一下，歪了腿。」賈母聽說，忙命兩個婆子快看去，又命邢夫人快去。邢夫人遂告辭起身。賈母便又說：「珍哥媳婦也趁著便就家去罷，我也就睡了。」尤氏笑道：「我今日不回去了，定要和老祖宗吃一夜。」賈母笑道：「使不得，使不得。你們小夫妻家，今夜不要團圓團圓，如何爲我耽擱了！」尤氏紅了臉，笑道：「老祖宗說的我們太不堪了。我們雖然年輕，已經是十來年的夫妻，也奔四十歲的人了。況且孝服未滿，陪著老太太頑一夜還罷了，豈有自去團圓的理？」賈母聽說，笑道：「這話很是，我倒也忘了孝未滿。可憐你公公已是二年多了，可是我倒忘了，該罰我一大杯。既這樣，你就越性別送，陪著我罷了。你叫蓉兒媳婦送去，就順便回去罷。」尤氏說

◎1.不想這次中秋，反寫得十分悽楚。（脂硯齋）

了。蓉妻答應著，送出邢夫人，一同至大門，各自上車回去。不在話下。

這裏賈母仍帶衆人賞了一回桂花，又入席換暖酒來。正說著閑話，猛不防只聽那壁廂桂花樹下，嗚嗚咽咽，悠悠揚揚，吹出笛聲來。趁著這明月清風，天空地淨，眞令人煩心頓解，萬慮齊除，都肅然危坐，默默相賞。聽約兩盞茶時，方才止住，大家稱贊不已。於是遂又斟上暖酒來。賈母笑道：「果然可聽麼？」衆人笑道：「實在可聽。我們也想不到這樣，須得老太太帶領著，我們也得開些心胸。」賈母道：「這還不大好，須得揀那曲譜越慢的吹來越好。」說著，便將自己吃的一個內造瓜仁油松穰月餅，又命斟一大杯熱酒，送給譜笛之人，慢慢的吃了再細細的吹一套來。媳婦們答應了，方送去，只見方才瞧賈赦的兩個婆子回來說：「右腳面上白腫了些，如今調服了藥，疼的好些了，也不甚大關係。」賈母點頭嘆道：「我也太操心。打緊說我偏心，我反這樣。」因就將方才賈赦的笑話說與王夫人尤氏等聽。王夫人等因笑勸道：「這原是酒後大家說笑，不留心也是有的，豈有敢說老太太之理。老太太自當解釋才是。」只見鴛鴦拿了軟巾兜與大斗篷來，說：「夜深了，恐露水下來，風吹了頭，須要添了這個。坐坐也該歇了。」賈母道：「偏今兒高興，你又來催。難道我醉了不成，偏到天亮！」因命再斟酒來。一面戴上兜巾，披了斗篷，大家陪著又飲，說些笑話。只聽桂花陰裏，嗚嗚咽咽，裊裊悠悠，又發出一縷笛音來，果眞比先越發淒涼。大家都寂然而坐。夜靜月明，且笛聲悲怨，賈母年老帶酒之人，聽此聲音，不免有觸於心，禁不住墮下淚來。衆人彼此都不禁有淒涼寂寞之意，半日，方知賈母傷感，才忙轉身陪笑，發語解釋。◎2又命暖酒，且住了笛。尤氏笑道：「我也就學一個笑話，說與老太太解解悶。」賈母勉強笑道：「這樣更好，快說來我聽。」尤氏乃說道：「一家子養了四個兒子：大兒子只一個眼睛，二兒子只一個耳朵，三兒子只一個鼻子眼，四兒子倒都齊全，偏又是個啞叭。」正說到這裏，只見賈母已朦朧雙眼，似有睡去之態。◎3尤氏方住了，忙和王夫人輕輕的請醒。賈母睜眼笑道：「我不困，白閉眼養神。你們只管說，我聽著呢。」王夫人等笑道：「夜已四更了，風露也大，請老太太安歇罷。明日再賞十六，也不辜負這月色。」賈母道：「那裏就四更了？」王夫人笑道：「實已四更，他們姐妹們熬不過，都去睡了。」賈母聽說，細看了一看，果然都散了，只有探春在此。賈母笑道：「也罷。你們也熬不慣，況且弱的弱，病的病，去了倒省心。只是三丫頭可憐見的，尚還等著。你也去罷，我們散了。」說著，便起身，吃了一口清茶，便有預備下的竹椅小轎，便圍著斗篷坐上，兩個婆子搭起，衆人圍隨出園去了。不在話下。

這裏衆媳婦收拾杯盤碗盞時，卻少了個細茶杯，各處尋覓不見，又問衆人：「必是誰失手打了。撂在那裏，告訴我拿了磁瓦去交收是證見，不然又說偷起來了。」衆人都說：「沒有打了，只怕跟姑娘的人打了，也未可知。你細想想，或問問他們去。」一語提醒了這管傢伙的媳婦，因笑道：「是了，那一會記得是翠縷拿著的。」

評點

◎2.「轉身」妙！畫出對月聽笛，如痴如呆、不覺尊長在上之形景來。（脂硯齋）

◎3.總寫出淒涼無興景況來。（脂硯齋）

我去問他。」說著便去找時，剛下了甬路，就遇見了紫鵑和翠縷來了。翠縷便問道：「老太太散了？可知我們姑娘那去了？」這媳婦道：「我來問那一個茶鍾往那裏去了，你們倒問我要姑娘。」翠縷笑道：「我因倒茶給姑娘吃的，展眼回頭，就連姑娘也沒了。」那媳婦道：「太太才說都睡覺去了。你不知那裏頑去了，還不知道呢。」翠縷向紫鵑道：「斷乎沒有悄悄的睡去之理，只怕在那裏走了一走。如今見老太太散了，趕過前邊送去，也未可知。我們且往前邊找找去。有了姑娘，自然你的茶鍾也有了。你明日一早再找，有什麼忙的！」媳婦笑道：「有了下落就不必忙了，明兒就和你要罷。」說畢回去，仍查收傢伙。這裏紫鵑和翠縷便往賈母處來。不在話下。

*　　*　　*

原來黛玉和湘雲二人並未去睡覺。只因黛玉見賈府中許多人賞月，賈母猶嘆人

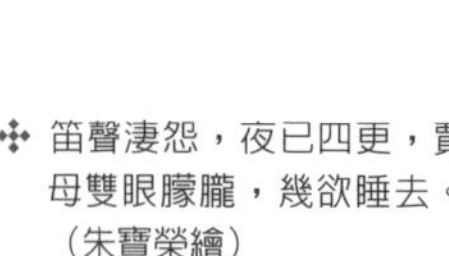

✣ 笛聲淒怨，夜已四更，賈母雙眼矇矓，幾欲睡去。（朱寶榮繪）

✣ 凸碧堂。「凸」形容在山之高處，「碧」形容草木之茂盛。（趙塑攝於北京大觀園）

少，不似當年熱鬧，又提寶釵姐妹家去母女弟兄自去賞月等語，不覺對景感懷，自去俯欄垂淚。寶玉近因晴雯病勢甚重，諸務無心，◎4王夫人再四遣他去睡，他也便去了。探春又因近日家事著惱，無暇遊頑；雖有迎春惜春二人，偏又素日不大甚合。所以只剩了湘雲一人寬慰他，因說：「你是個明白人，何必作此形像自苦。我也和你一樣，我就不似你這樣心窄。何況你又多病，還不自己保養。可恨寶姐姐，姐妹天天說親道熱，早已說今年中秋要大家一處賞月，必要起社，大家聯句，到今日便棄了咱們，自己賞月去了。社也散了，詩也不作了。倒是他們父子叔侄縱橫起來。你可知宋太祖說的好：『臥榻之側，豈許他人酣睡。』※1他們不作，咱們兩個竟聯起句來，明日羞他們一羞。」黛玉見他這般勸慰，不肯負他的豪興，因笑道：「你看這裏這等人聲嘈雜，有何詩興？」湘雲笑道：「這山上賞月雖好，終不及近水賞月更妙。你知道這山坡底下就是池沿，山坳裏近水一個所在就是凹晶館。可知當日蓋這園子時就有學問。這山之高處，就叫作凸碧；山之低窪近水處，就叫作凹晶。這『凸』『凹』二字，歷來用的人最少。如今直用作軒館之名，更覺新鮮，不落窠臼。可知這兩處一上一下，一明一暗，一高一

註

※1：比喻自己的勢力範圍不許別人入侵。

評點

◎4.帶一筆，妙！更覺謹密不漏。（脂硯齋）

矮，一山一水，竟是特因頑月而設此兩處。有愛那山高月小的，便往這裏來；有愛那皓月清波的，便往那裏去。只是這兩個字俗念作『窪』『拱』二音，便說俗了，不大見用，只陸放翁用了一個『凹』字，說『古硯微凹聚墨多』，還有人批他俗，豈不可笑！」林黛玉道：「也不只放翁才用，古人中用者太多。如江淹※2《青苔賦》，東方朔《神異經》※3，以至《畫記》上云「張僧繇畫一乘寺※4」的故事，不可勝舉。只是今人不知，誤作俗字用了。實和你說罷，這兩個字還是我擬的呢。因那年試寶玉，因他擬了幾處，也有存的，也有刪改的，也有尚未擬的。這是後來我們大家把這沒有名色的也都擬出來了，注了出處，寫了這房屋的坐落，一併帶進去與大姐姐瞧了。他又帶出來，命給舅舅瞧過。誰知舅舅倒喜歡起來，又說：『早知這樣，那日該就叫他姐妹一併擬了，豈不有趣！』所以凡我擬的，一字不改都用了。如今就往凹晶館去看看。」

說著，二人便同下了山坡。只一轉彎就是池沿，沿上一帶竹欄相接，直通著那邊藕香榭的路徑。因這幾間就在此山懷抱之中，乃凸碧山莊之退居，因窪而近水，故顏其額曰「凹晶溪館」。因此處房宇不多，且又矮小，故只有兩個老婆子上夜。今日打聽得凸碧山莊的人應差，與他們無干，這兩個老婆子關了月餅果品並犒賞的酒食來，二人吃的既醉且飽，早已息燈睡了。◎5

黛玉湘雲見息了燈，湘雲笑道：「倒是他們睡了好。咱們就在這捲棚底下近水賞

月如何？」二人遂在兩個湘妃竹墩上坐下。只見天上一輪皓月，池中一輪水月，上下爭輝，如置身於晶宮鮫室之內。微風一過，粼粼然池面皺碧鋪紋，眞令人神清氣淨。湘雲笑道：「怎得這會子坐上船吃酒倒好。這要是我家裏這樣，我就立刻坐船了。」黛玉笑道：「正是古人常說的好，『事若求全何所樂』。據我說，這也罷了，偏要坐船起來。」湘雲笑道：「得隴望蜀，人之常情。可知那些老人家說的不錯。說貧窮之家自爲富貴之家事事趁心，告訴他說竟不能遂心，他們不肯信的；必得親歷其境，他方知覺了。就如咱們兩個，雖父母不在，然卻也忝在富貴之鄉，只你我竟有許多不遂心的事。」黛玉笑道：「不但你我不能趁心，就連老太太、太太以至寶玉探丫頭等人，無論事大事小，有理無理，其不能各遂其心者，同一理也，何況你我旅居客寄之人哉！」湘雲聽說，恐怕黛玉又傷感起來，忙道：「休說這些閑話，咱們且聯詩。」

正說間，只聽笛韻悠揚起來。黛玉笑道：「今日老太太、太太高興了，這笛子吹的有趣，倒是助咱們的興趣了。◎6咱兩個都愛五言，就還是五言排律罷。」湘雲道：「限何韻？」黛玉笑道：「咱們數這個欄杆的直棍，這頭到那頭爲止。他是第幾根就用第幾韻。若十六根，便是『一先』起。這可新鮮？」湘雲笑道：「這倒別致。」於是二人起身，便從頭數至盡頭，止得十三根。湘雲道：「偏又是『十三元』了。這韻

註

※2：南朝梁文學家。

※3：東方朔：西漢武帝時人。《神異經》：託名東方朔所作的一部志怪小說。

※4：《畫記》：《歷代名畫記》，唐代張彥遠作。張僧繇：南朝梁武帝時著名畫家。

評點

◎5.妙極！此處有進一步寫法。如王夫人云「他姐妹可憐，那裏像當日林姑媽那樣」，又如賈母云「如今人少，那裏有當日人多」等數語，此謂進一步法也。有退一步法，如寶釵之對邢岫煙云「此一時也，彼一時也，如今比不得先的話了，只好隨事適分」，又如鳳姐之對平兒云「如今我也明白了，我如今也要作好好先生罷」等類，此謂退一步法也。（脂硯齋）

◎6.妙！正是吹笛之時，勿認作又一處之笛也。（脂硯齋）

少，作排律只怕牽強不能押韻呢。少不得你先起一句罷了。」黛玉笑道：「倒要試試咱們誰強誰弱，只是沒有紙筆記。」湘雲道：「不妨，明兒再寫。只怕這一點聰明還有。」黛玉道：「我先起一句現成的俗語罷。」因念道：

三五中秋夕，

湘雲想了一想，道：

清遊擬※5上元。撒天箕斗※6燦，

林黛玉笑道：

匝地管弦繁。幾處狂飛盞，

湘雲笑道：「這一句『幾處狂飛盞』有些意思。這倒要對得好呢。」想了一想，笑道：

誰家不啓軒。輕寒風剪剪，

黛玉道：「對的比我的卻好。只是底下這句又說熟話了，就該加勁說了去才是。」湘雲道：「詩多韻險，也要鋪陳些才是。縱有好的，且留在後頭。」黛玉笑道：「到後頭沒有好的，我看你羞不羞。」因聯道：

良夜景暄暄。爭餅嘲黃髮※7，

湘雲笑道：「這句不好，是你杜撰，用俗事來難我了。」黛玉笑道：「我說你不曾見過書呢。吃餅是舊典，《唐書》《唐志》你看了來再說。」湘雲笑道：「這也難不倒我，我也有了。」因聯道：

分瓜笑綠媛※8。香新榮玉桂，

黛玉笑道：『分瓜』可是實實的你杜撰了。」湘雲笑道：「明日咱們對查了出來大家看看，這會子別耽誤工夫。」黛玉笑道：「雖如此，下句也不好，不犯著又用『玉桂』『金蘭』等字樣來塞責。」因聯道：

色健茂金萱。蠟燭輝瓊宴，

湘雲笑道：「『金萱』二字便宜了你，省了多少力。這樣現成的韻被你得了，只是不犯著替他們頌聖去。況且下句你也是塞責了。」黛玉笑道：「你不說『玉桂』，我難道強對個『金萱』麼？再也要鋪陳些富麗，方才是即景之實事。」湘雲只得又聯道：

觥籌亂綺園。分曹※9尊一令，

黛玉笑道：「下句好，只是難對些。」因想了一想，聯道：

射覆聽三宣。骰彩紅成點，

湘雲笑道：「『三宣』有趣，竟化俗成雅了。只是下句又說上骰子。」少不得聯道：

傳花鼓濫喧。晴光搖院宇，

黛玉笑道：「對的卻好。下句又溜了，只管拿些風月來塞責。」湘雲道：「究竟沒

註

※5：比。
※6：南箕北斗，指群星。
※7：黃髮：老年人。
※8：綠媛：年輕女子。
※9：分出對手。

說到月上，也要點綴點綴，方不落題。」黛玉道：「且姑存之，明日再斟酌。」因聯道：

素彩接乾坤。賞罰無賓主，

湘雲道：「又說他們作什麼，不如說咱們。」只得聯道：

吟詩序仲昆。構思時倚檻，

黛玉道：「這可以入上你我了。」因聯道：

擬景或依門。酒盡情猶在，

湘雲說道：「是時侯了。」乃聯道：

更殘樂已諼[10]。漸聞語笑寂，

黛玉說：「這時候可知一步難似一步了。」因聯道：

空剩雪霜痕。階露團朝菌，

湘雲笑道：「這一句怎麼押韻，讓我想想。」因起身負手，想了一想，笑道：「夠了，幸而想出一個字來，幾乎敗了。」因聯道：

庭煙斂夕棔[11]。秋湍瀉石髓[12]，

黛玉聽了，不禁也起身叫妙，說：「這促狹鬼！果然留下好的。這會子才說『棔』字，虧你想的出。」湘雲道：「幸而昨日看《歷朝文選》見了這個字，我不知是何樹，因要查一查。寶姐姐說不用查，這就是如今俗叫作明開夜合的。我信不及，到底

查了一查，果然不錯。看來寶姐姐知道的竟多。」黛玉笑道：「『棔』字用在此時更恰，也還罷了。只是『秋湍』一句虧你好想。只這一句，別的都要抹倒。我少不得打起精神來對一句，只是再不能似這一句了。」因想了一想，道：

風葉聚雲根※13。寶婺※14情孤潔，

湘雲道：「這對的也還好。只是下一句你也溜了，幸而是景中情，不單用『寶婺』來塞責。」因聯道：

銀蟾氣吐吞。藥經靈兔搗，

黛玉不語點頭，半日隨念道：

人向廣寒奔。犯斗邀牛女，

湘雲也望月點首，聯道：

乘槎待帝孫。虛盈※15輪莫定，

黛玉笑道：「又用比興了。」因聯道：

晦朔※16魄空存。壺漏聲將涸，

註

※10：忘記，此指止歇。
※11：即合歡樹。
※12：即石鐘乳。
※13：唐宋詩人多稱山石爲雲根。
※14：婺女，星宿名。
※15：月亮的圓缺。
※16：陰曆每月初一叫朔，最後一天叫晦。

湘雲方欲聯時，黛玉指池中黑影與湘雲看，道：「你看那河裏怎麼像個人在黑影裏去了，敢是個鬼罷？」湘雲笑道：「可是又見鬼了。我是不怕鬼的，等我打他一下。」因彎腰拾了一塊小石片向那池中打去，只聽打得水響，一個大圓圈將月影蕩散復聚者幾次。只聽那黑影裏嘎然一聲，卻飛起一個白鶴來，直往藕香榭去了。黛玉笑道：「原來是他，猛然想不到，反嚇了一跳。」湘雲笑道：「這個鶴有趣，倒助了我了。」因聯道：

窗燈焰已昏。寒塘渡鶴影，

林黛玉聽了，又叫好，又跺足，說道：「了不得，這鶴真是助他的了！這一句更比『秋湍』不同，叫我對什麼才好？『影』字只有一個『魂』字可對，況且『寒塘渡鶴』何等自然，何等現成，何等有景！且又新鮮，我竟要擱筆了。」湘雲笑道：「大家細想就有了，不然就放著明日再聯也可。」黛玉只看天，不理他，半日，猛然笑道：「你不必說嘴，我也有了，你聽聽。」因對道：

冷月葬花魂。

湘雲拍手贊道：「果然好極！非此不能對。好個『葬花魂』！」因又嘆道：「詩固新

✣ 湘雲、黛玉正對月聯詩，妙玉從山石後轉出。（朱寶榮繪）

✣ 香蒲，別名：蒲草、蒲菜。多年生宿根性沼澤草本植物，是製作蒲團的主要材料。（徐曄春提供）

奇，只是太頹喪了些。你現病著，不該作此過於清奇詭譎之語。」黛玉笑道：「不如此，如何壓倒你？下句竟還未得，只為用工在這一句了。」

一語未了，只見欄外山石後轉出一個人來，笑道：「好詩，好詩！果然太悲涼了。不必再往下聯，若底下只這樣去，反不顯這兩句了，倒覺得堆砌牽強。」二人不防，倒唬了一跳。細看時，不是別人，卻是妙玉。二人皆詫異，◎7因問：「你如何到了這裏？」妙玉笑道：「我聽見你們大家賞月，又吹的好笛，我也出來頑賞這清池皓月。順腳走到這裏，忽聽見你兩個聯詩，更覺清雅異常，故此聽住了。只是方才我聽見這一首中，有幾句雖好，只是過於頹敗悽楚。此亦關人之氣數而有，所以我出來止住。如今老太太都已早散了，滿園的人想俱已睡熟了，你兩個的丫頭還不知在那裏找你們呢。你們也不怕冷了？快同我來，到我那裏去吃杯茶，只怕就天亮了。」黛玉笑道：「誰知道就這個時候了。」

三人遂一同來至櫳翠庵中。只見龕焰猶青，爐香未燼。幾個老嬤嬤也都睡了，只有小丫鬟在蒲團上垂頭打盹。妙玉喚他起來，現去烹茶。忽聽叩門之聲，小丫鬟忙去開門看時，卻是紫鵑翠縷與幾個老嬤嬤來找他姐妹兩個。進來見他們正吃茶，因都笑道：「要我們好找，一個園裏走遍了，連姨太太那裏都找到了。才到了那山坡底下小

評點

◎7.原可詫異，余亦詫異。（脂硯齋）

亭裏找時，可巧那裏上夜的正睡醒了。我們問他們，他們說，方才亭外頭棚下兩個人說話，後來又添了一個，聽見說大家往庵裏去。我們就知是這裏了。」妙玉忙命小丫鬟引他們到那邊去坐著歇息吃茶。自取了筆硯紙墨出來，將方才的詩命他二人念著，遂從頭寫出來。黛玉見他今日十分高興，便笑道：「從來沒見你這樣高興。若不見你這樣高興，我也不敢唐突請教，這還可以見教否？若不堪時，便就燒了；若或可政，即請改正改正。」妙玉笑道：「也不敢妄加評贊。只是這才有了二十二韻。我意思想著你二位警句已出，再若續時，恐後力不加。我竟要續貂※17，又恐有玷。」黛玉從沒見妙玉作過詩，今見他高興如此，忙說：「果然如此，我們的雖不好，亦可以帶好了。」妙玉道：「如今收結，到底還該歸到本來面目上去。若只管丟了真情真事且去搜奇撿怪，一則失了咱們的閨閣面目，二則也與題目無涉了。」二人皆道極是。妙玉遂提筆一揮而就，遞與他二人道：「休要見笑。依我必須如此，方翻轉過來。雖前頭有悽楚之句，亦無甚礙了。」二人接了看時，只見他續道：

香篆銷金鼎，脂冰膩玉盆。簫增嫠婦※18泣，衾倩侍兒溫。空帳懸文鳳，閑屏掩彩鴛。露濃苔更滑，霜重竹難捫。猶步縈紆沼，還登寂歷原。石奇神鬼搏，木怪虎狼蹲。贔屭※19朝光透，罘罳※20曉露屯。振林千樹鳥，啼谷一聲猿。歧熟焉忘徑，泉知不問源。鐘鳴櫳翠寺，雞唱稻香村。有興悲何繼，無愁意豈煩。芳情只自遣，雅趣向誰言。徹旦休云倦，烹茶更細論。

後書：《右中秋夜大觀園即景聯句三十五韻》。

黛玉湘雲二人皆贊賞不已，說：「可見我們天天是捨近而求遠。現有這樣詩仙在此，卻天天去紙上談兵。」妙玉笑道：「明日再潤色。此時想也快天亮了，到底要歇息歇息才是。」林史二人聽說，便起身告辭，帶領丫鬟出來。妙玉送至門外，看他們去遠，方掩門進來。不在話下。

這裏翠縷向湘雲道：「大奶奶那裏還有人等著咱們睡去呢。如今還是那裏去好？」湘雲笑道：「你順路告訴他們，叫他們睡罷。我這一去未免驚動病人，不如鬧林姑娘半夜去罷。」說著，大家走至瀟湘館中，有一半人已睡去。二人進去，方才卸妝寬衣，盥漱已畢，方上床安歇。紫鵑放下綃帳，移燈掩門出去。誰知湘雲有擇席之病，雖在枕上，只是睡不著。黛玉又是個心血不足常常失眠的，今日又錯過困頭，自然也是睡不著。二人在枕上翻來覆去。黛玉因問道：「怎麼你還沒睡著？」湘雲微笑道：「我有擇席的病，況且走了困，只好躺躺罷。你怎麼也睡不著？」黛玉嘆道：◎8「我這睡不著也並非今日了，大約一年之中，通共也只好睡十夜滿足的。」湘雲道：「卻是你病的原故，所以……」不知下文什麼——

註

※17：爲自謙之詞，表示接續他人未完成之作。

※18：嫠婦：寡婦。

※19：動物名，龜類，好負重，亦指用力貌，此指石碑。

※20：古代設在宮門外或城角上的多孔或似網的屏風。

評點

◎8.一「笑」一「嘆」，只二字便寫出平日之形景。（脂硯齋）

第七十七回

俏丫鬟抱屈夭風流　美優伶斬情歸水月

話說王夫人見中秋已過，鳳姐病已比先減了，雖未大愈，然亦可出入行走得了，仍命大夫每日診脈服藥，又開了丸藥方子來配調經養榮丸。因用上等人參二兩，王夫人取時，翻尋了半日，只向小匣內尋了幾枝簪挺粗細的。王夫人看了嫌不好，命再找去，又找了一大包鬚末出來。王夫人焦躁道：「用不著偏有，但用著了，再找不著！成日家我說叫你們查一查，都歸攏在一處，你們白不聽，就隨手混擱。你們不知他的好處，用起來的多少換※1買來還不中使呢！」彩雲道：「想是沒了，就只有這個。上次那邊的太太來尋了些去，太太都給過去了。」王夫人道：「沒有的事，你再細找找。」彩雲只得又去找，拿了幾包藥材來說：「我們不認得這個，請太太自看。除這個再沒有了。」王夫人打開看時，也都忘了，不知都是什麼

✣《增評補圖石頭記》第七十七回繪畫。（fotoe提供）

藥，並沒有一枝人參。因一面遣人去問鳳姐有無，鳳姐來說：「也只有些參膏蘆鬚。雖有幾枝，也不是上好的，每日還要煎藥裏用呢。」王夫人聽了，只得向邢夫人那裏問去。邢夫人說：「因上次沒了，才往這裏來尋，早已用完了。」王夫人沒法，只得親自過來請問賈母。賈母忙命鴛鴦取出當日所餘的來，竟還有一大包，皆有手指頭粗細的，遂稱了二兩與王夫人。王夫人出來交與周瑞家的拿去，令小廝送與醫生家去，又命將那幾包不能辨得的藥也帶了去，命醫生認了，各包記號了來。

一時，周瑞家的又拿了進來說：「這幾包都各包好記上名字了。但這一包人參固然是上好的，如今就連三十換也不能得這樣的了，但年代太陳了。這東西比別的不同，憑是怎樣好的，只過一百年後，便自己就成了灰了。如今這個雖未成灰，然已成了朽糟爛木，也無性力的了。請太太收了這個，倒不拘粗細，好歹再換些新的倒好。」王夫人聽了，低頭不語，半日才說：「這可沒法了，只好去買二兩來罷。」也無心看那些，只命：「都收了罷。」因向周瑞家的說：「你就去說給外頭人們，揀好的換二兩來。倘或一時老太太問，你們只說用的是老太太的，不必多說。」周瑞家的方才要去時，寶釵因在坐，乃笑道：「姨娘且住。如今外頭賣的人參都沒好的。雖有一枝全的，他們也必截作兩三段，鑲嵌上蘆泡鬚枝，摻勻了好賣，看不得粗細。我們鋪子裏常和參行交易，如今我去和媽說了，叫哥哥去托個伙計過去和參行商議說明，

註

※1：指用銀兩易物的單位。

叫他把未作的原枝好參兌二兩來。不妨咱們多使幾兩銀子，也得了好的。」王夫人笑道：「倒是你明白。就難爲你親自走一趟。」於是寶釵去了，半日回來說：「已遣人去，趕晚就有回信的。明日一早去配也不遲。」王夫人自是喜悅，因說道：「『賣油的娘子水梳頭』，自來家裏有好的，不知給了人多少。這會子輪到自己用，反倒各處求人去了。」說畢長嘆。寶釵笑道：「這東西雖然值錢，究竟不過是藥，原該濟衆散人才是。咱們比不得那沒見世面的人家，得了這個，就珍藏密斂的。」◎1王夫人點頭道：「這話極是。」

一時寶釵去後，因見無別人在室，遂喚周瑞家的來問前日園中搜檢的事情可得個下落。周瑞家的是已和鳳姐等人商議定妥，一字不隱，遂回明王夫人。王夫人聽了，雖驚且怒，卻又作難，因思司棋係迎春之人，皆係那邊的人，只得令人去回邢夫人。周瑞家的回道：「前日那邊太太嗔著王善保家的多事，打了幾個嘴巴子，如今他也裝病在家，不肯出頭了。況且又是他外孫女兒，自己打了嘴，他只好裝個忘了，日久平服了再說。如今我們過去回時，恐怕又多心，倒像似咱們多事似的。不如直把司棋帶過去，一併連贓證與那邊太太瞧了，不過打一頓配了人，再指個丫頭來，豈不省事。如今白告訴去，那邊太太再推三阻四的，又說『既這樣你太太就該料理，又來說什麼』，豈不反耽擱了？倘那丫頭

✣ 王夫人，一個枯槁乏味的中年女人，一截沒有生機只存禮教教條的木頭，常常念佛吃齋，看似寬仁慈厚、平和穩靜，實則注重威勢，極有成算。（張羽琳繪）

瞅空尋了死，反不好了。如今看了兩三天，人都有個偷懶的時候，倘一時不到，豈不倒弄出事來？」王夫人想了一想，說：「這也倒是。快辦了這一件，再辦咱們家的那些妖精。」

周瑞家的聽說，會齊了那幾個媳婦，先到迎春房裏，回迎春道：「太太們說了，司棋大了，連日他娘求了太太，太太已賞了他娘配人，今日叫他出去，另挑好的與姑娘使。」◎2說著，便命司棋打點走路。迎春聽了，含淚似有不捨之意。因前夜已聞得別的丫鬟悄悄的說了原故，雖數年之情難捨，但事關風化，亦無可如何了。那司棋也曾求了迎春，實指望迎春能死保赦下的，只是迎春語言遲慢，耳軟心活，是不能作主的。司棋見了這般，知不能免，因哭道：「姑娘好狠心！哄了我這兩日，如今怎麼連一句話也沒有？」周瑞家的等說道：「你還要姑娘留你不成？便留下，你也難見園裏的人了。依我們的好話，快快收了這樣子，倒是人不知鬼不覺的去罷，大家體面些。」迎春含淚道：「我知道你幹了什麼大不是，我還十分說情留下，豈不連我也完了？你瞧入畫也是幾年的

✣ 人稱「二木頭」的迎春，愛下圍棋，她本人亦如一枚棋子，全無一點自我意識，任人擺弄。人生的悲劇，早已鑄就。（張羽琳繪）

評點

◎1.調侃語。（脂硯齋）

◎2.人不可以有才，有才而自恃其才，則殺人必多；人尤不可以無才，無才而妄用其才，則殺人愈多。王夫人是也。夫人情偏性執，信饞任奸，一怒而死金釧，再怒而死晴雯，死司棋，出芳官等於家，爲稽其罪，蓋浮於鳳焉。是殺人多矣，顧安得自有後哉？蘭兒之興，李紈之福，非夫人之福也。（涂瀛）

人，怎麼說去就去了。自然不止你兩個，想這園子裏凡大的都要去呢。依我說，將來終有一散，不如你各人去罷。」周瑞家的道：「所以到底是姑娘明白。明兒還有打發的人呢，你放心罷。」司棋無法，只得含淚與迎春磕頭，和眾姐妹告別，又向迎春耳根說：「姑娘，好歹打聽我受罪，替我說個情兒，就是主僕一場！」迎春亦含淚答應：「放心。」

於是周瑞家的等人帶了司棋出了院門，又命兩個婆子將司棋所有的東西都與他拿著。走了沒幾步，後頭只見繡橘趕來，一面也擦著淚，一面遞與司棋一個絹包，說：「這是姑娘給你的。主僕一場，如今一旦分離，這個與你作個想念罷。」司棋接了，不覺更哭起來了，又和繡橘哭了一回。周瑞家的不耐煩，只管催促，二人只得散了。司棋因又哭告道：「嬸嬸大娘們，好歹略徇個情兒，如今且歇一歇，讓我到相好的姐妹跟前辭一辭，也是我們這幾年好了一場。」周瑞家的等人皆各有事務，作這些事便是不得已了，況且又深恨他們素日大樣，如今那裏有工夫聽他的話，因冷笑道：「我勸你走罷，別拉拉扯扯的了。我們還有正經事呢。誰是你一個衣胞裏爬出來的，辭他們作什麼？他們看你的笑聲還看不了呢。你不過是挨一會是一會罷了，難道就算了不成！依我說快走罷。」一面說，一面總不住腳，直帶著往後角門出去了。司棋無奈，又不敢再說，只得跟了出來。

可巧正值寶玉從外而入，一見帶了司棋出去，又見後面抱著些東西，料著此去再

司棋被逐，周瑞家的不許耽擱，寶玉也愛莫能助。（朱寶榮繪）

不能來了。因聞得上夜之事，又兼晴雯之病亦因那日加重，細問晴雯，又不說是爲何。上日又見入畫已去，今又見司棋亦走，不覺如喪魂魄一般，因忙攔住問道：「那裏去？」周瑞家的等皆知寶玉素日行爲，又恐嘮叨誤事，因笑道：「不干你事，快念書去罷。」寶玉笑道：「好姐姐們！且站一站，我有道理。」周瑞家的便道：「太太不許少捱一刻，又有什麼道理！我們只知遵太太的話，管不得許多。」司棋見了寶玉，因拉住哭道：「他們作不得主，你好歹求求太太去！」寶玉不禁也傷心，含淚說道：「我不知你作了什麼大事，晴雯也病了，如今你又去。都要去了，這卻怎麼的好！」◎3周瑞家的發躁向司棋道：「你如今不是副小姐了，若不聽話，我就打得你。別想著往日有姑娘護著，任你們作耗。越說著，還不好走。如今和小爺們拉拉扯扯，成個什麼體統！」那幾個媳婦不由分說，拉著司棋便出去了。

◎3.寶玉之語全作囫圇意，最是極無味之語，偏是極濃極有情之語也。只合如此寫方是寶玉，稍有眞切則不是寶玉了。（脂硯齋）

寶玉又恐他們去告舌，恨的只瞪著他們，看已去遠，方指著恨道：「奇怪，奇怪！怎麼這些人只一嫁了漢子，染了男人的氣味，就這樣混賬起來，比男人更可殺了！」守園門的婆子聽了，也不禁好笑起來，因問道：「這樣說，凡女兒個個是好的了，女人個個都是壞的了？」寶玉點頭道：「不錯，不錯！」婆子們笑道：「還有一句話我們糊塗不解，倒要請問請問。」方欲說時，只見幾個老婆子走來，忙說道：「你們小心，傳齊了伺候著，此刻太太親自來園裏，在那裏查人呢，只怕還查到這裏來呢。又吩咐快叫怡紅院的晴雯姑娘的哥嫂來，在這裏等著領出他妹妹去。」因笑道：「阿彌陀佛！今日天睜了眼，把這一個禍害妖精退送了，大家清淨些。」寶玉一聞得王夫人進來清查，便料定晴雯也保不住了，早飛也似的趕了去，所以，這後來趁願之語竟未得聽見。

✣「周瑞家領命攆司棋」，描繪《紅樓夢》第七十七回中的場景。司棋被攆寶玉抱憾，但也只能袖手旁觀。清代孫溫繪《全本紅樓夢》圖冊第十五冊之七。（清．孫溫繪）

寶玉及到了怡紅院，只見一群人在那裏，王夫人在屋裏坐著，一臉怒色，見寶玉也不理。晴雯四五日水米不曾沾牙，懨懨弱息，如今現從炕上拉了下來，蓬頭垢面，兩個女人才架起來去了。王夫人吩咐，只許把他貼身衣服撂出去，餘者好衣服留下給好丫頭們穿。又命把這裏所有的丫頭們都叫來一一過目。原來王夫人自那日著惱之後，王善保家的去趁勢告倒了晴雯，本處有人和園中不睦的，也就隨機趁便下了些話。王夫人皆記在心中，因節間有事，故忍了兩日，今日特來親自閱人。一則爲晴雯猶可，二則因竟有人指寶玉爲由，說他大了，已解人事，都由屋裏的丫頭們不長進教習壞了。因這事更比晴雯一人較甚，乃從襲人起以至於極小作粗活的小丫頭們，個個親自看了一遍。因問：「誰是和寶玉一日的生日？」本人不敢答應，老嬤嬤指道：「這一個蕙香又叫作四兒的，是同寶玉一日生日的。」王夫人細看了一看，雖比不上晴雯一半，卻有幾分水秀；視其行止，聰明皆露在外面，且也打扮的不同。王夫人冷笑道：「這也是個不怕臊的！他背地裏說的，同日生日就是夫妻，這可是你說的？打諒我隔的遠，都不知道呢。可知道我身子雖不大來，我的心耳神意時時都在這裏。難道我通共一個寶玉，就白放心憑你們勾引壞了不成！」這個四兒見王夫人說著他素日和寶玉的私語，不禁紅了臉，低頭垂淚。王夫人即命也快把他家的人叫來，領出去配人。又問：「誰是耶律雄奴？」老嬤嬤們便將芳官指出。王夫人道：「唱戲的女孩子，自然是狐狸精了！上次放你們，你們又懶待出去，可就該安分守己才是。你就成精鼓搗起來，調唆著寶玉無所不為！」芳官笑辯道：「並不敢調唆什麼。」王夫人笑道：「你還強嘴！我且問你，前年我們往皇陵上去，是誰調唆寶玉要柳家的丫頭五兒了？幸而那丫頭短命死了，不然進來了，你們又連伙聚黨遭害這園子呢。你連你乾娘都欺倒了。豈止別人！」因喝命：「喚他乾娘來領去，就賞他外頭自尋個女婿去吧。把他的東西一概給他。」又吩咐上年凡有姑娘分的唱戲的女孩子們，一概不許留在園裏，都令其乾娘帶出去，自行聘嫁。一語傳出，這些乾娘皆感恩趁願不盡，都約齊來與王夫人磕頭領去。王夫人又滿屋裏搜檢寶玉之物。凡略有眼生之物，一併命收的收，捲的捲，著人拿到自己房內去了。因說：「這才乾淨，省得旁人口舌。」因又吩咐襲人麝月等人：「你們小心！往後再有一點分外之事，我一概不饒。因叫人查看了，今年不宜遷挪，暫且挨過今年，明年一併給我仍舊搬出去心淨。」◎4說畢，茶也不吃，遂帶領眾人又往別處去閱人。暫且說不到後文。

如今且說寶玉只當王夫人不過來搜檢搜檢，無甚大事，誰知竟這樣雷嗔電怒的來了。所責之事，皆係平日之語，一字不爽，料必不能挽回的。雖心下恨不能一死，但王夫人盛怒之際，自不敢多言一句，多動一步，一直跟送王夫人到沁芳亭。王夫人命：「回去好生念念那書，仔細明兒問你。才已發下狠了。」寶玉聽如此說，方回來，一路打算：「誰這樣犯舌？況這裏事也無人知道，如何就都說著了？」一面想，一面進來，只見襲人在那裏垂淚；且去了第一等的人，豈不傷心，便倒在床上也哭起來。襲人知他心內別的還猶可，獨有晴雯是第一件大事，乃推他勸道：「哭也不中用了。你起來，我告訴你，晴雯已經好了，他這一家去，倒心淨養幾天。你果然捨不得他，等太太氣消了，你再求老太太，慢慢的叫進來也不難。不過太太偶然信了人的誹言，一時氣頭上如此罷了。」寶玉哭道：「我究竟不知晴雯犯了何等滔天大罪！」◎5襲人道：「太太只嫌他生的太好了，未免輕佻些。在太太是深知這樣美人似的人必不安靜，所以恨嫌他，像我們這粗粗笨笨的倒好。」寶玉道：「這也罷了。咱們私自頑話怎麼也知道了？又沒外人走風，這可奇怪！」襲人道：「你有甚忌諱的，一時高興了，你就不管有人無人了。我也曾使過眼色，也曾遞過暗號，被那別人已知道了，你反不覺。」寶玉道：「怎麼人人的不是太太都知道，單不挑出你和麝月秋紋來？」襲人聽了這話，心內一動，低頭半日，無可回答，因便笑道：「正是呢。若論我們也有頑笑不留心的孟浪※2去處，怎麼太太竟忘了？想是還有別的事，等完了再發放我們，也未可知。」寶玉笑道：「你是頭一個出了名的至善至賢之人，他兩個又是你陶冶教育的，焉得還有孟浪該罰之處！只是芳官尚小，過於伶俐些，未免倚強壓倒了人，惹人厭。四兒是我誤了他，還是那年我和你拌嘴的那日起，叫上來作些細活，未免奪占了地位，故有今日。只是晴雯也是和你一樣，從小兒在老太太屋裏過來的，雖然他生得比人強些，也沒甚妨礙去處；就只是他的性情爽利，口角鋒芒些，究竟也不曾得

註

※2：冒失、言行輕率。

◎4.一段神奇鬼訝之文，不知從何想來。王夫人從來未理家務，豈不一木偶哉？且前文隱隱約約已有無限口舌，浸潤之譖，原非一日矣。若無此一番更變，不獨終無散場之局，且亦大不近乎情理。況此亦皆余舊日目睹親聞、作者身歷之現成文字，非搜造而成者，故迥不與小說之離合悲歡窠臼相對。（脂硯齋）

◎5.余亦不知，蓋此等冤，實非晴雯一人也。（脂硯齋）

罪你們。想是他過於生得好了，反被這好所誤。」說畢，復又哭起來。襲人細揣此話，好似寶玉有疑他之意，竟不好再勸，因嘆道：「天知道罷了。此時也查不出人來了，白哭一會子也無益。倒是養著精神，等老太太喜歡時，回明白了再要他進來是正理。」寶玉冷笑道：「你不必虛寬我的心。等到太太平服了再瞧勢頭去要時，知他的病等得等不得。他自幼上來嬌生慣養，何嘗受過一日委曲。連我知道他的性格，還時常沖撞了他。他這一下去，就如同一盆才抽出嫩箭來的蘭花送到豬窩裏去一般。況又是一身重病，裏頭一肚子的悶氣。他又沒有親爺熱娘，只有一個醉泥鰍姑舅哥哥。他這一去，一時也不慣的，那裏還等得幾日？知道還能見他一面兩面不能了！」說著又越發傷心起來。襲人笑道：「可是你『只許州官放火，不許百姓點燈』。我們偶然說一句略妨礙些的話，就說是不利之談，你如今好好的咒他，是該的了！他便比別人嬌些，也不至這樣起來。」寶玉道：「不是我妄口咒他，今年春天已有兆頭的。」襲人忙問何兆。寶玉道：「這階下好好的一株海棠花，竟無故死了半邊，我就知有異事，果然應在他身上。」襲人聽了，又笑起來，因說道：「我待不說，又撐不住，你太也婆婆媽媽的了。這樣的話，豈是你讀書的男人說的。草木怎又關係起人來？若不婆婆媽媽的，眞也成了個呆子了。」寶玉嘆道：「你們那裏知道，不但草木，凡天下之物，皆是有情有理的，也和人一樣，得了知己，便極有靈驗的。若用大題目比，就有孔子廟前之檜，墳前之蓍，諸葛祠前之柏，岳武穆墳前之松。這都是堂堂正大隨人之

✣蘭花。（束從餘提供）

正氣，千古不磨之物。世亂則萎，世治則榮，幾千百年了，枯而復生者幾次。這豈不是兆應？就是小題目比，也有楊太眞沉香亭之木芍藥，端正樓之相思樹，王昭君塚上之草，豈不也有靈驗？所以這海棠亦應其人欲亡，故先就死了半邊。」襲人聽了這篇痴話，又可笑，又可嘆，因笑道：「眞眞的這話越發說上我的氣來了。那晴雯是個什麼東西，就費這樣心思，比出這些正經人來。還有一說，他縱好，也滅不過我的次序去。便是這海棠，也該先來比我，也還輪不到他。想是我要死了。」寶玉聽說，忙握他的嘴，勸道：「這是何苦！一個未清，你又這樣起來。罷了，再別提這事，別弄的去了三個，又饒上一個。」襲人聽說，心下暗喜道：「若不如此，你也不能了局。」寶玉乃道：「從此休提起，全當他們三個死了，不過如此。況且死了的也曾有過，也沒見我怎麼樣，此一理也。◎6如今且說現在的，倒是把他的東西，作瞞上不瞞下，悄悄的打發人送出去與了他。再或有咱們常時積攢下的錢，拿幾吊出去給他養病，也是你姐妹好了一場。」襲人聽了，笑道：「你太把我們看得又小器又沒人心了。這話還等你說！我才已將他素日所有的衣裳以至各什各物總打點下了，都放在那裏。如今白日裏人多眼雜，又恐生事，且等到晚

✣ 王昭君，名嬙字昭君，漢元帝宮人，出塞和親，嫁與匈奴呼韓邪單于。她死後其墳墓名為「青塚」，傳說塚上之草四季常青。（fotoe提供）

評點

◎6．寶玉至終一著，全作如是想，所以始於情終於悟者。既能終於悟而止，則情不得濫漫而涉於淫佚之事矣。一人前事一人了法，皆非棄竹而復惆筍之意。（脂硯齋）

上，悄悄的叫宋媽給他拿出去。我還有攢下的幾吊錢也給他罷。」寶玉聽了，感謝不盡。襲人笑道：「我原是久已出了名的賢人，連這一點子好名兒還不會買來不成？」寶玉聽他方才的話，忙陪笑撫慰一時。晚間果密遣宋媽送去。

*　　*　　*

寶玉將一切人穩住，便獨自得便出了後角門，央一個老婆子帶他到晴雯家去瞧瞧。先是這婆子百般不肯，只說怕人知道，「回了太太，我還吃飯不吃飯！」無奈寶玉死活央告，又許他些錢，那婆子方帶了他來。這晴雯當日係賴大家用銀子買的，那時晴雯才得十歲，尚未留頭。因常跟賴嬤嬤進來，賈母見他生得伶俐標緻，十分喜愛。故此賴嬤嬤就孝敬了賈母使喚，後來所以到了寶玉房裏。這晴雯進來時，也不記得家鄉父母。只知有個姑舅哥哥，專能庖宰，也淪落在外，故又求了賴家的收買進來吃工食。賴家的見晴雯雖到賈母跟前，千伶百俐，嘴尖性大，卻倒還不忘舊，◎7故又將他姑舅哥哥收買進來，把家裏一個女孩子配了他。成了房後，誰知他姑舅哥哥一朝身安泰，就忘卻當年流落時，任意吃死酒，家小也不顧。偏又娶了個多情美色之妻，見他不顧身命，不知風月，一味死吃酒，便不免有蒹葭倚玉之嘆，紅顏寂寞之悲。又見他器量寬宏，◎8並無嫉衾妒枕之意，這媳婦遂恣情縱慾，滿宅內便延攬英雄，收納材俊，上上下下竟有一半是他考試過的。若問他夫妻姓甚名誰，便是上回賈璉所接見的多渾蟲燈姑娘兒的便是了。目今晴雯只有這一門親戚，所以出來就在他家。

✣ 蓮紋碗，外粉彩內青花，「大清宣統年制」款。如此精緻的食具自然不可能在晴雯兄嫂家見到。（集成提供）

此時多渾蟲外頭去了，那燈姑娘吃了飯去串門子，只剩下晴雯一人在外間房內爬著。◎9寶玉命那婆子在院門外瞭哨，他獨自掀起草簾進來，一眼就看見晴雯睡在蘆席土炕上，幸而衾褥還是舊日鋪的。心內不知自己怎麼才好，因上來含淚伸手輕輕拉他，悄喚兩聲。當下晴雯又因著了風，又受了他嫂子的歹話，病上加病，嗽了一日，才朦朧睡了。忽聞有人喚他，強展星眸，一見是寶玉，又驚又喜，又悲又痛，忙一把死攥住他的手。哽咽了半日，方說出半句話來：「我只當不得見你了。」接著，便嗽個不住。寶玉也只有哽咽之分。晴雯道：「阿彌陀佛！你來的好，且把那茶倒半碗我喝。渴了這半日，叫半個人也叫不著。」寶玉聽說，忙拭淚問：「茶在那裏？」晴雯道：「那爐臺上就是。」寶玉看時，雖有個黑沙吊子，卻不像個茶壺。只得桌上去拿了一個碗，也甚大甚粗，不像個茶碗，未到手內，先就聞得油羶之氣。◎10寶玉只得拿了來，先拿些水洗了兩次，復又用水汕過，方提起沙壺斟了半碗。看時，絳紅的，也太不成茶。晴雯扶枕道：「快給我喝一口罷！這就是茶了。那裏比得咱們的茶。」寶玉聽說，先自己嘗了一嘗，並無清香，且無茶味，只一味苦澀，略有茶意而已。嘗畢，方遞與晴雯。只見晴雯如得了甘露一般，一氣都灌下去了。寶玉心下暗道：「往常那樣好茶，他尚有不如意

評點

◎7.只此一句便是晴雯正傳。可知晴雯爲聰明風流所害也。一篇爲晴雯寫傳，是哭晴雯也。非哭晴雯，乃哭風流也。（脂硯齋）
◎8.趣極！「器量寬宏」如此用，眞掃地矣。（脂硯齋）
◎9.總哭晴雯。（脂硯齋）
◎10.不獨爲晴雯一哭，且爲寶玉一哭亦可。（脂硯齋）

之處，今日這樣。看來，可知古人說的『飽飫烹宰，飢饜糟糠』※3，又道是『飯飽弄粥』，可見都不錯了。」◎[11]一面想，一面流淚問道：「你有什麼說的，趁著沒人告訴我。」晴雯嗚咽道：「有什麼可說的！不過挨一刻是一刻，挨一日是一日。我已知道橫豎不過三五日的光景，就好回去了。只是一件，我死也不甘心的：我雖生的比別人略好些，並沒有私情密意勾引你怎樣，如何一口死咬定了我是個狐狸精！我大不服。今日既已擔了虛名，而且臨死，不是我說句後悔的話，早知如此，我當日也另有個道理。不料痴心傻意，只說大家橫豎是在一處。不想平空裏生出這一節話來，有冤無處訴！」說畢又哭。寶玉拉著他的手，只覺瘦如枯柴，腕上猶戴著四個銀鐲，因泣道：「且卸下這個來，等好了再戴上罷。」因與他卸下來，塞在枕下。又說：「可惜這兩個指甲，好容易長了二寸長，這一病好了，又損

✣ 晴雯死前贈寶玉貼身綾襖和指甲，寶玉脫下自己的襖兒替晴雯換上。（朱寶榮繪）

好些。」晴雯拭淚，就伸手取了剪刀，將左指上兩根蔥管一般的指甲齊根鉸下，又伸手向被內將貼身穿著的一件舊紅綾襖脫下，並指甲都與寶玉道：「這個你收了，以後就如見我一般。快把你的襖兒脫下來我穿。我將來在棺材裏獨自躺著，也就像還在怡紅院一樣了。論理不該如此，只是擔了虛名，我可也是無可如何了。」寶玉聽說，忙寬衣換上，藏了指甲。晴雯又哭道：「回去他們看見了要問，不必撒謊，就說是我的。既擔了虛名，越性如此，也不過這樣了。」

一語未了，只見他嫂子笑嘻嘻掀簾進來，說道：「好呀！你兩個的話，我已都聽見了。」又向寶玉道：「你一個作主子的，跑到下人房裏作什麼？看我年輕又俊，敢是來調戲我麼？」寶玉聽說，嚇的忙陪笑央道：「好姐姐，快別大聲！他伏侍我一場，我私自來瞧瞧他。」燈姑娘便一手拉了寶玉進裏間來，笑道：「你不叫我嚷也容易，只是依我一件事。」說著，便坐在炕沿上，卻緊緊的將寶玉摟入懷中。寶玉如何見過這個，心內早突突的跳起來了，急的滿面紅漲，又羞又怕，只說：「好姐姐，別鬧！」◎12燈姑娘乜斜醉眼，笑道：「呸！成日家聽見你風月場中慣作工夫的，怎麼今日就反訕起來。」寶玉紅了臉，笑道：「姐姐放手，有話咱們好說。外頭有老媽媽，聽見什麼意思！」燈姑娘笑道：「我早進來了，卻叫那婆子去園門等著呢。我等什麼似的，今兒等著了你。雖然聞名，不如見面，空長了一個好模樣兒，竟是沒藥性的炮

註

※3：飫：飽食。烹宰：魚肉美食。饜：滿足。

評點

◎11.妙！通篇寶玉最惡書者，每因女子之所壓始信其可，此為觸類旁通之妙訣矣。（脂硯齋）

◎12.如聞如見，「別鬧」二字活跳。（脂硯齋）

仗，只好裝幌子罷了，倒比我還發訕怕羞。可知人的嘴一概聽不得的。就比如方才我們姑娘下來，我也料定你們素日偷雞盜狗的。我進來一會在窗下細聽，屋內只你二人，若有偷雞盜狗的事，豈有不談及於此，誰知你兩個竟還是各不相擾。可知天下委曲事也不少。如今我反後悔錯怪了你們。既然如此，你但放心。以後你只管來，我也不羅唣你。」寶玉聽說，才放下心來，方起身整衣央道：「好姐姐，你千萬照看他兩天！我如今去了。」說畢出來，又告訴晴雯。二人自是依依不捨，也少不得一別。晴雯知寶玉難行，遂用被蒙頭，總不理他，寶玉方出來。意欲到芳官四兒處去，無奈天黑，出來了半日，恐裏面人找他不見，又恐生事，遂且進園來了，明日再作計較。因乃至後角門，小廝正抱鋪蓋，裏邊嬷嬷們正查人，若再遲一步也就關了。

寶玉進入園中，且喜無人知道。到了自己房內，告訴襲人只說在薛姨媽家去的，也就罷了。一時鋪床，襲人不得不問今日怎麼睡？寶玉道：「不管怎麼睡罷了。」原來這一二年間襲人因王夫人看重了他了，越發自要尊重。凡背人之處，或夜晚之間，總不與寶玉狎昵，較先幼時反倒疏遠了。況雖無大事辦理，然一應針線並寶玉及諸小丫頭們凡出入銀錢衣履什物等事，也甚煩瑣；且有吐血舊症雖愈，然每因勞碌風寒所感，即嗽中帶血，故邇來夜間總不與寶玉同房。寶玉夜間常醒，又極膽小，每醒必喚人。因晴雯睡臥警心，且舉動輕便，故夜晚一應茶水起坐呼喚之任，皆悉委他一人，所以寶玉外床只是他睡。今他去了，襲人只得要問，因思此任比日間緊要之意。

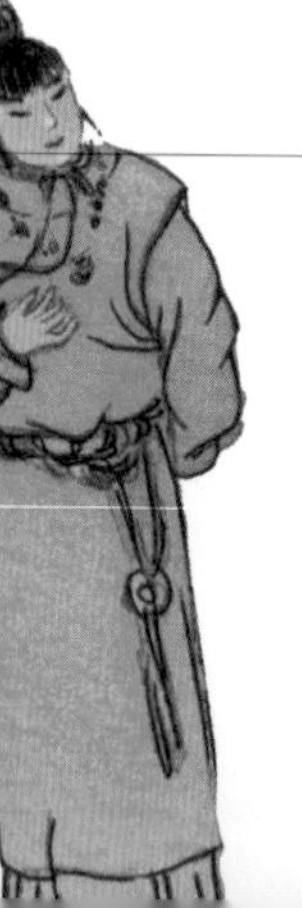

寶玉既答不管怎樣，襲人只得還依舊年之例，遂仍將自己鋪蓋搬來，設於床外。

寶玉發了一晚上呆。◎13及催他睡下，襲人等也都睡後，聽著寶玉在枕上長吁短嘆，覆去翻來，直至三更以後，方漸漸的安頓了，略有鼾聲，襲人方放心，也就朦朧睡著。沒半盞茶時，只聽寶玉叫「晴雯」。襲人忙睜開眼，連聲答應，問作什麼。寶玉因要吃茶。襲人忙下去向盆內蘸過手，從暖壺內倒了半盞茶來吃過。寶玉乃笑道：◎14「我近來叫慣了他，卻忘了是你。」襲人笑道：「他一乍來時你也曾睡夢中直叫我，半年後才改了。我知道這晴雯人雖去了，這兩個字只怕是不能去的。」說著，大家又臥下。寶玉又翻轉了一個更次，至五更方睡去時，只見晴雯從外頭走來，仍是往日形景，進來笑向寶玉道：「你們好生過罷，我從此就別過了。」說畢，翻身便走。寶玉忙叫時，又將襲人叫醒。襲人還只當他慣了口亂叫，卻見寶玉哭了，說道：「晴雯死了！」襲人笑道：「這是那裏的話！你就知道胡鬧，被人聽著什麼意思！」寶玉那裏肯聽，恨不得一時亮了就遣人去問信。

及至天亮時，就有王夫人房裏小丫頭立等叫開前角門傳王夫人的話：「『即時叫起寶玉，快洗臉，換了衣裳快來，因今兒有人請老爺尋秋賞桂花，老爺因喜歡他前兒作的詩好，故此要帶他們去。』這都是太太的話，一句別錯了。你們快飛跑告訴他去，立刻叫他快來，老爺在上屋裏還等他們吃麵茶呢。環哥兒已來了，快跑快跑！再著一個人去叫蘭哥兒，也要這等說。」裏面的婆子聽一句，應一句，一面扣扭子，一

評點

◎13.一句足矣。（脂硯齋）

◎14.「笑」字好極，有文章！蓋恐冷落襲人也。（脂硯齋）

面開門。一面早有兩三個人一行扣衣，一行分頭去了。襲人聽得叩院門，便知有事，忙一面命人問時，自己已起來了。聽得這話，促人來舀了面湯，催寶玉起來盥漱，他自去取衣。因思跟賈政出門，便不肯拿出十分出色的新鮮衣履來。只拿那二等成色的來。寶玉此時亦無法，只得忙忙的前來。果然賈政在那裏吃茶，十分喜悅。寶玉忙行了省晨之禮。賈環賈蘭二人也都見過寶玉。賈政命坐吃茶，向環蘭二人道：「寶玉讀書不如你兩個，論題聯和詩這種聰明，你們皆不及他。今日此去，未免強你們作詩，寶玉須聽便助他們兩個。」王夫人等自來不曾聽見這等考語，眞是意外之喜。

一時候他父子二人等去了，方欲過賈母這邊來時，就有芳官等三個的乾娘走來，回說：「芳官自前日蒙太太的恩典賞了出去，他就瘋了似的，茶也不吃，飯也不用，勾引上藕官、蕊官，三個人尋死覓活，只要剪了頭髮作尼姑去。我只當是小孩子家一時出去不慣也是有的，不過隔兩日就好了。誰知越鬧越兇，打罵著也不怕。實在沒法，所以來求太太，或者就依他們作尼姑去，或教導他們一頓，賞給別人作女兒去罷，我們也沒這福。」王夫人聽了道：「胡說！那裏由得他們起來，佛門也是輕易人進去的！每人打一頓給他們，看還鬧不鬧了！」當下因八月十五日各廟內上供去，皆有各廟內的尼姑來送供尖之例，王夫人曾於十五日就留下水月庵的智通與地藏庵的圓心住兩日，至今未回，聽得此信，巴不得又拐兩個女孩子去作活使喚，因都向王夫人道：「咱們府上到底是善人家。因太太好善，所以感應得這些小姑娘們皆如此。雖說

佛門輕易難入，也要知道佛法平等。我佛立願，原是一切眾生，無論雞犬皆要度他，無奈迷人不醒。若果有善根能醒悟，即可以超脫輪迴。所以經上現有虎狼蛇蟲得道者就不少。如今這兩三個姑娘既然無父無母，家鄉又遠，他們既經了這富貴，又想從小兒命苦入了這風流行次，將來知道終身怎麼樣，所以苦海回頭，出家修修來世，也是他們的高意。太太倒不要限了善念。」王夫人原是個好善的，先聽彼等之語不肯聽其自由者，因思芳官等不過皆係小兒女，一時不遂心，故有此意，但恐將來熬不得清淨，反致獲罪。今聽了這兩個拐子的話大近情理；且近日家中多故，又有邢夫人遣人來知會，明日接迎春家去住兩日，以備人家相看；且又有官媒婆來求說探春等事，心緒甚煩，那裏著意在這些小事上。既聽此言，便笑答道：「你兩個既這等說，你們就帶了作徒弟去如何？」兩個姑子聽了，念一聲佛道：「善哉，善哉！若如此，可是你老人家陰德不小。」說畢，便稽首拜謝。王夫人道：「既這樣，你們問他們去。若果眞心，即上來當著我拜了師父去罷。」這三個女人聽了出去，果然將他三人帶來。王夫人問之再三，他三人已是立定主意，遂與兩個姑子叩了頭，又拜辭了王夫人。王夫人見他們意皆決斷，知不可強了，反倒傷心可憐，忙命人取了些東西來賚賞了他們，又送了兩個姑子些禮物。從此，芳官跟了水月庵的智通，蕊官藕官二人跟了地藏庵的圓心，各自出家去了。再聽下回分解。

第七十八回 老學士閑徵姽嫿詞　痴公子杜撰芙蓉誄

話說兩個尼姑領了芳官等去後，王夫人便往賈母處來省晨，見賈母喜歡，便趁便回道：「寶玉屋裏有個晴雯，那個丫頭也大了，而且一年之間，病不離身；我常見他比別人分外淘氣，也懶；前日又病倒了十幾天，叫大夫瞧，說是女兒癆※1，所以我就趕著叫他下去了。若養好了也不用叫他進來，就賞他家配人去也罷了。再那幾個學戲的女孩子，我也作主放出去了。一則他們都會戲，口裏沒輕沒重，只會混說，女孩兒們聽了如何使得？二則他們既唱了會子戲，白放了他們，也是應該的。況丫頭們也太多，若說不夠使，再挑上幾個來也是一樣。」賈母聽了，點頭道：「這倒是正理，我也正想著如此呢。但晴雯那丫頭我看他甚好，怎麼就這樣起來。我的意思這些丫頭的模樣爽利言談針線多不及他，將來只他還可以給

✣《增評補圖石頭記》第七十八回繪畫。（fotoe提供）

寶玉使喚得。誰知變了。」王夫人笑道：「老太太挑中的人原不錯。只怕他命裏沒造化，所以得了這個病。俗語又說，『女大十八變』。況且有本事的人，未免就有些調歪。老太太還有什麼不曾經驗過的。三年前，我也就留心這件事。先只取中了他，我便留心。冷眼看去，他色色雖比人強，只是不大沉重。若說沉重知大禮，莫若襲人第一。雖說賢妻美妾，然也要性情和順舉止沉重的更好些。就是襲人模樣雖比晴雯略次一等，然放在房裏，也算得一二等的了。況且行事大方，心地老實，這幾年來，從未逢迎著寶玉淘氣。凡寶玉十分胡鬧的事，他只有死勸的。因此品擇了二年，一點不錯了，我就悄悄的把他丫頭的月分錢止住，我的月分銀子裏批出二兩銀子來給他。不過使他自己知道越發小心學好之意。且不明說者，一則寶玉年紀尙小，老爺知道了又恐說躭誤了書；二則寶玉再自爲已是跟前的人不敢勸他說他，反倒縱性起來。所以直到今日才回明老太太。」賈母聽了，笑道：「原來這樣，如此更好了。襲人本來從小兒不言不語，我只說他是沒嘴的葫蘆。既是你深知，豈有大錯誤的。而且你這不明說與寶玉的主意更好。且大家別提這事，只是心裏知道罷了。我深知寶玉將來也是個不聽妻妾勸的。我也解不過來，也從未見過這樣的孩子。別的淘氣都是應該的，只他這種和丫頭們好卻是難懂。我爲此也躭心，每每的冷眼查看他。只和丫頭們鬧，必是人大心大，知道男女的事了，所以愛親近他們。既細細查試，究竟不是爲此。豈不奇怪！

註

※1：癆：因結核菌所引起之傳染病，如「肺癆」。年輕女子患此病稱「女兒癆」。

想必原是個丫頭錯投了胎不成？」說著，大家笑了。王夫人又回今日賈政如何誇獎，又如何帶他們逛去，賈母聽了，更加喜悅。

一時，只見迎春妝扮了前來告辭過去。鳳姐也來省晨，伺候過早飯，又說笑了一回。賈母歇晌後，王夫人便喚了鳳姐，問他丸藥可曾配來。鳳姐道：「還不曾呢，如今還是吃湯藥。太太只管放心，我已大好了。」王夫人見他精神復初，也就信了。◎1因告訴攆逐晴雯等事，又說：「怎麼寶丫頭私自回家睡了，你們都不知道？我前兒順路都查了一查。誰知蘭小子這一個新進來的奶子也十分的妖喬，我也不喜歡他。我也說與你嫂子了，好不好叫他各自去罷。況且蘭小子也大了，用不著奶子了。我因問你大嫂子：『寶丫頭出去難道你也不知道不成？』他說是告訴了他的，不過住兩三日，等你姨媽好了就進來。你姨媽究竟沒甚大病，不過還是咳嗽腰疼，年年是如此的。況且他這去必有原故，敢是有人得罪了他不成？那孩子心重，親戚們住一場，別得罪了人，反不好了。」鳳姐笑道：「誰可好好的得罪著他？他們天天在園裏，左不過是他們姐妹那一群人。」王夫人道：「別是寶玉有嘴無心，傻子似的從沒個忌諱，高興了信嘴胡說也是有的。」鳳姐笑道：「這可是太太過於操心了。若說他出去幹正經事說正經話去，卻像個傻子；若只叫進來在這些姐妹跟前以至於大小的丫頭們跟前，他最有盡讓，又恐怕得罪了人，那是再不得有人惱他的。我想薛妹妹此去，想必為著前時搜檢眾丫頭的東西的原故。他自然為信不及園裏的人才搜檢，他又是親戚，現也有丫頭老婆在內，我們又不好去搜檢，恐我們疑他，所以多了這個心，自己迴避了。也是應該避嫌疑的。」

王夫人聽了這話不錯，自己遂低頭想了一想，便命人請了寶釵來分晰前日的事以解他疑心，又仍命他進來照舊居住。寶釵陪笑道：「我原要早出去的，只是姨娘有許多大事，所以不便來說。可巧前日媽又不好了，家裏兩個靠得的女人也病著，我所以趁便出去了。姨娘今日既已知道了，我正好明講出情理來，就從今日辭了好搬東西的。」王夫人鳳姐都笑著：「你太固執了。正經再搬進來爲是，休爲沒要緊的事反疏遠了親戚。」寶釵笑道：「這話說的太不解了，並沒爲什麼事我出去。我爲的是媽近來神思比先大減，而且夜間晚上沒有得靠的人，通共只我一個。二則如今我哥哥眼看要娶嫂子，多少針線活計並家裏一切動用的器皿，尚有未齊備的，我也須得幫著媽去料理料理。姨娘和鳳姐姐都知道我們家的事，不是我撒謊。三則自我在園裏，東南上小角門子就常開著，原是爲我走的，保不住出入的人就圖省路也從那裏走，又沒人盤查，設若從那裏生出一件事來，豈不兩礙臉面。而且我進園裏來住原不是什麼大事，因前幾年年紀皆小，且家裏沒事，有在外頭的，不如進來姐妹相共，或作針線，或頑笑，皆比在外頭悶坐著好，如今彼此都大了，也彼此皆有事。況姨娘這邊歷年皆遇不遂心的事故，那園子也太大，一時照顧不到，皆有關係，惟有少幾個人，就可以少操些心。所以今日不但我執意辭去，之外還要勸姨娘如今該減些的就減些，也不爲失了

◎1.只用此一句，便入後文。（脂硯齋）

大家的體統。據我看，園裏這一項費用也竟可以免的，說不得當日的話。姨娘深知我家的，難道我們當日也是這樣冷落不成？」鳳姐聽了這篇話，便向王夫人笑道：「這話竟是，不必強他了。」王夫人點頭道：「我也無可回答，只好隨你便罷了。」

話說之間，只見寶玉等已回來，因說他父親還未散，恐天黑了，所以先叫我們回來了。王夫人忙問：「今日可有丟了醜？」寶玉笑道：「不但不丟醜，倒拐了許多東西來。」接著，就有老婆子們從二門上小廝手內接了東西來。王夫人一看時，只見扇子三把，扇墜三個，筆墨共六匣，香珠三串，玉絛環三個。寶玉說道：「這是梅翰林送的，那是楊侍郎送的，這是李員外送的，每人一分。」說著，又向懷中取出一個旃檀香小護身佛來，說：「這是慶國公單給我的。」王夫人又問在席何人、作何詩詞等語畢，只將寶玉一分令人拿著，同寶玉蘭環前來見過賈母。賈母看了，喜歡不盡，不免又問些話。無奈寶玉一心記著晴雯，答應完了話時，便說騎馬顛了，骨頭疼。賈母便說：「快回房去，換了衣服，疏散疏散就好了，不許睡倒。」寶玉聽了，便忙入園來。

當下麝月秋紋已帶了兩個丫頭來等候，見寶玉辭了賈母出來，秋紋便將筆墨拿起來，一同隨寶玉進園來。寶玉滿口裏說「好熱」，一壁走，一壁便摘冠解帶，將外面的大衣服都脫下來麝月拿著，只穿著一件松花綾子夾襖，襖內露出血點般大紅褲子來。秋紋見這條紅褲是晴雯手內針線，因嘆道：「這條褲子以後收了罷，眞是物件

✣ 檀香，檀香科植物檀香，別名：白檀、白檀木。常綠喬木，枝柔軟，光滑無毛。（許旭芒提供）

在人去了！」麝月忙也笑道：「這是晴雯的針線。」又嘆道：「眞眞物在人亡了！」秋紋將麝月拉了一把，笑道：「這褲子配著松花色襖兒、石青靴子，越顯出這靛青的頭，雪白的臉來了。」寶玉在前，只裝聽不見，又走了兩步，便止步道：「我要走一走，這怎麼好？」麝月道：「大白日裏，還怕什麼？還怕丟了你不成！」因命兩個小丫頭跟著，「我們送了這些東西去再來。」寶玉道：「好姐姐，等一等我再去。」麝月道：「我們去了就來。兩個人手裏都有東西，倒像擺執事的，一個捧著文房四寶，一個捧著冠袍帶履，成個什麼樣子！」寶玉聽說，正中心懷，便讓他兩個去了。

他便帶了兩個小丫頭到一石後，也不怎麼樣，只問他二人道：「自我去了，你襲人姐姐打發人瞧晴雯姐姐去了不曾？」這一個答道：「打發宋媽瞧去了。」寶玉道：「回來說什麼？」小丫頭道：「回來說，晴雯姐姐直著脖子叫了一夜，今日早起就閉了眼，住了口，世事不知，也出不得一聲兒，只有倒氣的分兒了。」寶玉忙道：「一夜叫的是誰？」小丫頭子說：「一夜叫的是娘。」寶玉拭淚道：「還叫誰？」小丫頭子道：「沒有聽見叫別人了。」寶玉道：「你糊塗！想必沒有聽眞。」旁邊那一個小丫頭最伶俐，聽寶玉如此說，便上來說：「眞個他糊塗。」又向寶玉道：「不但我聽得眞切，我還親自偷著看去的。」寶玉聽說，忙問：「你怎麼又親自看去？」小丫頭道：「我因想晴雯姐姐素日與別人不同，待我們極好。如今他雖受了委曲出去，我們不能別的法子救他，只親去瞧瞧，也不枉素日疼我們一場。就是人知道了回了太太，

打我們一頓，也是願受的。所以我拚著挨一頓打，偷著下去瞧了一瞧。誰知他平生為人聰明，至死不變。他因想著那起俗人不可說話，所以只閉眼養神，見我去了，便睜開眼，拉我的手問：『寶玉那去了？』我告訴他實情。他嘆了一口氣說：『不能見了！』我就說：『姐姐何不等一等他回來見一面，豈不兩完心願？』他就笑道：『你們還不知道。我不是死，如今天上少了一位花神，玉皇敕命我去司主。我如今在未正二刻到任司花，寶玉須待未正三刻才到家，只少得一刻的工夫，不能見面。世上凡該死之人閻王勾取了過去，是差些小鬼來捉人魂魄。若要遲延一時半刻，不過燒些紙錢，澆些漿飯那鬼只顧搶錢去了，◎2該死的人就可多待些個工夫。我這如今是有天上的神仙來召請，豈可捱得時刻！』我聽了這話，竟不大信，及進來到房裏留神看時辰表時，果然是未正二刻他咽了氣，正三刻上，就有人來叫我們，說你來了。這時候倒都對合。」寶玉忙道：「你不識字看書，所以不知道。這原是有的，不但花有一個神，一樣花有一位神之外還有總花神。但他不知是作總花神去了，還是單管一樣花的神？」這丫頭聽了，一時謅不出來。恰好這是八月時節，園中池上芙蓉正開。這丫頭便見景生情，忙答道：「我也曾問他是管什麼花的神，告訴我們日後也好供養的。他說：『天機不可泄漏。你既這樣虔誠，我只告訴你，『你只可告訴寶玉一人。除他之外若泄了天機，五雷就來轟頂的。』他就告訴我說，他就是專管這芙蓉花的。」寶玉聽了這話，不但不為怪，亦且去悲而生喜，乃指芙蓉笑道：「此花也須得這樣一個人去司掌。我早就料定他那樣的人必有一番事業作的。雖然超出苦海，從此不能相見，也免不得傷感思念。」因又想：「雖然臨終未見，如今且去靈前一拜，也算盡這五六年的情常。」

想畢，忙至房中，又另穿戴了，只說去看黛玉，遂一人出園來，往前次之處去，意爲停柩在內。誰知他哥嫂見他一咽氣便回了進去，希圖早些得幾兩發送例銀。王夫人聞知，便命賞了十兩燒埋銀子。又命：「即刻送到外頭焚化了罷。女兒癆死的，斷不可留！」他哥嫂聽了這話，一面得銀，一面就雇了人來入殮，抬往城外化人場上去了。剩的衣履簪環，約有三四百金之數，他兄嫂自收了爲後日之計。二人將門鎖上，一同送殯去未回。寶玉走來撲了個空。

寶玉自立了半天，別無法兒，只得復身進入園中。待回至房中，甚覺無味，因乃順路來找黛玉。偏黛玉不在房中，問其何往，丫鬟們回說：「往寶姑娘那裏去了。」寶玉又至蘅蕪苑中，只見寂靜無人，房內搬的空空落落的，不覺吃一大驚。忽見個老婆子走來，寶玉忙問這是什麼原故。老婆子道：「寶姑娘出去了。這裏交我們看著，還沒有搬清楚。我們幫著送了些東西去，這也就完了。你老人家請出去罷，讓我們掃掃灰塵也好，從此你老人家省跑這一處的腿子了。」寶玉聽了，怔了半天，因看著那院中的香藤異蔓，仍是翠翠青青，忽比昨日好似改作淒涼了一般，更又添了傷感。默默出來，又見門外的一條翠樾埭上也半日無人來往，不似當日各處房中丫鬟不約而

評點

◎2.好，奇之至！又從來皆說「閻王註定三更死，誰能留人至五更」之語，今忽借此小女兒一篇無稽之談，反成無人敢翻之案，且又寓意調侃，罵盡世態。豈非文章之至耶？（脂硯齋）

來者絡繹不絕。又俯身看那埭下之水，仍是溶溶脈脈的流將過去。心下因想：「天地間竟有這樣無情的事！」悲感一番，忽又想到去了司棋、入畫、芳官等五個；死了晴雯；今又去了寶釵等一處；迎春雖尚未去，然連日也不見回來，且接連有媒人來求親：大約園中之人，不久都要散的了。縱生煩惱，也無濟於事。不如還是找黛玉去相伴一日，回來還是和襲人廝混，只這兩三個人，只怕還是同死同歸的。想畢，仍往瀟湘館來，偏黛玉尚未回來。寶玉想亦當出去候送才是，無奈不忍悲感，還是不去的是，遂又垂頭喪氣的回來。

正在不知所以之際，忽見王夫人的丫頭進來找他說：「老爺回來了，找你呢，又得了好題目來了。快走，快走！」寶玉聽了，只得跟了出來。到王夫人房中，他父親已出去了。王夫人命人送寶玉至書房中。

*　*　*

彼時，賈政正與衆幕友們談論尋秋之勝，又說：「快散時忽然談及一事，最是千古佳談，『風流雋逸，忠義慷慨』八字皆備，倒是個好題目，大家要作一首輓詞。」衆幕賓聽了，都忙請教是係何等妙事。賈政乃道：「當日曾有一位王封曰恆王，出鎭青州。這恆王最喜女色，且公餘好武，因選了許多美女，日習武事。每公餘輒開宴連日，令衆美女習戰鬥功拔之事。其姬中有姓林行四者，姿色既冠，且武藝更精，皆呼爲林四娘。恆王最得意，遂超拔林四娘統轄諸姬，又呼爲『姽嫿※2將軍』。」衆

清客都稱「妙極神奇！竟以『姽嫿』下加『將軍』二字，反更覺嫵媚風流，眞絕世奇文也！想這恆王也是千古第一風流人物了。」賈政笑道：「這話自然是如此，但更有可奇可嘆之事。」眾清客都愕然驚問道：「不知底下有何奇事？」賈政道：「誰知次年便有『黃巾』『赤眉』※3一干流賊餘黨復又烏合，搶掠山左一帶。◎3恆王意爲犬羊之惡，不足大舉，因輕騎前剿。不意賊眾頗有詭譎智術，兩戰不勝，恆王遂爲眾賊所戮。於是青州城內文武官員，各各皆謂：『王尙不勝，你我何爲！』遂將有獻城之舉。林四娘得聞凶報，遂集聚眾女將，發令說道：『你我皆向蒙王恩，戴天履地，不能報其萬一。今王既殞身國事，我意亦當殞身於王。爾等有願隨者，即時同我前往；有不願者，亦早各散。』眾女將聽他這樣，都一齊說願意。於是林四娘帶領眾人連夜出城，直殺至賊營裏頭。眾賊不防，也被斬戮了幾員首賊。後來大家見是不過幾個女人，料不能濟事，遂回戈倒兵，奮力一陣，把林四娘等一個不曾留下，倒作成了這林四娘的一片忠義之志。後來報至中都，自天子以至百官，無不驚駭道奇。其後朝中自然又有人去剿滅，天兵一到，化爲烏有，不必深

✣ 姽嫿將軍。賈政驚詫於她的事蹟，而寶玉則一邊賦詩稱讚，一邊更想著晴雯。（《紅樓夢煙標精華》杜春耕編著，北京圖書館出版社提供）

註

※2：閑靜美好。

※3：西漢末年、東漢末年分別有赤眉軍、黃巾軍農民起義，泛指起義軍。

評點

◎3.妙！赤眉、黃巾兩時之事，今合而爲一，蓋云不過是此等眾類，非特歷歷指明某赤某黃。若云不合兩用便呆矣。此書全是如此，爲混人也。（脂硯齋）

論。只就林四娘一節，眾位聽了，可羨不可羨？」眾幕友都嘆道：「實在可羨可奇！實是個妙題，原該大家輓一輓才是。」說著，早有人取了筆硯，按賈政口中之言稍加改易了幾個字，便成了一篇短序，遞與賈政看了。賈政道：「不過如此。他們那裏已有原序。昨日因又奉恩旨，著察核前代以來應加褒獎而遺落未經請奏各項人等，無論僧尼乞丐與女婦人等，有一事可嘉，即行匯送履歷至禮部備請恩獎。所以他這原序也送往禮部去了。大家聽見這新聞，所以都要作一首《姽嫿詞》，以志其忠義。」◎4眾人聽了，都又笑道：「這原該如此。只是更可羨者，本朝皆係千古未有之曠典隆恩，實歷代所不及處，可謂『聖朝無闕事※4』，唐朝人預先竟說了，竟應在本朝。如今年代方不虛此一句。」賈政點頭道：「正是。」

說話間，賈環叔侄亦到。賈政命他們看了題目。他兩個雖能詩，較腹中之虛實雖也去寶玉不遠，但第一件他兩個終是別途，若論舉業一道，似高過寶玉，若論雜學，則遠不能及；第二件他二人才思滯鈍，不及寶玉空靈娟逸，每作詩亦如八股之法，未免拘板庸澀。那寶玉雖不算是個讀書人，然虧他天性聰敏，且素喜好些雜書，他自謂古人中也有杜撰的，也有誤失之處，拘較不得許多；若只管怕前怕後起來，縱堆砌成一篇，也覺得甚無趣味。因心裏懷著這個念頭，每見一題，不拘難易，他便毫無費力之處，就如世上的流嘴滑舌之人，無風作有，信著伶口俐舌，長篇大論，胡扳亂扯，敷演出一篇話來。雖無稽考，卻都說的四座春風。雖有正言厲語之人，亦不得壓倒這

✣自小喪父的賈蘭遵從母訓，從不招是惹非，勤苦攻讀，最後得以高中舉人，使賈家後繼有人。但是在他缺少童真的人生裏，他到底贏得了什麼？又失去了什麼？（張羽琳繪）

一種風流去。近日賈政年邁，名利大灰，然起初天性也是個詩酒放誕之人，◎5因在子侄輩中，少不得規以正路。近見寶玉雖不讀書，竟頗能解此，細評起來，也還不算十分玷辱了祖宗。就思及祖宗們各各亦皆如此，雖有深精舉業的，也不曾發跡過一個，看來此亦賈門之數。況母親溺愛，遂也不強以舉業逼他了。所以近日是這等待他。又要環蘭二人舉業之餘，怎得亦同寶玉才好，所以每欲作詩，必將三人一齊喚來對作。◎6

閑言少述。且說賈政又命他三人各弔一首，誰先成者賞，佳者額外加賞。賈環賈蘭二人近日當著多人皆作過幾首了，膽量愈壯，今看了題目，遂自去思索。一時，賈蘭先有了。賈環生恐落後，也就有了。二人皆已錄出，寶玉尚出神。◎7賈政與眾人且看他二人的二首。賈蘭的是一首七言絕句，道是：

姽嫿將軍林四娘，玉爲肌骨鐵爲腸，
捐軀自報恆王後，此日青州土亦香。

眾幕賓看了，便皆大贊：「小哥兒十三歲的人就如此，可知家學淵源，眞不誣矣。」賈政笑道：「稚子口角，也還難爲他。」又看賈

註

※4：唐代岑參所寫《寄左省杜拾遺》中的詩句。意爲賢明的朝廷是沒有什麼過失的。

評點

◎4.在曹雪芹的筆下，賈政是個十分正常的凡人，一個受傳統文化薰陶的官僚知識份子，既有七情六欲，在客觀條件提供的範圍内消磨和享受著人生，同時又持有一定的信念，即認認眞眞地居官和作人，不驕不奢，性格中並有著放達灑脱的一面，帶有幾分書卷氣。……若將賈政與《紅樓夢》中其他的眾多男性，如賈敬、賈赦、賈珍、賈璉、賈雨村之輩作一比較，他無疑是一個值得肯定的人物。（賈穗）

◎5.原來，年輕時的賈政也是詩酒放誕、保持自然天性的人。再聯繫冷子興所言「自幼酷愛讀書，祖父最疼」，可推測出昨天的他與今天的寶玉可等量齊觀，甚至可能更是「行爲偏僻性乖張」。價值選擇相同的少年時代卻延伸出價值選擇不同的人生道路，這是爲什麼呢？是百年望族的責任、寧榮二公的遺訓在起作用，也不排除棍棒底下出孝子的情況，説明賈政也是被扭曲、被斧正的。由此而言，「笞撻」寶玉是賈政對自己昨天的否定，對兒子未來的封殺，對封建教育方式的認同，説明賈政已成爲高度成熟的封建文化的產物。作者深味賈政無能、無奈的痛苦，突出了人物性格的典型性：在父子二人的參照中，理智而痛苦地否定賈政，把審美理想寄予寶玉一身。（方星移）

◎6.妙！世事皆不可無足厭，只有「讀書」二字是萬不可足厭的。父母之心可不甚哉！近之父母只怕兒子不能名利，豈不可嘆乎？（脂硯齋）

◎7.妙！偏寫出鈍態來。（脂硯齋）

環的，是首五言律，寫道是：

紅粉不知愁，將軍意未休。
掩啼離繡幕，抱恨出青州。
自謂酬王德，詎能復寇仇？
誰題忠義墓，千古獨風流！

眾人道：「更佳。倒是大幾歲年紀，立意又自不同。」賈政道：「倒還不甚大錯，終不懇切。」眾人道：「這就罷了。三爺才大不多兩歲，在未冠之時如此，用了工夫，再過幾年，怕不是大阮小阮※5了？」賈政道：「過獎了。只是不肯讀書的過失。」因又問寶玉怎樣。眾人道：「二爺細心鏤刻，定又是風流悲感，不同此等的了。」寶玉笑道：「這個題目似不稱近體，須得古體，或歌或行※6，長篇一首，方能懇切。」眾人聽了，都立身點頭拍手道：「我說他立意不同！每一題到手必先度其體格宜與不宜，這便是老手妙法。就如裁衣一般，未下剪時，須度其身量。這題目名曰《姽嫿詞》，且既有了序，此必是長篇歌行方合體的。或擬白樂天《長恨歌》，或擬咏古詞，半敘半咏，流利飄逸，始能盡妙。」賈政聽說，也合了主意，遂自提筆向紙上要寫，又向寶玉笑道：「如此，你念我寫。若不好了，我捶你那肉。誰許你先大言不慚了！」寶玉只得念了一句，道是：

✣《琵琶行》，明代仇英（約1505年～約1552年）。繪唐代詩人白居易與琵琶女相逢事，這是《長恨歌》之外，白居易的另一篇著名長詩。（明・仇英繪）

恆王好武兼好色，

賈政寫了看時，搖頭道：「粗鄙。」一幕賓道：「要這樣方古，究竟不粗。且看他底下的。」賈政道：「姑存之。」寶玉又道：

遂教美女習騎射。穠歌艷舞不成歡，列陣挽戈為自得。

賈政寫出，眾人都道：「只這第三句便古樸老健，極妙！這四句平敘出，也最得體。」賈政道：「休謬加獎譽，且看轉的如何。」寶玉念道：

眼前不見塵沙起，將軍俏影紅燈裏。

眾人聽了這兩句，便都叫：「妙！好個『不見塵沙起』！又承了一句『俏影紅燈裏』，用字用句，皆入神化了。」寶玉道：

叱咤時聞口舌香，霜矛雪劍嬌難舉。

眾人聽了，便拍手笑道：「益發畫出來了。當日敢是寶公也在座，見其嬌且聞其香否？不然，何體貼至此？」寶玉笑道：「閨閣習武，任其勇悍，怎似男人。◎8不待問

✣ 賈政講述姽嫿將軍故事，賈蘭、賈環賦七絕、五律，寶玉作七言長詩，酣暢淋漓。（朱寶榮繪）

註

※5：大阮為三國魏詩人阮籍，小阮指他的侄子阮咸，二人均為「竹林七賢」。

※6：近體：近體詩，律詩和絕句的統稱。在句數、字數、平仄、用韻都有嚴格規定。古體：即古體詩，也稱「古詩」，在對仗、平仄、用韻方面較為自由。歌、行：都是樂府詩的體裁。

評點

◎8.賈老在座，故不便出「濁物」二字。妙甚細甚！（脂硯齋）

而可知嬌怯之形的了。」賈政道：「還不快續！這又有你說嘴的了。」寶玉只得又想了一想，念道：

丁香結子芙蓉絛，

眾人都道：「轉『絛』，『蕭』韻，更妙，這才流利飄蕩。而且這一句也綺靡秀媚的妙。」賈政寫了，看道：「這一句不好。已寫過『口舌香』「嬌難舉」，何必又如此。這是力量不加，故又用這些堆砌貨來搪塞。」寶玉笑道：「長歌也須得要些詞藻點綴點綴，不然便覺蕭索。」賈政道：「你只顧用這些，但這一句底下，如何能轉至武事？若再多說兩句，豈不蛇足了？」寶玉道：「如此，底下一句轉煞住，想亦可矣。」賈政冷笑道：「你有多大本領？上頭說了一句大開門的散話，如今又要一句連轉帶煞，豈不心有餘而力不足些？」寶玉聽了，垂頭想了一想，說了一句道：

不繫明珠繫寶刀。

忙問：「這一句可還使得？」眾人拍案叫絕。賈政寫了，看著笑道：「且放著，再續。」寶玉道：「若使得，我便要一氣下去了。若使不得，索性塗了，我再想別的意思出來，再另措詞。」賈政聽了，便喝：「多話！不好了再作，便作十篇百篇，還辛苦了不成！」寶玉聽說，只得想了一會，便念道：

戰罷夜闌心力怯，脂痕粉漬污鮫綃。

賈政道：「又一段。底下怎樣？」寶玉道：

明年流寇走山東，強呑虎豹勢如蜂。

衆人道：「好個『走』字！便見得高低了。且通句轉的也不板。」寶玉又念道：

王率天兵思剿滅，一戰再戰不成功。腥風吹折隴頭麥，日照旌旗虎帳空。青山寂寂水澌澌，正是恆王戰死時。雨淋白骨血染草，月冷黃沙鬼守尸。

衆人都道：「妙極，妙極！布置，敘事，詞藻，無不盡美。且看如何至四娘，必另有妙轉奇句。」寶玉又念道：

紛紛將士只保身，青州眼見皆灰塵，不期忠義明閨閣，憤起恆王得意人。

衆人都道：「鋪敘得委婉。」賈政道：「太多了，底下只怕累贅呢。」寶玉乃又念道：

恆王得意數誰行？姽嫿將軍林四娘，號令秦姬驅趙女※7，艷李穠桃臨戰場。勝負自然難預定，誓盟生死報前王。繡鞍有淚春愁重，鐵甲無聲夜氣涼。賊勢猖獗不可敵，柳折花殘實可傷，魂依城郭家鄉近，馬踐胭脂骨髓香。星馳時報入京師，誰家兒女不傷悲！天子驚慌恨失守，此時文武皆垂首。何事文武立朝綱，不及閨中林四娘！我爲四娘長太息，歌成餘意尚彷徨。

念畢，衆人都大贊不止，又都從頭看了一遍。賈政笑道：「雖然說了幾句，到底不大懇切。」因說：「去罷。」三人如得了赦的一般，一齊出來，各自回房。

註

※7：相傳秦、趙兩國多出美女，故以「秦姬趙女」代指美貌女子。

＊　＊　＊

眾人皆無別話，不過至晚安歇而已。獨有寶玉一心淒楚，回至園中，猛然見池上芙蓉，想起小丫鬟說晴雯作了芙蓉之神，不覺又喜歡起來，乃看著芙蓉嗟嘆了一會。忽又想起死後並未到靈前一祭，如今何不在芙蓉前一祭，豈不盡了禮？比俗人去靈前祭弔，又更覺別致。想畢，便欲行禮。忽又止住道：「雖如此，亦不可太草率，也須得衣冠整齊，奠儀周備，方爲誠敬。」想了一想，「如今若學那世俗之奠禮，斷然不可，竟也還別開生面，另立排場，風流奇異，於世無涉，方不負我二人之爲人。況且古人有云：『潢污行潦，苹蘩蘊藻之賤，可以羞王公，薦鬼神。』※8原不在物之貴賤，全在心之誠敬而已。此其一也。二則誄文輓詞也須另出己見，自放手眼，亦不可蹈襲前人的套頭，塡寫幾字搪塞耳目之文，亦必須洒淚泣血，一字一咽，一句一啼，寧使文不足悲有餘，萬不可尙文藻而反失悲戚。況且古人多有微詞※9，非自我今作俑※10也。奈今人全惑於功名二字，尙古之風一洗皆盡，恐不合時宜，於功名有礙之故。我又不希罕那功名，不爲世人觀閱稱贊，何必不遠師楚人之《大言》、《招魂》、《離騷》、《九辯》、《枯樹》、《問難》、《秋水》、《大人先生傳》等法，或雜

參單句，或偶成短聯，或用實典，或設譬寓，隨意所之，信筆而去，喜則以文為戲，悲則以言志痛，辭達意盡為止，何必若世俗之拘拘於方寸之間哉。」寶玉本是個不讀書之人，再心中有了這篇歪意，怎得有好詩文作出來。他自己卻任意纂著，並不為人知慕，所以大肆妄誕，竟杜撰成一篇長文，用晴雯素日所喜之冰鮫縠一幅楷字寫成，名曰《芙蓉女兒誄》，前序後歌。◎9又備了四樣晴雯所喜之物，於是夜月下，命那小丫頭捧至芙蓉花前。先行禮畢，將那誄文即掛於芙蓉枝上，乃泣涕念曰：

維

太平不易之元※11，蓉桂競芳之月，無可奈何之日，怡紅院濁玉，謹以群花之蕊，冰鮫之縠、沁芳之泉、楓露之茗，四者雖微，聊以達誠申信，乃致祭於

白帝宮中撫司秋艷芙蓉女兒之前曰：竊思女兒自臨濁世，◎10迄今凡十有六載。其先之鄉籍姓氏，湮淪而莫能考者久矣。而玉得於衾枕櫛沐之間，棲息宴遊之夕，親昵狎褻，相與共處者，僅五年八月有畸。憶女兒曩生之昔，其為質則金玉不足喻其貴，其為性則冰雪不足喻其潔，其為神則星日不足喻其精，其為貌則花月不足喻其色。姐妹悉慕媖嫻，嫗媼咸仰惠德。孰料鳩鴆惡其高，鷹鷙翻遭罦罬※12，

註

※8：語出《左傳》，意為只要胸懷誠意，就算以坑中積水和野生水草奉獻王公、祭奠鬼神也沒關係。
※9：不直說而用幽微不顯批評的言辭。
※10：「作俑」意為開創先例。
※11：維：語助詞，無義。元：紀年。
※12：能捕捉鳥獸的網。

✣ 右頁圖：「老學士閑徵姽嫿詞」，描繪《紅樓夢》第七十八回中的場景。賈政或也有過文采風流的少年時代，但後來越來越枯澀。清代孫溫繪《全本紅樓夢》圖冊第十五冊之十。（清・孫溫繪）

評點

◎9.悲涼之霧，遍被華林，然呼吸而領會之者，獨寶玉而已。（魯迅）
◎10.世不濁，因物所混而濁也，前後便有照應。「女兒」稱妙！蓋思普天下之稱，斷不能有如此二字之清潔者。亦是寶玉之眞心。（脂硯齋）

薋葹妒其臭，茝蘭竟被芟鉏！花原自怯，豈奈狂飆；柳本多愁，何禁驟雨？偶遭蠱蠆之讒，遂抱膏肓之疚。故爾櫻唇紅褪，韻吐呻吟；杏臉香枯，色陳顑頷，諑謠謑詬，出自屏幃；荊棘蓬榛，蔓延戶牖。豈招尤則替，實攘詬而終。既忳幽沉於不盡，復含罔屈於無窮。高標見嫉，閨幃恨比長沙※13；直烈遭危，巾幗慘于羽野※14。自蓄辛酸，誰憐夭折？和雲既散，芳趾難尋。洲迷聚窟，何來卻死之香？海失靈槎，不獲回生之藥。眉黛煙青，昨猶我畫；指環玉冷，今倩誰溫？鼎爐之剩藥猶存，襟淚之餘痕尚漬。鏡分鸞別※15，愁開麝月之奩；梳化龍飛，哀折檀雲之齒。委金鈿於草莽，拾翠匐於塵埃。樓空鳷鵲，徒懸七夕之針；帶斷鴛鴦，誰續五絲之縷？況乃金天屬節，白帝司時，孤衾有夢，空室無人。桐階月暗，芳魂與倩影同銷；蓉帳香殘，嬌喘共細言皆絕。連天衰草，豈獨蒹葭；匝地悲聲，無非蟋蟀。露苔晚砌，穿簾不度寒砧；雨荔秋垣，隔院希聞怨笛。芳名未泯，檐前鸚鵡猶呼；艷質將亡，檻外海棠預老。捉迷屏後，蓮瓣無聲；鬥草庭前，蘭芽枉待。拋殘繡線，銀箋彩縷誰裁？摺斷冰絲，金斗御香未熨。昨承嚴命，既趨車而遠涉芳園；今犯慈威，復拄杖而遽拋孤柩。及聞槥棺被燹※16，慚違共穴之盟；石槨成災，愧迨同灰之誚。爾乃西風古

✣寶玉作《芙蓉誄》祭奠晴雯。（朱寶榮繪）

寺，淹滯青燐；落日荒丘，零星白骨。楸榆颯颯，蓬艾蕭蕭。隔霧壙以啼猿，繞煙塍而泣鬼。自爲紅綃帳裏，公子情深；始信黃土壟中，女兒命薄！汝南[※17]淚血，斑斑洒向西風；梓澤[※18]餘衷，默默訴憑冷月。嗚呼！固鬼蜮之爲災，豈神靈而亦妒？鉗詖奴之口，討豈從寬？剖悍婦之心，忿猶未釋！在君之塵緣雖淺，然玉之鄙意豈終。因蓄惓惓之思，不禁諄諄之問。始知上帝垂旌，花宮待詔，生儕蘭蕙，死轄芙蓉。聽小婢之言，似涉無稽；以濁玉之思，則深爲有據。何也？昔葉法善攝魂以撰碑[※19]，李長吉被詔而爲記[※20]，事雖殊，其理則一也。故相物以配才，苟非其人，惡乃濫乎？始信上帝委托權衡，可謂至洽至協，庶不負其所秉賦也。因希其不昧之靈，或陟降於茲；特不揣鄙俗之詞，有污慧聽。乃歌而招之曰：

天何如是之蒼蒼兮，乘玉虬[※21]以遊乎穹窿耶？地何如是之茫茫兮，駕瑤象[※22]以降乎泉壤耶？望繖蓋之陸離兮，抑箕尾之光耶？列羽葆而爲前導兮，衛危虛[※23]

註

※13：指西漢賈誼，曾遭讒被貶爲長沙王太傅。
※14：指鯀。相傳鯀不待帝命，竊帝之息壤來治洪水，帝命祝融把鯀殺死在羽山郊野。
※15：本指夫妻分離，此指與晴雯的永別。
※16：棺材被火焚化。
※17：指南朝宋汝南王，寵愛其妾碧玉，作《碧玉歌》。
※18：晉代石崇的別館名。
※19：傳說唐代松陽道士葉法善曾用法術攝取處州刺史李邕的魂魄在夢中爲自己的祖父書寫碑文。
※20：傳說唐代詩人李賀，字長吉，將死的時候，天帝建成白玉樓，召他去作文記述其事。
※21：玉色的無角龍。
※22：用美玉和象牙製成的車子。
※23：箕、尾、危、虛：都是星宿名。

酸棗，鼠李科棗屬植物毛葉棗，別名：印度棗。古又稱為「棘」。（王藝忠提供）

✣ 芙蓉有很多種，水芙蓉即荷花。（趙塑攝於北京大觀園）

于旁耶？驅豐隆以爲比從兮，望舒※24月以離耶？聽車軌而伊軋兮，御鸞鷖以征耶？問馥郁而薆然兮，紉蘅杜以爲纕耶？炫裙裾之爍爍兮，鏤明月以爲璫耶？籍葳蕤而成壇畸兮，檠蓮焰以燭蘭膏耶？文瓟瓝以爲觶斝兮，漉醽醁以浮桂醑耶？瞻雲氣而凝盼兮，彷彿有所覘耶？俯窈窕而屬耳兮，恍惚有所聞耶？期汗漫而無夭閼兮，忍捐棄余於塵埃耶？倩風廉※25之爲余驅車兮，冀聯轡而攜歸耶？余中心爲之慨然兮，徒噭噭而何爲耶？君偃然而長寢兮，豈天運之變於斯耶？既窀穸※26且安穩兮，反其眞※27而復奚化耶？余猶桎梏而懸附兮，靈格余以嗟來耶？來兮止兮，君其來耶！

若夫鴻蒙而居，寂靜以處，雖臨於茲，余亦莫睹。搴煙蘿而爲步幛，列槍蒲而森行伍。警柳眼之貪眠，釋蓮心之味苦。素女※28約於桂岩，宓妃※29迎於蘭渚。弄玉※30吹笙，寒簧※31擊敔。徵嵩嶽之妃※32，啓驪山之姥※33。龜呈洛浦之靈※34，獸作咸池之舞。潛赤水兮龍

✣「痴公子杜撰芙蓉誄」，描繪《紅樓夢》第七十八回中的場景。對寶玉來說，越是杜撰，越顯真情。清代孫溫繪《全本紅樓夢》圖冊第十六冊之一。（清・孫溫繪）

吟，集珠林兮鳳翥。爰格爰誠，匪簠匪筥。發軔乎霞城，返旌乎玄圃※35。既顯微而若通，復氤氳而倏阻。離合兮煙雲，空蒙兮霧雨。塵霾斂兮星高，溪山麗兮月午。何心意之忡忡，若寤寐之栩栩？余乃欷歔悵望，泣涕徬徨。人語兮寂歷，天籟兮篔簹※36。鳥驚散而飛，魚唼喋以響。志哀兮是禱，成禮兮期祥。嗚呼哀哉！尚饗！

讀畢，遂焚帛奠茗，猶依依不捨。小鬟催至再四，方才回身。忽聽山石之後有一人笑道：「且請留步。」二人聽了，不免一驚。那小鬟回頭一看，卻是個人影從芙蓉花中走出來，他便大叫：「不好，有鬼！晴雯眞來顯魂了！」唬得寶玉也忙看時，——且聽下回分解。

註

※24：豐隆：神話中的雲神或雷神。望舒：神話中幫月亮趕車的神，後來也用作爲月亮的代稱。
※25：應作「飛廉」，神話中的風神。
※26：墓穴。
※27：指死亡。
※28：指月中素娥。
※29：傳說是宓羲之女，洛水之神。
※30：春秋時秦穆公之女，善吹笙。
※31：仙女名，傳說曾向嫦娥學歌舞。
※32：指嵩山神的夫人靈妃。
※33：女仙名。
※34：傳說夏禹治水時，在洛水中曾有神龜背著文書來獻。
※35：霞城、玄圃：傳說中神仙居住的地方。
※36：長節的大竹。

《吹簫引鳳圖》，明代仇英所繪，描繪春秋時秦穆公女弄玉與夫婿蕭史在鳳臺吹簫引來鳳凰的故事。（fotoe提供）

第七十九回

薛文龍悔娶河東獅※1 賈迎春誤嫁中山狼

話說寶玉才祭完了晴雯，只聽花影中有人聲，倒唬了一跳。走出來細看，不是別人，卻是林黛玉，滿面含笑，口內說道：「好新奇的祭文！可與曹娥※2碑並傳的了。」寶玉聽了，不覺紅了臉，笑答道：「我想著世上這些祭文都蹈於熟濫了，所以改個新樣，原不過是我一時的頑意，誰知又被你聽見了。有什麼大使不得的？何不改削改削。」黛玉道：「原稿在那裏？倒要細細一讀。長篇大論，不知說的是什麼，只聽見中間兩句，什麼『紅綃帳裏，公子多情；黃土隴中，女兒薄命。』這一聯意思卻好，只是『紅綃帳裏』未免熟濫些。放著現成眞事，爲什麼不用？」寶玉忙問：「什麼現成的眞事？」黛玉笑道：「咱們如今都係霞影紗糊的窗槅，何不說『茜紗窗下，公子多情』呢？」寶玉聽了，不禁跌足笑道：「好極，好

✣《增評補圖石頭記》第七十九回繪畫。（fotoe提供）

極！到底是你想的出，說的出。可知天下古今現成的好景妙事盡多，只是愚人蠢子說不出想不出罷了。但只一件：雖然這一改新妙之極，但你居此則可，在我實不敢當。」說著，又接連說了一二百句「不敢」。黛玉笑道：「何妨。我的窗即可爲你之窗，何必分晰得如此生疏。古人異姓陌路，尚然同肥馬，衣輕裘，敝之而無憾，何況咱們。」寶玉笑道：「論交之道，不在肥馬輕裘，即黃金白璧，亦不當錙銖較量。倒是這唐突閨閣，萬萬使不得的。如今我越性將『公子』『女兒』改去，竟算是你誄他的倒妙。況且素日你又待他甚厚，故今寧可棄此一篇大文，萬不可棄此『茜紗』新句。竟莫若改作『茜紗窗下，小姐多情；黃土壟中，丫鬟薄命。』如此一改，雖於我無涉，我也是愜懷的。」黛玉笑道：「他又不是我的丫頭，何用作此語。況且小姐丫鬟亦不典雅，等我的紫鵑死了，我再如此說，還不算遲。」◎1寶玉聽了，忙笑道：「這是何苦又咒他。」◎2黛玉笑道：「是你要咒的，並不是我說的。」寶玉道：「我又有了，這一改可妥當了。莫若說『茜紗窗下，我本無緣；黃土壟中，卿何薄命。』」◎3黛玉聽了，忡然變色，心中雖有無限的狐疑亂擬，外面卻不肯露出，反連忙含笑點頭稱妙，說：「果然改的好。再不必亂改了，快去幹正經事罷。才剛太太打發人叫你明兒一早快過大舅母那邊去。你二姐姐已有人家求準了，想是明兒那家人來拜允，所以叫你們過去呢。」寶玉拍手道：「何必如此忙？我身上也不大好，明兒還

註

※1：宋代陳慥的妻子，河東人，凶悍善妒，後用指妒悍的婦人。

※2：東漢時孝女，父親在江水中淹死後，她尋父屍不得，沿江號哭，最後也投江而死。

評點

◎1.明是爲與阿顰作讖，卻先偏說紫鵑，總用此狡猾之法。（脂硯齋）

◎2.又畫出寶玉來，究竟不知是咒誰，使人一笑一嘆。（脂硯齋）

◎3.觀此，知雖誄晴雯，實乃誄黛玉也。試觀「證前緣」回黛玉逝後諸文便知。（脂硯齋）

未必能去呢。」黛玉道：「又來了，我勸你把脾氣改改罷。一年大二年小，……」一面說話，一面咳嗽起來。寶玉忙道：「這裏風冷，咱們只顧呆站在這裏，快回去罷。」黛玉道：「我也家去歇息了，明兒再見罷。」說著，便自取路去了。寶玉只得悶悶的轉步，又忽想起來黛玉無人隨伴，忙命小丫頭子跟了送回去。自己到了怡紅院中，果有王夫人打發老嬤嬤來，吩咐他明日一早過賈赦那邊去，與方才黛玉之言相對。

原來賈赦已將迎春許與孫家了。這孫家乃是大同府人氏，◎4祖上係軍官出身，乃當日寧榮府中之門生，算來亦係世交。如今孫家只有一人在京，現襲指揮之職，此人名喚孫紹祖，生得相貌魁梧，體格健壯，弓馬嫻熟，應酬權變，◎5年紀未滿三十，且又家資饒富，◎6現在兵部候缺題陞。因未有室，賈赦見是世交之孫，且人品家當都相稱合，遂青目擇為東床嬌婿。亦曾回明賈母。賈母心中卻不十分稱意，想來攔阻亦恐不聽，兒女之事自有天意前因，況且他

✣ 意料不到後文便提及迎春許與孫家後飽受武夫孫紹祖凌辱等事。（朱寶榮繪）

✣ 迎春在大觀園的居處「紫菱洲」。（攝於北京大觀園）

是親父主張，何必出頭多事；為此只說「知道了」三字，餘不多及。賈政又深惡孫家，雖是世交，當年不過是彼祖希慕榮寧之勢，有不能了結之事才拜在門下的，並非詩禮名族之裔，因此倒勸諫過兩次，無奈賈赦不聽，也只得罷了。

寶玉卻從未會過這孫紹祖一面的，次日只得過去聊以塞責。只聽見說娶親的日子甚急，不過今年就要過門的；又見邢夫人等回了賈母將迎春接出大觀園去等事，越發掃去了興頭，每日痴痴呆呆的，不知作何消遣。又聽得說陪四個丫頭過去，更又跌足自嘆道：「從今後這世上又少了五個清潔人了！」因此天天到紫菱洲一帶地方徘徊瞻顧，見其軒窗寂寞，屏帳翛然※3，不過有幾個該班上夜的老嫗；再看那岸上的蓼花葦葉，池內的翠荇香菱，也都覺搖

註

※3：翛然：蕭然，空寂。

評點

◎4.設云「大概相同」也，若必云眞大同府則呆。（脂硯齋）
◎5.畫出一個俗物來。（脂硯齋）
◎6.此句斷不可少。（脂硯齋）

搖落落，似有追憶故人之態，迥非素常逞妍鬥色之可比。既領略得如此寥落淒慘之景，是以情不自禁，乃信口吟成一歌曰：

池塘一夜秋風冷，吹散芰荷紅玉影。蓼花菱葉不勝愁，重露繁霜壓纖梗。不聞永晝敲棋聲，燕泥點點污棋枰。古人惜別憐朋友，況我今當手足情！

寶玉方才吟罷，忽聞背後有人笑道：「你又發什麼呆呢？」寶玉回頭忙看是誰，原來是香菱。寶玉便轉身笑問道：「我的姐姐，你這會子跑到這裏來作什麼？許多日子也不進來逛逛。」香菱拍手笑嘻嘻的說道：「我何曾不要來。如今你哥哥回來了，那裏比先時自由自在的了。才剛我們奶奶使人找你鳳姐姐的，竟沒找著，說往園子裏來了。我聽見了這信，我就討了這件差進來找他。遇見他的丫頭，說在稻香村呢。如今我往稻香村去，誰知又遇見了你。我且問你，襲人姐姐這幾日可好？怎麼忽然把個晴雯姐姐也沒了，到底是什麼病？二姑娘搬出去的好快，你瞧瞧，這地方好空落落的。」寶玉應之不迭，又讓他同到怡紅院去吃茶。◎7香菱道：「此刻竟不能，等找著璉二奶奶，說完了正經事再來。」寶玉道：「什麼正經事這麼忙？」香菱道：「為你哥哥娶嫂子的事，所以要緊。」◎8寶玉道：「正是。說的到底是那一家的？只聽見吵嚷了這半年，今兒又說張家的好，明兒又要李家的，後兒又議論王家的。這些人家的女兒他也不知道造了什麼罪了，叫人家好端端議論。」香菱道：「這如今定了，可以不用搬扯別家了。」寶玉忙問：「定了誰家的？」香菱道：「因你哥哥上次出門貿易時，順路到了個親戚家去。這門親原是老親，且又和我們是同在戶部掛名行商，也是數一數二的大門戶。前日說起來，你們兩府都也知道的。合長安城中，上至王侯，下至買賣人，都稱他家是『桂花夏家』。」◎9寶玉笑問道：「如何又稱爲『桂花夏家』？」香菱道：「他家本姓夏，非常的富貴。其餘田地不用說，單有幾十頃地獨種桂花，凡這長安城裏城外桂花局俱是他家的，連宮裏一應陳設盆景亦是他家貢奉，因此才有這個渾號。如今太爺也沒了，只有老奶奶帶著一個親生的姑娘過活，也並沒有哥兒兄弟，可惜他一門竟絕了。」寶玉忙道：「咱們也別管他絕後不絕後，只是這姑娘可好？你們大爺怎麼就中意了？」◎10香菱笑道：「一則是天緣，二則是『情人眼裏出西施』。當年又是通家來往，從小兒都一處廝混過。敘起親是姑舅兄妹，又沒嫌疑。雖離開了這幾年，前兒一到他家，夏奶奶又是沒兒子的，一見了你哥哥出落的這樣，又是哭，又是笑，竟比見了兒子的還勝。又令他兄妹相見，誰知這姑娘出落的花朵似的了，在家裏也讀書寫字，所以你哥哥當時就一心看準了。連當鋪裏老朝奉※4、伙計們一群人蹧擾了人家三四日，他們還留多住幾日，好容易苦辭才放回家。你哥哥一進門，就咕咕唧唧求我們奶奶去求親。我們奶奶原也是見過這姑娘的，且又門當戶對，也就依了。和這裏姨太太鳳姑娘商議了，打發人去一說就成了。只是娶的日子太急，所以我們忙亂的很。◎11我也巴不得早些過來，又添一個作詩的人了。」◎12寶玉冷

註

※4：原爲職官名，後指富豪或店鋪管事。

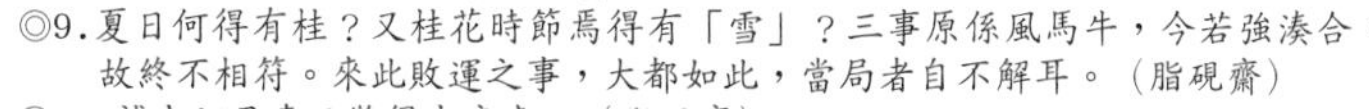

評點

◎7.斷不可少。（脂硯齋）
◎8.出題處，閑閑引出。（脂硯齋）
◎9.夏日何得有桂？又桂花時節焉得有「雪」？三事原係風馬牛，今若強湊合，故終不相符。來此敗運之事，大都如此，當局者自不解耳。（脂硯齋）
◎10.補出阿呆素日難得中意來。（脂硯齋）
◎11.阿呆求婦一段文字，卻從香菱口中補明，省卻許多閑文累筆。（脂硯齋）
◎12.妙極！香菱口聲，斷不可少。看他下作此語，知其心中略無忌諱疑慮等意，直是渾然天真，余爲之一哭。（脂硯齋）

笑道：「雖如此說，但只我聽這話不知怎麼倒替你耽心慮後呢。」◎13香菱聽了，不覺紅了臉，正色道：「這是什麼話！素日咱們都是廝抬廝敬的，今日忽然提起這些事來，是什麼意思？怪不得人人都說你是個親近不得的人。」一面說，一面轉身走了。

寶玉見他這樣，便悵然如有所失，呆呆的站了半天，思前想後，不覺滴下淚來，只得沒精打彩，還入怡紅院來。一夜不曾安穩，睡夢之中猶喚晴雯，或魘魔驚怖，種種不寧。次日便懶進飲食，身體作熱。此皆近日抄檢大觀園、逐司棋、別迎春、悲晴雯等羞辱驚恐悲淒之所致，兼以風寒外感，故釀成一疾，臥床不起。賈母聽得如此，天天親來看視。王夫人心中自悔不合因晴雯過於逼責了他。心中雖如此，臉上卻不露出。只吩咐眾奶娘等好生伏侍看守，一日兩次帶進醫生來診脈下藥。一月之後，方才漸漸的痊愈。賈

✣「怡紅公子悲別成疾」，描繪《紅樓夢》第七十九回中的場景。寶玉把大觀園看作唯一的潔淨處所，一旦有女孩兒離開，就意味著悲劇的到來。清代孫溫繪《全本紅樓夢》圖冊第十六冊之二。（清・孫溫繪）

母命好生保養，過百日方許動葷腥油麵等物，方可出門行走。這一百日內，連院門前皆不許到，只在房中頑笑。四五十日後，就把他拘約的火星亂迸，那裏忍耐得住。雖百般設法，無奈賈母王夫人執意不從，也只得罷了。因此和那些丫鬟們無所不至，恣意耍笑作戲。又聽得薛蟠擺酒唱戲，熱鬧非常，已娶親入門；聞得這夏家小姐十分俊俏，也略通文翰，寶玉恨不得就過去一見才好。再過些時，又聞得迎春出了閣，寶玉思及當時姐妹們一處，耳鬢廝磨，從今一別，縱得相逢，也必不似先前那等親密了。眼前又不能去一望，眞令人悽惶迫切之至。少不得潛心忍耐，暫同這些丫鬟們廝鬧釋悶，幸免賈政責備逼迫讀書之難。這百日內，只不曾拆毀了怡紅院，和這些丫頭們無法無天，凡世上所無之事，都頑耍出來。如今且不消細說。

* * *

且說香菱自那日搶白了寶玉之後，心中自爲寶玉有意唐突他，「怨不得我們寶姑娘不敢親近，可見我不如寶姑娘遠矣。怨不得林姑娘時常和他角口氣的痛哭，自然唐突他也是有的了。從此倒要遠避他些才好。」因此，以後連大觀園也不輕易進來。日日忙亂著，薛蟠娶過親，自爲得了護身符，自己身上分去責任，到底比這樣安寧些；二則又聞得是個有才有貌的佳人，自然是典雅和平的：因此他心中盼過門的日子，比薛蟠還急十倍。好容易盼得一日娶過了門，他便十分殷勤小心伏侍。

原來這夏家小姐今年方十七歲，生得亦頗有姿色，亦頗識得幾個字。若論心中的

◎13.又爲香菱之讖，偏是此等事體等到。（脂硯齋）

邱壑經緯，頗步熙鳳之後塵。只吃虧了一件，從小時父親去世的早，又無同胞弟兄，寡母獨守此女，嬌養溺愛，不啻珍寶，凡女兒一舉一動，彼母皆百依百隨，因此未免嬌養太過，竟釀成個盜跖※5的性氣。愛自己尊若菩薩，窺他人穢如糞土；外具花柳之姿，內秉風雷之性。在家中時常就和丫鬟們使性弄氣，輕罵重打的。今日出了閣，自爲要作當家的奶奶，比不得作女兒時靦腆溫柔，須要拿出這威風來，才鈐壓得住人。況且見薛蟠氣質剛硬，舉止驕奢，若不趁熱灶一氣炮製熟爛，將來必不能自豎旗幟矣。又見有香菱這等一個才貌俱全的愛妾在室，越發添了「宋太祖滅南唐※6」之意，「臥榻之側豈容他人酣睡」之心。因他家多桂花，他小名就喚作金桂。他在家時，不許人口中帶出「金桂」二字來，凡有不留心誤道一字者，他便定要苦打重罰才罷。他因想「桂花」二字是禁止不住的，須另喚一名，因想桂花曾有廣寒嫦娥之說，便將桂花改爲「嫦娥花」，又寓自己身分如此。

薛蟠本是個憐新棄舊的人，且是有酒膽無飯力的。如今得了這樣一個妻子，正在新鮮興頭上，凡事未免盡讓他些。那夏金桂見了這般形景，便也試著一步緊似一步。一月之中，二人氣概還都相平；至兩月之後，便覺薛蟠的氣概漸次低矮了下去。一日薛蟠酒

✣ 至兩月之後，在金桂面前，薛蟠的氣概漸次低矮了下去。（朱寶榮繪）

後，不知要行何事，先與金桂商議，金桂執意不從。薛蟠忍不住便發了幾句話，賭氣自行了，這金桂便氣的哭如醉人一般，茶湯不進，裝起病來。請醫療治，醫生又說：「氣血相逆，當進寬胸順氣之劑。」薛姨娘恨的罵了薛蟠一頓，說：「如今娶了親，眼前抱兒子了，還是這樣胡鬧。人家鳳凰蛋似的，好容易養了一個女兒，比花朵兒還輕巧，原看的你是個人物，才給你作老婆。你不說收了心安分守己，一心一計和和氣氣的過日子，還是這樣胡鬧，味嗓了黃湯，折磨人家。這會子花錢吃藥白操心。」一席話說的薛蟠後悔不迭，反來安慰金桂。金桂見婆婆如此說丈夫，越發得了意，便裝出些張致來，總不理薛蟠。薛蟠沒了主意，惟自怨而已，好容易十天半月之後，才漸漸的哄轉過金桂的心來，自此便加一倍小心，不免氣概又矮了半截下來。那金桂見丈夫旗纛漸倒，婆婆良善，也就漸漸的持戈試馬起來。先時不過挾制薛蟠，後來倚嬌作媚，將及薛姨媽，又將至薛寶釵。寶釵久察其不軌之心，每隨機應變，暗以言語彈壓其志。金桂知其不可犯，每欲尋隙，又無隙可乘，只得曲意俯就。一日金桂無事，因和香菱閑談，問香菱家鄉父母。香菱皆答忘記，金桂便不悅，說有意欺瞞了他。回問他「香菱」二字是誰起的名字？香菱便答：「姑娘起的。」金桂冷笑道：「人人都說姑娘通，只這一個名字就不通。」香菱忙笑道：「嗳喲！奶奶不知道，我們姑娘的學問，連我們姨老爺時常還誇呢。」欲明後事，且見下回。

註

※5：人名，古代的大盜。
※6：此指不能容人之意。

第八十回

美香菱屈受貪夫棒　王道士胡謅妒婦方

話說金桂聽了，將脖項一扭，嘴唇一撇，◎1鼻孔裏哧了兩聲，◎2拍著掌冷笑道：「菱角花誰聞見香來著？若說菱角香了，正經那些香花放在那裏？可是不通之極！」香菱道：「不獨菱角花，就連荷葉蓮蓬，都是有一股清香的。但他那原不是花香可比，若靜日靜夜或清早半夜細領略了去，那一股清香比是花兒都好聞呢。就連菱角、雞頭、葦葉、蘆根得了風露，那一股清香，就令人心神爽快的。」金桂道：「依你說，那蘭花桂花，倒香得不好了？」◎3香菱說到熱鬧頭上，忘了忌諱，便接口道：「蘭花桂花的香，又非別花之香可比。」一句未完，金桂的丫鬟名喚寶蟾者，忙指著香菱的臉說道：「要死，要死！你怎麼真叫起姑娘的名字來！」香菱猛省了，反不好意思，忙陪笑賠罪說：「一時說順了嘴，奶奶別計

✣《增評補圖石頭記》第八十回繪畫。（fotoe提供）

✣黑龍江齊齊哈爾自然保護區仙鶴湖的菱角花。菱科菱屬植物烏菱，別名：風菱、烏菱。植物形態：一年生浮水草本，栽培於池塘中。（張楠提供）

較。」金桂笑道：「這有什麼，你也太小心了。但只是我想這個『香』字到底不妥，意思要換一個字，不知你服不服？」香菱忙笑道：「奶奶說那裏話，此刻連我一身一體俱屬奶奶，何得換一名字反問我服不服，叫我如何當得起！奶奶說那一個字好，就用那一個。」金桂笑道：「你雖說的是，只怕姑娘多心，說：『我起的名字反不如你，你能來了幾日，就駁我的回了！』」香菱笑道：「奶奶有所不知，當日買了我來時，原是老奶奶使喚的，故此姑娘起得名字。後來我自伏侍了爺，就與姑娘無涉了。如今又有了奶奶，益發不與姑娘相干。況且姑娘又是極明白的人，如何惱得這些呢。」◎4金桂道：「既這樣說，『香』字竟不如『秋』字妥當。菱角菱花皆盛於秋，豈不比『香』字有來歷些？」香菱道：「就依奶奶這樣罷了。」自此後，遂改了「秋」字，寶釵亦不在意。◎5

只因薛蟠天性是「得隴望蜀」的，如今得娶了金桂，又見金桂的丫鬟寶蟾有三分姿色，舉止輕浮可愛，便時常要茶要水的故意撩逗他。寶蟾雖亦解事，只是怕著金桂，不敢造次，且看金桂的眼色。金桂亦頗覺察其意，想著：「正要擺佈香菱，無處

評點

◎1.畫出一個悍婦來。（脂硯齋）
◎2.眞眞追魂攝魄之筆。（脂硯齋）
◎3.又陪一個蘭花，一則是自高身價，二則是誘人犯法。（脂硯齋）
◎4.無論外界加諸香菱身上的磨難是如何的險惡，香菱卻恆守她純潔溫和的性情。香菱純係渾融的天眞，毫無機心如流水一樣自然地就博得了人們的喜愛。（康來新）
◎5.金桂唯我獨尊，自爲桂花之香誰敢不尊，憑藉她主子的權力，強將香菱之名改爲「秋菱」；而在品香的趣味識見上，則遠遜於香菱。我們只感到發自金桂身上的那股逼人的俗氣和霸氣。（呂啓祥）

尋隙，如今他既看上了寶蟾，如今且捨出寶蟾去與他，他一定就和香菱疏遠了，我且乘他疏遠之時，便擺佈了香菱。那時寶蟾原是我的人，也就好處了。」打定了主意，伺機而發。

這日薛蟠晚間微醺，又命寶蟾倒茶來吃。薛蟠接碗時，故意捏他的手。寶蟾又喬裝躲閃，連忙縮手。兩下失誤，豁啷一聲，茶碗落地，潑了一身一地的茶。薛蟠不好意思，佯說寶蟾不好生拿著。寶蟾說：「姑爺不好生接。」金桂冷笑道：「兩個人的腔調兒都夠使了。別打諒誰是傻子！」薛蟠低頭微笑不語，寶蟾紅了臉出去。一時安歇之時，金桂便故意的攆薛蟠別處去睡，「省得你饞癆餓眼。」薛蟠只是笑。金桂道：「要作什麼和我說，別偷偷摸摸的不中用。」薛蟠聽了，仗著酒蓋臉，便趁勢跪在被上拉著金桂笑道：「好姐姐，你若要把寶蟾賞了我，你要怎樣就怎樣。你要人腦子也弄來給你。」金桂笑道：「這話好不通。你愛誰，說明了，就收在房裏，省得別人看著不雅。我可要什麼呢！」薛蟠得了這話，喜的稱謝不盡，是夜曲盡丈夫之道，◎6奉承金桂。次日也不出門，只在家中廝奈※1，越發放大了膽。

至午後，金桂故意出去，讓個空兒與他二人。薛蟠便拉拉扯扯的起來。寶蟾心裏也知八九，也就半推半就，正要入港。誰知金桂是有心等候的，料必在難分之際，便叫丫頭小捨兒過來。原來這小丫頭也是金桂從小兒在家使喚的，因他自幼父母雙亡，無人看管，便大家叫他作小捨兒，專作些粗笨的生活。金桂如今有意獨喚他來吩咐道：「你去告訴秋菱，到我屋裏將手帕取來，不必說我說的。」◎7小捨兒聽了，一逕尋著香菱說：「菱姑娘，奶奶的手帕子忘記在屋裏了。你去取來送上去豈不好？」香菱正因金桂近日每每的折挫他。不知何意，百般竭力挽回不暇。◎8聽了這話，忙往房裏來取。不防正遇見他二人推就之際，一頭撞了進去，自己倒羞的耳面飛紅，忙轉身迴避不迭。那薛蟠自爲是過了明路的，除了金桂，無人可怕，所以連門也不掩，今見香菱撞來，故也略有些慚愧，還不十分在意。無奈寶蟾素日最是說嘴要強的，今遇見了香菱，便恨無地縫兒可入，忙推開薛蟠，一逕跑了，口內還恨怨不迭，說他強姦力逼等語。薛蟠好容易圈哄的要上手，卻被香菱打散，不免一腔興頭變作了一腔惡怒，都在香菱身上，不容分說，趕出來啐了兩口，罵道：「死娼婦，你這會子作什麼來撞屍遊魂！」香菱料事不好，三步兩步早已跑了。薛蟠再來找寶蟾，已無蹤跡了，於是恨的只罵香菱。至晚飯後，已吃的醺醺然，洗澡時不防水略熱了些，燙了腳，便說香菱有意害他，赤條精光趕著香菱踢打了兩下。香菱雖未受過這氣苦，既到此時，也說不得了，只好自悲自怨，各自走開。

彼時金桂已暗和寶蟾說明，今夜令薛蟠和寶蟾在香菱房中去成親，命香菱過來陪自己先睡。先是香菱不肯，金桂說他嫌髒了，再必是圖安逸，怕夜裏勞動伏侍，又罵說：「你那沒見世面的主子，見一個愛一個，把我的人霸占了去，又不叫你來。到

註

※1：混日子。

◎6.「曲盡丈夫之道」，奇聞奇語。（脂硯齋）
◎7.金桂壞極！所以獨使小捨爲此。（脂硯齋）
◎8.總爲痴心人一嘆。（脂硯齋）

底是什麼主意，想必是逼我死罷了。」薛蟠聽了這話，又怕鬧黃了寶蟾之事，忙又趕來罵香菱：「不識抬舉！再不去便要打了！」香菱無奈，只得抱了鋪蓋來。金桂命他在地下鋪睡。香菱無奈，只得依命。剛睡下，便叫倒茶，一時又叫捶腿，如是一夜七八次，總不使其安逸穩臥片時。那薛蟠得了寶蟾，如獲珍寶，一概都置之不顧。恨的金桂暗暗的發恨道：「且叫你樂這幾天，等我慢慢的擺佈了來，那時可別怨我！」一面隱忍，一面設計擺佈香菱。

半月光景，忽又裝起病來，只說心疼難忍，四肢不能轉動。◎9請醫療治不效，衆人都說是香菱氣的。鬧了兩日，忽又從金桂的枕頭內抖出紙人來，上面寫著金桂的年庚八字，有五根針釘在心窩並四肢骨節等處。於是衆人反亂起來，當作新聞，先報與薛姨媽。薛姨媽先忙手忙腳的，薛蟠自然更亂起來，立刻要拷打衆人。金桂笑道：「何必冤枉衆人，大約是寶蟾的鎭魔法兒。」◎10薛蟠道：「他這些時並沒有多空兒在你房裏，何苦賴好人？」◎11金桂冷笑

✣ 金桂設計，薛蟠打罵香菱，薛姨媽氣個不休。（朱寶榮繪）

道：「除了他還有誰，莫不是我自己不成！雖有別人，誰可敢進我的房呢？」薛蟠道：「香菱如今是天天跟著你，他自然知道，先拷問他就知道了。」金桂冷笑道：「拷問誰，誰肯認？依我說竟裝個不知道，大家丟開手罷了。橫豎治死我也沒什麼要緊，樂得再娶好的。若據良心上說，左不過你三個多嫌我一個。」說著，一面痛哭起來。薛蟠更被這一席話激怒，順手抓起一根門閂來，◎12一逕搶步找著香菱，不容分說便劈頭劈面打起來，一口咬定是香菱所施。香菱叫屈，薛姨媽跑來禁喝說：「不問明白，你就打起人來了。這丫頭伏侍了你這幾年，那一點不周到，不盡心？他豈肯如今作這沒良心的事！你且問個清渾皂白，再動粗魯。」金桂聽見他婆婆如此說，生怕薛蟠耳軟心活，便益發嚎啕大哭起來，一面又哭喊說：「這半個多月把我的寶蟾霸占了去，不容他進我的房，唯有秋菱跟著我睡。我要拷問寶蟾，你又護到頭裏。你這會子又賭氣打他去。治死我，再揀富貴的標緻的娶來就是了，何苦作出這些把戲來！」薛蟠聽了這些話，越發著了急。薛姨媽聽見金桂句句挾制著兒子，百般惡賴的樣子，十分可恨。無奈兒子偏不硬氣，已是被他挾制軟慣了。如今又勾搭上了丫頭，被他說霸占了去，他自己反要占溫柔讓夫之禮。這魘魔法究竟不知誰作的，實是俗語說的「清官難斷家務事」，此事正是公婆難斷床幃事了。因此無法，只得賭氣喝罵薛蟠說：「不爭氣的孽障！騷狗也比你體面些！誰知你三不知的把陪房丫頭也摸索上了，叫老婆說霸占了丫頭，什麼臉出去見人！也不知誰使的法子，也不問青紅皂白，好歹就打

◎9.半月工夫，諸計安矣。（脂硯齋）
◎10.惡極！壞極！（脂硯齋）
◎11.正要老兄此句。（脂硯齋）
◎12.與前要打死寶玉遙遙一對。（脂硯齋）

人。我知道你是個得新棄舊的東西，白辜負了我當日的心。他既不好，你也不許打，我即刻叫人牙子來賣了他，你就心淨了。」說著，命香菱「收拾了東西跟我來」，一面叫人：「去！快叫個人牙子來，多少賣幾兩銀子，拔去肉中刺、眼中釘，大家過太平日子。」薛蟠見母親動了氣，早也低下頭了。金桂聽了這話，便隔著窗子往外哭道：「你老人家只管賣人，不必說著一個扯著一個的。我們很是那吃醋拈酸容不下人的不成？怎麼『拔出肉中刺，眼中釘』？是誰的釘，誰的刺？但凡多嫌著他，也不肯把我的丫頭也收在房裏了。」薛姨媽聽說，氣的身戰氣咽，道：「這是誰家的規矩？婆婆這裏說話，媳婦隔著窗子拌嘴。虧你是舊家人家的女兒！滿嘴裏大呼小喊，說的是些什麼！」薛蟠急的跺腳說：「罷喲，罷喲！看人聽見笑話。」金桂意謂一不作，二不休，越發發潑喊起來了，說：「我不怕人笑話！你的小老婆治我害我，我倒怕人笑話了？再不然，留下他，就賣了我！誰還不知道你薛家有錢，行動拿錢墊人，又有好親戚挾制著別人。你不趁早施爲，還等什麼？嫌我不好，誰叫你們瞎了眼，三求四告的跑了我們家作什麼去了！這會子人也來了，金的銀的也賠了，略有個眼睛鼻子的也霸占去了，該擠發我了！」一面哭喊，一面滾揉，自己拍打。薛蟠急的說又不好，勸又不好，打又不好，央告又不好，只是出入咳聲嘆氣，抱怨說運氣不好。◎[13]當下薛姨媽早被薛寶釵勸進去了，只命人來賣香菱。寶釵笑道：「咱們家從來只知買人，並不知賣人之說。媽可是氣糊塗了，倘或叫人聽見，豈不笑話。哥哥嫂子嫌他不好，留著我使喚，我正也沒人使呢。」薛姨媽道：「留著他還是淘氣，不如打發了他倒乾淨。」寶釵笑道：「他跟著我也是一樣，橫豎不叫他到前頭去。從此斷絕了他那裏，也如賣了一般。」香菱早已跑到薛姨媽跟前痛哭哀求，只不願出去，情願跟著姑娘，薛姨媽也只得罷了。

自此以後，香菱果跟隨寶釵去了，把前面路徑竟一心斷絕。雖然如此，終不免對月傷悲，挑燈自嘆。本來怯弱，雖在薛蟠房中幾年，皆由血分中有病，是以並無胎孕。今復加以氣怒傷感，內外折挫不堪，竟釀成乾血之症※2，日漸羸瘦作燒，飲食懶進，請醫診視服藥亦不效驗。◎14那時金桂又吵鬧了數次，氣的薛姨媽母女惟暗自垂淚，怨命而已。薛蟠雖曾仗著酒膽挺撞過兩三次，持棍欲打，那金桂便遞與他身子，隨意叫打；這裏持刀欲殺時，便伸與他脖項。薛蟠也實不能下手，只得亂鬧了一陣罷了。如今習慣成自然，反使金桂越發長了威風，薛蟠越發軟了氣骨。雖是香菱猶在，卻亦如不在的一般，雖不能十分暢快，就不覺礙眼了，且姑置不究。如此又漸次尋趁寶蟾。寶蟾卻不比香菱的情性，最是個烈火乾柴，既和薛蟠情投意合，便把金桂忘在腦後。近見金桂又作踐他，他便不肯低服容讓半點兒。先是一沖一撞的拌嘴，後來金桂氣急了，甚至於罵，再至於打。他雖不敢還言還手，便大撒潑性，拾頭打滾，尋死覓活，晝則刀剪，夜則繩索，無所不鬧。薛蟠此時一身難以兩顧，惟徘徊觀望於

註

※2：一種婦科病，主要症狀有消瘦乾枯、潮熱盜汗、月經澀少或閉經。

評點

◎13.果然不差。（脂硯齋）

◎14.香菱堪稱「第一薄命人」，總其一生，可以用「苦」、「痴」、「呆」三個字來概括。（胡學敏）

二者之間，十分鬧的無法，便出門躲在外廂。◎15金桂不發作性氣，有時歡喜，便糾聚人來鬥紙牌、擲骰子作樂。又生平最喜啃骨頭，每日務要殺雞鴨，將肉賞人吃，只單以油炸焦骨頭下酒。◎16吃的不耐煩或動了氣，便肆行海罵，說：「有別的忘八粉頭樂的，我爲什麼不樂！」薛家母女總不去理他。薛蟠亦無別法，惟日夜悔恨不該娶這攪家星罷了，都是一時沒了主意。◎17於是寧榮二宅之人，上上下下，無有不知，無有不嘆者。

* * *

此時寶玉已過了百日，出門行走。亦曾過來見過金桂，「舉止形容也不怪厲，一般是鮮花嫩柳，與衆姐妹不差上下的人，焉得這等樣情性，可爲奇之至極。」◎18因此心下納悶。這日與王夫人請安去，又正遇見迎春奶娘來家請安，說起孫紹祖甚屬不端，「姑娘惟有背地裏淌眼抹淚的，只要接了來家散誕※3兩日。」王夫人因說：「我正要這兩日接他去，只因七事八事的都不遂心，◎19所以就忘了。前兒寶玉去了，回來也曾說過的。明日是個好日子，就接去。」正說

✣ 在此時此刻寶玉也只能面對荷塘，睹物思人，聊以自慰。（朱寶榮繪）

著，賈母打發人來找寶玉，說：「明兒一早往天齊廟還願。」寶玉如今巴不得各處去逛逛，聽見如此，喜的一夜不曾合眼，盼明不明的。次日一早，梳洗穿帶已畢，隨了兩三個老嬤嬤坐車出西城門外天齊廟來燒香還願。這廟裏已於昨日預備停妥的。寶玉天生性怯，不敢近猙獰神鬼之像。這天齊廟本係前朝所修，極其宏壯。如今年深歲久，又極其荒涼。裏面泥胎塑像皆極其凶惡，是以忙忙的焚過紙馬錢糧，便退至道院歇息。一時吃過飯，衆嬤嬤和李貴等人圍隨寶玉到處散誕頑耍了一回。寶玉困倦，復回至靜室安歇。衆嬤嬤生恐他睡著了，便請當家的老王道士來陪他說話兒。這老王道士專意在江湖上賣藥，弄些海上方治人射利，這廟外現掛著招牌，丸散膏丹，色色俱備，亦常在寧榮兩宅走動熟慣，都與他起了個渾號，喚他作「王一貼」，言他的膏藥靈驗，只一貼百病皆除之意。當下王一貼進來，寶玉正歪在炕上想睡，李貴等正說著「哥兒別睡著了」，廝混著。看見王一貼進來，都笑道：「來的好，來的好。王師父，你極會說古記的，說一個與我們小爺聽聽。」王一貼笑道：「正是呢。哥兒別睡，仔細肚裏麵筋作怪。」說著，滿屋裏人都笑了。◎20寶玉也笑著起身整衣。王一貼喝命徒弟們快泡好釅茶來。茗煙道：「我們爺不吃你的茶，連在這屋裏坐著還嫌膏藥氣息呢。」王一貼笑道：「沒當家花花的※4，膏藥從不拿進這屋裏來的。知道哥兒今日必來，

註

※3：疏散。

※4：意爲不敢、罪過。「花花」，無義。

評點

◎15.薛蟠之懼內，與賈璉之懼內相似，而實不同。賈璉之所懼者智婦，智婦之悍，悍在太刻而積威有漸；薛蟠之所懼者愚婦，愚婦之悍，悍在不明而撒賴難當，說又不好，勸又不好，打又不好，央告又不好，即英雄如霸王，恐亦無用武之地也。況降格而爲呆，則假之中又有假焉。其懼也固宜。（青山山農）

◎16.夏金桂這個人物，作者除了描寫她的任性、專橫、淫蕩和狠毒之外，還寫了她在吃食上的怪癖。在夏金桂嚼咬焦骨頭的「咯咯」聲中，這個扭曲的靈魂得到了充分的展示。（王意如）

◎17.補足本題。（脂硯齋）

◎18.別書中形容妒婦，必曰「黃髮黧面」，豈不可笑？（脂硯齋）

◎19.草蛇灰線，後文方不見突然。（脂硯齋）

◎20.王一貼又與張道士遙遙一對，特犯不犯。（脂硯齋）

頭三五天就拿香熏了又熏的。」寶玉道：「可是呢，天天只聽見你的膏藥好，到底治什麼病？」王一貼道：「哥兒若問我的膏藥，說來話長，其中細理，一言難盡。共藥一百二十味，君臣相際，賓客得宜，溫涼兼用，貴賤殊方。內則調元補氣，開胃口，養榮衛，寧神安志，去寒去暑，化食化痰；外則和血脈，舒筋絡，出死肌，生新肉，去風散毒。其效如神，貼過的便知。」寶玉道：「我不信一張膏藥就治這些病。我且問你，倒有一種病可也貼的好麼？」王一貼道：「百病千災，無不立效。若不見效，哥兒只管揪著鬍子打我這老臉，拆我這廟何如？只說出病源來。」寶玉笑道：「你猜，若你猜的著，便貼的好了。」王一貼聽了，尋思一會，笑道：「這倒難猜，只怕膏藥有些不靈了。」寶玉命李貴等：「你們且出去散散。這屋裏人多，越發燕臭了。」李貴

✣「王道士胡謅妒婦方」，描繪《紅樓夢》第八十回中的場景。王道士自是胡言，而寶玉的本意則是為香菱擔心。清代孫溫繪《全本紅樓夢》圖冊第十六冊之四 。（清・孫溫繪）

等聽說，且都出去自便，只留下茗煙一人。這茗煙手內點著一枝夢甜香，寶玉命他坐在身旁，卻倚在他身上。王一貼心有所動，◎22便笑嘻嘻走近前來，悄悄的說道：「我可猜著了。想是哥兒如今有了房中的事情，要滋助的藥，可是不是？」話猶未完，茗煙先喝道：「該死，打嘴！」寶玉猶未解，◎23忙問：「他說什麼？」茗煙道：「信他胡說！」唬的王一貼不敢再問，只說：「哥兒明說了罷。」寶玉道：「我問你，可有貼女人的妒病方子沒有？」王一貼聽說，拍手笑道：「這可罷了。不但說沒有方子，就是聽也沒有聽見過。」寶玉笑道：「這樣還算不得什麼。」王一貼又忙道：「貼妒的膏藥倒沒經過，倒有一種湯藥或者可醫，只是慢些兒，不能立竿見影的效驗。」寶玉道：「什麼湯藥？怎麼吃法？」王一貼道：「這叫作『療妒湯』，用極好的秋梨一個，二錢冰糖，一錢陳皮，水三碗，梨熟爲度，每日清早吃這麼一個梨，吃來吃去就好了。」寶玉道：「這也不值什麼，只怕未必見效。」王一貼道：「一劑不效，吃十劑；今日不效明日再吃；今年不效吃到明年。橫豎這三味藥都是潤肺開胃不傷人的，甜絲絲的，又止咳嗽，又好吃。吃過一百歲，人橫豎是要死的，死了還妒什麼！那時就見效了。」◎24說著，寶玉茗煙都大笑不止，罵「油嘴的牛頭」。王一貼笑道：「不過是閑著解午盹罷了，有什麼關係。說笑了你們就值錢。實告你們說，連膏藥也是假的。我有眞藥，我還吃了作神仙呢。有眞的，跑到這裏來混？」正說著，吉時已到，請寶玉出去焚化錢糧散福。工課完畢，方進城回家。

◎22.四字好。萬端生於心，心邪則意在於財。（脂硯齋）
◎23.「未解」妙！若解則不成文矣。（脂硯齋）
◎24.此科諢一收，方爲奇趣之至。（脂硯齋）

那時迎春已來家好半日，孫家的婆娘媳婦等人已待過晚飯，打發回家去了。迎春方哭哭啼啼的在王夫人房中訴委曲，說孫紹祖「一味好色，好賭酗酒，家中所有的媳婦丫頭將及淫遍。略勸過兩三次，便罵我是『醋汁子老婆擰出來的』。◎25又說老爺曾收著他五千銀子，不該使了他的。如今他來要了兩三次不得，他便指著我的臉說道：『你別和我充夫人娘子！你老子使了我五千銀子，把你準折賣給我的。好不好，打一頓攆在下房裏睡去。當日有你爺爺在時，

✣ 迎春燒香禱告也改變不了自己的命運。（崔君沛繪）

希圖上我們的富貴，趕著相與的。論理我和你父親是一輩，如今強壓我的頭，賣了一輩。又不該作了這門親，倒沒的叫人看著趕勢利似的。』」◎26一行說，一行哭得嗚嗚咽咽，連王夫人並眾姐妹無不落淚。王夫人只得用言語解勸，說：「已是遇見了這不曉事的人，可怎麼樣呢！想當日你叔叔也曾勸過大老爺，不叫作這門親的。大老爺執意不聽，一心情願，到底作不好了。我的兒！這也是你的命。」迎春哭道：「我不信我的命就這麼不好！從小兒沒了娘，幸而過嬸子這邊來過了幾年心淨日子，如今偏又是這麼個結果！」王夫人一面勸解，一面問他隨意要在那裏安歇。迎春道：「乍乍的離了姐妹們，只是眠思夢想；二則還記掛著我的屋子，還得在園裏舊房子裏住得三五天，死也甘心了。不知下次還可能得住不得住了呢！」王夫人忙勸道：「快休亂說！不過年輕的夫妻們閑牙鬥齒，亦是萬萬人之常事，何必說這喪話。」仍命人忙忙的收拾紫菱洲房屋，命姐妹們陪伴著解釋。又吩咐寶玉：「不許在老太太跟前走漏一些風聲，倘或老太太知道了這些事，都是你說的。」寶玉唯唯的聽命。迎春是夕仍在舊館安歇，眾姐妹等更加親熱異常。一連住了三日，才往邢夫人那邊去。先辭過賈母及王夫人，然後與眾姐妹分別，更皆悲傷不捨，還是王夫人薛姨媽等安慰勸釋，方止住了過那邊去。◎27又在邢夫人處住了兩日，就有孫紹祖的人來接去。迎春雖不願去，無奈懼孫紹祖之惡，只得勉強忍情作辭了。邢夫人本不在意，也不問其夫妻和睦，家務煩難，只面情塞責而已。且聽下回分解。◎28

評點

◎25.奇文奇罵。為迎春一哭。恨薛蟠何等剛霸，偏不能以此語金桂，使人忿忿。此書中全是不平，有全是意料之外。（脂硯齋）

◎26.不通，可笑。遁詞如聞。（脂硯齋）

◎27.凡迎春之文，皆從寶玉眼中寫出。前「悔娶河東獅」是實寫，「誤嫁中山狼」出迎春口中，可謂虛寫。以虛虛實實變幻體格，各盡其法。（脂硯齋）

◎28.此文一為擇婿者說法，一為擇妻者說法。擇婿者必以得人物軒昂、家道豐厚、蔭襲公子為快，擇妻者必以得容貌艷麗、妝奩富厚、子女盈門為快，殊不知以貌取人，失之子羽。試看桂花夏家、指揮孫家，何等可羨可樂，卒至迎春含悲，薛蟠貽恨，可慨也夫！（脂硯齋）

參考書目

一、 原典

1.《紅樓夢》，曹雪芹、高鶚著，北京：人民文學出版社，1982年新校本，中國藝術研究院紅樓夢研究所校注。其底本爲：前八十回採用庚辰本，後四十回採用程甲本。

2.《革新版彩畫本紅樓夢校注》，臺灣：里仁書局，實爲與人民文學版對應的繁體本。

▲備註：

本書以庚辰本、程甲本爲底本，凡底本可通之處，一般沿用，個別地方從他本擇優採用；明顯的錯誤則參照他本訂正，不出校記。

二、 注釋

1.《紅樓夢》，曹雪芹、高鶚著，北京：人民文學出版社，1982年新校本，中國藝術研究院紅樓夢研究所校注。

2.《紅樓夢鑑賞辭典》，孫遜主編，北京：漢語大詞典出版社，2005年5月。

三、 評點

1.《脂硯齋重評石頭記》，曹雪芹著，瀋陽：瀋陽出版社，2006年1月。

2.《脂硯齋全評石頭記》，曹雪芹著，霍國玲、柴軍校勘，上海：東方出版社。

3.《紅樓夢脂評輯校》，鄭紅楓、鄭慶山輯校，北京：北京圖書館出版社。

4.《紅樓夢資料彙編》，朱一玄編，南京：南京大學出版社。

5.《紅樓夢批語偏全》，〔美〕蒲安迪編釋，北京：北京大學出版社。

6.《瓜飯樓重校評批紅樓夢》，馮其庸主編，瀋陽：遼寧人民出版社，2005年1月。

7.《紅樓夢：百家匯評本》，曹雪芹著，陳文新、王煒輯評，武漢：長江文藝出版社。

8.《紅樓男性》，任明華編著，北京：中華書局，2006年2月。

9.《紅樓女性》（上、下），何紅梅編著，北京：中華書局，2006年2月。

10.《紅樓夢奧秘解讀》，馬瑞芳、左振坤主編，吉林文史出版社，2004年5月。

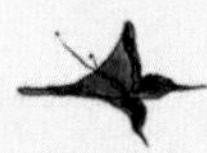

特別感謝本書內頁圖片授權人及單位（以首字筆劃排列順序）

1.王勘授權使用北京西山黃葉村曹雪芹紀念館內所拍攝共5張照片。

2.北方崑曲劇院（北京）授權使用《西廂記》、《琵琶記》、《牡丹亭》劇照共10張。

3.北京圖書館出版社授權使用杜春耕所編著《紅樓夢煙標精華》內頁圖片共128張。

⊙杜春耕，高級工程師。1964年南開大學物理系畢業。畢業後一直從事大型光學精密儀器的光學設計工作，設計成果獲得首屆科學大會獎及多次部委的獎勵。1994年起從事《紅樓夢》的成書過程及早期抄本及刻印本的版本研究，在報刊上發表有關論文五十餘篇。現任中國紅樓夢學會常務理事，農工民主黨紅樓夢研究小組組長等職。

⊙《紅樓夢煙標精華》，彙集民國年間流傳於上海等地的有關《紅樓夢》人物故事的煙標及香煙廣告共十餘套、三百餘幅，極富收藏及藝術鑑賞價值，更是研究民國時期社會經濟、商業文化、民俗時尚，特別是「紅樓文化」在當時發展情況的珍貴史料。

4.朱士芳授權使用內頁繪圖共130張。

⊙朱士芳，男，生於70年代，山東德州人，現居於北京。從事兒童繪本創作和中國傳統繪畫藝術的研究，曾與中華書局、上海少年兒童出版社、大雅文化、華東師範大學出版社、唐碼書業等多家出版機構合作。出版作品有：《道德經》、《論語》、《易經》、《中國古代四大名劇》等。

5.朱寶榮授權使用內頁繪圖共80張。

⊙朱寶榮，從小酷愛美術，因家庭情況無緣於高等學府深造，引爲憾事，2004年與兩位志趣相投的好友組成心境插畫工作室至今，能夠從事自己喜愛的工作，覺得是一件很幸福的事！對《紅樓夢》一直有很多感觸，參與此書插畫創作，眞的是很幸運的事。

6.財團法人雲門舞集文教基金會授權使用「紅樓夢」之舞作照片共2張。

7.國立國光劇團授權使用，林榮錄攝影，《劉姥姥》、《王熙鳳大鬧寧國府》劇照共7張。

8.崔君沛授權使用《崔君沛紅樓夢人物冊》內頁圖片共20張。

⊙崔君沛，1950年生於上海，廣東番禺人。畢業於上海大學美術學院和交通大學文藝系油畫班。上海人民美術出版社專職畫家，中國美術家協會上海分會會員，上海老城廂書畫會副會長。出版過個人畫集。作品連環畫《李自成·清兵入塞》曾獲全國美展二等獎。曾在上海、香港、澳門、臺灣等處舉辦過個人畫展和聯展。個人傳略已編入《國際現代書畫篆刻家大辭典》並獲世界銅獎藝術家稱號。

9.張羽琳授權使用內頁繪圖共90張。

⊙張羽琳，女，27歲，北京人。插圖畫家，在繪畫過程中深知創新的重要性與艱難，所以堅持獨立思考和創新。曾經合作：北大出版社、福瑞來文化交流有限公司、博士達力文化公司、漫客動漫遊有限公司，參與創作：《懸疑小說》、《新世紀童話》、《曾國藩》、《封神演義》等，雪亮眼鏡T恤圖案設計大賽優秀獎、火神網青銅展廳。

10.趙塑授權使用北京大觀園內所拍攝共22張照片。

11.臺灣郵政股份有限公司授權使用「中國古典小說郵票－紅樓夢」樣票1套。

12.廣州集成圖像有限公司「FOTOE」授權使用部分內頁圖片。

國家圖書館出版品預行編目資料

紅樓夢(四)——悲情尤物／曹雪芹原著；
侯桂新編撰-
-初版.—臺中市:好讀,2007[民96]
面：　公分，——（圖說經典：04）
ISBN 978-986-178-036-8（平裝）

857.49　　95025265

好讀出版

圖說經典 04

紅樓夢(四)
【悲情尤物】

原　　著／曹雪芹
編　　撰／侯桂新
總 編 輯／鄧茵茵
責任編輯／朱慧蒨
執行編輯／林碧瑩、陳詩恬、莊銘桓
美術編輯／陳麗蕙
行銷企畫／劉恩綺
封面設計／永真急制Workshop
發 行 所／好讀出版有限公司
台中市407西屯區工業30路1號
台中市407西屯區大有街13號（編輯部）
TEL:04-23157795 FAX:04-23144188 http://howdo.morningstar.com.tw
（如對本書編輯或內容有意見，請來電或上網告訴我們）
法律顧問　陳思成律師

線上讀者回函
更多好讀資訊

讀者服務專線／TEL：02-23672044 / 04-23595819#230
讀者傳真專線／FAX：02-23635741 / 04-23595493
讀者專用信箱／E-mail：service@morningstar.com.tw
網路書店／http：//www.morningstar.com.tw
郵政劃撥／15060393（知己圖書股份有限公司）
印刷／上好印刷股份有限公司
如有破損或裝訂錯誤，請寄回知己圖書更換

初　　版／西元2007年7月15日
初版六刷／西元2023年8月01日
定　　價／299元
如有破損或裝訂錯誤，請寄回台中市407 工業區30 路1 號更換（好讀倉儲部收）

Published by How Do Publishing Co., Ltd.
2023 Printed in Taiwan

ISBN 978-986-178-036-8
本書內頁部分圖片由廣州集成圖像有限公司「FOTOE」授權使用，
其他授權來源於參考書目之後詳列